东林悲风

夏坚勇

著

山西出版传媒集团　山西人民出版社

图书在版编目（CIP）数据

东林悲风/夏坚勇著 . -- 太原：山西人民出版社，2018.4
（2019.9 重印）
ISBN 978-7-203-10166-6

Ⅰ . ①东… Ⅱ . ①夏… Ⅲ . ①散文集－中国－当代 Ⅳ . ① I267

中国版本图书馆 CIP 数据核字 (2017) 第 270405 号

东林悲风

著　　者：夏坚勇
责任编辑：张书剑
复　　审：刘小玲
终　　审：阎卫斌
装帧设计：三形三色

出 版 者：山西出版传媒集团·山西人民出版社
地　　址：太原市建设南路 21 号
邮　　编：030012
发行营销：0351-4922220　4955996　4956039　4922127（传真）
天猫官网：http://sxrmcbs.tmall.com　电话：0351-4922159
E-mail：sxskcb@163.com　发行部
　　　　　sxskcb@126.com　总编室
网　　址：www.sxskcb.com

经 销 者：山西出版传媒集团·山西人民出版社
承 印 厂：三河市明华印务有限公司

开　　本：710mm×1000mm　1/16
印　　张：16
字　　数：252 千字
版　　次：2018 年 4 月　第 1 版
印　　次：2019 年 9 月　第 2 次印刷
书　　号：ISBN 978-7-203-10166-6
定　　价：42.00 元

自 序

　　我老家的北面有一条大河，地图上标记为老通扬河，民间则称之为官河。以这条河为界，河北为里下河地区，河南为高沙土地区，其风貌、物产、语言习俗以至人物秉性亦大见异趣。临河的曲塘是一座古镇，我们那一带的人上街，就是上曲塘。上曲塘单程十二里，这是一个很恰当的距离：不算很远，在那个两条腿走路的年代，一天来回足矣；也不算很近，不可能有事没事的一滑脚就去走一趟，这让我们对上街始终充满了向往和新鲜感。上街，过官河上的东大桥或西大桥，在沿河的老街上且走且看。老街长可百丈，从东到西，印象最深的有饭店二，商场一，八鲜行一，铁匠铺一，照相馆一，染坊一，药店一。商场门前总是贴着各种布告；照相馆的橱窗里陈列着各种姿色的大幅照片；药店里有图文并茂的招贴画，收购蝉蜕、龟甲、蟾酥、蜈蚣之类。这些都让一个乡村少年觉得津津有味。走累了，就坐在河边的石阶上看来来往往的船队。船的体量都很大，吃水有深有浅，或风樯快马，或艰涩逆行，无论是艄公纤夫的身姿还是那"哥呀妹子"的船夫谣，无不凸现着生命最原始的质感。有时候，我会呆呆地想：这些船都是从哪儿来，往哪儿去的呢？

　　官河和官道一样，并不是说只有当官的才可以通行，而是一种习惯性的荣誉。如果一定要说有什么含义，那就是它最初是由官府组织开挖或修筑的。我家北面的这条官河，最早为西汉吴王刘濞所开，从扬州东下入海，称运盐河。刘濞是吴楚七国之乱的始作俑者，他之所以敢于向中央政府叫板，就因为他在扬州铸山煮海，富得流油。"煮海"就是烧盐。盐是生活必需品，一般都由国家专营，盐税亦是国家财政中重要的一块。现在他自己生产销售，自然是很来钱的。再加上开山铸钱，等于是搞了一套独立的金融体系，那就更加财大气粗了。一个人有了钱就容易不知道自己的斤两，甚至想入非非。刘濞后来兵败自杀，但他开挖的运盐河却一直滋润着这里的土地和民众，成为苏中大地上的一条母亲河。

早年头有一首很流行的歌，歌词中有"瓜儿离不开藤，藤儿离不开瓜，藤儿越壮瓜越大"之类的句子。运盐河蜿蜒于苏中大地，就如同一根壮硕的常青藤，沿河的那些市镇就是它结下的或大或小的瓜。就在曲塘西边不远，有一座叫白米的小镇。以我的孤陋寡闻，这恐怕是全中国唯一以某种粮食命名的集镇（另外我所知道的还有一条以高粱命名的河，在北京附近，因北宋初年宋辽之间的高粱河之战而小有名气）。名为白米不是因为这里出产的米有什么特别，而是因为这里是苏中地区重要的稻米集散地。曲塘历来有"买不尽的东南卖不尽的西北"的说法，运河两岸成熟的农业经济让这些市镇舟车辐辏，商风大盛。

里下河的出产以稻米、棉花和水产为大宗。而在我老家一带的高沙土上，经济形态则是所谓的"猪油酒"。这是一条很有意思的生物链：高沙土干旱贫瘠，作物以高粱、花生和黄豆为主打，高粱除用于人的口粮而外，大多用于煮酒。花生和黄豆则用于榨油。煮酒和榨油下脚的糟渣豆饼又是猪的饲料。最后，猪粪再回归土地，开始新的一轮循环。高粱红了，猪仔肥了，烧酒的香气在天地间弥漫，豆油和花生油清亮而淳厚，挂在陶壶嘴子上有如绸缎一般。这种以土地为支点，以种植和养殖为作用力的自然经济格局相当合理，你找不出有一样东西是多余的，一切都自然丰足而溢彩流光，呈现出农业文明特有的古意和温馨。运盐河就从这中间流过，屈指算来，它已经流过了两千二百多个春秋……

1999年初夏的一天，东方出版中心的施伟达先生和雷启立先生来到我寄食的这座小城，无意间说到可以写一写中华大地上一些"大块头"的东西，例如长江、黄河、长城、大漠之类，用散文的笔调，把人、物、史、地、自然和社会熔于一炉。书名自己定，但一律以《××传》为副题，这样组成一个系列。他们当时并没有说到大运河，但我却感到心头似乎被某种温热的东西轻轻撞击了一下，便说，我可以写大运河，因为我是在古运河边长大的，有那里的生活情调打底子。甚至还牛皮哄哄地放言，要通过一条河的历史，写出一个民族的文化性格和心灵史。

　　这是不是有点孟浪呢？要知道，我老家后面的那条运盐河并不是大运河，它只是大运河的一条支流。但是这不要紧，因为我要写的是"一个民族的文化性格和心灵史"，这种基因其实早就在我的心底潜滋暗长，就等着喷薄而出了。就正如运盐河和大运河源流相通一样，伟大和伟大也是相通的。创作的原动力是爱，我要检阅一下自己对乡土的爱情以及在一个伟大生命面前的力量感和创造力。既然一个欧洲人——埃米尔·路德维希——通过几次考察就写出了《尼罗河传》，一个从小在古运河边长大的中国作家为什么不能写大运河呢？

　　于是，两年后便有了《大运河传》。

　　如今，又是十多年过去了，山西人民出版社要为我出一本散文自选集，我毫不犹豫地选取了《大运河传》中的一章，放在全书的最前面，并把这段与《大运河传》写作有关的文字，作为这本自选集的序言。平心而论，《大运河传》是我至今仍觉得较为满意的一部作品，那中间流动着我的少年记忆和乡土情怀，一个人哪怕当一辈子作家，他的笔触哪怕上天入地，纵横八荒，但最后回过头来看看，写来写去还是脱不了十八岁之前的心灵历程，因为那是你生命的底色，怎样打磨也不会褪脱的。

目 录

大运河传（节选）

第二章

千秋功罪

　　一个身影走下龙舟，前呼后拥地踏上了江都的御码头。在他的身后，桅杆上的锦帆次第落下来，殿脚女和宫娥艳丽的服饰映在运河里，夕阳下有如晃动着满河胭脂、满河鲜血。斜晖脉脉，垂杨依依，色调是凄冷的，那人身后的影子因此比他的实际身量长出了许多，也扭曲了许多。他就这样拖着自己的身影，义无反顾地走进了江都的宫城。

　　这是一幕极富于象征意义的画面，在后来的千百年中，人们提到这个人时，大抵总会联想到这幅画面的：一种有如流泻在现代派画家笔下的浓艳而疯狂的意象；一种凄婉得近乎绝望的美丽；一种颓废的，但又极富于挑战性的精神氛围。这幅画面中的人物叫杨广。他是隋朝的第二代帝王，死后谥号"炀帝"。"炀"是一个很生僻的词，何谓"炀"？"好内远礼曰炀。""去礼远众曰炀。""逆天虐民曰炀。"反正都是不大好的名声。在中国历史上，得到这一谥号的皇帝本来还有一个人，那就是陈后主陈叔宝。有意思的是，陈叔宝的这一谥号正是杨广追赠的。但后世只称陈叔宝为"后主"。这样一来，"炀帝"便成为杨广一个人所专用的了。但此时杨广早已抽身局外，无所谓了，"身后是非谁管得，满村听说蔡中郎"，他是很洒脱的人。

在杨广死去二百年后，一个名叫李商隐的青年才子从长安来到了江都（当时已改名为扬州），他当然是沿着运河南下的。流连在隋代宫城的废墟间，他想到了许多。李义山的诗一向是很晦涩的，但这一首《隋宫》却并不难读。读者一般都认为这是一首政治讽刺诗，而我却从中看到了一种美：华丽的宫殿掩映在烟霞当中；浩荡的锦帆接天而来，又向着天涯驶去；杨柳优美地垂挂在运河两岸，时不时地飞过不祥的暮鸦。背景是放荡的桃红色，充满了暧昧的情欲，从中似能感到香艳的脂粉气，绸缎滑腻的质感，还有武士腰间的刀剑那种冷冽的光泽。这就是杨广的那个时代。你可以说它浮躁，但你绝对不能否定它那充满了浪漫精神的想象力。你也可以说它颓废，但你也绝对不能否定它那唯美主义的光辉——美得像一件凶器，张扬，甚至嚣张。"玉玺不缘归日角，锦帆应是到天涯。"这是何等阔大的气象！简直可以与秦皇汉武相媲美。因此，所谓"地下若逢陈后主，岂宜重问后庭花"恐怕就不光是讽喻，更多地带着对杨广的某种欣赏——他那浪漫派大师的气质和高扬着理想主义的心灵之帆，岂是陈叔宝之流可以与之等量齐观的？

李商隐走了，他为那个时代谱写了一曲最凄美的挽歌。在所有关于隋炀帝的咏史诗中，李商隐的这一首《隋宫》是写得最好的。他当然还是沿着运河走的，"锦帆十里，殿脚三千"早已成了史书上的一页奢华，但隋堤上的垂柳仍在婆娑弄姿，那是可以千年万载地繁衍的生命。王朝代谢，人事沧桑，这些都是过眼烟云，只有大运河是不朽的，它已成了中华大地上永远的风景，也成了历代诗人笔下永远的意象。光凭这一点，杨广即使不能称为伟大的帝王，也是可以走进有作为的帝王之列的。

杨广的目光

仁寿四年（公元 604 年）十一月，隋炀帝杨广巡幸东都。

仁寿是隋文帝杨坚的年号，在父亲的年号下，杨广以皇帝身份出巡，这似乎不大说得通。事实是，杨坚已在本年七月死去，由皇太子杨广即皇帝位，改为大业。但新的年号要等到第二年才开始启用。

"大业"这个年号本身就决定了杨广的命运。他是个不安分的人，而"大业"正好契合了他那种好大喜功的性格。中国历代帝王的年号是一个很有意思的现象，它是一种写在旗帜上的施政纲领，如果把某一王朝的年号排列在一起，其中所折射的人格精神和心理趋向，与王朝盛衰的曲线大体上应该是吻合的。例如杨坚，当他从北周宇文氏手中夺过帝位时，"开皇"恰恰体现了他那踌躇满志的进取精神。在这个年号下，他确实干了不少具有开拓意义的大事，有些事情即使放在中国封建社会的漫漫长河中也是很值得一提的。上下五千年，能同时留下那么多被历史认同的东西的帝王可能不多，而杨坚就是几个不多者当中的一个。但到了晚年，他的人格精神渐至萎靡，进取之心亦消弭在颐养天年的暮气之中。这中间的一个重要标志就是大兴土木建仁寿宫，并改年号为仁寿。一个只想着"仁寿"的老人，其寿命大致也不会太长了，果然，三年半以后，杨坚就在仁寿宫一命呜呼，"仁寿"已矣，现在轮到杨广来擘画他的"大业"了。他自负，聪颖，富于才华和想象力，既有挥师疆场的勇武，又有运筹深宫的权谋。更重要的是，他才三十五岁，正值生气勃勃的年华，一切都还来得及，包括毁灭与重塑。他理所当然地选择了"大业"。作为年号，"大业"将伴随着他走过在金粉与铁血中恣意妄为的一生，直至最后走进扬州郊外的一座荒冢。

现在，杨广到洛阳来了。他对洛阳是如此多情，本来，从七月到十一月，这中间朝野发生了一系列大事：自己的登基大典自然是马虎不得的；汉王杨琼的叛乱更是搅得大家手忙脚乱；大行皇帝的葬礼也得像模像样地操办，那是做给天下人看的。但他在处理完这一切之后，首先想到的就是洛阳。这是他第一次以天子的身份出巡，车驾出潼关，过崤渑，一路上那种翠华摇摇的威仪自是不必说的。深秋的寒风虽是有点凛冽，但这里的天空是明净的，山川草木也带着很抒情的成分，别有一番清灵之气。这些都和关中不同。关中是厚重的压迫，天地间一片混沌，连人们嘴里喷出来的也是一股浊气。这使得杨广很看不惯。他总认为，长期生活在那种环境中，是会压抑灵性的。他是有着诗人气质的帝王，而诗人总是崇尚灵性的。南朝的山水诗是充满灵性的，那是江南清丽的山水使然（哦，江南！）。曹植的诗赋也不错，他那首《洛神赋》叫人说什么才好呢？"轻裾之猗靡兮，翳脩袖以延。"简直让人心旌摇荡。美是一种诱惑，而杨广是从来不会拒绝诱惑的。对美的征服与挥霍，将使他的帝王生涯笼罩在一种近乎疯狂的艳色之中。

但眼下的洛阳已经破败得不成样子了，铜驼荆棘，废苑秋风，一片衰飒之景。遥望着这座五朝故都，杨广的胸中鼓荡着一股苍凉豪迈的情怀。"洛阳何郁郁，冠带自相索。"古诗中的洛阳是何等繁华！这里河山拱戴、万方辐辏，形势甲于天下，更兼龙门壮伟，伊水中流，端的是帝王之州。但说来惭愧，历代的帝王虽然往这里跑的也不少，但他们大都是在长安的粮食接济不上时，才会想到"就食东都"；或是遇上了政治危机和兵燹之险，在长安待不下去了，到这里来避风头。因此，除西晋外，洛阳只能守着陪都或候都的名分，很少有机会充当正室的。

委屈你了，洛阳，以你的天姿国色，难道就只配躲在长安的身影下做如夫人吗？

于是，站在洛阳北部的邙山上，杨广和大臣苏威便有了以下一段对话。

杨广："此非龙门邪？自古何因不建都于此？"

苏威："自古非不知，以俟陛下。"

苏威的职务是中央办公厅副主任（尚书右仆射），这个位置上的人都很会说话，特别是对主子说话，更是滴水不漏：自古以来的帝王并非不知道洛阳是建都的好地方，只是没有能力，只能等着陛下了。他已经摸准了主子的心思，这么急乎乎地跑到洛阳来，显然不是为了游山玩水，就眼下这座破城有什么好玩的，在残垣断壁间喝西北风吗？那么皇上就是要在这里建都了。

苏威的猜测大致不错，杨广确实有一个营建东都的宏大构想，这种构想甚至在他进入洛阳以前就开始了。洛阳居天下之中，北界黄河有太行之险，南通宛叶有鄂汉之饶，东临江淮有渔盐之利，西驰崤渑有关河之胜。这么好的地方，历代帝王为什么不在这里建都呢？苏威的说法是他们没有能力，这是拍马屁的话。当年刘邦在大定天下后，就曾想过在洛阳定都。但这时候有一个叫娄敬的齐国人来见他，问他定都洛阳是不是想和东周王朝媲美。刘邦说，是呀。娄敬说，洛阳四战之地，有德者，在这里定都易于王，无德者则易被攻击。周朝自后稷到文王、武王，中间经过了十几世的积德积善，所以东周可以在这里定都。现在你的天下是用武力打出来的，战后余灾，疮痍满目，情况完全两样，怎么可以与东周相比呢？还是定都关中较为稳妥。刘邦认为他说得有理，赏了他五百斤黄金，并封了他的官。在杨广看来，刘邦之所以不敢定都洛阳，归根结底，还是缺少自信。一个曾与英雄盖世的项羽争斗了半生，也曾在樽前慷慨高唱过《大风歌》的马上天子，这时候却成了一介懦夫，真叫人不敢恭维。"四战之地"怕什么？无非是说，哪里出了乱子，就很容易危及洛阳。那么反过来说，若以洛阳为中枢，驻以重兵，岂不是可以震慑四方吗？一旦有事，向四面出击岂不是更加方便快捷？一个强盛的王朝是不怕出乱子的，出了乱子，你躲在长安就能安稳了？那也只能安稳一时，该怎样处置还得怎样处置。对娄敬的那一番说教，杨广很不以为然，引经据典，致君尧舜，一股酸腐的头巾气。"德"是个什么玩意？它是圆的，还是方的？是高贵还是卑琐？它尖锐吗？有杀伤力吗？能进攻或者防御吗？扯淡！在他们嘴里，这是一个比街头的茅坑还要多的词。其实说到底，只有"力"才是最终极的证明。成者为王败者寇，历史从来只对成功者顶礼膜拜。对这一点，杨广有着足够的自信。

　　杨广当然有理由自信，而且总是喜欢居高临下地俯视一切。于是，他带着臣僚登上了邙山的最高峰——翠云峰。这里古木参天，苍翠如云，相传是老子炼丹的地方。现在，他的眼界更开阔了。西望云天，都城大兴城（隋朝于开皇二年在汉长安城东南方新建并于开皇三年启用的新都城，新都定名为大兴城，唐朝建立后易名为长安城）隐没在重重关山后面，那是父亲留给他的遗产，包括那里华丽的宫殿和如花美眷（其中有一个他垂涎已久的宣华夫人，也从父皇名下转到了自己床上）。当然，父亲留给他的不光是这些，还有一个统一的经过二十多年精心治理的泱泱大国，一群以关陇集团为核心的文臣武将，以及一整套治国安邦的政治经验。这些都足够他受用的了。但杨广的目光并没有在那里流连太久，他不是一个甘于躺在遗产上过日子的荷花大少。他曾说过，即使不生长在帝王之家，他也会通过自己的奋斗而出人头地的。可见自视甚高，也并不把父亲的那份遗产看得多重。因此，他西望大兴城的目光中便少了几分热情。大兴城有什么值得多看的呢？那里的一切已经属于自己了——在一场悄无声息的政变之后，没有抗拒，没有挣扎，甚至连呻吟也没有，如同得到了一个主动投怀送抱的女人，新鲜过后便觉得没有多大意思了。那么就转过身去，把目光投向东方的齐鲁大地吧。那里是汉王杨琼发动叛乱的根据地，如今叛乱虽然平息了，杨琼也已被废为庶人，但杨琼的余党犹在。加之那一带又是东魏和北齐长期统治的地区，每一次王朝更替都是一幕历史惨剧，其间必然伴随着人头落地和鸡犬升天，留下了理不清的孽债。各种宿怨和仇恨积淀在那块土地上，随时都会诱发出血色的动乱之花。而当今的国都在长安，府兵亦云集关中。一旦有事，关河悬远，兵不赴急，如何了得？杨广的目光变得凝重起来，一股忧患意识涌上心头。

杨广是十一月三日从大兴城动身前往洛阳的，以当时的交通条件，车驾在途中至少也要十多天，这样，到达洛阳的时间应该在十五日左右。二十一日，他便向全国发布了营建东都的诏书。

营建东都的工程总监是精明而阴鸷的元老重臣杨素，副总监是一位知识型的官员，中国历史上杰出的建筑大师宇文恺。还有一位副总监本来可以不说，但由于他与工程之间潜在的特殊关系，却又不得不说。最高检察长（纳言）杨达自己不会想到，他经手营造的这座宫城，在某种程度上是为自己的一个外孙女准备的——若干年以后，他那个外孙女成了中国历史上的第一位也是最后一位女皇帝，她在长安感到腻烦的时候，东都的宫门经常要为女皇的车驾而开启的。

这个班子应该说是比较理想的，体现了领导干部、知识分子和司法监督的三结合，发挥了各方面的积极性。甚好！那么就大兴土木、热火朝天地干起来吧。

且慢！皇上不是有诏在先，说"务从节俭"吗？

这当然不成问题，因为皇上的"节俭"与平民百姓的"节俭"含义是不一样的。首先是双方的起点不啻天壤。对于皇上来说，山珍海味吃腻了吃几顿素净点的家常菜算是节俭，冠服上的波斯宝石换成了合浦珍珠算是节俭，让后宫佳丽们每月裁减几两头油脂粉钱也算节俭。当然，宫殿的廊柱上少刷一道金粉更是大大的节俭。但对于平民百姓来说，青菜萝卜里多放了几滴油就算违背了节俭的原则。同样是"节俭"，这含金量能相提并论吗？再说，皇上的节俭有时只是一种姿态，别看他说得那么冠冕堂皇，其实并不是真的要你去实行。你若是拎不清，真的为他节俭了，他反倒不高兴了。好在像杨素那样的老官僚还是拎得清的，他当然知道皇上的节俭只是说给天下人听的，也就不怎么往心上去。事实上，东都的工程相当浩大，史称"每月役丁二百万人"。这恐怕还不包括到江南诸州伐运木料的工役。加之"役使促迫，僵仆而毙者，十四五焉"。我们无法想象，这中间发生过多少像孟姜女那样的人间悲剧。正是专制者的暴政驱使着工程一再加快，前后总共只用了十个月多一点的时间，一座作为大隋帝国东都的新洛阳便矗立在东周王城与汉魏故城之间的伊洛平原上。新城"北拒邙山，南直伊阙之口，洛水贯都，有河汉之象，东去故城十八里"。它不仅是隋朝的政治经济中心，当时也堪称世界级的大都会。

宇文恺天才的设计加上杨素残酷的监工，共同成就了这座恢宏壮丽的宫城。宇文恺可能称得上是中国历史上最杰出的宫廷建筑师，他将汉代大才子司马相如《子虚赋》《大人赋》中华丽的摹写化为构思，借助于杨素暴政的皮鞭，洋洋洒洒地铺陈在大地上。在这里，美与残酷紧紧地勾连在一起，它使人们想到了远古以饕餮为代表的青铜纹饰——那种威严和狞厉之美。人类文化史上的大美总是带着股血腥气的，埃及的金字塔、古罗马的角斗场、中国的万里长城，无不建筑在奴隶和平民的累累白骨之上。这中间甚至还包括莫高窟中那些精美绝伦的壁画。前些时到敦煌去，我特地去看了莫高窟附近工匠们住的洞窟，那些洞窟十分低矮狭小，几乎只能藏身罢了。外面是荒无人烟的戈壁滩。一茬又一茬中世纪的艺术天才就蜗居在那些洞窟里。他们几乎是一群囚徒——艺术的囚徒，在永无尽头的孤独和苦难中，他们把生命的感觉涂抹在墙壁上，最后，自己则成为一具白骨，任凭风沙掩埋在那里。他们创造了那么多美的经典，让千秋万代的后来者在那一堵堵墙壁面前惊羡得目瞪口呆，但他们自己的名字却是千篇一律的——佚名。

面对着那座新落成的大隋东都，我们真不知道说什么才好，是以人性的温煦去谴责那一将"宫"成万骨枯的残暴，还是以缪斯的多情去赞赏那巧夺天工般的惊世之美？我们当然不愿意看到美的历程践踏着千万具血骨，我们当然希望能够在温情脉脉的人道牧歌中去创造和实现美。因此，我们或许会提出这样的问题：洛阳宫城的营建难道不能稍微从容一点吗？它完全用不着那么急迫的，多用一年甚至更多的时间其实也没有什么大不了。或者，负责监工的如果不是杨素那样的贪酷之徒，而是一个稍微有点仁爱之心的、懂得同情和怜悯的官员，不是可以做到两全其美吗？但这样的发问都是无济于事的，一切已经成了历史，随着时光的流逝，岁月的过滤，其余的东西——包括那些血腥的残酷和尖锐的剧痛——都已淡化或隐去，而留下来的只有美。美是永恒的。

杨广现在可以在新落成的洛阳宫里消受些时日了。他是喜新厌旧的人，这里的一切都是新鲜的，包括那些操中州韵的宫女也是新选进来的。大兴城是用不着去惦记了，那里的宫殿代表着一种传统礼法，而他是最受不了那一套礼法的。洛阳当然没有大兴城那种森严而磅礴的气势，但这里是一个相对宽松的人的世界，一切总让你舒心惬意的。它明朗而不轻佻，是那种把华丽收敛得很得体的从容，也是略带一点沉思和伤感的美丽。从大兴城到洛阳，仿佛是一场突围，他不知道为什么会有这样的感觉。现在，他终于突围了，突围的感觉真好！

其实对于杨广来说，营建东都并不在于一座宫城，而在于某种精神指向：把王朝的重心逐渐东移。关中太沉闷了，他要呼吸更广阔也更自由的空气。西望瑶池只是缥缈的神话，而东来紫气却是分明可以感觉到的，这就是自晋室南迁以后，全国经济重心的东移和南方的觉醒。因此，洛阳并不是杨广精神指向的终点，此刻，站在新落成的洛阳宫阙上，他的目光又注视着那遥远而又带有几分神秘色彩的江南。

哦，江南！

南方的诱惑

在北方的眼里，江南的崛起似乎是一个神话。"忽如一夜春风来，千树万树梨花开。"仿佛在某一个早上醒来后，慵懒中轻启窗棂，却感到南风大渐，有排闼之势。开眼远望，目光越过重重关山和漠漠大野，见那里已不是旧日容颜，山温水软之中，有稻香鱼肥，有市肆烦嚣，有高车驷马，亦有衣冠人物。虽不及北方的雄浑，却也总胜它几分灵秀。江南，如同一个突然长大了的少女，带着满身珠玉和万种风情，正向你款款走来。

这就是江南么？

北方太自信了，自信得近乎昏聩。他们总是习惯于从太史公的《史记》中去认识江南。太史公笔下所描绘的，是一个榛莽丛生、地广人稀的蛮荒的江南；一个火耕水耨、饭稻羹鱼的原始的江南；也是一个苟且偷生，无积聚而多贫的瘠薄的江南。最后，他老人家得出了这样的结论："是故江淮以南，无冻饿之人，亦无千金之家。"这是一幅原始共产主义的图景。司马迁曾游历过江南，他笔下的描写照理说是有根据的。但即便如此，也只是他那个时代——西汉前期——的江南。北方如果老捧着过时的皇历不放，那就大谬不然了。江南是中国的江南，它的经络血脉是与北方息息相通的，因而，每一个强盛的王朝在走上历史舞台之前，都是以江南的崛起作为序幕的。例如，秦汉大一统之前的吴越对江南的开发，隋唐盛世之前的六朝的繁华，明清大帝国之前的宋室南迁以及由此带来的对南方的惨淡经营，等等。北方是政治的北方，是王者之气的北方，因而也是滋生理性与阴谋的北方；江南是艺术的江南，是祭祀和歌舞的江南，因而也常常是"一片降幡出石头"的江南。不错，江南是柔弱的，但那是一种有着足够韧性的柔弱。你可以一时忽视它，却终究还是离不开它。当北方在为王冠的归属而厮杀得昏天黑地时，江南却在默默地兴修水利，垦殖耕耘，并悄悄地完成了由木、石和青铜工具向铁制工具的转变。这样，当北方的厮杀有了点头绪时，在废垒残垣中蓦然回首，江南却正是莺歌燕舞的好风景。

历代的帝王大都定鼎于北方，目光又往往关注着更北方的大漠边关。在他们中间，杨广是比较早地开始关注江南的——岂止是关注，简直是一往情深。这当然与他在江南的经历有关。开皇八年（公元 588 年），晋王杨广率五十万大军浩荡南征，一举平定南陈。这场战争结束了自永嘉之乱以来将近三百年的分裂割据局面，实现了秦汉之后的又一次大一统。而对于杨广本人来说，江南给予他的，不光是六朝金粉的艳丽和结绮临春的奢华，更重要的是一笔丰厚的政治资本，一个刚刚十九岁的少年，就统兵出征，立功于千里之外，雄姿英发，所向披靡，这是何等令人瞩目的风光！当然，哗众和出彩还不是全部，作为一个野心勃勃的皇子，平陈之役还给了他一次和军界重臣们沟通和牵手的机会，这一点亦不可小视。因此，从某种意义上说，杨广政治生涯的第一步，是在江南这块舞台上迈出的。随后，他便被封为扬州总管，在江都一住就是十年。

这中间有一桩事有必要说一下。开皇十年（公元 590 年），江南发生了士族土豪的叛乱，其时杨广恰好奉命出镇扬州，他实际上主持了平叛的政治攻势。先后招降了十五座城邑的叛乱分子，有力地策应了杨素的军事行动。但司马光在《资治通鉴》中却没有说及此事，且将杨广去扬州写在杨素平定泉州之后，给人的印象似乎是杨广事后才受命赴任的。史家的笔头真是了得，一次悄悄的技术性处理，就把杨广在平叛中的作用抹煞得了无痕迹。这是司马光因厌恶杨广其人而做的一点手脚，对于一个严肃的历史学家，这是很不应该的。

在江都的十年，杨广正值二十岁到三十岁，对于一个男人来说，这是性格形成中最具关键意义的十年。他后来对江都那么痴迷，既体现了一个政治家的深谋远虑，也体现了一个普通人感情上的偏爱。江南是女性的江南，这里的美似乎不是庄严神圣或国色天姿的那种，却绝对是温馨可人带着股肌肤之亲的。所有的艳色和风情都以一种轻描淡写的方式滋润着你，有时也能让你为之惊栗甚至掉泪的。即使是灯红酒绿和纸醉金迷，也是带着诗意的灯红酒绿和可供吟哦的纸醉金迷。因此，这里的一切——山水、风俗、衣冠、人物，以至清风明月、流水落花——都和杨广自身的性格有一种灵性的契合。杨广的性格中其实有着太多的女性成分，例如那种天然的艺术气质，那种情绪化但又极富于浪漫色彩的想象力，还有那种小肚鸡肠般的敏感和狭隘。这种性格的形成，可能与他母亲独孤氏在家庭中过于霸悍专权有关。女人往往容易平庸或害怕平庸，容易诱惑或被诱惑，这种性格膨胀到了极致便伴随着媚俗形式或自毁形式，这或许可以解释杨广后来为什么会那样恣意妄为地胡闹。

一个北方血统的青年皇子在江南的风花雪月中成长起来。成长是生命的又一次孕育，江南的风花雪月托举着他的灵魂，也摇曳着他的梦想，北方的粗犷与南方的柔媚在他的血脉里碰撞、融合，最终流出一个成熟的性格。从此以后，南方也成了他血液的一部分，他不会再用一个北方人的目光来打量南方了。是的，一个泱泱大国既需要北方的气概，也需要南方的心灵。就如男人和女人，是互为一半的关系，男女相得，才能达到最高境界的和谐。如果说北方是独立苍茫的长啸，南方则是分花拂柳的浅唱。一个没有北方的中国是没有思想也没有脊梁的中国，且看那个刚刚曲终人散的南朝，虽然文采风流，如满天云霞一般灿烂，可一旦强敌迫境，城堞下却找不出几颗血性刚烈的好头颅。同样，一个没有南方的中国是没有灵性也没有情调的中国，不管是清风明月还是草绿花红，也不管是笙歌鬓影还是莺飞鱼跃，南方都带着风情的眉眼，可以入曲也可以吟诵的。一个日益富庶和觉醒的南方，正以它精美而富于灵性的生活方式进入北方的视野，并终将影响他们的生命精神，就像中原的生活方式曾影响了更北方的鲜卑人和突厥人那样。但历代的帝王们都习惯于眼光向北，即使像汉武帝那样的一代雄主，他的不世功业也主要是在对北方的征伐中建立的。在这一点上，杨广有理由藐视他们。

谈论杨广的"江南情结"当然绕不开一个最为敏感的话题——女人，后人对这方面有着太多的关注，几乎把杨广渲染成了一个只知道在脂粉堆中厮混的花花公子，一个淫荡无度的两脚兽。不错，杨广对女人的兴趣确实比较过分，特别是对江南的女人。后来他一趟又一趟地往江都跑，对南国佳丽的钟情应是重要的心理动机。但我总觉得，这中间似乎还与一个女人有关，正是这个女人的影子诱惑着杨广，给他的"江南情结"笼罩着一层暧昧的色彩，这诱惑是牵惹心魂拂拭不去的，也是天长地久无绝期的。这个女人叫张丽华。

张丽华是陈叔宝的宠妃，据说陈叔宝在处理政务时也要把她搂在怀里的。"千门万户成野草，只缘一曲后庭花。"可见这女人确是个天上人间的尤物。这些杨广当然不可能不知道，所谓心向往之也是情理之中的。但是这中间发生了一个错位，即建康城破时，隋将高颎竟自作主张把张丽华给杀了，杨广不但没能得到这个大美人，而且连模样儿也没能看到。于是问题就来了，以杨广那样的性格，想得到什么就一定要得到的，若得不到，心理上总不能平衡，从此以后，倾城倾国的张丽华便只能活在他的想象之中了。得不到的东西总是美好的；不但没有得到，而且连看也没有看到的东西更能勾起无限的想象，这是一种不着边际的美，有如梦中情人，又好似雾里看花。美所具有的那些特质——例如神秘、朦胧、挑逗力、新鲜感等等——都在想象中搔首弄姿，流光溢彩。归根结底，女人的美是要在男人的想象中实现以至增值的，因此，女人作秀的一个重要技法就是把自己遮掩起来，不给你太多。"犹抱琵琶半遮面""花明月黯笼轻雾""小廊回合曲阑斜""千呼万唤始出来"，这些都是遮掩，反正不让你一览无遗，留给你一点想入非非的余韵。但张丽华的这一手又似乎玩得太绝了，干脆赏你个上穷碧落下黄泉，两处茫茫皆不见。这样一来，在杨广的意识里，只具有抽象美的张丽华便注定成了绝色，也就是说，他后来生命中所有的女人与这位梦中情人相比，都是无法企及的，甚至她们的总和也是不能超越的，因为现实永远不可能超越想象。那位让陈叔宝痴迷得丢了江山的可人儿究竟是什么模样呢？她像西施那样常常皱着眉头吗？像赵飞燕那样纤巧且能作掌上舞吗？像王昭君那样明艳照人却又一帘幽怨吗？或者简单地说，她是玉树临风还是梨花带雨？是淡秀天然还是风情万种？可望而不可即是一种境界，那已经够撩人的了；而不可望亦不可即又是一种境界，那几乎是钟灵毓秀，集大成的美。这就是死鬼张丽华的魅力，也是她在一个好色男人心理上制造的审美效应。

其实，如果杨广得到了张丽华，恐怕热乎一阵子也就罢了。时间长了，一切的美都会变得熟视无睹的。例如那位宣华夫人，当初她还在杨坚名下时，杨广不也是想得快发疯了吗？以至在老皇帝弥留之际的病榻前就对她动手动脚，为此差点惹出一场塌天大祸。老皇帝晏驾后，他又不惜背负"乱伦"的骂名，当天晚上就迫不及待地把后母弄上了床。但以后怎样了呢？史书上没有说。但从宣华夫人一年以后就香消玉殒这一点来看，她不一定活得很开心。这或许可以说明杨广后来对她的态度。尽管杨广曾作《神伤赋》以悼之，但那恐怕也是做给人看的。男女之间的事情，只有当事人自己最清楚，就如人们常说的那句话，鞋子松紧，只有脚趾头知道，别人说得再多也是扯淡。

死鬼张丽华的影子，就这样索命似的纠缠着杨广。在他的深层意识中，张丽华实际上就是南国佳丽的一种意象，他后来在江都选了那么多江南美女，日日红楼，夜夜笙歌，恐怕也可以视为一种心理补偿吧。

这些当然是以后的事。在当扬州总管的十年间，杨广是把声色之好收敛得很艺术的。他常常穿着打补丁的衣服，手下的婢女也都是乱头粗服的那一类，再加上手面很大地给长安来的官员们塞红包，因此，反馈到京城的都是对他的赞美，很让他的父皇和母后称意的。这样，当他离开江都奉调入京不久，杨坚就把杨勇废为庶人，改立杨广为皇太子。杨广离梦寐以求的皇位只有半步之遥了。之后，他又在处心积虑中等待了四年，终于在一场宫廷政变中登上了皇位。

杨广是从江南永恒的蓝天和充满活力的生命情调中走进京城的，他的关中土语中已融进了些许吴侬音调，他自然不会忘记江南的。作为一个帝王，他不仅知道江南的美丽，更知道江南的富庶——他们比北方拥有更多的阳光和水，因此，当北方的乡村眼巴巴地盼望着收获的秋天时，南方却早就开始在蚕茧的草龙上收获，在手摇的缫车上收获，在村妇的土制织机上收获。当然，他还知道江南的不安定。自南陈覆亡后，失去权势的江南豪族不甘心政治上的落寞，一有机会就生事作乱。有鉴于此，杨坚曾下令："吴越之人，往承弊俗，所在之处，私造大船……其江南诸州，人间有船长三丈以上，悉括入官。"又诏令收天下兵器，有私造者坐之。这样的举措当然也是不得已而为之，但并非根本之计。在杨广看来，重要的是南方和北方的融合，并在融合中互相平衡，互相制约，让南方带着生命的绿色滋润北方，也让北方带着多情的眼波眷顾南方。江南塞北的地理环境孕育了多姿多彩的生活方式，但普天之下莫非王土，一个精神上足够强大的帝王，是能够包容天地人寰的。在大隋帝国的旗帜下，南北财货争奇斗胜，八方衣冠各竞风流，这才是泱泱大国应有的气象。现在，他已经把政治中心由大兴城移到了洛阳，离江南稍稍靠近了些，这于监视和威慑都是有利的。南方的稻米丝绸北上京都时，也省却了黄河的风涛和渭水的枯涩。但放眼南望，只见千里运道上车马劳顿，络绎如流，各种各样的车辆，或人力推挽，或老牛牵拽，怎一个苦字了得。当年张翰在洛阳的秋风中思念故乡的莼菜和鲈鱼，就是驾着这样的牛车回江南老家去的吧，他一路颠颠簸簸地要走多长时间呢？这黄尘滚滚的运道，有如一种柔软的暴力，蹂躏着人畜和车辆，也蹂躏着杨广深谋远虑的目光：中国太大了，江南毕竟还相当遥远。

那么就开一条运河吧。

于是，几乎就在营建洛阳东都的同时，杨广又发布了另外两项工程的诏书。

请记住这两项工程的名字：通济运河，由洛阳东下山阳（淮安）；邗沟运河，由山阳南下江都。

时在大业元年（公元 605 年）三月二十一日。我们大概还记得，就在四天前的三月十七日，营建东都的工程刚刚开工。杨广真是不简单，他凝眸一望，就决定了一桩令后世受用不尽，几乎影响了此后一千三百余年中国封建社会历史的大事，你说这是何等眼光！他笔尖一抖，整个中国都为之颤动，一个古老民族的创造力被激活了，长江和黄河挽起了热情的手臂，你说这是何等胆略！

他振臂一呼，数百万民工有如羊群一般被驱赶过来，从洛阳到江都的千里旷野上，落霞与汗雾齐飞，苍原共人海一色，连空气的温度也升高了几许，你说这又是何等气魄！

所有这些，大概就因为这是在大业"元年"。如果我们翻一下历史年表，看一看每个皇帝登基"元年"的大事，肯定是很有意思的。一个新上台的帝王总是雄心勃勃的，总希望在几天之内多快好省地干完所有要干的事。我们现在无法知道大业元年三月十七日到二十一日那几天京都的天气情况，但估计是很不错。今天，当我捧读着故纸堆中那份尘封已久的诏书时，仍然可以感到其中澎湃跃动的自信和想象力，以及那种生命精神的高远和灿烂，一如北方高远的晴空和灿烂的阳光。正是在那个春光烂漫的三月，青春的杨广发布了一道青春的诏书，为正值青春期的中国封建社会迎来了霓虹满天的盛世风华。

千里长河一旦开

西方诗人在描述沙俄修筑的西伯利亚铁路时，这样说：每一根枕木下，都呻吟着一个冤魂。

中国的诗人在论及杨广开凿的大运河时，这样说："千里长河一旦开，亡隋波浪九天来。锦帆未落干戈起，惆怅龙舟更不回。"

中国诗人没有西方诗人那种悲悯的人道情怀，却多了几分历史的眼光。这源于中国文学的一个重要传统：文以载道。道是什么？是一种泛政治化的说教，它的本质是实用主义的。大概因为中国诗人当官的多，遇事喜欢打官腔吧。其实，呻吟在运河下的冤魂，一点也不比西伯利亚铁路下的少。冤魂从来就是历史前进的润滑剂，这一点大人物都懂，因此他们敢于藐视生命、恣意妄为。

大运河下到底有多少冤魂，恐怕谁也说不清，小民百姓的生命从来上不了史书的，隔靴搔痒地说一句"隋民不胜其害"就够了，倒不如有些民间传说生动。例如淮北泗县东北有一个叫枯河头的小镇，原来的名字叫"哭孩头"。据说当年杨广命大将麻叔谋督催开河，这个麻叔谋是个名副其实的催命鬼，他特地制造了一种一丈二尺长的铁脚木鹅，用来测量河道深浅。遇有浅处，便将这地方的河夫及官骑尽埋堤下，谓之"生作开河夫，死作抱沙鬼"。河工上的这些事暂且不去说它，这位麻大将军偏又吃腻了大鱼大肉，单喜欢吃熊掌，每到一个州县，地方官和当地豪绅必要给他进献熊掌。当运河挖到泗县一带时，因为这里没有山，也逮不到熊，断了他的口福，麻叔谋竟叫手下人偷老百姓的小孩，剁下手掌烹来享用。如同爱一样，恨也是人类生存的理由之一，"哭孩头"的名字从此便成了附近乡民的一座恨碑。这样的传说确实令人毛骨悚然的。但传说的目的不是为了让人毛骨悚然，它仅仅是为了传说。这座名为"哭孩头"的淮北小镇，一"哭"就是七百年，直到元代运河改道，汴河湮废，始称"枯河头"。

正史上其实并没有麻叔谋其人，他的形象只出现在《隋唐演义》中，可见是个小说人物。但是像"哭孩头"这样的传说，在小镇的地方志上却明明白白地写着，一代又一代的乡民们也是这样说的，想来即使有些虚构的成分，但督催官的凶残暴戾应是毋庸置疑的。传说之所以成为传说，是因为它沉淀了巨大的民众情绪，在运河全线，类似于"哭孩头"这样的传说又该有多少呢？我们完全有理由谴责专制者的种种野蛮和不人道。通济运河与邗沟运河全长二千余里，杨广于三月二十一日下令开工，同年八月十五日即乘龙舟来江都，前后只有一百七十一天，工期之紧，督催之酷，可以想见。饥饿、劳累、炎热、酷吏，构成了一座死亡的炼狱，数百万河夫就在这炼狱中挣扎。他们在绝望中一锹一镢地开掘，又在开掘中沦入更大的绝望。他们实际上是在开掘自己的坟场。一个又一个鲜活的生命倒毙于斯，鲜血在土地上凝结为苔斑，尸体则长眠在河堤下，催生着新栽的杨柳，但运河在一点一点地向前延伸。这就是历史。

那个叫枯河头的地方，后来我也去过。当年踵事增华的汴河已经湮没无痕，只有一处马鞍形的高坡地，生长着庄稼和野草。阳光下寂寞着几棵老树的影子。远处有一个老农在用铁锹挖土。铁锹大体上还是千百年前的那种，历史在它身上并没有体现出质的变化，只有形制的改进。老农挖土的动作和当年的河夫也没有什么差别，只是神情显得很悠闲，气色也很饱满。此刻，他大抵不会想到那个关于"哭孩头"的传说，也不会想到一千四百年前在这里挖土的人。那与他有什么关系呢？所谓发思古之幽情，只是文人的自作多情罢了。当草根缠在锹刃上时，他会用瓦片刮一刮，或者在田埂上使劲剁几下，仍然接下去挖。他弯腰挖土的形象很具有经典意味，还记得，我小学历史书上大禹治水的插图，就是这副模样，这几乎可以算得上是中国农民的标准形象，它和土地结合在一起，也和苦难、沉默、坚韧结合在一起。他们至少已经挖了几千个年头，他们还要挖多少年呢？但挖过的土地上从来不会留下他们的名字，甚至连他们的坟冢也不可能留存很久。但有些人的坟冢却可以千秋万代地去招徕，那是因为他们高贵的身份。在距此不远的地方就有一座虞姬墓，墓的主人是楚霸王项羽的小老婆。"霸王别姬"是中国历史上最典型的英雄美人的悲剧故事，自然很富于情调的，加之这里历史上靠近运河，唐宋以来是京师通往东南地区的必经要道，过往的文人墨客都喜欢在这里拢一拢，发几句感慨，把一座荒冢渲染得像贞节牌坊似的。诸如"贞心甘向秋霜剑""不负君恩是楚腰"之类，无一不是爱情的颂歌。我想，我们历来对"霸王别姬"的评价是不是有失偏颇呢？至少是过分美丽，也过分理想化了，都在那里摇头晃脑地吟咏爱情，有谁曾稍微探测过虞姬的内心世界，发出几声生命的叹息？因为我总觉得，那个可怜的虞美人最后实际上是被项羽逼死的。在穷途末路的项羽看来，自己完蛋了，其他什么东西——霸权、疆土、财富、坐骑，甚至包括自己的脑袋——都可以成为对方的战利品，唯独老婆不能。于是他一边喝酒一边不停地催逼："虞兮虞兮奈若何？"言下之意很明显：我死了你怎么办？难道去给刘邦那老流氓做小老婆？在这样的情况下，虞姬除去死，还能有什么别的选择呢？可见什么忠贞爱情之类全是扯淡。楚帐悲歌，芳魂零落，那实际上是一种男性的专制使然，它很容易让人们想到某些赌徒的德性：输光了便打老婆撒气，那是专制者最后的疯狂。

在这里，我不经意地又触及了中国封建社会中一根最为敏感的神经——专制。我们曾以最激愤的情绪抨击专制，但有时我们又不得不承认，专制体制确也可以办成一些大事。在这一点上，它似乎比民主体制优越，至少专制者自诩是这样的。当民主体制在那里夸夸其谈地议而不决时，专制体制已经凭借朕即国家的无上权威和独断独行的铁血手腕，不惜以百万生灵的血肉之躯为代价把事情干完了。回过头来看看，事情确也干得不错，万众一心，多快好省。只不过黎民百姓苦了点，多死了几个人而已。但那又算得了什么呢？伟大的事业造就伟大的人物，而伟大的事业往往总是蔑视个体生命和个体幸福的。

例如眼下的这条大运河。

这条以无数冤魂垫底的浩大工程曾被多少人诅咒过啊！但平心而论，你尽管可以说它是一项惨无人道的工程，也尽管可以说它是一项因好大喜功而产生的工程，甚至尽管可以说它是一项澎湃着黎民之怨和苍生之血的工程，却绝对不能说它是一项愚蠢的工程，因为它恰恰体现了一种历史的大智慧。中国的封建社会到了杨广那个时代已经进入了青春期，青春期不光是欲望的眼波、健壮的胸脯和喷薄跃动的荷尔蒙，青春的体魄需要更为强健的血脉，一条南北大运河的出现无疑是历史的必然。在此之前，历朝历代已经为它做了足够的铺垫，春秋战国时期开挖的邗沟和鸿沟就不去说了；汉代开挖的蒗荡渠和汴渠也不去说了；即使在魏晋南北朝那样的大分裂时期，各方诸侯在忙于整武修文的同时，也从来不曾停止过地方运河网的建设。它们似乎都在等待着一个大一统的强大王朝，一个富于眼界和气魄的强有力的帝王把他们勾连起来，成为纵贯南北各大水系的大动脉。北魏孝文帝在历史上也算是一个有作为的帝王，当年他迁都洛阳后就曾雄心勃勃地表示：

> 朕以恒代无运漕之路，故京邑民贫。今移都伊洛，欲通运四方。

可见，"移都伊洛"和"通运四方"的战略构想早在杨广一百多年前即已产生，只不过孝文帝元宏当时还不具备开凿大运河的条件——特别是南北统一这个大前提——便只能把这桩盖世功业留给杨广了，但他确实为大运河呼唤过。我们当然有理由这样说，如果杨广不开凿大运河，迟早也会有人去干的。"蓬门今始为君开""千呼万唤始出来"，大运河的诞生体现了一种历史的渴望。这种渴望又是理性的、睿智的、步步为营的，不是浪漫多情的少女，一任情怀地胡思乱想。因此，它不仅体现了需要，而且体现了可能。如果没有大业初年强盛的国力，大运河的开凿也只能是痴人说梦。隋帝国经过杨坚二十多年的治理，据说各级府库中的粮食和布匹都堆不下了，所以后人感慨道：西汉至武帝而盛，经过了四代帝王七十余年的休养生息，"隋则文帝初一天下，即已富足"。这是农业社会中的一种特殊现象，单一的农业经济，又不讲究交换，短时间的全国动员，确实可以解决温饱走向小康的。那是一个注定了要干出点大事业来的年代，隋朝的大一统几乎没有经过多少战乱，加之文帝一朝的励精图治，广袤的大地上仓廪丰足，科技的天空中则是星光灿烂，仅就与开凿大运河有关的领域，随便说说的就有：在数学方面，祖冲之在一百年前就已经把圆周率的有效数字精确到小数点后面的第七位，这种精确在当时几近神话，在此后的差不多一千年中也一直无人超越；在地理学方面，近者有北魏郦道元的《水经注》，远者有西晋裴秀的《制图六体》和《禹贡地域图》，华夏大地上的山河广土尽在方寸之内，既可置之案头也可收入囊中的；在工程技术方面，我们当然不会忽视这样的事实，就在开凿大运河的同一年，河北有一个叫李春的工匠设计建造了著名的赵州桥，这座石桥后来成为中国和世界桥梁史上具有经典意义的杰作。以上所说的这些都是中国科技史上有名有姓的"星座"，此外还有更多无名氏的创造，历史虽然剥夺了他们本应拥有的冠名权，但他们生命的智慧也同样融进了人类文明的进程。且看数千里长河上，沿途的那些复闸、堰埭、对旧有河道的利用、流水落差的缓解等等，无不匠心独运，体现了当时的最高智慧。杨广真是幸运，他遭遇了那个充满了青春气息的时代，老爸又给了他那么一份足够开销和挥霍的家业，他当然不会让历史的机缘擦肩而过的。

大运河的开凿充分体现了历史的渴望与杨广个人风格的统一：它既是宏大的，又是美丽的；既是实用的，又是富于诗意的；既是一蹴而就的，又是万代不朽的。金秋时节，通济运河与邗沟运河全部竣工，河、堤、树、道，一气呵成。杨广登上了新造的龙舟，翠华摇摇地巡幸江都。

时在大业元年八月十五日，距开工仅一百七十一天。

这几乎是一年中最适宜出游的季节，虽然没有杏花春雨，但初秋的阳光同样是明媚的，而且那明媚中有一种内在的恬静与热烈，是自在坦荡的消受，不像春天那种肤浅的大红大绿，让人心烦意乱的。时令才是八月，天地间的景况还未见萧索，天高云淡，好风好水，两岸的杨柳依依可人，花花草草也是很风情的。南下的船队从洛水入通济河，其中包括官船两千八百四十五艘，兵船两千四百艘，外加纤夫八万人，这八万名纤夫中，有"殿脚"九百人，专门牵挽皇帝的龙舟。你只要仔细体味一下"殿脚"这个词，就可以想见那龙舟该有多么高大崇宏。一艘龙舟就是一座宫殿，而纤夫则是这宫殿赖以行走的"脚"。这实在是个很独特的称谓，它是和巨大的龙舟、奢侈的排场，还有那种顾盼自雄、不可一世的心态联系在一起的。大概因为杨广在这几方面都已经登峰造极，"殿脚"也因此成了个昙花一现的词，以前没有这说法，以后也不曾再出现过，是空前绝后，非杨广莫属的，也是那个时代遗落在历史烟尘中的一点花絮。如此庞大的一支船队首尾相连，绵延二百余里，一路上旌旗蔽日，浩荡如云，这样的排场简直令人难以置信。我想，即使后人的记载有夸张的成分，但打一个折扣也仍然相当壮观。而且以杨广那种好大喜功的性格，这样铺张招摇的事情他是完全干得出的。

这艘由数百名"殿脚"牵挽的巨型豪华龙舟，就这样行驶在大运河上，它成为大业年间一幕奇特的景观，后人在回望这一段历史时，恐怕很难忽视它的身影。龙舟乘风破浪，把杨广带向了事业的顶峰；也在最后的风雨飘摇中，成了他逃避现实的向往。从实体意义上讲，龙舟是一座流动的宫殿。杨广是天性不安分的"动物"，在他十三年的帝王生涯中，曾八次巡游，在京师大兴城的时间总共加起来还不到一年。这样，龙舟便为他在巡游中提供了皇宫里的一切享受（后来在北巡时，他又制造一种可在陆地上移动的宫殿，谓之"行城"，实际上是龙舟的变种）。对于有些人来说，享受已不仅仅是享受，而是一种身份的标记，例如，你不能说一个农民有几天没吃棒子粥或窝窝头就不是农民，但皇帝如果没有山珍海味，没有六宫粉黛，没有翠华摇摇和山呼朝拜，恐怕就不是皇帝了。而龙舟恰恰为杨广提供了一座帝王生活的活动平台，让他走到哪里就享受到哪里。在这一点上，杨广只是一具沉湎于感官刺激的行尸走肉而已。从精神意义上讲，龙舟是一种诱惑，也是一种归属，杨广总是向往着外面的世界。"玉玺不缘归日角，锦帆应是到天涯。"李商隐的诗句何等通透，他是理解杨广的，因为他们都是诗人。但"天涯"在哪里？它只是视觉中的一道地平线，你越是朝它走去它就离你越远。因此，所谓"锦帆天涯"之旅是带着梦游成分的。在这一点上，杨广又是一个浪漫骑士和寻梦者。龙舟的实体意义和精神意义就这样"搞掂"了杨广，对于他来说，龙舟既是开场白，也是谢幕，他实际上从来没有能走出龙舟。我们甚至只要细辨一下龙舟上朱漆剥落的程度和锦帆的成色，就大致可以知道王朝的盛衰和当事人的心态。

南巡的船队从洛阳出发，一路经荥州、开封，到了睢阳又折向东南，过永城、灵璧、泗州入淮河。这一段是通济河。后人认为通济河流经泗水，根据是《资治通鉴》中的一句记载："入于泗达于淮。"这是搞错了。实际上，这里的"泗"是指"泗州"而非"泗水"。由淮水上溯到山阳，向南便进入邗沟了。隋文帝时为了对江南用兵，曾对古邗沟稍作疏浚，但由于时间短促，施工比较草率。这次开凿时，除对不少地段截弯取直外，对旧有河道又扩而广之。加之这一带湖沼密布，水势浩大，与通济河相比别是一番气象。从传统意义上说，现在已进入江南了。江南毕竟是江南，即便是秋色，也是滋润繁茂的。锦帆映着秋阳，如火如荼一般。船舷下的水波是欢欣跳跃的。湖面上的荷花开了，那是真正的花枝招展。而芦苇却仍然是苍翠的风姿。这满眼的金秋好景让杨广很开心，觉得都是迎候他的排场。六年前，离开江都的是一个处处都得小心的藩王，而今天回来的却是挥手作风云的天子，一种衣锦还乡的情怀不禁油然而生。

他问臣子："自古天子有巡狩之礼，而江东诸帝多傅脂粉，坐深宫，不与百姓相见，此何理也？"

答曰："此其所以不能长世。"

其实用不着回答，杨广心里就是这么想的。这种问答属于自说自话，带着炫耀的意思。于是，他传令沿途不必戒严，让两岸官绅百姓都来一瞻天颜。

龙舟到了邵伯，先头的陵波船已抵达江都，派快马送来消息：江都那边接驾的一应准备已经就绪，地方官奏请北上迎驾，请皇上恩准。

杨广哈哈一笑："不必了！"

而这时，殿后的艚艘和八棹船才到了离江都二百里的高邮。

雄视四方

江都是杨广魂牵梦萦的地方，这里的市井街衢都是旧时岁月，虽然有些沧桑意味，但骨子里头还是熟悉的。朱门红楼和夕阳芳草的那种哀艳，也是他原先就很欣赏的情调。如今皇帝来了，便每天都有花团锦簇的热闹。皇帝也很定心，有点宾至如归的意思。但虽则是热闹，杨广还是看得出江都比几年前憔悴了不少，像一个落尽铅华、素面素心的女人，显出某种困窘和无奈。他觉得很对不起江都，在他看来，这歉疚是只有多住些日子才能补偿的。那么就多住些日子吧，顺便到四处走走、看看。说是"听取舆论，考察风俗"，其实车驾出了行宫，仪仗警卫便"填街溢路"，往往长达二十余里。在这种场面下，不知他是如何听取舆论，又是如何考察风俗的。好在杨广是喜欢热闹的人，怎样排场也不为过的。既然来了，还得给江都的父老乡亲们一点见面礼。他大笔一挥，赦江淮以南所有的罪犯，又免除扬州五年的徭役，这些都是毛毛雨，乐得为之的顺水人情。当然，国家大事他也没少操心。草黄马肥，大漠穷秋，契丹骑兵进犯营州。杨广采用以夷制夷的策略，以突厥军队讨伐。但他对突厥人也不放心，又令韦云起为监军。战事进行得还算顺利，契丹人稍一接触就引兵退去。这件事给杨广提了个醒：北方并不安定。在内政方面，他派出十名钦差巡视天下州县，以改变"民少官多，十羊九牧"的弊端。对拥戴他上台，并以世袭特权充斥于朝廊的关陇军人集团，他一直是耿耿于怀的。现在，他开始着手改革官制，并为一项对后世有重大影响的制度——科举选士制度——的出台做好了铺垫。

余下的精力就是游乐，当然还有写诗，且看：

暮江平不动，春花满正开。
流波将月去，潮水带星来。

文辞很华美，也有点雕琢，不脱六朝宫体诗的脂粉气，比之于《大风歌》那样即兴喊出来的诗句，总觉得少了点风骨，这或许就是杨广与前代那些成就一代霸业的帝王在人格精神上的差距吧。这首题为《春江花月夜》的乐府诗，令人想起一百年后张若虚的那首同题大篇。张若虚是"吴中四士"之一，在初唐诗坛上很有点名气的，《春江花月夜》亦是他的得意之作。后人认为，张诗的开头四句就是受了杨广的影响，他那四句是："春江潮水连海平，海上明月共潮生。滟滟流波千万里，何处春江无月明。"大家如果有兴趣的话，不妨比较一下，确实可以找出点痕迹。

大业元年余下的日子，杨广都交给了江都，还连带着第二年那一段春暖花开的季节。

到了三月中旬，他又要启驾登程了。不是在江都住腻了——他和江都有一种天生的亲和感，永远不会腻的——而是想到了北方。这么大一个国家，皇帝也不好当哩，更何况是一个雄心勃勃、处处都要争强好胜的皇帝呢？在很多时候，杨广都处于被两种力量向相反方向使劲拖拽的感觉，这两种力量是：南方和北方。南方是一种诱惑，属于感官和灵性的；而北方则是一种责任，它更多地属于理智。在短短的十三年中，他三次南巡，四次北巡，一次西巡。如果说南巡还带有某种游乐性质的话，那么像青海那样的不毛之地又有什么可以游乐的呢？我们不应该忘记，杨广是中国历史上唯一曾亲巡河西的中原帝王。绝域苍茫何所有，平沙莽莽黄入天。深入到那样的地方，即使是巡幸，即使贵为天子，也仍然是要吃不少辛苦甚至冒不少风险的。好在杨广正值盛年，体魄还不成问题。他喜欢把精力释放在一个更广阔的天地里，这种生命方式至少是值得赞赏的。我们已经看惯了那些坐在深宫里病恹恹的老人，口角流涎，目光浑浊，连画个圈也要别人代笔。因此，远望着杨广在漫天风沙中西巡的身影，精神总会为之一振的。

从江都回程走的是陆路，自然又是另一番排场。先到洛阳看了新落成的宫城，很满意的。又到大兴城小住了几日，然后便下诏北巡。这一次去的地方是雁门关外。去年秋天的边境冲突使杨广有了一种危机感，那是些怎样骁勇强悍而又桀骜不驯的民族啊！他们仿佛天生就是为了征战才来到这个世界上的，长啸如风，马蹄如雨，从来就是他们创造生活的光荣与梦想。曾经的金戈铁马接天盖地而来，将大漠边关踢踏出蔽天的征尘，那张弓搭箭的身影，只有以整个天幕为背景才能恣肆伸展，那草原民族特有的眼神，有如鹰隼一般，注视着南方的子女玉帛。千百年来，他们的马蹄曾多少次踏碎中原王朝的笙歌舞影，又有多少中原男儿在与他们的殊死搏杀中建立了自己的不世功业。"羽檄频年出凤台，边云漠漠战魂哀。"塞外的多事之秋，成了中原天子心中永远的忧患。那么，就摆开架势去怀柔一番吧。所谓怀柔，无非就是夸富逞强，耀武扬威，恐吓镇服而已。对这一点杨广有着足够的自信。

果然，杨广的东驾刚出了雁门关，突厥的启民可汗就带着隋朝的义成公主前来朝见，并上疏"请变服，袭冠带"，他说得很动情：

> 微臣今天已不是以前化外之地的突厥可汗，而是至尊（皇上）的臣民。请至尊可怜微臣的一片孝心，允许全体突厥人改穿华夏大国一样的服装。

杨广遂在临时搭建的"行城"内召开御前会议，令臣下就此进行会商。公卿们都认为这是再好不过的事，一致"请依所奏"。

但杨广却认为不可，理由是："君子教民，不求变俗。"这当然是冠冕堂皇的说法，深层次的意思是：你光是让他们换一身衣服有什么用？关键还是要他们心存敬畏。况我泱泱大国、煌煌盛世，让各种不同的风俗共存共荣又有什么不好呢？在这一点上，杨广可要比满朝文武高明多了，他以自己的明智和豁达，表现出中央王朝对少数民族风俗的尊重，他处理民族关系的这种度量和政策水平，可以说是具有历史高度的。在给启民可汗的诏书中，他说得很恳切："碛北未静，犹须征战，只要好心孝顺就是了，何必改变衣服呢？"

应该承认，这时的杨广已是一位相当成熟的封建政治家了。

接下来是一系列热烈而友好的场面，互相宴请、互赠礼品，朝廷方面的赏赐更是达到了令人难以置信的天文数字，光是赐给启民可汗的锦帛就有二千万段，这还不包括下面的部落首领。慷国家之慨，杨广的手面向来是很阔绰的。在启民可汗的牙帐中，他曾洋洋得意地即兴赋诗，其中有"何如汉天子，空上单于台"的句子，把曾经大败匈奴单于的汉武帝也不放在眼里了，可见自我感觉相当不错。

这次北巡杨广做出了一项重要决定：重修长城。但是也埋下了一个祸根，从某种意义上说，这祸根最后直接导致了隋王朝的灭亡。

事情的起因完全是一次很偶然的遭遇。

就在杨广这次北巡期间，高丽也派人出使突厥。高丽出于对隋帝国的疑惧，与突厥暗中通好，这也是很正常的。但问题是，这位使者来得实在不是时候。当杨广来到启民可汗的牙帐做客时，高丽的使者已先到了一步。这时的可汗已被杨广一路上大摆阔气、大扬武威的声势吓住了，他不敢私下"隐境外之交"，遂引高丽使者入帐拜见杨广。

这件事本来也没有什么大不了。但偏偏这时候有一个叫裴矩的大臣讲话了，他说高丽自古就是中央王朝的藩国，这些年却既不来朝拜，也不肯进贡，"藩礼颇缺"。以陛下所创造的这样亘古未有的盛世，怎能容忍它作境外之邦呢？他这么一怂恿，杨广就板起面孔给人家颜色看了，他要高丽国王马上到长安来朝见，否则，他将率领启民可汗的兵马——接下来他用了一句很含蓄的外交辞令——"巡行你们的领土"。

这话中的意思当然谁都可以听得出来的。

这里得说一说裴矩这个人，因为在杨广一系列对外政策的背后，我们总能看到他的身影。首先，这是一个绝顶聪明的人，他的聪明主要表现在善于迎合杨广的心理，这使得他很受杨广的赏识。其次，他还是一个见多识广的人，他花费了半生的精力，跋山涉水地考察西域各国，写下了厚厚一本《西域图记》，书中不仅对西域的山川地貌、风土人情有相当翔实的记载，而且文笔也很不错。正是这本书，后来激起了杨广的野心和冲动，"梦想仿效秦始皇和汉武帝的丰功伟绩征服整个中亚"。这话是《剑桥中国隋唐史》中说的。当然，作为杨广负责外交事务的大臣，裴矩本身也是一个力主扩张的人，因为他个人的权力欲望是寄生在君王对外开拓的事业大树上面的。

祸根就这样埋下了。高丽国王本来就对中央王朝心存疑惧，这样就更不敢来朝见了。他愈是不来朝见，便愈是燃起了杨广的征服欲望。对于隋帝国和杨广的命运来说，启民可汗牙帐中的这一幕，是在不适当的时候，不适当的地方，进行的一场不适当的会见。读到这段情节，我总有一种莫名的惊栗和无奈。这就是历史的偶然性，而历史进程总是隐藏在无数偶然性之中。我们完全有理由发问，如果高丽使者不是正巧在那个时候访问突厥；如果启民可汗不那么多此一举，把他引见给杨广；如果裴矩当时不在场，或者不讲那一通极富煽动性的话，后来对高丽的战争是不是就可以避免呢？而隋帝国是不是就可以不那么短命呢？历史关键时刻的关键之力，有时只是体现在一些随机性的小情节之中，它们的存在，不只是为历史斑驳的图像添上了几分神秘色彩，更重要的是显示出人类精神的某种本质。

但不管怎么说，祸根已经埋下了。一个欲望既然被点燃了，就肯定要烧出疯狂的火焰，这就是杨广。"我梦江南好，征辽亦偶然。"这是他后来对宫女说的悄悄话，他也把事件的发端归结于"偶然"，可见已有悔意，但那时的局面大抵已糜烂得不可收拾了。

杨广开始紧锣密鼓地为征辽做准备了。

大业三年春季，杨广第二次北巡，这次的主要目的是巡视长城，安抚漠北的少数民族，好腾出手来对高丽用兵。

　　大业四年正月，诏发河北诸军五百余万开凿永济运河，引沁水南通黄河，北抵涿郡。这样，杨广从他常住的江都乘龙舟入邗沟，转通济河，由板渚渡过黄河入北岸的沁口，再由沁口入永济河，循永济河可直达涿郡蓟城。自战国以降，蓟城就一直是北方的军事重镇，杨广对高丽用兵，就是靠永济河漕运军需物资，而蓟城则是他的前敌指挥部。

　　这是大运河与长城的第一次近距离相望，一次愚蠢的战争，将大运河延伸到了燕赵古长城的视野之内。

　　现在，中国版图上出现了一个硕大无朋的"人"字，它的一撇是广通河、通济河和邗沟，贯通关中、中州和江淮；一捺是新开凿的永济河，贯通幽燕河北。这个"人"的脑袋在长安，心脏在一撇与一捺交接处附近的洛阳，而落脚点则是南方的江都和北方的涿郡。它是如此雍容端庄，又是如此俏丽如割。它有着高贵的精神，又有着平民化的品格。它的美是安详的，也是傲慢的。有了这个"人"，中华民族将更加坚实地站立在世界东方的这块土地上，连同他的黄皮肤、黑头发、方块字，还有那具有独特表现力的诗词歌赋。虽然在后来的千百年中，它的形态还会发生种种变化，变得不成其为"人"，但它的内在精神是永远不会枯竭的。

　　对于一个帝王来说，建立什么样的功业往往是可遇而不可求的，杨广遭遇了运河（请注意，是遭遇，而不是寻找），并将自己的激情和才华附丽在运河身上。这激情和才华不可抗拒地漫过来，有一种厄运的味道。大运河的光环太炫目了，它几乎掩盖了作俑者的残暴、荒唐和骄奢淫逸，使得他们都有了某种堂皇的理由。而杨广本人也因此超越了政治动物的范畴，具有了更多的审美意义——在一种华丽、紧张、破碎且富于诗意的美丽中，流动着有力量的感伤，让人惆怅不已。这就是杨广和他的那个时代。

盛世

　　到了大业六年（公元610年）左右，隋王朝无可奈何地到达了盛世的极顶。

　　之所以说"无可奈何"，就因为这个"极顶"实在不是什么太美妙的恭维。什么东西一旦到了"极顶"，接下来的就是风光不再，开始走下坡路。因此，这个"极顶"是分水岭的意思，也是衰落前的最后一次豪宴。这时候的场面最盛大，歌舞最华丽，杯盘也最丰盈。一切都是浓丽繁奢、光芒万丈的，仿佛一颗熟透了的葡萄，不用破皮就能感受那鲜嫩欲滴的丰沛。场面上是一律的狂迷和陶醉，有如梦游一般，梦里不知身是客，还以为这梦能千年万载地延续下去。他们谁也没有想到，曲终人散的结局就要接踵而来。这时候，隋朝立国总共还三十年不到，而离它倾覆的日子只有六七年了。一个王朝，这样迅速地走向盛世，又如此急遽地沦入灭亡，在三十多年里就完成了它那虽然短暂却也相当精彩的盛衰周期，在中国历史上这是一个特例。它几乎是带着盛世的余温就过早地夭折了，可惜！

历史学家一般都把这个盛世的"极顶"定格在大业五年（公元 609 年），标志是杨广那次带有亲征性质的西巡，《隋史》中也认为："隋氏之盛，极于此矣。"这其实是就王朝的疆域而言。但我总觉得，隋朝鼎盛的标志性事件应该是江南运河的开通。费正清等人所著的《剑桥中国隋唐史》中有一个很有意思的结论，那就是中国南方的真正形成，是在隋朝时期。当然，他们是从人口和经济的角度得出这一结论的，此时南方的人口与北方大致持平，"苏湖熟，天下足"的谚语，反映了这一地区蒸蒸日上的富庶。而南方形成的标志则是大运河的全线贯通，南方的一切从此真正进入了北方的视野，他们的文化风习同时也影响了北方。江南运河是大运河最南的段落，也是最后完成的段落，它的开通，把永济河、广通河、通济河和邗沟一直延伸到钱塘江畔的余杭（杭州）。至此，南北大运河全线告成，江南塞北融于一体。时间是在大业六年。

哦，大运河，你流不尽的五千里波光，五千里风华！

一边是黄旗紫盖、翠辇金轮，如云的佳丽分花拂柳，前呼后拥的臣僚进退如仪；一边是黄泥村路、衰草牛羊，炊烟在茅檐上温暖地升腾，欢悦的水声中泼洒着极富于世俗情调的嬉闹，那是浣衣女子生命的风情。

大运河就从这中间流过。

这当然是一种意念化的想象，但我至少在不止一个地方看到过，当年皇帝停靠龙舟的御码头，成了平民百姓洗衣淘米的所在。石阶码头有一种陈年的苔藓味，米很白，捶衣棒是祖辈相传的那种式样，但女人的身姿很好看。

这是一条从皇帝佬儿到平民百姓都离不开的河。

大运河是天生的劳碌命，自开通的那一天起，它就从来不曾停止过操劳奔波。偌大一座京师，从富丽堂皇到衣食温饱都是它从南方背过去的，包括京师的城墙，城墙内的宫宇，还有郊外林林总总的皇家墓冢。至于大内的一应日用器物，只要随手拿起一件小玩意，都可以在南方的某个西风门巷或斜阳村舍找到它的出处。丝绸不用说是苏杭二州的了，云锦来自南京秦淮河畔的作坊，铜镜以扬州的为上品，而嫔妃和宫女们用的梳篦则与常州西门一条叫"篦箕巷"的小街有缘，那里生产的梳篦因此有"宫梳"之誉。甚至连达官贵人沏茶的水也要劳驾大运河送到京师。唐武宗年间，宰相李德裕喜欢喝无锡惠山的二泉水，要地方官派人通过运河水驿递送。这事乍一听有点像天方夜谭，但那位相爷在长安府衙中捧着一杯香茶送往迎来时，却从来也不曾觉得有什么奢侈。诗人皮日休因此写诗讽刺道：

丞相常思煮茗时，郡侯催发只嫌迟。
吴关去国三千里，莫笑杨妃爱荔枝。

诗中用了杨贵妃吃荔枝的典故，这就不仅仅是调侃，很有些尖刻的了。皮日休和李德裕大致是同时代人，且有诗为证，这档事看来不会假。

假与不假大运河知道，但是它不说。不说不等于没有思想，所有的思想者都是沉默的。千百年来的真假善恶，都埋在沉默的泥沙之下。长安、洛阳——后来还有汴梁、杭州和北京——都在它的前方饥肠辘辘地呼唤，它只有任劳任怨负重前行的义务，这是它与生俱来的性格。

大运河来了，五千里波光中掩映着云蒸霞蔚般的盛世风华。

关于隋代那曾有的盛世，我这里只要说一件小事。贞观十一年（公元637年），有一个叫马周的御史在给唐太宗李世民的上疏中说道："隋家贮洛口仓，而李密因之；东京积布帛，王世充据之；西京府库亦为国家之用，至今未尽。"也就是说，直到隋亡唐兴二十年后，仍有人吃着"杨家"的饭，穿着用"杨家"的布帛做的衣服。从贞观十一年仍在闪烁的前朝余光中，人们可以想见当初的盛世曾是多么辉煌。后人总喜欢怀念唐朝，连今天那些以先锋自居对历史不屑一顾的摇滚乐队也自命为"唐朝"，高唱《回到唐朝》。其实，比之于盛唐，除去诗坛上少了几个大腕级的巨星外，大业六年左右的隋朝也逊色不到哪儿去的。后人又总喜欢把隋朝的短命归结于杨广的"耽于享乐"，其实，他如果真的一门心思放在享乐上，恐怕就不会亡国了，老爸留下的那么一份家业足够他受用的，躺在深宫里怎样挥霍也挥霍不完，以无为而治完全可以达到统治的四平八稳。杨广恰恰是个既不安于享乐，也不安于现状的人，他的不少举动在历史上都算得上是石破天惊的大手笔，不光是人们津津乐道的艳情手笔。他满面尘埃，一次接一次地北巡和西巡，前所未有地扩大了帝国的疆土，那种"万国衣冠拜冕旒"的盛大气象当时已初见端倪。大运河更是这盛世的华彩之笔，它是开创性的，也是终结性的；是让人心旌摇荡的，也是让人受用不尽的；是盈盈可握、风神俊朗的，也是波澜壮阔、吞天吐地的。我们与其说中国占有了大运河，还不如说大运河占有了中国。你看它将黄河、长江以及钱塘江这几条纬线方向的天然河道连成一体，从此"自扬、益、湘南至交、广、闽中等州，公家运漕，私人商旅，舳舻相继"。在它的两岸，农夫、商贾、官吏、妓女，当然还有文士（他们总是在诗酒和女人中放达，又总是一副不得志的样子）都在自己的角色中从容自在地奔忙，那种敢于挥霍生命的豪迈中，洋溢着荷尔蒙的浪漫气息。其间还夹杂着几个穿长袍牵骆驼的西域商人。大运河的通达是全方位的，它一端延伸至明州港，舞弄着通往海外诸国的蔚蓝色的航线；另一端则从洛阳西出，摇曳着丝绸之路上孤寂的驼铃。西域商人的驼队越过中亚的茫茫荒漠和祁连山麓的河西走廊来到长安，然后沿大运河南下。而来自日本和南洋的商人、使节和僧侣则从宁波或泉州登陆，通过浙东运河转棹大运河北上。大运河通了，中国的血脉也通了；大运河活了，中国的精气神也活了；大运河容光亮丽，中国也在盛世中鲜活滋润。大运河是一张犁，划过黑黝黝的处女地，翻挖出呼啸的热情和原始的创造力，在阳光下欢快地舞蹈。一切都充满了欣欣向荣的气息，一切都有如神助一般，既有春风化雨的温润，又有开天辟地的气魄。现在我们知道了，就因为有了大运河的滋润，杨广才焕发出了那么充沛的才华，他好大喜功，好发奇想，好作惊人之笔，说到底也是一种才华的闪耀。他的所作所为几乎是有恃无恐的，所"恃"者，大运河也。才华是生命的一部分，它当然也是离不开水的，大运河就是这生命之水的钟灵毓秀。但才华又是一柄双刃剑，一个人才华横溢有时也实在不是什么好事，就像一个国家财大气粗不一定是好事一样。他太喜欢炫耀，太富于进攻性，太迷恋一意孤行。平心而论，杨广称帝期间所建立的那些开创性的功业，是足以和中国历史上任何一位伟大的帝王相比肩的，他之所以没有能进入伟大帝王的行列，很大程度上就在于他富于才华且恃才自傲。一般来说，政治家只接纳才能而不需要太多的才华，因为才华这东西总是与理性相悖的，而才能恰恰体现了一种恰到好处的理性把握。写到这里，我忽然想起法国前总统德斯坦说过的一句话，当年他曾立志当作家，但发现自己写不过莫泊桑，就降一个档次而当总统。我觉得他的选择是理性的，这话也并不是矫情。而富于才华的杨广充当的是一个只会播种的农夫，至于收获，对不起，那是别人的事。他进行的一系列制度创新，例如复开学校，整顿法制，重设郡县制，改革官制，扩大均田制，强化府兵制等等，真正的收获者都是李唐王朝。特别是他创立的科举选士制度，几乎一直伴随着封建社会走向寿终正寝。某种制度能延续一千三百余年，其中肯定有它合理的东西。所以，后来的唐太宗在端门看着新科进士们鱼贯而入，曾得意扬扬地说了一句很流传的话："天下英雄，尽入吾彀中矣。"人们总是习惯于从这句话中品出一股势利味，其实，让那些具有统一文化水准和从政素质的人才源源不断地进入政坛，这对社会未尝不是一件好事。大抵也就从隋代开始，大运河上络绎不绝的士子，便成了中国文化中一道独特的风景，他们在运河边伫立的身影和眺望的眼神，流入诗歌、音乐、戏剧和话本小说中，成为最具煽情效应的题材。他们的种种遭际和艳遇，更是成了千古流传的佳话。我们只要翻翻盛唐以后的文学史，几乎随处可以见到他们在运河上的行迹和诗行，那真是风神俊朗，绣口华章，道尽了人生的千般况味。应该承认，不管他们是狂放也罢、凄凉也罢、淡泊也罢、牢骚也罢，那些诗大都写得不错，因为这时候他们的心态比较放松，想说什么就说什么，不像应试时做的那些官样文章。真应该感谢杨广，他不仅开凿了一条大运河，而且创立了一个考试面前人人平等的官吏选拔制度，让那么多文化人趋之若鹜，成为他们终身性的诱惑并为之投入。他们把自己的风姿才华和人格精神，还有那被渲染得几乎不尽人情的悲喜荣辱都映在大运河的波光里，让后人回望之余，感慨得不知说什么才好。

是的，我们该说什么才好呢？无论是那得意的朗笑还是飘零的青衫，那远年的浪漫都源自一个只有三十多年的短命王朝。那个昙花一现的隋代，给历史留下的遗产太多了。杨广真是一位辛勤的农夫，虽然他的播种和收获不成比例，但种子一旦播下，日后总要生根发芽的。

这中间潜藏着一个很有意思的现象，隋朝的鼎盛得益于经济上的放开搞活，而这些恰恰又是与强权政治以及对心灵的封闭并行不悖的。人们常常把繁荣昌盛连在一起说，时间长了，也觉得挺顺溜。其实"繁荣"与"昌盛"是两个概念，前者是对精神文化而言，后者则直接指向粮囤和钱袋之类。"昌盛"者未必"繁荣"，隋朝大致就是这种情况。精神文化说到底是一个心灵的自由度问题。我们都知道隋代没有文学，这固然与它立国时间太短有关，但最重要的还在于统治者对心灵的扼杀。由于严刑峻法（据说偷盗一文钱也要杀头），搞得小民百姓们人人自危，且不去说它，知识界也弥漫着一股玩知丧志的实用主义风气，文化人纷纷挥刀自宫，把心灵变成敲开利禄之门的石头。他们写诗作文是为了拍皇上的马屁。歌功颂德，献媚讨好，成为当时文学艺术的主旋律。这种主旋律实际上是一种大棒加胡萝卜的文化专制，作为政治专制的派生物，它当然也不会比政治专制宽厚和温柔。它使一切有尊严的人贱卖自己去摧眉折腰，沦落为文坛阿混；它给所有的作品都强行抹上"盛世"的油彩，在一片"吾皇圣明"的颂歌中搔首弄姿发羊角风。可以想见，这样的作品怎么能散发出激情的血温，怎么能燃烧起生命的光彩，又怎么能用来讨论深刻和崇高？在这种风气下，当然也说不上有什么真正的学术，像宇文恺那样的建筑奇才，也只能把自己的智慧用于投杨广所好，建筑歌舞升平的楼台，但那是些多么壮丽堂皇，堪称独步一时的纯粹中国流的楼台！观其一生，他始终与大师无缘，只能说是一个高明的工匠而已。没有诗歌，没有音乐（民间音乐当时是被禁止的），没有学术，没有言论，也没有夜生活——人们都早睡晚起，生怕招致什么飞来横祸。朝野噤声，万马齐暗，这就是那个时代的精神风貌。但与此同时，由于经济上的放开搞活，老百姓有饭吃，有衣穿，各级府库中的粮食和布帛都堆不下了，所谓天下丰足也并非过甚其词。事实证明，在一个封建的国度里，经济上的放开搞活和思想上的封闭钳制双管齐下，在短时间内确实可以见到成效的，例如温饱小康之类，也确实可以一窝蜂地办成几桩大事。

但是，能保证这种局面的"可持续发展"吗？这是一个很值得探讨的问题。

到了大业六年这个时候，隋代的历史基本上还是一幕正剧，威武雄壮，堂堂正正，没有多少插科打诨的噱头。但任何正剧一旦进入盛大之极，高潮之巅，鲜花着锦之至，就不大好把握了，因为这时候演员们大抵已进入了忘我之境，他们有太多的即兴发挥和自我卖弄，而这种发挥和卖弄稍一过头，便容易偏离理性的河床，掺杂进闹剧的成分。毕竟在那种场面下，谁不想出彩呢？我们看看大业六年元宵节发生在东都洛阳的那场闹剧。

且说杨广打通西域之后，作为"通"的表现，前来朝贺的各国酋长和使节络绎不绝，再加上带着"方物"、为了赚钱而来的商人，一时洛阳道上摩肩接踵，东西两京冠盖如云。在这种情况下，又是那个鬼精灵的裴矩向杨广建议，他说现在到两京朝贡的"蛮夷"已是盛况空前，我们何不再来个空前盛况，在正月十五元宵节期间，大设戏台，大演百戏，以显我华夏繁荣昌盛、吾皇英明伟大呢？

裴矩的这一建议自然又正中"上"怀，一场堪称旷古盛极的闹剧就此拉开了帷幕。

不是说隋代没有文学艺术，没有夜生活吗？你看现在京师的舞台是多么红火！从全国各地晋京汇演的戏班子，带着他们最拿手的绝活儿，花枝招展地来了。十里长街之上，通宵达旦，歌吹入云，真是人如海，歌如潮，闹哄哄，你方唱罢我登场。这次艺术节整整热闹了一个月，把那些各国的首领和使节看得一愣一愣的：毕竟天朝大国，气象到底不同！是啊，谁曾见过这么阔大的舞台？谁曾见过如此阵容的文艺队伍？谁又曾见过这么百花齐放的"繁荣"？皇帝老子一下诏令，全国各地，四面八方，"凡有奇伎，无不总萃"，据说晋京的艺人总计达三万之众。可怜这些平时从不被人放在眼里的戏子，耗尽了全部家当，风尘仆仆、舟车辗转，就是为了到京师的舞台上露一下脸，演完了，恐怕连回家的盘缠也很成问题。当然，对于他们来说，在自己的艺术生涯中有了这么一次也就够了，毕竟这是京师的舞台，说不定连皇上都曾看过他们的演出呢！

这是文化专制之下的虚假繁荣。

当然，与"繁荣"同时展示的，还有昌盛。

文艺搭台，经济唱戏，这本是古已有之的名堂。本届艺术节同时也是一次规模空前的商品交易会，只不过搭台唱戏的目的并不在于招商赚钱，而是为了夸富逞强死要脸。中国封建社会的当权者往往把自己的脸皮看得比老百姓的肚皮更重要，为了脸皮上的风光，自然少不了玩些弄虚作假的鬼把戏。艺术节期间，东都的各大商贸市场结绮临春自是不必说的，更出彩的是，连大街两边的树木都缠上了绸缎，人行道上铺着精致的龙须席。老外们可以随便走进任何一家店铺大快朵颐，吃饱喝足了，抬起屁股一抹嘴，走人就是。因为朝廷有指令，他们的消费一律不付账。店主还要解释说："中国富庶，客人饮酒吃饭概不收钱。"这下又把老外们唬得一愣一愣的：毕竟天朝大国，简直是神仙世界！

但老外也不全是好糊弄的，有人便指着缠在树上的绸缎问道："中国也有衣不遮体的穷人，为什么不把这些东西给他们，缠树干什么？"

这一问可就问住了，市人皆"惭不能答"。

为什么"惭不能答"？因为这个问题本来应该由皇帝佬儿而不是小民百姓们来回答。中国到底富庶到什么程度，大家都是知根知底的，至少还没到吃饭不要钱或者把绸缎往树上缠的程度。其实，小民百姓们是用不着为此羞惭的，真正应该羞惭的是最高决策者杨广。盛世尽管是盛世，但一旦到了弄虚作假死要脸的地步，说明正剧已经开始悄悄地向悲剧演化了。而当事人如果不是出于糊涂，就是人格精神发生了畸变——浮躁、焦虑、奢侈的热情，其中还潜藏着某种深层次的虚弱。

这是大业六年元宵节的一幕闹剧，也是隋王朝在盛世峰峦上的一次带有富丽气息的欢舞。

杨广现在的自我感觉好极了，南北大运河翻涌着盛世的波澜，北巡和西征的功业直逼秦皇汉武，一系列改革措施正在有条不紊地推进，国力的强盛达到了空前未有的程度。万方乐奏，四海升平，接下来就剩下一件大事了——征高丽，然后在江都的宫殿里被部下用红丝巾勒死。

江都

以后的事情就不堪回首了。对高丽的战争有如一场噩梦，人们总是不能理解，杨广御驾亲征，以百万精锐之师去对付一个小小的高丽，居然会那样一败涂地。不能说隋军的统帅部无能，隋朝立国的时间并不算太长，一大批久经战阵的将领大多还健在；也不能说隋军的动员不够，当时，连宇文恺这样的人都被调到前线去指挥架桥修路了；借助于大运河的通达之功，后勤保障也是没有问题的。战争中充斥着诸多偶然性事件——恶劣的天气；杨玄感的叛乱；甚至在一次总攻发起前，宇文恺设计的浮桥短了一截——致使隋军一次又一次地功败垂成。一场力量悬殊的战争打成这种样子，实在令人扼腕叹息，也许隋王朝不配有更好的命运吧。

隋王朝的末路说到就到了，它几乎是一触即溃的，省略了通常会有的对峙和相持。如同那种硕大而艳丽的花，盛开得快，凋谢得也快，它那斑斓的色彩在一夜之间就零落如泥了。这与杨广人格上的缺陷有很大关系。对高丽的战争引发了原先潜藏在社会肌体内部的各种矛盾，这些本来并不一定是致命的，如果是一位老练的政治家，完全是可以从容应对，挽狂澜于既倒的。但杨广是一位诗人气质的帝王，他习惯于用写诗的浪漫情愫来治理国家，用艺术家的思维去处理政务，用桀骜不驯的想象力去挥霍权力。这种人在顺境中容易忘乎所以，似乎自己一举手一投足都是神来之笔。而一旦遭遇挫折便堕入颓唐，在一片苍白的绝望中自暴自弃、自哀自怜，心理渐至变态。这种病态人格在他对叛将斛斯政的处置上表现得淋漓尽致。高丽国最后交出斛斯政，是隋帝国三次征辽的唯一收获，也让杨广好歹挣回了一点面子。现在，他要好好地受用一下"胜利"了。

怎么受用呢？在这方面，杨广并不缺乏想象力。且看：

行刑的这一天，兵卒先把斛斯政押到金光门外，然后将其捆绑在木桩上，并用车轮箍住脖子。

这似乎并没有什么新意。

杨广又诏令京师九品以上文武百官全部到场，他们不光是看热闹的观众，而且每个人都要剑拔弩张地充当刽子手。这样既体现了重在参与的原则，又渲染了场面气氛——开始有点意思了。

那么就动手吧。

最先是一批人持箭对准斛斯政猛射，使斛斯政满身中箭而不得立死；接着又一批人持刀近前，一阵猛砍，直把斛斯政砍得肢体零碎，但尸身仍被箍在车轮中。

完结了吧？且慢。

杨广还不过瘾，又下令："烹其肉，使百官啖之。"人肉有什么好吃的？好吃，这是一种"胜利"的心理感受。奸佞者为了取悦杨广，竟有"啖之至饱"的。

这仍然不能算完。吃完肉后，又"收其余骨，焚而扬之"。

如此令人毛骨悚然的酷刑，在数千年的中国文明史上恐怕也是空前绝后的。为什么要这样惩治一个叛将，报复乎？发泄乎？恐吓乎？当然都不排除，但可以肯定的是，其中绝对没有向谁挑衅的意思——杨广已经丧失了挑衅的精神力量，他太虚弱了。他因虚弱而疯狂，又因疯狂而愈见虚弱，如同一个强打精神的手淫者，包围着他的是挥之不去的恐惧和沮丧。

如果说屠杀斛斯政还算得上是一次表演的话，那么从此以后，杨广连这样的表演也没有了。大局已经糜烂得不可收拾了，他索性破罐子破摔，一头躲进江都的宫城，抓紧时间享乐去了。

杨广的车驾是在纷飞的泪雨中驶出洛阳的，那些被留在东都的宫女似乎有一种预感，皇上这一去就回不来了，因此呼天抢地有如送葬一般。更多的宫女则攀着车辕不肯放手，哭哭啼啼地劝阻。车驾且走且停，宫女们牵衣顿足，有些人的手指都抓破了，血染红了车辕和马鞍，有一种凄楚的美丽。皇上也很伤感，本来，有那么多大臣曾劝阻过他，但一个也没有得到他的好脸色，有几个还被他砍了脑袋。但现在面对着这些作秀的女人们，他也不由得悲从中来，泪湿罗巾。他很为自己能够流出几滴惜别的眼泪而自豪，是啊，男儿有泪不轻弹，谁曾见过他这样多情的帝王呢？他在手帕上写了几句诗赠给宫女们，这几句诗后来成为人们研究杨广思想脉络的重要资料：

> 我梦江南好，征辽亦偶然。
> 但存颜色在，离别只今年。

他是想着明年开春以后再回来的，但他自己也知道，这一去恐怕就回不来了。

又要登上龙舟了。龙舟是新造的，以前的那些水殿在杨玄感叛乱时被烧毁了。新造的龙舟比原先的更豪华。时值农历七月上旬，正是一年中最繁茂的季节，西苑的花开得正妖娆，形成撩人的堆砌效果，但细细看去已没有什么激情可言，只有繁茂的悲凉，因为它们在盛开的时候，也在拼命地凋谢，这是红颜易老、盛极易衰的暗示吗？大运河也失去了往日的万种风情，只是懒懒散散地恍惚着，龙舟的影子倒映在水里，有如孤寂的怪物。从南方吹来的风撕扯着水面，造成破碎而乖张的视觉冲击，很能引起一些放纵无度的联想。风中捎带着花香和蝉鸣，以及烈日下的大地那种倦怠的气息。所有这一切，都弥散着一种宿命般的自恋和天长地久的绝望。别了，洛阳；别了，洛阳宫里那些懂得感情也懂得作秀的宫女们。龙舟起航了，往南去，一路都是逆风，殿脚们的身影更见佝偻了。汴河被蛮横地剖开，那水波也像无法复制的梦魇一般。

从大业十二年（公元 616 年）八月抵达江都，到第三年三月被杀，在这一年半多一点的时间内，杨广没有离开江都一步。国家的事他已经懒得去管了，除了纵情声色外，他想得最多的就是两件事：一个是死，一个是运河。

关于死，他倒是很豁达的。在江都的宫城里，他曾揽镜自照，自言自语地说："好头颈，谁当斫之。"那种冷静和淡漠，听起来仿佛在说一件与自己不相干的事情。他预先准备了一瓶毒酒，等着到最后的时刻派用场。这些都想通了，也就什么都无所谓了。那么就抓紧时间享乐吧，还有什么可操心的呢？大不了就是一死罢了。现在他觉得连写诗也是一种奢侈，因为一写又要落到那个"愁"字上。愁有什么用？"昔年种柳，依依汉南。今看摇落，凄怆江潭。树犹如此，人何以堪。"桓大司马的那种黍离之悲够水平的了，可他最后也免不了一死的。人生自古谁无死，得快活时且快活，管他呢！

但是一想到大运河，感情就比较复杂了。作为平生最得意的一件大事，他当然知道这件事的意义所在，那不是滔滔五千里的长流水，而是流不尽的大米、丝绸、美人和诗歌，是千古流不尽的王朝福泽，它足以让以后的任何一个王朝享用不尽的。一想到这些，他就有一种为人作嫁衣的嫉妒和不平。他也曾幻想沿着运河，张着锦帆，让龙舟一直驶向天涯。天涯何处？那里大概就是天国吧。也只有他这样的帝王才会有这样的浪漫情怀。现在想起来，为了修这条运河，老百姓是苦了点，也死了不少人。但死几个人有什么大不了的？秦筑城，汉开边，他们的哪一项功业不是用白骨垒成的？五千里长河贯通南北东西，开旷古未有之局面，是耶？非耶？功耶？过耶？后人总要给个说法的。不管怎么说，三七开总是有的吧，当然功劳是大头。生前身后事，千秋万代名，这个三七开就这样一直死死地纠缠着杨广，伴随着他生命的最后岁月。

江都的一年半是漫长而短暂的，这是杨广留给大运河最后的顾盼。杨花落了，李花开了，运河涨水了，带着青草和春泥的气息。这是桃花汛，一听这名字，就该想起那流水落花的春事，很让人伤情的。桃花汛一过，梅雨就来了，这是江南最难消磨的季节，红木器物上总浮着一层水汽，丝绸失去了飘逸的质感，黏糊糊潮滋滋的，坏心情一样纠缠着你，要多难受有多难受。运河畔的景物却总是可观，烟雨迷蒙中，有莺飞鱼跃；云卷云舒间，看满城飞絮。深巷里传来村姑叫卖杨梅的声音，嫩嫩的很好听。杨梅的光色总是那样生动，有如处女的羞容，不由人不生出怜香惜玉的情愫。就在这嫩嫩的叫卖声中，天气倏然放晴了，暑热铺天盖地而来。夏天是百无聊赖的日子，也是最宜夜生活的，杨广叫宫女们把萤火虫收集起来，在晚上一齐放飞，刹那间无数光点在夜空中舞动，微雪般映亮了宫城内外和运河上空，那种近乎绝望的美就这样恍惚在他的视野里，有如置身于梦境。萤火虫飞远了，四周又沉寂于永恒的黑暗，这黑暗比先前又更浓了几分。不知不觉地，蟋蟀和纺织娘在濡湿的草丛中叫开了，秋风萧瑟，吹落满地的枯枝败叶，一切景况就更加不堪了。然后雪花纷纷扬扬地飘起来，运河上结冰了，艄公用竹篙顶端矛一样的铁尖敲打着冰层，那破碎声一波波传得很远，仿佛打碎了整个世界……

碎了，碎了，一切都碎了，航船在破碎中辟开航道，艰涩地向前驶去……

杨广最后被叛将缢死于温室，时年五十岁。萧皇后令宫人用床板钉了一副棺材收殓了他——幸亏那时再豪华的床榻上用的也是木板，而不是席梦思。

几年后，他被部将葬于江都北郊的雷塘。这位部将很理解他，让他留在了生前魂牵梦萦的江南。关中老家他是不愿去的，秦川自古帝王州，自己这辈子已经被王冠所累，何必再去看人家为了一顶王冠而演戏呢？从气质上讲，杨广更像一个南方人，甚至他的口音中也沾染了吴侬软语的味道。在这里，他不会有异乡之感的。问题是，雷塘离运河太近了，那翠堤烟柳、桨声帆影本来是很有诗意的，但每天看着别人受用自己开凿的运河却又一点不领情，反而口口声声地诅咒他的暴政和荒淫，他能安息吗？"君王忍把平陈业，只博雷塘数亩田。"从长远看人类行为的动机，归根结底总是逐渐显露在他们的后果之中的。杨广的奢侈和妄为是前无古人的，但他的胆略和才情也不应被忽视。同历史上的其他帝王相比，他没有给自己留下一座像样的陵墓，却为我们民族留下了一条受用不尽的运河。没有像样的陵墓固然与他最后的亡国有关，但至少在生前，他对这种事没有多大的兴趣。中国历代的帝王都特别看重自己的后事，几乎从他们登基的那一天起，就开始张罗"千秋山陵"，好像稍微耽搁就来不及了，好像自己使出浑身解数才挣来的这份风光就是为了有一块葬身之地。而那些因为帝陵的质量问题丢了乌纱帽以至被砍了脑袋的大臣也不在少数，可见兹事体大。这种人生理上虽然还活着，但在人格精神上已经走进了阴森森的墓穴。很难想象，一个热衷于大兴土木为自己营造陵墓的帝王，他从此还会有多大的作为。在这一点上，杨广体现了他反潮流的勇气，年纪轻轻的就造那劳什子做甚？他看重的是活，怎样活得潇洒、活得快活，活得轰轰烈烈、无法无天，咋会无端地往"死"里想呢？他很自信——至少在他执政的前期是这样的。自信不是狂妄无知，虽然它们在浅层次上有着某种相似之处。自信是一种生命力的笑容，它辉映着意志、才略和人格精神的光芒。正因为有了这份自信，他才能在执政的十三年中，干出了那么多——泽被千秋和遗臭万年——的大事情来。

好在二百多年以后，有一个叫皮日休的诗人站在运河边，为杨广说了几句公道话：

> 尽道隋亡为此河，至今千里赖通波。
> 若无水殿龙舟事，共禹论功不较多。

皮日休写这首《汴河怀古》时，代隋而兴的李唐王朝也已经日薄西山了，前朝散曲又化入了今宵残梦，政治这东西总是过眼烟云，没有什么说头。只有当年杨广主持开凿的大运河仍然风韵鲜活，成了中华大地上千秋万代的风景。不管以后的帝王们如何改朝换代，也不管各派政治力量如何争锋论战，但无法改换亦无须争论的是，他们的文治武功都离不开大运河的滋润，甚至在他们辩论得口干舌燥时，捧起一杯清茗，那大抵也是来自大运河的水。

第三章

从上都到大都

至元十六年（公元 1279 年）九月，元世祖忽必烈从上都返回大都。

自五年前大都宫阙落成后，皇上就确立了巡幸上都的制度，大体上是每年的三月从大都北上，到九月再从上都返回。去的时候走东路，回来的时候走西路，来去的路线形成一个不规则的椭圆。被围在这个椭圆中的荒漠和草原，曾无数次成为游牧民族血光迸溅的演兵场，这里孕育了世界上最剽悍的骏马和最骁勇的骑手。在过去的半个多世纪里，祖父成吉思汗和他的蒙古铁骑就是从这里出发的，他们挥动着"上帝之鞭"，呼啸着越过广袤的中亚草原，一路向西、向西，一直抵达底格里斯河和伏尔加河，令整个欧亚大陆都在那急风暴雨般的马蹄声中战栗。因此，对于忽必烈来说，每一次巡幸上都都是一次生命的洗礼。天苍苍，野茫茫，遥望着无极无沿的北方草原，你会感到自己的任何功业都是那样渺小。草原民族是一个以一生中的绝大多数时间面向天空和旷野的民族，所以，他们的性格中有一种旷达而高远的浪漫情愫。什么样的土地孕育什么样的生命，也只有在那样辽阔的土地上，他们那燃烧着征服欲望的目光才能到达旁人几乎无法想象的远方。作为蒙合黑家族的后裔，忽必烈的身上同样奔腾着先辈那强悍的血性，在他的心目中，祖父那颐指天下、仗剑西征的身影，永远是自己无法企及的史诗和丰碑，也永远是召唤自己扬鞭跃马的光荣与梦想。

草原上的风已带着凛冽的寒意了，季节的脚步从北方蹒跚而来，追逐着南下的车骑。秋天的萧索，是在大漠和草原上最先显示出来的。点缀在荒烟蔓草间的蒙古包，以其朴素的穹隆状造型，向天空奉献着一个民族的膜拜。长调牧歌舒展而辽远，那是骑手们在晚风中忧郁的吟唱。南飞的大雁大模大样地掠过銮驾的旄头，一点也不惊慌，它们显然把这浩荡的人流看成也和自己一样，是为了躲避北方的寒冷而作季节性的迁徙。銮驾且走且停，那种翠华摇摇的威仪后来有一位诗人曾描绘过：

> 日色苍凉映赭袍，时巡毋乃圣躬劳。
>
> 天连阁道晨留辇，星散周庐夜属橐。
>
> 白马锦鞯来窈窕，紫驼银瓮出葡萄。
>
> 从官车马多如雨，只有扬雄赋最高。

诗中写尽了途中的艰难以及那种扈从如云的声势，颔联两句尤为出彩：清早行进在高接云天的阁道上，车轮牵挽着熹微的晨光；夜晚驻跸时穹庐高支，有如星罗棋布。这首诗的作者叫虞集。我们还记得，南宋绍兴年间金主完颜亮南侵时，有一位在前线劳军的中书舍人临危受命，在采石大败金兵，这位叫虞允文的书生也因此一夜扬名，成为南宋小朝廷中难得的一位文武兼备的干才。但说来惭愧，虞集恰恰是虞允文的后人，他现在却站在异族的阵营里，用自己的才华为人家充当帮闲。事情还不仅仅于此，上文说到的最出彩的那两句诗中，"天"原作"山"，"星"原作"野"，虞集是采纳了另一位大才子的意见而修改的，这一改，果然境界不凡。帮他改诗的那位也是南方人，他叫赵孟頫，是赵宋的皇室成员。两位南宋遗民——一位是鼎鼎大名的民族英雄的后裔，一位是赵家皇族的金枝玉叶——联手在蒙古人的旄头下写出了这等好诗，真叫人不知说什么才好。但话又得说回来，到了虞集写这首诗时，宋王朝的历史早已尘埃落定，取代它的是大一统的元帝国，一朝天子一朝臣，他们也是身不由己。

皇上一路上乘坐的是象辇，那是由经过专门训练的大象搭成的一种"象轿"，一般是在四头大象的背上架上大木轿子，轿子上插有旌旗，里面衬上金丝坐垫，外面包着狮子皮。每头大象配一名驭手，很温驯也很平稳的。大象来自多雨且燠热的南方，是元军征服大理的战利品。它那巨大的身躯和温驯的性情恰好形成强烈的反差。忽必烈不由得想到，这庞然大物大抵就像南方的性格，你可以说它柔弱，但那是一种有着巨大内在力量的柔弱，犹如南方的水，柔弱得可以沉溺一切，摧枯拉朽地占有它也许并不困难，但这种占有离真正的征服其实还很远。在马背上征战了大半生的忽必烈坐在象辇上，起初总有点不适应，安稳是安稳了，却很难体验那种长啸如风的豪气和奔驰腾跃的快感，这一直是他的遗憾。銮驾到达大都已经是九月底了，留守的官员举行了盛大的郊迎仪式，同时报告了一则很让他振奋的消息，南朝丞相文天祥在五坡岭被俘后押解北上，现已到了保州，大约两三天之内就可以抵达大都了。

銮驾进入健德门时，皇上改为骑马，因为城内的胡同容不下四头并行的大象。马背上的感觉与在象辇上到底不同，虽然只是挽缰缓行。但马蹄在大地上的每一次磕击都会传递给你，恰好应和了你身体内在的某种韵律，这种韵律是蒙古人在娘胎里就形成的，是他们最重要的生命感觉。骑在马背上的蒙古人有一种紧张感，这种紧张不是通常所说的情绪上的激烈或紧迫，而是身体——当然还有思想——在舒展中形成的张力，它是自由自在、倜傥不羁的，又是力能拔山、血气方刚的，它会让你想到大地的坚实和辽远，还有那史诗一般的冲锋。胡同里布了一层薄薄的黄沙，又洒了清水，南方的水渗进北方的黄沙中，铺就了迎接圣驾的御道。从健德门到厚载门，虽则是千骑万乘人马杂沓，御道上却纤尘不起。而皇上一路上想到的则是：文天祥来了，南方的战事也了结了，甚好！下一个该轮到日本了。

日本是与水联系在一起的，那个孤悬海外的小小岛国之所以不肯臣服，所倚仗者，四面皆水也。五年前，元军第一次远征日本，由于遭到暴风雨的袭击，元军和高丽联合舰队的八百余艘大小船只全部葬身波涛。这是自成吉思汗以来，蒙古军队的第一次全军覆没，而失败的原因又并不在于将士们的刀马功夫，这实在是让人很沮丧也很无奈的。在亚欧大陆所向披靡的蒙古铁骑，只得止步于那一望无际的大海。

回到大都后，忽必烈发出的第一道诏书就是：敕令江南各行省督造战船，准备第二次跨海东征。

一个马背上的民族，现在要跨下他们心爱的蒙古马，小心翼翼地登上舟船了。

但那个苍老而威严的声音却有如沉雷一般在遥远的天边轰响：蒙古人啊，什么时候离开马背，你就完了！

这是成吉思汗扎撒的第一句话。

马背上的民族

跨下蒙古马，就是跨下神奇而旷远的蒙古高原。在亚欧大陆东部，东至兴安岭，西至阿尔泰，南达阴山，北至贝加尔湖的广阔地域内，亿万年的地壳运动造就了一片荒漠和草原。干旱的大陆季风，漫天的沙尘暴，秋天赞美诗似的阳光，冬季的冰封雪锁，还有游牧民族那激情澎湃的马蹄，又共同雕塑了它那苍槁坚毅的容颜，它就是蒙古高原。这里没有陡峻的高山，因为高山会挡住游牧民族瞭望远方的视线；这里只有一片坦荡，除了天，就是地，天造地设的坦荡，正好放缰驰马。中国历史上那些以强悍骁勇著称的少数民族——匈奴人、鲜卑人、突厥人、契丹人、女真人、蒙古人——都是在这里长大的，又都是在这里度过了他们历史上的青春时代。他们一个跟着一个进入这个地区，走上历史舞台；又一个跟着一个地从这个地区消失，退出历史舞台。他们中的杰出人物，例如匈奴的冒顿，突厥的土门、室点密兄弟，回纥的怀仁可汗等等，都是挥手作风云的一代雄主。如同日耳曼民族锲而不舍地侵略罗马帝国一样，南方的富庶繁华对那些寒冷荒凉地带的游牧民族是一个难以抗拒的诱惑，"徒把金戈挽落晖，南冠无奈北风吹。"北风者，来自北方荒原的骑兵军团也。然而也正是他们以喋血的刀剑作为仪仗，促成了南方与北方的交流与融合。他们在一次又一次挥戈南征的同时，也把强悍的血液注入了汉民族的肌体。"只有野蛮人才能使一个在垂死的文明中挣扎的世界年轻起来。"这是恩格斯的名言。他说得不错，自汉唐以来，那些以军功而名垂青史的将领——卫青、霍去病、李广、岳飞，甚至包括传说中的杨家将——无一不是在与北方游牧民族的殊死搏杀中脱颖而出的。就战场态势而言，游牧民族呼啸的马蹄往往胜过汉人臃肿的步兵方阵，但就在他们为进入锦绣般的南方而弹冠相庆时，他们也陷入了一种强势文化的包围之中。他们最终在历史舞台上消失，有的是因为面对着一个大一统的中央王朝，在败退中遁向更北的荒原，但在更多的时候却是由于被汉文化所同化，渐渐变得精致且儒雅起来，失去了原先那种气吞万里的骁勇。具有游牧民族血统的金哀宗最后说过一句话，他认为蒙古人之所以能在战场上把金朝打得一点脾气也没有，是由于他们"恃北方之马力"。他说得大致不错。只可惜到了这位倒霉皇帝讲这句话时，女真人已经由黑龙江流域南下一百年了，原先那在马背上练就的铮铮铁骨已经在南方的香风中软化，那曾经被他们倚恃过的战马也和主人一样在闲适中优游岁月，只有在偶尔的马球游戏或射猎中才能痛快淋漓地驰骋一回。因此，面对着更北方的蒙古铁骑，金哀宗只能发出这样的哀叹。说起来实在可怜，当蒙古人攻破城池时，这位女真皇帝却因为身体肥胖而不能骑马逃跑，只得解下腰带吊死在宫门口。当年他的先祖倚恃着不可一世的铁骑席卷中原时，怎么也不会想到自己的后代有朝一日竟然爬不上马背。有这样不争气的子孙，金帝国怎么能不走向败亡呢？他们实在不配有更好的命运。屈指算算，前后也就是一百年时间，一个强悍的民族就无可奈何地衰落了。

契丹人的辽帝国亡于北方的女真，女真人的金帝国又亡于更北方的蒙古，这是在公元 12 世纪到 13 世纪的一百余年间，由马背民族演绎的一幕大剧，从中我们不难发现一个贯之始终的重要历史情结，那就是马的威猛与衰变。

游牧民族倚马而居，恃马而武，连他们的乐器也做成了马头的形状。马就是他们生命的方舟。他们的生活节律和战争谋略也都是根据"马情"来决定的，例如，"方春马瘦，宜俟秋高"，马瘦的时候切忌出战；秋高季节，马肥膘壮，才是出征的好机会。因此，中国历来北部边境上的战事都是在秋天，"匈奴草黄马正肥，金山西见烟尘飞"。我不知道"多事之秋"的说法是不是由此而来的。再如，仗打得相持不下时，停下来观察一下对方战马的疲惫程度，"彼军马羸，可尾而进"，否则不得轻举妄动。在非常时期，骑手还可以依赖牝马的乳汁坚持好几天甚至十几天，这种战场生存能力再加上骑兵军团风驰电掣般的速度，为大规模的运动战和闪击战提供了可能，也使得他们在和汉人步兵方阵的对垒中占尽优势。因此，在冷兵器时代，战马的数量和优劣几乎是战争中具有决定意义的因素，就连操纵牧马的场所也与双方战力的盛衰至关重要。《辽史》中有这样的记载，即使在和平时期的边境贸易中，辽方也禁止马匹出境，他们无疑是把马匹作为最重要的战略资源来严加控制的。从宋人张择端的《清明上河图》中我们可以看到，汴梁的大车都用水牛和黄牛拖拉，可见马匹之短缺，大概这也是在与游牧民族的战争中，南方一直处于下风的重要原因吧。南方当然也有马，只是受当地农业经济的限制，饲养马匹的耗费很高，而且在精耕密作地区所饲养的马匹，品质一般都较为瘠劣。我们可以想象，离开了广漠的草原和荒漠，离开了浪迹天涯的迁徙和自由自在的野牧，离开了日常性的骑射围猎和各种马背上的竞技游戏，那些在阡陌连绵的乡间小道上供拉车和驮粪役使的马匹中，怎么能走出追风逐日的千里马？马是有灵性的，一匹合格的战马，同样需要一种健康和谐的生命空间，它的每一次奔驰、腾跃、规避、隐蔽都不仅仅是体现了骑手的意志，而且还融进了自己的个性魅力和即兴发挥的才情。也就是说，好的战马有时是可以驾驭骑手的。它是善解人意的，又是高傲得目空一切的。它从来不把距离放在眼里，也从来不会躺下，甚至连睡觉都站着。它是骑手的思想和意志的延伸，这种延伸甚至能够进入骑手的潜意识。骑手所有的感情它几乎都具备，却唯独缺少一种——恐惧，优秀的战马是从来不会恐惧的，你就是让它跃入万丈深渊，它也毫不犹豫。"所向无空阔，真堪托死生。骁腾有如此，万里可横行。"诗人杜甫笔下的战马是何等雄峻威猛，当然，那也是来自游牧民族的马——胡马。

到了成吉思汗时期，大兵团的骑兵作战被发挥到了极致，对马的依赖和重视也是前所未有的。有人说，蒙古人是一种看到人受伤冷峻无言、看到马流血痛哭流涕的人。就像庄稼依赖于土地一样，马是依赖于草原的，所以成吉思汗规定，凡有破坏草原者，"诛其家"。他们还发明了"从马"制度，"凡出师，人有数马，日轮一骑乘之，故马不困弊"。配有从马的蒙古军队迫敌犹如天坠，退却犹如电逝。如果说马的数量是一个算术级数，那么它所产生的战场效率绝对是一个几何级数。蒙古人无疑是中世纪最优秀的骑士，无论是西亚的荒漠还是俄罗斯的城堡，都不能阻挡他们那狂飙般的冲锋。面对着这样的冲锋，西方的史学家们只能惊恐地呼喊：上帝之鞭！

上帝之鞭，谁敢与之争锋？

但是在进入中国的南方后，他们却遇到了麻烦。在那里，他们遭遇了水，蒙古骑兵开始失去了以往那种势如破竹的锋芒。南方的河网有如女人飘洒的秀发一般，那种温柔的羁绊使得剽悍的蒙古马几乎无所作为。事实证明，蒙古人一旦离开了马背就雄风不再，只能算是一支二流部队，他们不得不依靠金朝和南宋的降将作为前驱，看他们如何借助于舟船进行攻坚，而自己则像见习生一般在后面亦步亦趋。战事进行得相当艰苦，忽必烈的大哥蒙哥战死于长江上游的合州，而围绕着汉水边那座小小的襄阳城进行的攻守战也打了差不多六年，如果不是南宋方面的权臣贾似道忙于陪小老婆斗蟋蟀，不肯派援兵，最后的胜负还真难说。元军对南宋的军事行动是从长江中上游开始的，长江是中国南方的母亲河，这样的战略意图既折射出不可一世的高傲，也带有某种宿命的成分，那就是，从源头上掐断南方王朝的命脉。但蒙古人毕竟从来没有征服过水，面对着多水的南方，所谓"投鞭断流"只能是狂夫的豪语而已。

忽必烈一直难以忘怀他第一次面对长江时的情景，浩大的江水接天而来，汪洋恣肆，简直会让人产生一种宗教般的情感。在那一瞬间，大地似乎浮动起来，几乎挨上了苍穹。苍穹也不是北方的苍穹。北方的苍穹富于坚硬的质感，它和旷野的结合部永远是标准的圆形，带着一股禁锢和霸悍意味。而南方的苍穹轻纱一般，是云蒸霞蔚的虚幻，仿佛随时准备接纳你的飞翔。这一切都是因为有了水。水的浮动感使它具有了古老的神性，"吴楚东南坼，乾坤日夜浮"，这是南方特有的气韵和气势。从表面上看，南方的水和北方的大漠很有些相似，那一轮又一轮的波浪犹如荒原上月芽形的沙丘。但沙丘上是可以驰马的，蒙古马从来不惧怕沙丘，即使是沙海也毫不惧怕。飞沙如暴，热血如注，那是骑手们最乐于体验的壮观。但水却能阻止奔突的马蹄，再剽悍的蒙古马，也只能止步于沧浪之水，那仰天长嘶中该有多少英雄气短的无奈！也许就在那一刻，忽必烈领悟了南方的含义，在这里，水不光是大地的经脉，也是一种精神象征。如果说北方是驮在马背上的，那么南方就是漂在水面上的。水是柔性的东西，你用力击打一下，它漾开一点；可是你一收手，它又回复到原先的形态。这是一种柔性的坚韧，无法靠蛮力来征服的。你纵然有最锋利的钢刀，削铁如泥、吹毛立断，百万军中取上将之首如探囊取物，可你也无法挥刀断水。这就是南方的水啊！它含蓄内敛，大度不羁，每一片浪花上都闪耀着一个太阳。风是清新湿润的，如同南方的丝绸一般滑腻温婉。这水淋淋的南方激发了忽必烈的征服欲望，自成吉思汗统一蒙古草原以来，先人扬鞭跃马，所建立的武功堪与天公比高。但他们虽然征服了那么多地方，却除了草原就是荒漠，他们还从来没有征服过水。现在，该轮到自己了。

几天以后，文天祥到达大都，羁押于兵马司监狱。忽必烈令好生看管，待之以礼，他有一种预感：这位南朝的状元丞相也是一片深不可测的水。

巨人的对峙

文天祥是四月从广州被押解北上的，其间在建康停留了两个多月，八月二十四日又从建康登程，到达大都已是十月初一。前半程走的是水路，过了淮河以后，又改走旱路，因为自宋金分治以后，大运河的北段已经湮废。北方是文天祥没有去过的地方，时值中秋已过，满眼是萧瑟的秋景，一路上的感慨自然很多。"荒草中原路，斜阳故国情"，离江南越来越远了，国破家亡的剧痛却无时无刻不在心头。临行前，门客邓光荐曾和泪写下一首《鹧鸪词》，为他送行：

　　行不得也哥哥，瘦妻弱子羸特驮。天长地阔多网罗，南音渐少北音多。肉飞不起可奈何，行不得也哥哥！

天长地阔，江山如梦；鹧鸪声声，旧恨更添新愁。一路上文天祥也写了不少诗，诗中或怀旧友，或哭亡母，或伤中原凋残，或写北国风光。当然，涉及最多的，还是死。

对于死，他有足够的思想准备，"人生自古谁无死，留取丹心照汗青"。在五坡岭被俘后，张弘范要他作书招降宋将张世杰，他就抄了《过零丁洋》给张弘范，表明了自己的心迹。他曾多次求死，或服毒，或绝食，但都没有死成，因为一旦沦为囚虏，生既不能由己，死亦不能由己。江南的那些朋友们也希望他以死全节，甚至希望他早点死，省得夜长梦多，被元蒙统治者软化。这中间还发生了一件事，说起来真让人心里不好受，就是江南义士王炎午等人听说文天祥行役途中要经过江西，便写了一篇《生祭文丞相文》，誊录了数十份贴在沿途的驿站墙壁上。祭文本是写给死者的，所谓生祭，无非是促其早死的意思。王炎午等人的目的是让文天祥看到祭文，早日一死全节。这篇祭文意气纵横，写得相当漂亮，七百多年来一直被视为一篇不朽的名文，其中有这样一段话：

虽举事率无成，而大节亦已无愧，所欠一死耳。奈何再执，涉
月逾时，就义寂寥，闻者惊惜。岂丞相尚欲脱走耶？尚欲有所为耶？
昔东南全势，不能解襄、樊之围；今亡国一夫，而欲抗天下？……
奈何慷慨迟回，日久月积，志消气馁，不陵亦陵，岂不惜哉？

　　读着这样的文字，我说不清心里是一种什么滋味，悲壮乎？惊悚乎？酸楚
乎？都有一点，可又不全是。这样张扬的文势和酣畅的笔墨，目的只有一个：
敦促文天祥早点死。我绝不怀疑王炎午等人的真诚，也绝不怀疑他们都是热血
志士，如果他们一旦陷身于文天祥这样的境地，大概也不会吝惜脑袋的。我所
困惑的是，王炎午等人都是文天祥的朋友，对文天祥一向很崇拜，为什么一定
要用这样的方式来成全他的气节呢？如果文天祥是一个坚定的爱国者，砍头只
当风吹帽，自然无须他们以这种耳提面命的方式来提供精神资源；如果文天祥
是一个意志薄弱者，那么写这样的祭文又有何用？问题还不仅仅于此，我之所
以心里不好受，是源于这些年来形成的一种思维定式，对利用冠冕堂皇的信仰
之类怂恿别人去献身的人，总有点不以为然。犹如父亲逼着自己的女儿殉夫全
节，虽然那信仰和爱也许是相当真诚的，却因其血淋淋的残酷而失去了人性的
温煦，缺少起码的亲和感。信仰当然是重要的，它是一面精神的旗帜，没有信
仰，无异于没有脊梁的行尸走肉。但献身应该是一种生命的自觉，这种自觉与
别人的宣传鼓动无关，它只体现一个人的生命质量。一个人以什么方式活着是
他自己的事，流芳千古或遗臭万年也都是自取的，任何人都没有资格指责一个
鲜活的生命：你为什么到现在还不死？就像不管多么神圣的信仰都没有资格杀
人一样。文天祥的那两句诗（"人生自古谁无死……"），由他自己讲出来，
自然惊天地泣鬼神，可以当之无愧地永远镌刻在历史的巨碑上。但如果是别人
操着教父的口气，以此来训导文天祥，要他舍生取义，味道恐怕就要大变了。
从祭文中看，王炎午等人对文天祥的气节是不放心的，他们担忧"日久月积，
志消气馁"，于大节有亏。因此，那语气便有点不客气了：你已经被俘好几个
月了，为什么还没有听到你就义的消息呢？难道你还想逃跑，或者还指望有什
么作为吗？这些显然都是不可能的了。祭文中用了汉代李陵的典故，意思是说，
你如果还不死，时间一长，在人们心目中不是李陵也是李陵，那样就太可惜了。

于是王炎午等人大声疾呼："大丞相可死矣！"

文天祥没有看到这篇祭文，因为他一直被元兵锁在船上。也幸亏没有看到，如果他看到了，并且果真像王炎午等人所希望的那样，在去大都的路上就以死全节，那才真是太可惜了，因为我们将无法看到后来大都兵马司监狱里的那一幕正气磅礴、令人荡气回肠的大剧。南宋小朝廷临危受命的书生丞相文天祥之所以成为民族英雄和精神巨子的文天祥，并不在于他最后的死。死有何难？"平时袖手谈心性，临危一死报君恩"，这样的人见得多了。每一次的改朝换代，总有几个忠臣义士慷慨赴死的。和文天祥同时期的人，像陆秀夫、张世杰、李庭芝、姜才等人也都死得很壮烈，但他们身上的光芒和对历史的影响力都无法和文天祥相比。最终造就文天祥的，正是兵马司监狱中的那三年又两个月零九天，在那场他和忽必烈的对峙中，一个南方知识分子所体现的生命精神和人格力量，使他站在 13 世纪末期的历史峰峦上而光照千秋。

这是两个巨人之间的对峙，对峙的双方——文天祥和忽必烈——在各自的营垒里都是千年一遇的人物，他们都站在那个时代的制高点上。这场对峙不仅体现在意志层面上，也体现在文化层面上。因而对峙也就超越了简单的对抗，同时也包含着彼此之间的吸纳和融合。在一场平庸的灭宋之役后，历史终于在大都的监狱里展现了一场真正惊心动魄的南北战争。

对于文天祥来说，这是一场持久地面对死亡，同时也面对着生存世界的种种诱惑，却从容不迫、义无反顾的抗争和坚守。

对于忽必烈来说，这是一场纵然握有生杀大权，却始终无法使对手就范，爱亦无奈，恨亦无奈，无法体验攻掠快感的苦役。

在文天祥初到大都的那些日子里，兵马司监狱前冠带相索，车马不绝，着实热闹了一阵子。劝降者的阵容很大，规格也不断提高。像留梦炎那种狗尾巴草似的不倒翁来当说客，自然是自讨没趣。一个脊梁里缺钙的侏儒，有什么资格站在文天祥面前说三道四？就是做说客，他也不配，挨一顿臭骂是理所当然的了。那么就换一个有点分量的来吧。元朝的宰相阿合马登门了。也不行，马背上摔打出来的粗人，胸无点墨，只会吹胡子瞪眼地发狠劲。发狠劲有什么用？文天祥早就抱定了一死的决心，你以死相逼，不是正好成全了他吗？几个回合下来，阿合马只得骂骂咧咧地退场，一干人等爬上马背，在深秋的夕阳下绝尘而去。这些情节就不去说了，无非是威逼利诱的伎俩，用来对付文天祥，都太低级。让文天祥稍微感到有点难堪的，是面对着劝降阵营里的这样两个人：一个是昔日的皇上，九岁的宋恭帝赵㬎；一个是自己的同胞弟弟，在惠州举城降元的文璧。

赵㬎来了，这是文天祥预料之中的事。虽然都是阶下囚，但毕竟有君臣的名分，山河破碎，身世飘零，君臣两人在这样的场合相见，其心情是十分痛苦的。文天祥只是"北面号拜"。叩头加痛哭，本来是一种先发制人的策略。但哭着哭着，就不由得动了真情，国恨家仇，万般酸楚，一齐涌上来，竟悲声号啕长跪不起，一边哭一边喊着："圣驾请回。"弄得小皇帝手足无措，不知如何是好。一个九岁的孩子能懂什么呢？还不是为人所制，任人摆布？文天祥很理解这位亡国之君的处境，因此不让他有说话的余地，就把他打发走了。元廷本以为赵㬎是一张王牌，你文天祥不是最讲忠君吗？那么你看，这会儿是谁来了。其实他们搞错了，从某种意义上说，文天祥现在的抗争和坚守，既不是为了国——国在何处？自崖山一战，故国沉沦，谁也无力回天；也不是为了君——君在何处？赵昺已死，赵㬎被囚，忠君何用？他是为了一种"法天地之不息"的信仰，一种健全而高洁的人格精神。对于这一点，不光是眼下周围的这些人，恐怕连后人也未必能理解的。

对于文璧，文天祥并没有表现出我们想象中的那种大义灭亲的姿态，他对这个当了汉奸的弟弟是很宽容的。文天祥曾对他的嗣子说过这样的话：我们兄弟两人，一个尽忠，一个尽孝，不过是各尽其职。他知道，自己尽忠固然要掉脑袋，但弟弟活着也并不轻松，正因为有了文璧的归顺，文氏家族才避免了满门抄斩株连九族的厄运，在这一点上，文璧其实是为哥哥的尽忠负起了责任。正是文璧的投降，才多少减轻了文天祥对家族和亲人的责任感，使得他可以义无反顾地去死。对于文天祥来说，死并不难，而且他也知道，自己死后肯定要流芳千古的。而文璧的日子就难过了，文天祥越是流芳千古，文璧就越是要背千秋万代的骂名。可以想象，在往后的日子里，文璧将如何在哥哥的万丈光焰下猥琐地活着。英雄总是少数人，他的诞生是建立在大多数人贪生怕死的劣根性之上的。可历史为什么偏偏要把文家的弟兄俩置于这样尴尬的境地呢？以一个人的卑微衬托出另一个人的伟岸，这真是太残酷了。"兄弟一囚一乘马，同父同母不同天。"这是文天祥听到文璧来到燕京后，在一首诗中发布的政治宣言。但讲政治并不妨碍兄弟之间的手足情谊，就在同一首诗中，文天祥还抒发了"可怜骨肉相聚散，人间不满五十年"的叹息。他不忍心后人过多地指责弟弟，因为在他看来，文璧也做出了很大的牺牲。而文璧作为一个读书人，对哥哥的信仰也是理解的，只不过他骨头太软，做不到罢了。这种宽恕和理解使得弟兄俩的会见充满了悲剧感。忠孝节义之类的大道理都不必去说了，唯有相对无言，最多也就是说说童年时代的往事，那是一段足以笼罩天地人寰的苍茫岁月，很让人伤感的。临走时，文璧给哥哥留下了四百贯钱。据南宋遗民郑思肖记载，文天祥坚决不要，理由是"此逆物也"，如果收了，就是中了元廷的奸计。其实文天祥不要钱并不在于这是"逆物"，而在于他早就准备以死全节，一个等着上刑场的人，要钱何用？别说是四百贯，就是金山银山也无异粪土。在这里，郑思肖笔下生花，有意无意地拔高了文天祥，但就是这一点点拔高，反倒让文天祥显得假模假样的，不那么本色。越是精神强大的人，他的情感世界越是多姿多彩，比起那些只会背诵政治教条的槁木死灰般的腐儒，文天祥才是真正的伟丈夫。我们总是见惯了那些板着面孔慷慨激昂的英雄，因此，当这个不仅具有忠肝义胆而且具有情感魅力和人性光彩的文天祥走来时，便尤其感慨良多。

作为文天祥的精神对手，忽必烈却迟迟不肯出场。

他不出场是因为看重文天祥。自己手下的那些人都出过场了，而且都碰了钉子。碰了钉子并没有什么了不起，就如同蒙古骑兵在战场上一样，发起冲锋时，一拨一拨地往上撞，前队撞不动，后队再撞，只等着对方阵脚一动，便四面八方一齐杀进去，把对方彻底摧垮。他知道像文天祥这样的对手，靠几次冲锋是难以奏效的。这时候要沉得住气，不能冒失莽撞，更不能意气用事。如果自己出场也碰了钉子，一时面子上挂不住就杀了他，那就铸成大错了。杀人算什么能耐？特别是杀一个阶下囚，手起刀落，血往上一涌，人头菜瓜似的滚下来，如此而已。难的是征服一个人的精神。而且，越是精神强大的人，越是具有征服价值。文天祥怕的不是死，而是活。既然如此，忽必烈就偏不杀他，让他活着，这是忽必烈的聪明之处。忽必烈以马上得天下，却不是只识弯弓射大雕的一介武夫，而今南方已定，他要统治南方，不知道南方是怎么回事不行，他的统治首先必须建立在对南方文化的吃透上。很好，现在来了一个文天祥，南方的状元宰相，典型的文人士大夫，有胆识亦有才情。真正的对手之间都不能排除欣赏，忽必烈是把文天祥作为一个等量级的对手来欣赏的。

忽必烈在宫城里按兵不动，这是不怒自威的姿态，也是心里笃定的意思。但他却时时都能感受到从兵马司监狱辐射过来的精神之光。他有时会在这种辐射下战栗，如同树叶在久违的阳光下战栗一样。但更多的时候却是在一旁悄悄地欣赏。欣赏文天祥有如一次小小的探险：汉文化是如何把一个文弱书生塑造成为九死而未悔的勇者的。赵宋三百余年社稷，临到曲终人散时，出了一个文天祥这样的人物也该知足了。真正的英雄都负有承前启后的使命，上苍把文天祥赐给宋朝，让他殚精竭虑地阻止蒙古人的铁骑南下；现在，上苍又把他赐给元朝，让他引导一个草原民族在文化上进入南方。文天祥简直就是一座精神巨灵，虽蜗居斗室，却随时都能拔地而起，直冲天际。那种平静中的深邃，矜持中的傲岸，孤独中的崇高，坚忍中的血性，都给他的对手以巨大的压力。这大概就是对手感吧。忽必烈已经好长时间没有体验过这种对手感了。一个六十五岁的老人面对着四十四岁的中年人，并不是欣赏他生命的饱满。这时候，所谓的生活经历和政治经验已没有多少意义，只有思想和人格的徒手搏击，骨骼峥嵘，险状环生，精神和意志光芒逼面，所到之处，似乎要把大地烧成一片焦土。这是多么残酷的对峙，又是多么痛快淋漓的较量！

不管文天祥如何以坚贞不屈来挑逗忽必烈的忍耐力，忽必烈就是不杀他。与此同时，北上归顺的南方文化人却络绎不绝，虽然他们的分量加起来还抵不上文天祥的一个脚趾头，忽必烈对他们同样很客气。他们写的不少诗词传进宫里，忽必烈偶尔也会翻翻，学着推敲其中的平仄韵律和用典。例如有人讥笑文天祥的弟弟文璧说：

> 江南见说好溪山，兄也难时弟也难。
> 可惜梅花有心事，南枝向暖北枝寒。

忽必烈近来汉学功夫大有长进，不用手下的那些御用文人帮忙，也能读得出诗中的意思。但他并不发怒，照样给他们官做。只要为我所用，不妨让你发发牢骚，甚至骂几句娘也没什么大不了，反正你翻不了天。这是一种气量，也是一种姿态——一个来自北方的游牧民族向汉文化送出的眼波。自定鼎燕京后，忽必烈特地从上都带来了几株北方的莎草，亲自执锹培土，移植在宫殿的丹墀前，起名"思俭草"。又让臣子们做了几首歌功颂德的诗。"数尺阑干护春草，丹墀留与子孙看。"几株莎草有什么好看的？无非是要让子孙后代不要忘记北方的草原，因为那里是祖宗的发祥之地。但与此同时，他的目光却坚定地注视着南方。

文天祥的坚守，到了后来完全是为了成就一种道德的完美。他忠于的王朝已经灭亡了，那好像是个从头到脚都烂透了的小人，朝野上下充满了昏聩、庸懦、荒淫和无耻。如果不是国难当头，他这样的狷介书生恐怕只能是个老死于州县的小吏，终生碌碌无闻。而来自北方的敌人又是那样血气方刚，挟带着长风豪雨般的生命活力。在被押解北上的途中，他曾听到蒙古人高唱《阿剌来》之歌，甚是激越雄壮，惊诧中问道："此何声也？"回答说是起于朔方的"我朝之歌"。文天祥不禁感叹："此正黄钟之音，南人不复兴矣。"他从歌声中听到了一个民族飞扬凌厉的习尚和豪迈宏大的气魄，比之于西湖畔的靡靡之音，文天祥怎能不感触万端呢？大势如此，回天无力，知其不可为而为之，这正是文天祥的大痛苦。我们有理由相信，在这场精神对峙中，文天祥也同样对忽必烈有着某种欣赏，他的不屈服恐怕也与面对着这样高质量的对手有关。在一场势均力敌的较量中，对方那燃烧的目光有如皮鞭一般抽打着你，激励着你的征服欲望；而从对方那粗重的喘息中，你似乎听到了他身体内部的坍塌和撕裂声。这是欲罢不能的纠缠，也是招招见血的搏斗，任何一方都不会轻言退却的。

这场对峙的双方最后都是胜利者。文天祥的胜利自不必说了，大都兵马司监狱中的三年成全了他生命的绝唱，一个南方书生的血渗进北国的土地，润物细无声，却是有色彩的，血光如炬，直冲九天，在中华民族的精神史上留下了一道霓虹般的亮色。而忽必烈则从文天祥身上看到了汉文化的威力和魅力，加速了元帝国汉化的进程。他还以对待文天祥的种种礼遇和最后成全他的死节为自己的部下树立了一块"忠"的样板，这一点恐怕是文天祥本人始料未及的。

文天祥死后，他妻子欧阳夫人奉旨收尸装殓。三年前，在从广东押解北上的途中，文天祥曾在江西南安绝食求死，并且为自己的死安排了一个时间表：

南安到他的家乡庐陵大约有七八天水路，这样，船到庐陵时，差不多也是他的命尽之时，死后可以葬于庐陵，不失"狐死首丘"之义。现在，他就义于远离故乡的燕京，归葬庐陵是情理之中的事。但由于当时南北大运河阻断于山东，从燕京到江西，沿途舟车辗转极为艰难，灵柩只得暂厝于燕京小南门五里道旁。由庐陵人张弘毅先将其齿、发及遗文遗诗送归故里。

顺便说一句，文天祥的诗写得不算很好，意象比较单调，好多都是关于死的誓言，所以能够传之千古的也就是那么几句。

关河梦断，首丘亦难，看来，文丞相的灵柩在北方还得再待些时日。

水！水！

就在文天祥就义前不久，孔子五十三代孙，衍圣公孔洙从浙江衢州来大都入觐。

孔府在山东曲阜，为什么这位衍圣公却来自江南呢？这牵涉到孔府内部一段历时一百五十余年的宗族纷争。原来靖康之难后，当时的衍圣公孔端友随高宗南渡，寓居衢州，后来子孙繁衍，代代相袭，称为南宗。南宗是相对于北宗而言的，北宗自然是在曲阜留守的那一脉金枝玉叶了。孔府历来的传统是对政治采取鸵鸟式的态度，不管什么人当皇帝，他们都举双手拥护，国事军事天下事，干我鸟事，只要有爵位世袭就好。问题是南北两个衍圣公是宋金两个王朝各自加封的，毕竟谁不想荣华富贵呢？即使是圣人后裔，也是不能免俗的。因此，在宋金分治的一百余年间，衢州曲阜各立门户，都以大宗主自居。算起来，从孔端友到孔洙已经是第五代了。南宋灭亡后，忽必烈决心推行汉化政策，以儒家学说作为治国的思想基石。儒学的老祖宗是孔圣人，而眼下圣人的后代却在为南宗北宗谁为正宗而窝里斗，这就很不体面了，长此以往何以服天下？于是忽必烈一道圣旨，令南宗衍圣公来京觐见。大约有关方面事先给孔洙打过招呼了，孔洙很知趣，来京后就表示了一个态度：以"曲阜子弟守护先茔有功于祖"，情愿把衍圣公的宗主地位让给北宗承袭。皇上也投桃报李，封他为国子监祭酒，兼提举浙江道学校事。虽然都是虚衔，但地位还是很高的。以孔府的影响和号召力，让他在南方做点思想文化方面的统战工作，有利于收拾世道人心。

忽必烈是个很细心的人，他忽然发现了一个很有意思的现象：衢州的孔洙和曲阜的孔浈，两位衍圣公的名字中都带着水。南方毕竟是南方，连名字也这样讲究，一点一滴中都蕴含着深文大义。水是什么呢？从表面上看，它是透明的、灵动的，带着几分缠绵和忧郁；但它又是深邃的、坚韧的，足以浸漫一切摧毁一切的。孔夫子是水，那千百年前的水渍印记在从深宅朱门到柴门小院的每一块柱础和石阶上，以一种固执的苔藓味支配着人们的生命方式；文天祥是水，那水清冽浩大得令人崇拜亦令人惊栗，纵然你铁骑如云长剑倚天，也只能徒唤奈何；南宋王朝也是水，那个柔若无骨的王朝虽然已沉沦于崖山附近的大水之中，但它那氤氲的气息仍然弥漫在南方的大地上。自己对南方的征服，从某种意义上讲就是对水的征服。目送着孔洙的背影在朝廊上远去，忽必烈觉得老先生的姿态还是难能可贵的，这么一把年纪了，一路上舟车辗转，来一趟京师实在不容易。于是又下诏对衢州孔府优免田赋及杂项差徭，以示嘉许。

名字中带着水的孔洙回江南去了，那如诗如梦，以大米和丝绸富甲天下的江南，此刻是那样遥远。对水的忧虑又一次涌上忽必烈的心头。

至元十九年（公元 1282 年）前后的忽必烈，是在对水的恐惧和期盼中度过的。

首先是东征日本的再次惨败。出征时舰船四千艘，将士十四万，最后的生还者仅有三人。原因仍然是遭遇风暴。忽必烈雷霆震怒，下诏第三次东征。因江南各行省来不及打造战船，上书请求展期。皇上虽没有同意，但也没有执意出兵。对日用兵暂时搁了下来。

东征只是个面子问题，推迟几年也没有什么大不了。但另一个与水有关的问题却是须臾搁置不得的。

这个问题就是漕运。

每当皇上走向御膳房前面的餐厅时，就自然而然地会想到这个令人沮丧的问题，一种有如芒刺在背般的焦虑便挥之不去。御厨在为他排膳时，最先送上来的主食总是一碗小米饭，这是皇上自己定下的规矩。本来，在每年运抵京师的数以百万石的漕粮中，有上好白粳米和莎糯米五万石，就是供皇室和贵族受用的。但忽必烈知道，粮米从江南运到京师，沿途的种种辛苦难以尽说，陆路的挽输之艰和海运的风涛之险姑且不论，光是运费，说出来就令人咋舌。运米一石，支付的脚夫钱是中统钞八两五钱，在江南，这笔钱相当于三石米的市价。因此，皇上定下了每餐先上一碗黄粱的规矩。并不是说连皇上吃的白粳和莎糯也难以为继，这是皇上的一种姿态。小民百姓吃一碗小米饭算不了什么，可同样一碗饭放在皇帝面前就不同了，它立即被赋予某种意义，你说是忧国忧民也好，或者说殚精竭虑也好，反正是漕运问题让圣躬难安。这既有自警的意思，也是做给京师的权贵们看的。可以想象，当忽必烈端起那一碗小米饭时，心头会是一种什么滋味。

现在，我们不妨来看看元朝初年江南漕粮北上京师的行役图。

隋唐运河历经数百年的战乱，到了元朝初年如同一只破碎了的陶器，整体的雍容流畅已不复存在，只在每块残骸上仍可见出当初的纹饰和釉彩，证明它曾经有过的神圣性和日常功能。但残骸毕竟是残骸，因为它破碎的不仅仅是形制，还包括周围的环境。即便高明的工匠可以修旧如新，它周围的那种时代氛围却是无法修复的，因为王朝的中枢已经由关中和中州移到了燕京，原先以中原为中心向外辐射的运道自然就不合时宜了。但天大地大，吃饭问题最大，即使是皇帝餐桌上的一小碗黄粱，也不是京师胡同的石头缝里长出来的。既然京师官民都在眼巴巴地等米下锅，漕运暂时也就只能将就旧有的河道了。这种将就的代价是：江浙一带的漕粮先集中于扬州，沿古运河北上，在淮安由淮河入黄河，溯流到河南中滦。从中滦以下，则又改陆路北上淇门，再入卫运河（即当初隋炀帝开凿的御河）抵达通州。从通州又转陆路抵达大都。这是一条以河道为主，水陆联运的路线。由于河道迂回，水陆转运中又要装卸三次，一路上的周折可以想见。特别是淮安向西北到中滦、淇门，然后再转向东北的弓形运道，几乎在豫冀大平原的腹地兜了一个大圈子。漕粮沿着这把千里长弓的弓背迤逦北上，沿途樯倾楫摧，驴马倒毙，怨呼之声不绝于耳。看了这张行役图我们才会理解，为什么运送一石米却要花费三石米的运费。

至元十九年（公元 1282 年）十二月，差不多就在文天祥慷慨就义的同时，忽必烈挽起了豫冀大地上的这把千里长弓，这位马上天子要试一试自己的臂力了。

其实早在八年前元军出征南宋时，漕运问题就提上了议事日程。南征的旌旗还未在视线中远去，忽必烈就未雨绸缪，派都水监进行大运河穿越山东的前期勘察工作。他知道，从军事上解决南方是不成问题的，一俟临安方面尘埃落定，漕运就是当务之急。而当时担任都水监这一职务的，恰恰是大科学家郭守敬。

在中国科技史的星空中，郭守敬是少数几颗最耀眼的巨星之一。1970 年，国际天文学会以世界上最具影响力的科学家的名字来命名月球上的山脉，其中有一座环形山被命名为郭守敬山，在他的周围，是爱因斯坦、欧姆、焦耳、帕欣、迦罗华、赫兹斯朋、迈尔森……

看看他周围的这些名字，你就该知道郭守敬的分量了。这些名字都曾和人类科技史上一些最重要的发现、发明和创造联系在一起；只要提起他们中间的任何一个，人们就会想到有关的定律和定理，那是一道道穿越长空的闪电，轻蹈于人类从蒙昧迈向文明的漫漫长途，显示着智慧的力度与美姿，让一代又一代的后人为他们超迈壮绝的才华而惊叹。

遭遇郭守敬，这是忽必烈和大运河的幸运；而遭遇 13 世纪末期的中国，这也是郭守敬的幸运。一个百废待举充满了勃勃生机的新王朝对科学技术的渴求，使得他的才能被充分地吸纳和播扬，成为历史前进的助推力。郭守敬的科学成就主要体现在天文学和数学领域，但最初却是在水利学方面显示出来的。一个旷世奇才，恰逢大运河这样的旷世工程，这就注定了将会碰撞出一些可以称之为创造的火花。果然，郭守敬小试牛刀，不经意地就让科学的殿堂颤抖了一下。在勘察河北山东境内的河道时，他绘制了济州、大名、东平等地及泗、汶诸水与御河相通的形势图，在这张图上，他以大都东边的海平面为基准，参较大都至汴梁地形的高低差别，在世界上最早形成和运用了海拔的概念。对于他，这可能只是心血来潮偶有所得；但对于地理学，这却是一种足以让后世受用不尽的智慧。

至元十九年（公元 1282 年）十二月动工开凿的济州河，是南北大运河在山东境内的关键运段。河道起自济州任城，一路向西北延伸，止于东平境内的安民山，全长约六十五公里。对于这项工程，郭守敬只是做了一些战略性的构想（例如在地图上画一条曲线），剩下的事情让马之贞去做，马之贞是一位实用工匠型的人才，汶上人氏，土生土长，对当地的每一条河汊子，每一块土圪垯都了如指掌。这个级别的人才对于开河筑堰来说十分匹配。战略科学家和实用工匠的结合，这是忽必烈用人之道的高明之处，他给马之贞的头衔是"汶泗都转运使"，参与开河筹划及施工。也就是说，给你一个大致的规划，你负责给我开河，河开成了还要负责这一段漕运的通畅。汶上这个地方历史上一直出水利专家，马之贞就不说了，继马之贞大约一百六十年后，这里又出了一个叫白英的老农，也是以布衣身份参与治河，很做了几件大事。有意思的是，他们的出山都有几分神秘色彩，都是在工程陷入困境，负责开河的官员要掉脑袋时，从某个山旮旯里走出个智慧老人来。其实，从根本上说，汶上一带正当鲁西丘陵，水的问题一直没有解决好，社会生活的需要往往胜过一百所大学。在长期的生产实践中，造就了一大批实用型人才，从他们中间走出几个出类拔萃的专家也是顺理成章的。我不相信马之贞和白英他们真的是汶上老农，地道的老农没有那样的眼界。他们至少也是乡村里的小知识分子，有点文化底子，博古通今，能够从理论与实践的结合上解决问题。其家庭亦小有田产，大抵不会有衣食之虞，保证他们能够专心致志地研究自己感兴趣的学问。他们或许也曾有过金榜题名的梦想，而名落孙山的遭际恰好成全了他们，让他们从皓首穷经的樊笼中解脱出来，反倒获得了科举之外的蓬勃生命。中国古代的科学家有几个是金榜题名的呢？北宋的沈括大概算一个，他有没有科举功名我说不准，但估计是有的，不然他不会做到翰林学士。另外明代还有一个徐光启，大概中过进士。除此以外，我实在说不出第三个了。

济州河工程历时八个月，至第二年初秋全线告成。现在，江南的漕船用不着再从淮安向西北兜一个弓背形的大圈子了，过了淮河继续北上，由济州河进入大清河，再由利津入渤海至直沽。这样，除去从通州到大都一小段陆路外，沿途几乎全是水道，行程也比以前缩短了整整三分之一。

这个三分之一是什么概念呢？一千八百里。而从淮安到大都的直线距离也只有一千四百里。

现在，忽必烈大概可以心安理得地吃一碗江南的白粳米饭了。

这一年，还有一件值得一说的事情。为了漕运的需要，江浙行省新辟了一处造船基地，这个地方旧名沪渎。沪者，渔具也；渎者，水道也。这是个不起眼的小渔村，当时仅有七八条街巷，百十户居民，家家门前张着捕鱼的网罟，左近小河浜上，横着几十条小船。所谓的渔村情调，也只是望不尽的芦苇而已，因此，当地人又称之为芦子城。

几年以后，随着漕运和造船业的兴盛，沪渎改名上海，为县治所在。"其名上海者，地居海之上洋也。"（明弘治《上海县志》）设县是要经中央政府批准并备案的，当忽必烈批阅中书省的奏章时，他或许又会注意到，在新老两个地名的四个字中，竟然有三个字是带水的，南方的水，带着一股创造性的清澈和浪漫精神又一次在他心头流过，有如一本刚刚打开的大书……

当然，他现在还不会想到，这座吐纳江海的小渔村因其处势不凡，它的崛起只是个时间问题了。

会通河

一个来自西方的旅行者，成了忽必烈很谈得来的朋友。从意大利的威尼斯到大都，马可·波罗整整走了四年。四年的沙尘、烈日和风霜雨雪，把一个十五岁的清俊少年雕塑成了满脸大胡子的壮汉。忽必烈认为，能走这么远路的人都是很值得尊重的，一是因为他们那常人难以企及的毅力；二是因为他们的学问，光是沿途的所见所闻，就是一本大书。马可·波罗又善解人意，长于辞令，虽然有时喜欢夸大其词（这大概是西方人特有的语言风格），但忽必烈还是很欣赏他，经常听他讲一路上的见闻，从中了解到不少关于天文、地理、气候、宗教、物产以及风俗习惯方面的知识。有时，忽必烈也向他请教一些问题，其中涉及得最多的是航海。

威尼斯是地中海边的一座港口城市，如果说地中海是一把巨大的竖琴，那么，沟通世界三大文明古国——古埃及、古罗马、古希腊——的航线则是竖琴上炫光铮铮的弦索，他们之间的交流（当然也包括战争）都是通过地中海来进行的。在世界海洋贸易史和海战史上，古代最著名的一些大事件几乎都映照在这把竖琴优美而丰腴的背影之上。这里托举过亚历山大和恺撒东征的舰队，也行进过埃及艳后驶往罗马的婚船。地中海蔚蓝色的波涛激励着人们将生命的热情化为对远方世界的征服欲望，他们的舰船快意地犁过地中海那恣肆浪漫的丰沃，犁过达达尼尔海峡和博斯普鲁斯海峡被收拢得很优雅的激情，向着黑海和大西洋进发。如同蒙古人的眼睛是荒漠固有的黄色一样，他们蓝色的眼睛也是大海的色泽。应该承认，无论蒙古人还是地中海人，他们都是真正的骑手，真正的骑手总是坚定地凝望着远方，以至他们的眼神也染上了大地或海洋的原色。但遗憾的是，即使在风头最劲的时候，成吉思汗及其子孙的骑兵也从未到达过地中海。其实他们已经抵达了西亚的边缘地带，在蒙古军队的战利品中，充斥着用装古兰经的箱子改造的马槽，精致的经卷常常被用来为牛车垫道，它们燃起的火焰照亮了底格里斯河和幼发拉底河的下游平原。以蒙古马的速度，本来几天之内就可以望见地中海的，但他们却鬼使神差似的停止了进军的脚步，匆匆忙忙地建立了一个伊尔汗国便安顿下来，东西方世界最优秀的骑手因此失之交臂。现在，马可·波罗来了，他得到了忽必烈的赏识。一个在马背上征战了大半辈子的老人对海洋的向往，证明了他的自信和自尊，也证明了他仍然富于生命的活力和创造精神。马可·波罗的蒙古语已经操练得很地道了，他用蒙古语创作的西方海上帝国的传奇和史诗让忽必烈心旌摇荡，大开眼界。忽必烈把他留在宫廷中，随时询问。他每年来往于大都和上都之间，也总要让马可·波罗随行。有时，忽必烈还派他去各地巡视，这正好成全了他的旅游癖。他把在各地的见闻收集起来，再加上自己的发挥，为他日后完成那本震惊西方世界的游记奠定了基础。

忽必烈对航海的关注，最直接的功用就是开通了东部沿海的海运。这是一件很了不起的大事。中国东部虽然濒临广阔的海洋，但历朝历代并不注重海运，他们理所当然地把大海视为一道帝国的围墙，而不是通往外部世界的坦途，这与农业文明的封闭性有关。马可·波罗是至元十二年（公元 1275 年）夏天来到中国的，第二年三月，元军进抵临安城下，接受了谢太后签署的降表和传国玉玺，宋王朝尘埃落定。征服者弹冠相庆自是不用说的，接下来该打点行囊班师了。但第一批遣送北上的不是归降的小皇帝赵㬎和两宫太后，也不是临安府库中那令人眼花缭乱的金银珍宝，而是宋廷大内积满了灰尘的图书典籍和礼乐器皿，这些东西满满当当地装了几大船。因为当时大运河的山东段尚未开通，只能从海路运送。海运风涛凶险，艨艟巨舟装载着赵宋王朝数百年的兴衰历史，也装载着一个农耕民族数千年的文化积淀向着北方驶去。这显然是一次试探性的举动。于是又过了几年，大规模的海上漕运便开始了。每年的春夏季节，庞大的遮洋船鼓荡着东南季风，编队行进在南起长江刘家港，北到渤海界河口的万里航道上，这是中国历史上空前的壮举。虽然最初提出从海路运输漕粮的是两个海盗出身的南方人——崇明人朱清和嘉定人张瑄，但从忽必烈几乎没有多少犹豫就采纳了这一建议来看，除去他本身具有的游牧民族那种宏大的气魄和广阔的想象力之外，恐怕也不能排除马可·波罗的影响。

接下来似乎要跨海东征了。

早在至元二十年（公元 1283 年），皇上就发布了征伐日本的诏书。这几年各方面的准备都在紧锣密鼓地进行，中国和朝鲜的海岸线上都在抓紧打造战船，战争的动员早就开始了，而且动员的规模比前两次要大得多，水手被征集，海盗被招安，军队和辎重从四面八方向辽东一带集结，连死囚犯也纷纷出狱报效。到了至元二十二年（公元 1292 年）冬天，朝廷预备由长江口运送一百万石粮食前往朝鲜囤积，这显然是即将用兵的信号。山雨欲来风满楼，对日本的第三次攻势犹如箭在弦上，大战一触即发。

可到了第二年正月，忽必烈突然下诏："以日本孤远岛夷，重困民力，罢征日本。"

我们无法揣度忽必烈当时的内心世界，但可以肯定的是，这样的举动需要一种道义上的勇气，也体现了一个政治家的气魄。政治家的气魄并不完全体现在大刀阔斧的进攻，有时也体现在妥协。从某种意义上说，善于妥协比善于进攻更重要。即使在进攻时，妥协也常常是并行不悖的。合纵连横是一种妥协，封官许愿是一种妥协，甚至朝令夕改、出尔反尔也是一种妥协。妥协有时是向外部世界的退让，但更多的时候则是面对自我的心理调整，走出意气用事的误区。作为一种生命的激情，意气是个好东西，但意气用事就不好了，它一旦和睥睨天下的权威结合在一起，造成的破坏性足以祸国殃民。因此，意气用事常常是帝王们最危险的陷阱，特别是那些强有力的开国之君，他们在万方多难中拔剑而起，一路披荆斩棘，登上了无限风光的顶峰，面对着普天之下的赞颂和欢呼，他们便轻狂得不知斤两了，觉得自己无所不能，可上九天揽月，可下五洋捉鳖，想干什么就干什么，即使撞了南墙也不回头，因为他们要维护自己的权威。这时候，所谓雄才大略和如日中天恰恰成了一种生命的负担，把他们拖入了一意孤行的怪圈。而正是在这一点上，同样作为开国之君的忽必烈体现了可贵的自省精神。客观地讲，头两次东征的惨败都带有一定的偶然性，以元朝的综合国力，在军事上解决日本是完全可以做到的。但问题是，即使胜利了便又怎样？仅仅为了"天朝上国"的颜面，或者干脆只是为了赌一口气，就驱赶成千上万的将士去蹈海赴死，那么这种颜面和赌气又有多大价值？作为成吉思汗的子孙，忽必烈的每一根血脉里都涌动着征服的血性，但他同时又不失稳健温和的个性魅力。他是懂得妥协的，下诏罢征日本，并公开承认"重困民力"的错误，这种道义上的勇气不能不令人赞赏。

忽必烈的目光仍然坚定地注视着南方，一般说来，那里也是可以称之为京畿的。罢征日本，是为了集中精力开挖山东境内的会通河，那也是一种征服——对水的征服。鲁西丘陵朴实而坦荡，像女人一样丰腴又像男人一样固执，那是一片只接纳牛车（当然还有驴车、板车、太平车）却不肯接纳风帆的土地，特别是从来不肯接纳南来北往的风帆，因为历史上的汶、泗诸水都是东西流向的。但王朝的中枢在北方，来自江南的漕船需要一条北上的航道。自济州河开通以后，漕运在山东境内的瓶颈状态虽然有所缓解，但连接济州河与利津出海口的大清河有如吝啬的老妇人一般，她枯竭的乳汁维持不了大运河壮硕的生命。由于水源匮乏，大清河不能承载大吨位的漕船，而利津港口又常常被泥沙壅塞，这条通道上的运量仍然有限。在这种情况下，朝廷只得在大清河北岸的东阿建立水陆驿站，也就是让漕粮到了东阿便起岸装车，改由陆路运送到临清，再进入御河水道。这实在是没有办法的办法，虽然整个行程用不着再走淮安向西的那个弓背形，但陆路运道却长达二百五十里，较原先从中滦到淇门的陆运还要远七十里。光是这一段运道，每年就需役民一万三千二百七十六户。特别是其中的荏平一段，地势低洼，"遇夏秋霖潦，牛车跋涉其间，艰阻万状"。这样将就了几年，从中央到地方都感到不能再将就下去了，会通河工程终于被提上了议事日程。

会通河从安民山到临清，全长二百五十里。这条运道也是当年郭守敬规划过的，只是水源问题一直没有解决。但郭守敬既然走过这里，就说明了在这里开河的合理性，那是一脉幽微的智慧之光，需要人们去寻找的；或者说他只是出了一个预言性的大题目，留待人们去求证和填充。开河这种事就和打仗一样，高明的军事家在战役发起之前就已经胜算在握，包括战斗中可能出现的一些细节问题都考虑得很周到了，才开始打响第一枪。这样，打仗实际上只是一个仪式，并没有多少悬念可言。开河也是一种仪式，在仪式进行之前，你得把方方面面的问题——流向、水源、堰闸之类——都落到了实处，才能启动开河的仪式。所谓水到渠成就是这个意思。开河本身并不难，会通河工程役民三万，大约用了半年时间。至于水源问题，还是让马之贞去解决，这位土专家用他脚踏实地的智慧丰富了郭守敬的构想。他在埤城建立了一座分水枢纽工程，简单地说，就是引汶水和泗水作为水源，再设置若干闸堰分水济运。其中技术上的细节几句话很难说清楚，不说也罢。这项工程经历代的不断完善，一直沿用到明清，并陪伴着大运河走向最后的衰落。单从这一点看，马之贞的创造就不仅是脚踏实地的，而且相当具有前瞻性。当然，会通河通航后，马之贞的官阶也随之水涨船高，由汶泗都转运使提升为副部级的都水少监，一个从乡村走出来的土专家能有这样的前程，算是不错了。

《元史》中的马之贞，大抵到此为止，副部级以后就不见踪影了。一个没有任何官场背景的实用工匠，他的名字不可能在史书上留下太多的痕迹，更不可能记载在月球背面的环形山上。但提到山东境内的大运河，人们还是会想到他，另外还有一个明代永乐年间的白英，在民间传说中，他们生命中最微不足道的细节都是与水有关的，当然还有土地。

河的精灵激活了原始的鲁西丘陵，一道道闸堰把汶水和泗水导向会通河，它们原先那奔向大海的激情，现在都奉献给了运河。河水欢快地流动着，它看到两岸的阡陌人烟，繁花茂草，那是它创造的生命。小驴车在闸堰上优哉游哉地驶过，毛驴的脖子上用红布条系着一只小铃铛，让人联想到为它装备这行头的一双女性的手。而此刻，那双手正在河岸上采集槐花，作为小户人家艰难生计的一部分，那是预备晒干了掺在高粱和野菜里做饭用的。牧童牵着老牛在河边饮水，附近有老式的戽水器在戽水，河水被提升到岸上的水渠里，再沿着四通八达的支渠注入田垅，如同一条条皱纹在老人脸上爬行一般——当然，那必须是在河水比较充沛的季节。如果水位太低，朝廷是严禁在运河里取水灌溉的，因为达官贵人的享受比小民百姓的温饱更重要。漕船驶过去了，燕尾形的波浪冲刷着河岸下的树根，赤裸的树根张牙舞爪地盘踞着，呈现出一种怪异的惊险。目送着吃水很深的漕船远去，乡民们不由得会发出这样的感慨：皇上一年到头要受用多少好东西啊！

乡民们的感慨实在过于朴素了，其实，漕船运送的不光是皇上受用的大米和丝绸，还有南方那永恒的蓝天下所产生的一切有价值的东西——作为诗歌母语的方言，红底描金的世俗生活情调，明月下的香艳故事，石板路上乌桕树的影子，浪漫而伤感的屈原，等等。也许大运河的初衷不在这里，但它既然开通了，便无法拒绝这股时尚的潮流，就像你无法拒绝春天花开秋天叶落那样。例如现在，这位名满江南的大才子便沿着大运河往大都去了。

赵孟頫，字子昂，号松雪道人，宋太祖赵匡胤的嫡裔。虽是赵宋的金枝玉叶，却已经是失势了的，因此南宋灭亡之后，他并不恓惶，只是在他的封地湖州隐居静观，很无所谓地过着诗酒风流的小日子。十年以后，忽必烈招安江南的文化人，他并不曾经历多少思想斗争，就跟着朝廷的求贤大臣到大都去了。这一方面是因为他过于珍惜自己的生命，做不出文天祥或者郑思肖那样的举动；另外，他似乎觉得新王朝也不错，特别是作为一个文化人，他觉得新王朝的文化政策相当宽松。这个起自北方的游牧民族风格犷悍，他们马上杀伐，像一股狂野的旋风刮过漠北和中原，暂时还没有学会那种断章取义、曲里拐弯地整人的病态思维。因此，他们的文化管理也是粗放型的，大大咧咧，百无禁忌。或许在他们看来，与其给思想打造镣铐，还不如打几副马掌，让它在天地间自由自在地奔驰。

赵孟頫到大都去了，后来他荣际五朝，官做得很大，艺术成就亦登峰造极。那是他的造化，因为他遭遇了一个文化心态比较健康的王朝。

大约就在赵孟頫北上不久，大戏剧家关汉卿却沿着运河从大都往江南去了。

他为什么要南下呢？大都的梨园很热闹，他创作的《望江亭》和《救风尘》等剧目早已风靡京师，最火爆的时候，所谓半城车马为君来也一点不是夸张之辞，照理说他在大都的生存环境还是说得过去的。但一个有作为的艺术家不应该老待在一个地方，平淡无奇的庸常岁月会一点一点地腐蚀艺术灵性，就像植物的叶片在看似懒散的秋阳下日益枯萎一样。这些年，从江南来大都的文化人着实不少，他们给大都的文坛带来了一股春风杨柳般的清新气息，这不能不激起关汉卿对南方的向往。在这之前，京都名优珠帘秀已经到南方去了，先是在扬州，而后又到了杭州，听说在那边仍然很走红的。而且更重要的是，自己酝酿了多年的《窦娥冤》一直没有写。没有写不是因为才力不逮，而是因为太看重。

他有一种预感，这个戏写成了，如果不是他最好的一个戏，也肯定是他最好的两三个戏之一。有了这样的定位，下笔便颇为矜持，生怕糟蹋了一个好题材。而窦娥的传说就产生于江淮一带，为了写好这个剧本，他也应该到传说的发源地去走一走，看一看。好在大运河已经开通，来去并不太难。那么就上路吧。

淮安的窦娥巷东西不过百米，寻常巷陌，极是清静。这里离最繁华的运河码头——河下镇相去不远，我们可以想象当年关汉卿从河下镇登岸后，一路寻访窦娥巷的身影。孤篷瑟瑟，青衫飘零，一个北国书生走进了淮安城北的这条小巷，谁能估量那彬彬弱质的身影究竟有多大的能量呢？但传说中的一个底层劳动妇女的苦难和抗争，点燃了他山呼海啸般的创作激情，撼天动地的《窦娥冤》就是从这里走进了中国文学史的长轴画卷，而这位书生也当之无愧地走进了大师的行列。在关汉卿的六十多种杂剧中，《窦娥冤》无疑是最具社会批判精神和艺术震撼力的一部。听听窦娥最后在法场上的呼喊，谁能不为之惊心动魄呢！

地也，你不分好歹何为地；天也，你错勘贤愚枉做天！

这样尖锐地揭露黑暗和腐败的作品，并没有听说当时有哪一级政府来横加干预，这也说明了元代的文网是相当松弛的。20世纪60年代初，田汉先生在他创作的名剧《关汉卿》中，说关汉卿和珠帘秀因创作和演出《窦娥冤》双双触怒朝廷，被处以极刑，且在法场上互诉衷肠"相永好，不言别"云云，这纯粹是凭空杜撰的情节。其实，历史上的戏剧大师关汉卿并未死于文字狱。

关汉卿最后终老何地，史无记载。但一代名优珠帘秀确是死于杭州的，这是杂剧走向南方的一个信号。大运河的清波不仅激活了一个多民族国家的雄健体魄，而且疏通了全方位的文化交融，将元代的文化史从蒙汉冲突的烟尘提高到创造性的清澈之中，这中间最重要的标志就是戏曲中心的南移和元曲的勃起。我总觉得历来的文学史对元曲有些轻慢，这实在是很不应该的。如果说在元曲之前，艺术审美有所创新的话，那么这种创新最终还是在中国传统文化范畴之内的创新。而元曲则从根本上对原有的审美规范进行了一次颠覆。这种颠覆张扬着北方游牧民族固有的生命精神——犷悍、洒脱、自由的心灵和奔放的思想。

作为颠覆的成果，元曲的那种自然朴质，雄浑刚健，俚曲新声完全冲破了传统的"雅正"之美，开辟了新的审美维度。且看看元曲中的这条《大鱼》：

> 胜神鳌，卷风涛，脊梁上轻负着蓬莱岛。万里夕阳锦背高，翻身犹恨东洋小，太公怎钓？

何等的气势非凡！一点也没有那种瑟缩在文网下吞吞吐吐地看别人脸色的味道。元代的文化人真够放肆的。

但大运河并没有意识到这些，或者说并不在意这些，它是大智若愚的做派，只知道由着自己的性子向前流动。巨大的漕船压迫着它，风帆和橹桨撩拨出昏眩的快感，两岸是充满生机的旷野和新兴的城市，生命的密度在不知不觉中稳步增加，这些都将成为后代历史学家们研究的课题。现在，它从杭州流到了通州，离大都只有一步之遥了。

通惠河

到了至元二十九年（公元 1292 年），忽必烈已经七十八岁了，这样的高龄在他的家族中是少有的，雄健如牛的祖父成吉思汗活了六十六岁，接过祖父的旗帜完成西征大业的伯父窝阔台活了五十六岁，而骁勇伟岸的父亲拖雷只活了四十来岁。一个七十八岁的老人是到了考虑后事的时候了。在忽必烈的"后事"中，最让他牵挂的还是大运河。他决定在自己的有生之年最后完成京师漕河工程——开挖由通州到大都的通惠河。

从至元十九年（公元 1282 年）开济州河到至元二十九年（公元 1292 年）开通惠河，这中间整整经历了十年时间。济州河一百三十里，会通河二百五十里，通惠河五十余里，加起来也不过四百多里。人们不禁要问，以忽必烈那样的雄才大略，这几项工程为什么不能一鼓作气却要拖延十年之久呢？其实这也正体现了忽必烈性格中值得欣赏的一面。他不是那种好大喜功的君王，凭借着自己可以役使千百万人的无上权威，视民生如草芥，大呼隆地想干什么就干什么。他是清醒的、审慎的，量力而行的。对于一个雄视八方的马上天子来说，这一点尤其难得，也是忽必烈不同于秦皇汉武或隋炀帝的地方。历史证明，再好的事情，如果不能量力而行，只凭领袖人物头脑发热，就闹哄哄地大干快上，也会产生灾难性的后果。好大喜功穷折腾也是一种暴政，有时甚至会比其他形式的暴政更加祸国殃民。几十年以后我们就会看到，同样是为了治河，忽必烈的子孙将以亡国的代价来验证这条并不深奥的定理。

至元二十九年（公元 1292 年）正月，大都还是一片冰封雪锁的世界，官僚贵族们大都闭门扃户，窝在家里围炉煮茗，或就着煊羊肉喝酒。皇上的圣旨下达了，命太史令郭守敬兼领都水监事，全权负责大都漕河工程。这项任命体现了皇上一贯的办事风格，有点举轻若重的意思，即使是一项不算太大的工程，也还是要让郭守敬这样第一流的专家来主持。同时又考虑到通惠河要穿越京师，天子脚下，冠盖如云，随便扔一块土圪垯说不定就会砸着一个王公贵族，施工中必然要牵涉到各方面的矛盾。为了防止权势对科学决策的侵凌，在扯皮中耗费过多的精力，忽必烈又下令，凡遇重大问题，"咸待公指授而后行事"。这等于给了郭守敬便宜行事的尚方宝剑。只有在这时候，忽必烈才真正感到了科学家的宝贵，他手下有那么多适合当官或者适合侍奉他的人——丞相、尚书、御史、将军、诗人、僧侣，甚至驯马师和营养师，但郭守敬这样的科学家却找不出第二个（其实，在任何时代，科学家的比例都远比官僚或仆役的比例要小得多）。因此，即使贵为天子，他也不去对工程上的事指手画脚，而是让郭守敬放手去干。这是一种大度。他知道，只有权力服从于科学，科学才能像行吟诗人那样自由地迸发出灿烂的灵感。

以太史令兼领都水监事，说明这两个职务都非郭守敬莫属。作为国家天文台台长兼科学院院长，太史令往往是终身的，因为有资格担任这一职务的就那么几个。但它并不是一个闲差，这些年，郭守敬的精力主要用于天文历法方面的研究，很多成就都是具有开拓性的。例如，他制成了世界上最早的大赤道仪，比丹麦天文学家第谷发明的使用赤道坐标环组的仪器早了三百多年；他创立了我国独特的球面三角学，用以计算黄赤道差和黄赤道内外度，比欧洲的三次差内插法早了近四个世纪；他还主持进行了一次空前规模的恒星位置的测量和地球纬度的测量，在中世纪的科学史上也是前无古人的创举。这是他创造力最活跃的时期，他像一只冬眠的熊，日复一日地吮吸着自己的脚掌——那里贮藏着他生命的精华。太史院的工作是枯燥而清苦的，但快乐也会不时来撞击他的心扉。人类一些最重要的问题，最终都是在快乐中才得以解决的，就像上帝用追求性快感来吸引人传宗接代一样。在追求中获得快乐，科学发现也是如此。现在，他只得放下太史院的工作去主持开河。这是他第二次担任都水监了，第一次是为大运河做战略性的规划，这次则是为了最后完成运河与大都的牵手。历史似乎有意要把大运河这项伟大的功业与一位科学巨子联系在一起，因此从开场到闭幕都让他来主持。

都水监是废而复置的机构，暂时还没有衙署，郭守敬仍在太史院办公，从表面上看似乎一切如常，连"走马上任"也省略了。但往日的清静却说不上了，他必须亲自进行野外的勘察测量。大科学家的灵感也不是信手拈来的，他只不过比常人更敏锐，更善于从司空见惯的现象中孵化出智慧罢了。首先是对事物的深入和独立的观察。为什么要强调独立呢？因为只有独立的观察才不至于重复别人的结论，也才会产生独立的思考；而有了独立的思考，大抵也就离创造的门槛不远了。为了解决通惠河的水源问题，郭守敬从考察大都周围的山经水脉入手，苦苦求索了八个月，最后确定了从白浮泉引水济运的方案，其大致构想是：从昌平东南的龙山引白浮泉西行，然后大体沿着五十米的等高线转而南下，避开河底低地，沿途拦截沙河、清河上源及西山山麓诸泉，入注瓮山泊（今昆明湖前身）。再沿古高梁河流至大都西水关入城，往南汇为积水潭。往东南出文明门，经大通桥入旧运粮河，至通州高丽庄接通北运河。这样，一条五十多里的通惠河，为之配套的引水河道却有一百一十多里，从西北蜿蜒至东南，仿佛一条闪光的玉带，若接若离地佩在燕京古都的腰际。而规划在河道上的二十座复闸，则有如镶嵌在玉带上的宝石一般。对于喧嚣浮躁的大都来说，那是一道清凉的注视和温情脉脉的抚慰。它更加使我们坚信，真正天才的创造都是以美的形态体现出来的，不管它是一条河、一座城，还是一架玲珑剔透的天体观测仪。

八月底，朝廷征调禁军、工匠、水手等两万余人，通惠河工程正式上马。在忽必烈看来，大都军民为运河服役只是暂时的，而换取的却是运河千秋万代地为大都军民服役。因此，对工程怎样重视都不为过分。开工不久，他便仿效汉武帝"塞瓠子决河"的故事，命令自丞相以下的百官皆亲操畚锸去工地参加义务劳动。皇上这么一号召，接下来的热闹可以想见。车辚辚，马萧萧，满朝文武一个不落，浩浩荡荡地来到开河工地，融融的秋阳下，那场面简直如同一次有组织的郊游。所谓义务劳动其实是相当形式主义的，实际上干不了多少活；再加上工地上的茶水费和往返的车马费，从经济上核算实在划不来。但干多少活并不重要，重要的是一种姿态：这些本来不应该劳动的人也亲自来劳动了（多么令人感动的"亲自"）！足见上边对这件事的重视程度。那么多达官贵人站在那里，服饰斑斓，冠冕堂皇，本身就是一道风景。他们"亲自"拿起铁锹，装模作样地挖了几块土，这一幕便载入了史册。但在他们的身后，那些世世代代挖土的人有谁曾注意过？理由很简单，因为那本来就是他们应该干的事，而达官贵人们的本职却是坐在衙门里摆布别人的命运。这至少揭示了一条真理，谁如果想载入史册，就去干点不属于自己本职的事情，例如那些世世代代挖土的人杀进衙门，干起了摆布别人命运的勾当，青史上就不得不记上一笔了。

达官贵人们象征性地挖了几锹土，又浩浩荡荡地回城去了。回去了好，这些人在工地上反倒碍手碍脚的，郭守敬还得趋前避后地在一边侍候着，唯恐礼节上有不周到的地方。但只要还存在着一部分人对另一部分人的统治和役使，存在着官方文件中对一部分人的劳动必须用"亲自"来表达，存在着政客们以作秀来哗众取宠的社会氛围，这样的镜头就不会绝迹。

通惠河及相关的引水河道激活了大都城的风水，"风水之法，得水为上"。水是一座城市的动态雕塑，著名的"燕京八景"中的"卢沟晓月""琼岛春阴"和"太液秋风"，原先都是大都漕运系统的产物。这似乎是一则关于水的美学寓言，后人谁会想到，那些优美典雅的名字，最初的起因只是为了解决吃饭问题呢？

通惠河的竣工标志着南北大运河的全线贯通。从此以后，庞大的漕船编队从江南起航，扬帆三千五百余里，可以直抵大都宫墙后的积水潭。这个长度尽管比隋代运河缩短了一千八百多里，但它仍然是世界上最长的人工运河。中国历史上的世界之最太多了，平心而论，并不是所有的世界之最都有多了不起的价值，有的"之最"只能在极有限的时空范围内供人们津津乐道；有些"之最"则纯属雕虫小技，根本没有多大意思。但大运河这样的世界之最却绝对是惊世骇俗的，从现在开始，它至少影响了此后六百余年中国政治经济的总体格局。一条影响了占世界人口四分之一的大国长达六百余年的运河，无论如何是不能等闲视之的。同时，大运河的改道也从根本上颠覆了中国东西部的发展历史，像汴梁、洛阳、长安这些曾在中国历史上镂金错彩的名字，却有如被遗弃的半老徐娘一般，从此韶华不再，失去了在中国政治舞台上发号施令的资格。它们那神圣的光环和风华绝代的优越感，只能成为博物馆里孤独的陈设。人们在惊叹它们当年那盛极一时的辉煌时，不得不为它们江河日下的衰落而感叹。而得益于大运河的惠顾，东南沿海的商品经济得到了空前的发展，它们当之无愧地成了执中国经济之牛耳的新贵。这种经济格局对政治和文化的影响，我们以后将会看得越来越清楚。

作为草原上的游牧民族，蒙古人从小习见的是骁勇的马蹄，而不是浩荡的风帆。他们那悠远辽阔的长调牧歌也和南方水淋淋的吴歌有着决然不同的质感。他们当然知道水的重要，一个在茫茫草原中寻找水、追逐水，为了争夺一块有水的草地不惜厮杀得昏天黑地的民族现在来到了南方。从深层意识上说，他们也是为了追逐水源——长城以南那湿润的农耕文明——而来的。他们定居了，定居在辽金的故都，从逼仄的蒙古包住进了金碧辉煌的宫殿。他们不再追逐水，而是把水从更远的南方引过来消消停停地受用。南方的水的确与草原的水不同，草原的水只凸现它的物质性，它装在牛车上的木桶和骑手背上的皮囊中，在骑手们眼里，它从来不是风景，仅仅是对"渴"的消解——一种没有任何诗意的、纯粹生理意义上的消解。渴了，抓过背上的皮囊抿几口（却不敢猛喝），撩起宽大的蒙古长袍一抹嘴角，扬鞭策马又向前方去了。而南方的水，充沛、清纯、优雅、带着香草美人的芬芳、烟雨楼台的风韵和杨柳岸晓风残月的情致。它洋洋洒洒，伸手可及，不仅可以解渴，而且可观、可品、可鉴。大运河来了，好大一脉水啊！背负着南方的富庶繁华，南方的满腹诗书，南方的降臣新贵和铜驼铁碑浩浩荡荡地来了，甚好！那么就兼收并蓄吧，一个新的王朝就这样在大运河的北端定居下来。这个原先在饥渴时能狂饮马血的民族，现在也开始学会了水的审美和挥霍。他们从马背上跳下来，登上海子里的龙船，一边用心细细地品茶，一边摇头晃脑地静听欸乃如歌的桨声——那划船宫女的身姿据说来自扬州瘦西湖上的船娘。他们觉得这样生活也挺不错。有时候他们会暗自思忖：究竟是他们倾慕汉文化才去梳理运河，还是南来的运河之水滋润他们这样"文化"？这样的问题很难想出什么所以然，那么就不想吧。还是品茶听水，随手翻开一本词臣新近推荐的线装书。

在公元 1292 年的中国，除去大运河全线贯通而外，说得上具有世界影响的事件，还有马可·波罗回国。

我相信世界上有很多本来可以演变为大事件的情节，却湮没在其中的某一个链环上。马可·波罗如果终老于东方，那么他最多只会在稗官野史中留下一笔，绝对不会有后来那么大的轰动效应。他来到中国已经十七年，这期间他曾游历过不少地方，印象最深的是沿大运河南下，一直抵达泉州和福州，甚至还在扬州当过几年的地方官。一个既在大都的皇帝身边待过几年，又在扬州这样富于东方情调的地方担任过父母官的人，相信他对中国的事情也算了解得差不多了。现在，他要回国了。思念故土是人之常情，忽必烈也不好强留。正好伊尔汗国遣使向元室求婚，忽必烈便派他送阔阔真公主出嫁，然后顺道回国。这次他选择了海路，四桅大船从泉州起航，出南中国海，穿马六甲海峡，越印度洋，一路上备尝艰辛，两年以后才在波斯登陆。完成使命后，他又取道小亚细亚辗转回到威尼斯。

至此为止，这位意大利旅行家的故事似乎应该结束了。

但地中海人的探险精神却注定了故事还要延续下去的。马可·波罗天方夜谭式的经历引出了另一名探险家更具史诗意义的远航，这中间，起决定作用的似乎只是马可·波罗那喜欢夸夸其谈的性格。

回到威尼斯的第二年，马可·波罗在一次海战中成了热那亚人的俘虏。在那里，和他关在同一监舍的恰恰是一位小说家。

一位经历丰富而又喜欢吹牛的旅行家遭遇了一名小说家，其结果是，旅行家夸大其词的口述，加上小说家笔下生花的记录，一本《马可·波罗游记》诞生了。

《马可·波罗游记》一旦问世，其影响就远远超出了马可·波罗个人命运的范畴。书中描述的那个人间天堂般的中国和遍地黄金的日本（马可·波罗其实根本没有到过日本，有关的描述都是得自传闻），引起了西方淘金者狂热的向往。一位出身于热那亚的犹太人在很小的时候就熟读过《马可·波罗游记》，就像当年柳永描写杭州的《望海潮》曾诱惑金主完颜亮起投鞭渡江之志一样，寻找东方那取之不尽的财富也成了这位犹太人远航的一大诱因。他就是哥伦布。

1492年8月，哥伦布率领"圣玛丽亚"号等三艘帆船从巴罗斯港起航。他相信地球是圆的，而且海洋要比陆地小得多，由欧洲向西航行可以到达东方的印度和中国。这是一次充满了艰险、内讧、残杀和指鹿为马的远航。哥伦布自以为是的性格使这次探险只取得了部分成功，他的船队最终未能到达东方，因为他把中美洲的加勒比海地区误认为是印度，故称当地人为"印度的居民"（印第安人）。但即使是错误，这也是伟大的错误，谁能否认他寻找新大陆的远航曾影响了世界历史的进程呢？

那已经是马可·波罗身后差不多二百年，也就是15世纪末期的事。那时候，东方的明王朝正在最腐朽而封闭的专制灵床上酣睡，"汉唐一路传下来的中国，万家灯火，在更鼓中渐渐平静了下来"（张爱玲）。而新世纪的曙光已经随着哥伦布远航的帆影喷薄欲出了。每每读到这段历史，我们这些大运河的子孙就痛心疾首，恨不得大哭一场。

贾鲁的悲剧

元代的大运河和刚刚从草原深处走出来的蒙古骑兵一样，有一种开天辟地之初的气魄。这种气魄的全部内涵是：充满了原始野性的生命活力，慷慨大度的奉献精神和放荡不羁的恣意作为。元朝立国的时间不长，从忽必烈开始，历代帝王都很重视对水的驯服和治理。但重视有时也并不是好事，重视什么往往说明那个"什么"没有解决好。元朝最后灭亡的导火线不是别的，恰恰是他们一直耿耿于怀的治河，从这一点看，这些来自北方草原的骑手最终也没有真正熟谙水性。当年从临安运到大都的那些宫廷礼器，又被朱元璋的大将军徐达运回了江南，来去走的都是水道，所不同的只是，北上的时候走的是海路，南归的时候走的是运河。一个马背上的王朝曾把自己的命脉系于盈盈一水的运河，等到气数已尽日落大都时，大运河又为他们唱了一支最后的挽歌。

一个重视治水的王朝，走出几个水利专家也是情理之中的事。元朝的水利专家，开始的时候有郭守敬和马之贞，最后一个则是贾鲁。不管什么人物，成为最后一个总带着几分悲剧意味，确实，无论是在元代政治史还是中国水利史上，贾鲁都注定了是一个悲剧人物。

贾鲁的悲剧在于他是一名专家型的政府官员，这种人的特点是，有比较精深的专业知识，但社会管理的经验和能力相对较差。他们在内心深处其实是相当高傲的，并不怎么把那些官场政客们放在眼里。对自己专业知识的过分自信，再加上强烈的表现欲，使得他们往往喜欢钻牛角尖，缺乏从政治上看问题的大局观。作为元朝末年最杰出的工程技术专家，贾鲁的工作无疑是富于创造性的。但可惜的是，这样难得的专家偏偏生不逢时。到了他那个时候，元帝国的大厦已是千疮百孔，风雨飘摇，科技成果已不可能被有效地吸纳和消化，从而推动社会的进步。也就是说，仅仅靠科技已是无力回天了。在这种时候，作为有头脑的政治家，首先考虑的应该是社会的稳定，稳定压倒一切。稳定是在不稳定因素蓄势待发甚至积重难返的情况下提出来的口号，若是海晏河清天下太平，谁会吃饱了撑的，整天把稳定像口香糖似的放在嘴里嚼？那是怎样一个危机四伏的时代啊！吏治的腐败已是公开的秘密，公开得人们都懒得去说它，贪污受贿犹如一张时髦的名片通行无忌。私囊中饱，国库空虚，中央财政近乎崩溃，只能靠滥发钞票来勉强维持。加之灾荒连年，民生凋敝，邪教麇生，盗贼蜂起，哪怕一点小小的火星，也有可能引起燎原大火。因此，干什么事都得如临深渊、如履薄冰，唯恐突破了社会可承受的临界点。就连反腐败也只能悄悄地进行，生怕把娄子捅大了收不了场；或者把黑幕揭得太多，让民众看到了那一摊烂污，对当局更加失去信心。强化专制，钳制舆论，虚言矫饰，打肿脸充胖子，这些都是不必说的，最重要的还是不能让老百姓扎堆儿，扎堆儿能有什么好事？就像元杂剧《陈州粜米》中所说的："柔软莫过溪涧水，到了不平地上也高声。"不满和牢骚一摩擦，就会生出动乱的火星，只要谁振臂一呼，大局就不可收拾了。

但贾鲁偏偏忽视了这些，他太相信自己的专业技术，以为天下的坏事都是黄河泛滥造成的。黄河一泛滥，不光使沿线的农村经济雪上加霜，赋税收不上来，饥民流离失所，加剧了社会的动荡不安，而且还直接影响了漕运，因为黄河和大运河有一段是抱在一起的，黄河一感冒，运河也跟着打喷嚏，弄得京城里连吃饭都成了问题。因此他理所当然地认为，只要治好了黄河，使流民回归本土，一切社会问题就会迎刃而解。这样的思维从逻辑上讲或许并不错，但他恰恰是在社会承受能力这一点上超越了现实。对此，工部尚书成遵就曾指出：

山东河南一带"连岁饥馑，民不聊生，若聚二十万人于此，恐日后之忧，又有重于河患者"。

这是一个具有政治头脑的老官僚发出的警告。

这样的警告后来不幸被言中。就在贾鲁大规模地开工治河，并且以他那天才的创造取得了相当了不起的成就，差不多就要大功告成时，饥饿的民众却等不得了，一个经过精心预谋的独眼石人"挑动黄河天下反"，元王朝的丧钟最先在治河工地上敲响了。

所有的愤怒都冲着治河而来，贾鲁成了一切的罪魁祸首。且看当时流传的一首民谣：

> 丞相造假钞，舍人做强盗。
> 贾鲁要开河，搅得天下闹。

但贾鲁并没有看到元朝覆亡的那一幕，他在这以前就死了。他出生的时候，主持朝廷水利的是都水监、大科学家郭守敬，他自己最后担任的是行都水监。大运河成了两个水利奇才之间最有力的纽带，但它的一头是庄严的正剧，一头却是有始无终的闹剧。贾鲁死后，他的职务也就不再有人接任了，因为漕运已经瘫痪。

贾鲁肯定是带着诸多委屈和困惑死去的，治河有什么过错呢？在这样一场天灾人祸大大超过了社会承受力的时代，无论是治河还是不治河，老百姓揭竿而起都是迟早的事。以自己的殚精竭虑和在工程建设方面的大手笔，却没有能像预期的那样让灾民安居乐业，反而是在治河工地上汇聚了数十万民工，给大规模的起义准备了条件。呜呼！此天亡大元，非贾鲁之过也。自己在水利方面的满腹才华和杰出贡献，恰恰都被民众与朝廷之间的对立彻底抵消了，这实在是一个优秀的工程技术专家的悲哀，也让他死不瞑目。

贾鲁死后十五年，元朝灭亡，作为大一统的中央王朝，它在历史上存在了九十三年，只比嬴政的秦朝和杨广的隋朝稍长一些。但它却为中国历史上第三个大一统的黄金时代拉开了序幕。有意思的是，中国历史上的每一个黄金时代到来之前，都曾有一个统一而短命的王朝存在过，它们分别是：秦之对于两汉，隋之对于盛唐，元之对于明清。在这几对冤家组合中，前者有点类似于一次浓缩了剧情的彩排，但又更像是充当了一个报幕人的角色。他们在历史的聚光灯下匆匆登场又惨然淡出，却也绝对有声有色。而且这几位"报幕人"还有一个共同的嗜好，他们都把自己的名字和中华民族的两大文明工程定格在一起。秦始皇在中国的北部修筑了一堵纪念碑式的高墙；隋炀帝用五千里长河在版图上书写了一个面向苍天的"人"字（当然他也修筑过长城）；忽必烈倚天张弓，几乎是比照羽箭的轨迹最后修正了大运河的北端走向。长城，运河，王朝兴衰，暴政与文明，还有那千古流不尽的苍生泪和英雄血，我总觉得这中间有着某种神秘的联系。

淮安梁红玉祠的墙角里扔着一块"古末口"的石碑，我曾站在那里好一阵发呆。古末口是邗沟入淮处，也是汴河与元代运河的交汇之地。为了大运河，夫差、杨广、忽必烈曾在这里神圣地交接，这是南方与北方的交接，是暴政与强权的交接，是耀武扬威与好大喜功的交接。一个伟大的生命让亡国之君与开国之君走到了一起，这不由得让人想到了文明的代价。犹如生命的分娩总是在血海中喷薄而出的，总要伴随着剧烈的阵痛、挣扎和呼天抢地的叫喊，文明的进步往往来自强权和暴政，这几乎是一条丑陋的定律。也正是在这一点上，开国之君和亡国之君在精神品格上脱颖而出。他们都是心雄万夫、虎视八荒的强者，都敢冒天下之大不韪。在他们看来，天下事了犹未了，只怕想不到，不怕做不到，流芳百世和遗臭万年并非不可逾越。人生在世，玩的就是心跳，轰轰烈烈地活一回比什么都值得。于是他们走到了一起，在这里神圣地交接。或许他们知道，人们诅咒强权和暴政，却从来不诅咒成功。

如果把大运河比作一条时间之河，那么夫差、杨广和忽必烈则分别站在它的上游、中游和下游，从某种意义上说，他们都是以大运河作为对手的。一个共同的对手，成了这几个强者之间最有力的纽带。如今，古老的邗沟还在奔流不息，元代运河那风尘垢面的轮廓尚在，而汴河和当年那植满了柳树的隋堤则早已湮没无痕。无边落木萧萧下，透过时间，我们才真正感受到了一个生命的苍古与强健，仿佛不是自己在运河上旅行，而是运河在浩浩茫茫的历史中顾盼生姿。

面对着大运河这样的对手，历史上任何人的点滴成功都应该被记取，而任何人的失败或失误都是可以心平气和地对待。

元朝灭亡了，大运河还在。在它的视野里，有着比王朝的兴衰更替更值得关注的风景。它被征服过，但最终是它成了征服者。它正处于这样一个最值得夸耀的时期，如果从吴王夫差算起，它已经走过了差不多一千八百年，早该现出迟暮了；如果从隋炀帝杨广算起，它也走过了差不多七百年，正值生命的壮年；但如果从忽必烈的京杭大运河算起，它还不到一百年，尚未跨进青春的门槛。现在，这些经历都化为一种哲学和宗教汇聚在它的生命中，有如智慧老者一般的沉着，中年壮汉那山一般的体魄，再加上天真烂漫的热情和幻想，即使在以后的岁月里不再有任何馈赠，它也足以应付一切了。

仍然是淡淡妆，天然样，带着日月星辰的顾盼和四时不衰的传奇，大运河流进了它的黄金时代——中国历史上延续时间最长的明清大一统时代。

史诗掀开了新的篇章。

英雄赋

一

　　圣彼得堡八月的阳光是柔和而明净的，一如滨河街两侧那巴洛克风格的建筑，流溢着宁静与明朗的情调。风从涅瓦河上款款而来，不经意地抚弄着行人的衣角——这里人们的神态也是悠闲而散淡的，不像莫斯科人那样行色匆匆。他们用不着那么浮躁，莫斯科是政客和商人的舞台，用圣彼得堡人的话来说，那是一只外表美丽的彩贝，内里却腐烂发臭了。圣彼得堡人自矜的是一种很有底气的雍容优雅，虽然这中间带着几分古典，几分慵懒，令人想起油画上那个叫叶卡捷琳娜的贵妇人。

　　但，圣彼得堡绝不是一座女性化的城市。

　　只要稍稍走进城市的深处，你就会发现，这里的纪念性建筑大多是与战争有关，与那些曾经叱咤风云的著名统帅有关的。冬宫广场上的亚历山大柱是纪念 1812 年卫国战争的产物，你简直无法想象，这座高度为 47.5 米，直径近 4 米，总重量达 600 吨的庞然大物，竟然是用整块的花岗石雕成的。十二月党人广场上的青铜骑士像堪称俄罗斯民族雄性的徽章，彼得大帝那燃烧着征服欲望的目光坚定地向着大海，向着远方，那目光曾激起青年普希金嘹亮的诗情。战神广场——来源于罗马战神的名字——坐落着库图佐夫和苏沃洛夫的塑像，他们的名字都曾经和一代天骄拿破仑联系在一起，让人们想起 19 世纪初叶欧洲战场上那一幕风云际会的壮丽景观。就连交易所大楼前耸立的圆柱上面，也装饰着金属船首的模型，因为在古希腊时代，斯巴达人喜欢把战败船的船头钉在圆柱上，作为海战胜利的象征。

这是一座崇尚英雄的城市。

离开圣彼得堡时，我买了几块"青铜骑士"的袖珍铜版画，莫斯科没有这种分量的工艺品，那里的自由市场上泛滥着白桦树制作的套娃。

也许就在那个时候，我开始触摸这两个带着几分古典色彩的、质感有如青铜雕塑一般的字眼：英雄。

是的——英雄！

二

我们生活的这个世界正在逐步沦入平庸。

这是一个普通人的时代，一个大家伙儿彼此彼此的时代，一个既没有奇迹也没有权威更没有大喜大悲的时代，一个许多人白天忙着挣钱晚上坐在电视机前嗑瓜子的时代。因特网、牛仔裤、可口可乐、卡拉 OK，当然还有壮阳药和新一代避孕用品，所有这些，从总统到打工仔都可以平等地受用。《给咖啡加点糖》《爱情麻辣烫》，连影视剧的名字也这样有滋有味。但太讲究滋味又恰恰导致了味觉感官的退化，反倒觉得什么都没有滋味了。大家见了面，无非是"吃了吧？""发了吧？""离了吧？"此外还有什么可说的呢？到处弥漫着一团混沌和暧昧的气息。如果我们没有"铜琶铁板唱大江"的雄迈，那么有一点"杨柳岸晓风残月"的情致也是好的，可是没有。

没劲！大家都这么说。

庸常寂寞中，我们呼唤英雄，呼唤那曾作为世界历史脊梁的巨大身影，呼唤那光芒绝世的人格精神和意志力量。

哦，久违了，英雄，尔等别来无恙？

呼唤英雄是对历史深情的凝视。因为历史曾被一个个英雄的名字定格，他们是横空出世的群山，负载着一代又一代的盛衰兴亡，即使过时了，那伟岸的身姿也不失原始的峥嵘。他们是奔湍的长河，以喧天排空之势留下了悠远的回声，即使枯竭了，那萧索的河床也能证明其当年的浩阔。

呼唤英雄是对生命激情的倾慕。没有哪一种伟大和深刻是从宵小庸常中滋生的，如同瀑布的落差产生势能，在英雄们身上，这种激情无一例外地体现为一种生命本体的强悍，一种追求卓越的天性，一种舍我其谁的历史主动精神，一种义无反顾的道德力量。激情，使英雄受孕，那轰轰烈烈的诞生是人们无法向平静的日子索取的。

三

崇尚英雄当然不是崇尚名人，崇尚功利，崇尚权威。至少不全是。

且不说名人的出名有各种途径，特别是在一个大众传媒高度发达，整容包装术日新月异的时代，诞生一个名人简直有如探囊取物一般倚马可待。也不说名人的质地有高下之分，青铜、岩石、水泥、泡沫塑料等等都可以"制度"为偶像，甚至儿童用尿泥也能捏出几个有鼻子有眼的玩意来。就是那些货真价实的名人，尽管他们的光环来自其迥出时流的品格，恐怕也很难把他们归入英雄一类。

那么功利呢？我们难道能撇开功利来谈论英雄吗？

是的，英雄绝不会排斥功利，比之于常人，他们有着更多的对自我价值和人生成就感的关爱。"仰天大笑出门去，我辈岂是蓬蒿人"，他们天生就是自命不凡的一群。但这种关爱的指向应该是民族、历史、生命之类的大命题。因为指向过于阔大，他们的结局往往是悲剧性的。中外远古神话的主角大都是这样的悲剧英雄，这中间，我特别欣赏夸父，这位壮士的行动似乎有点匪夷所思，他只是不停息地追赶太阳，一路上喝干了黄河和渭水，还不解渴，又向一个大湖奔去，最后渴死了，弃杖化作一片桃树林。你说他有什么功利目的吗？似乎没有。他只是体现了一种对未知世界的探索与超越精神，一种不屈不挠的生命意志，一种人类与生俱来的光荣与梦想。要说功利，这是一种足以涵盖整个人类精神的大功利。夸父追日的意境很美：西沉的夕阳，巨人饮于河渭又北奔大泽的身影，弃杖化为桃林的富于诗意的结局。为什么是桃林而不是其他什么树林呢？这恐怕也体现了一种美的选择：让英雄的葬礼达到美的极致，这是壮美和优美的统一，是轰轰烈烈之后的灿烂与宁静。在这种大美面前，世俗中那些浅薄的大红大紫还有什么值得夸耀的呢？财富、权势、女人、玉堂金马、礼炮鲜花，还有悼词和哀乐，这些与崇高无涉，与精神超越无涉的功利，都只是过眼烟云而已。我向来不大欣赏中国历史上那一类功德圆满的大人物——宰相，即使是那些口碑很不错的宰相（王安石等少数几个除外），我也很难承认他们是英雄，因为他们大都是一些精于利益计算的世故老人。不错，他们是兢兢业业的，但他们缺少在历史关键时刻仰天长啸的精神脊梁；他们是富于智慧的，但没有诗意的智慧终将异化为一种苍白的精致；他们也往往是雍容大度的，但所谓的"宰相肚里能撑船"恰恰成了明哲保身、见风使舵、圆滑如珠等等职业技巧的大杂烩，而鞠躬尽瘁说到底也只是一块徒有其表的功德牌坊。

我们再来说说这个与英雄休戚相关的问题——权威。

权威是什么呢？是一种威慑力。封建社会的帝王大都是权威的体现者，因为他们拥有至高无上的特权，举手投足都可以"威加海内"，将亿万人的意志统一在个人的喜怒好恶之下，但他们中间真正称得上英雄的实在寥寥。权威的主体是权力，一种由血统和地位赋予的法力无边的魔杖，权力一旦消失，权威便悄然坍塌，这就是权威的概念。

英雄无疑需要权威，历史上的英雄几乎无一不是权威主义者，他们的事业也无一不是睥睨一切的伟大表演。但仅有权威还不够，英雄是一种光彩照人的人，他们身上的光源是一种称之为威望的综合魅力，这和他们的血统、地位没有关系。英雄的主体是人，是人的意志、才华和人格力量，因此，平民布衣中亦有英雄。秦始皇三十七年（公元前246年）十一月，嬴政南巡至会稽，项羽在人群中看到那翠华摇摇的威仪，不由得脱口说了一句："彼可取而代也。"这无疑是一种英雄意识，他守候在历史舞台出口处的身姿是何等跃跃欲试。而在类似的场合，另一些人的姿态就猥琐多了。汉光武帝刘秀当初在家务农时，听说城里有个叫阴丽华的姑娘长得很漂亮，便私心悦慕。来到长安，看到为皇帝出行开道的执金吾衣甲鲜明、神气活现，也心向往之，于是感慨道："当官要当执金吾，娶妻要娶阴丽华。"和项羽相比，他的感慨就显得太"红薯腔"了。当然，刘秀后来发迹了，他自己当了皇帝，既娶了阴丽华等一群女人做老婆，又有执金吾为他开道，而豪气干云的项羽后来则四面楚歌，自刎乌江。但历史却用青铜铭记着，项羽是当之无愧的英雄，而刘秀则不是。任何一个社会都充斥着形形色色的成功，浮浅的成功如同浮浅的失败一样经不起时间的考验。历史的成绩表上向来忽略冠军以下的名次，只有超拔卓绝的成功（或失败）才能真正留下一点痕迹。而英雄们所追求的，正是这么"一点痕迹"。

那么，英雄的定义到底是什么呢？

有人把英雄定格为事变性人物，这是一种把英雄泛化的指认。最典型的例证就是外国童话中那个以手指堵住溃堤孔隙而拯救了全城的荷兰儿童。这个小孩并没有什么特别的禀赋，他的全部条件不过是：一只手指和恰恰经过那里的幸运机遇。不错，这个事件本身关乎全城人的生命，称之为"大救星"也并不为过。但我们却无法承认他就是英雄，因为英雄的概念中不仅包含着适逢其时的机遇，更应包含着某种非凡的才能。

在《历史中的英雄》一书中，悉尼·胡克是这样说的："英雄就是具有事变创造性并且能够重新决定历史进程的某些人。"

这是一个资产阶级历史学家所下的结论，但在我看来，他无疑是对的。

因为，我们从中听到了那种轰轰烈烈的巨人的呼吸……

四

"英雄使自己成为英雄。"有一位哲人这样说。

这里说的是一种英雄意识，正是这种高昂的主体意识，使得他们从肤浅而平庸的生活常态中脱颖而出，有声有色地走向历史舞台的前沿。

当然，具有英雄意识不一定都能成为英雄，这是肯定的。但同样可以肯定的是，不具有英雄意识的人绝对不会成为英雄。

也就是说，英雄使自己成为英雄，懦夫把自己变成懦夫。

英雄意识选择了一种非常人格：坚毅、果决、眼界高远、超人的意志力、冒天下之大不韪的胆略。当然还有那永不枯竭的激情和野心，等等。所有这些，就其原始意义来说，都是首先应该属于男性的。

是的，所谓英雄意识，首先是一种男性的自觉；而英雄的品格，其实是一种旺威的男性生命力的张扬。

1961 年 9 月，蒙哥马利来华访问期间发生了一段有意思的小插曲。一天晚上，蒙哥马利在街头散步时走进了一家小剧院，当时剧院正在演出《穆桂英挂帅》。中间休息时，蒙哥马利退了场，他不喜欢这出戏，理由是：爱看女人当元帅的男人不是真正的男人，爱看女人当元帅的女人也不是真正的女人。当时中方负责陪同的熊向晖将军当即反驳他说：英国女王也是女人，按照英国的体制，女王是国家元首和全国武装部队总司令。这位退役的陆军元帅一时无言以对。

熊向晖的反驳固然没有错，但是他似乎太富于民族意识了。蒙哥马利其实是站在一种性别的立场上讲话的，他发表的是一则"男人宣言"。他的无言以对并不是理屈词穷，而是无法置辩，因为辩论实际上是在两条平行线上进行的。老实说，我很欣赏蒙哥马利的这两句话，它不仅体现了一种男性的自觉，还闪现出一种喷薄跃动的自负，作为二战英雄，一个有质量的男人，他有资格这样自负。这当然不是藐视女性，但女性应有女性的品格，所谓男女平等并不是说要取消性别差异，恰恰是应该让男人更像男人，女人更像女人。

那么，这种"像"应该是一种什么姿态呢？

归根结底，男人注重的是：被人承认；女人注重的是：被人爱。

注重被人承认，他们追求高山般的雄峻。男人原本是一种力，一种充满了主动精神的外展之力，他们用创造和事业来印证自己的力量。因而创造和事业天然地带着男性的气质，带着男人向外拓展的时空感觉。

注重被人爱，她们追求苍原般的诗性。女人的天然气质是艺术化的，爱本身就是艺术，它排斥任何功利。如果它一旦和功利结合在一起，首先伤害的是它自己。将女人看作爱和美的化身是对女人的最大尊重。

因此，有人说，男人通过征服世界来征服女人，女人通过征服男人来征服世界。

我不否认女性中曾走出过不少英雄，但我可以说，历史上的女性之所以成为英雄，就在于她们身上具备了某些本来属于男性的品格。也就是说，她们已经男性化了。蒙哥马利当然对中国历史不尽了解，事实上，中国历史上凡是出现女英雄的时代，大都是国势萎靡，男人们不中用的时代，于是只好由女人站出来替代本应由男人承担的角色。例如《穆桂英挂帅》的那个时代——北宋。

一个人的性格即是他的原始生命力，即是他的命运。而英雄的性格，则在很大程度上决定了时代的性格和历史的命运。

"天下者，我们的天下；国家者，我们的国家；社会者，我们的社会。我们不说谁说？我们不干谁干？"这是湘江击水时的青年毛泽东所讲。

真可谓豪气干云，气可吞天。

谈论英雄不可能绕开毛泽东这个话题，特别是在今天。

我们就来说说毛泽东。

这是一个永远说不完的话题，也是一个只应在博物馆和纪念碑前探讨而不应在茶馆里吐着瓜子皮谈论的话题。不论是站在神坛上还是走下神坛，毛泽东的身影都辉映出历史强者的伟岸，需得我们千秋万代地仰视。当然，仰视会使我们无法看清他的某些局部，但这不要紧，既然我们审视的是一座大山，那么横看成岭侧成峰又有什么不好呢？它只会增加大山的深邃和神秘。

在对毛泽东的评价中有着一大堆头衔，其中包括政治家和理论家。其实，在毛泽东的早期，他首先是一位政治家，成为理论家则是后来的事。政治家和理论家本质上的不同，在于政治家总是尽量让自己适应环境，他具有的深刻亦是一种现实的深刻。毛泽东是20世纪最理解中国的少数几个人之一，他最初的著作——例如《中国社会各阶级的分析》《湖南农民运动考察报告》——便是这种"理解"的体现。他后来和王明等人的分歧，从根本上讲也是围绕这种"理解"而展开的。结果是，"理解"中国的毛泽东战胜了不"理解"中国的王明，也战胜了另一个同样"理解"中国的蒋介石。那时候，作为政治家的毛泽东的一切构想都是具体实在、注重效用的。而对于理论家来说，理想才是他们的现实——一种带着奇幻浪漫色彩的现实，因此，他们具有的深刻是一种天真的深刻。纵观毛泽东的一生，他是把"现实的深刻"和"天真的深刻"集于一身的巨人，但在新中国成立前，他主要体现了前一种深刻，而新中国成立后则更多地趋向于后者。特别是在1959年他退居二线，主要从事理论研究以后，他那豪放派诗人的气质和充满创新精神的想象力得到了最充分的张扬。

最伟大的英雄都是具有诗性的人，而真正的诗情都是藐视法则的。

事实上，毛泽东有一次对斯诺说过，他是一个打着破伞云游世界的孤僧。为什么要打伞？因为中国有一句俗语：和尚打伞——无法无天。但外国人却无法体味汉语品格的丰富性，他们只能似是而非地硬译为：一个喜欢到处乱跑的人，打着一把伞。

事有凑巧，"文化大革命"中有一幅颇为走红的油画《毛主席去安源》，画面上的毛泽东就拿着一把伞，一副心事浩茫、风尘仆仆的样子。我不知道画家在构思时怎么会想到这把雨伞的，他或许只是隐喻了当时风雨如磐的政治气候，而让人物拿着一把伞又会使画面生动些。但无论如何，毛泽东手中的这把雨伞会让人想得更多。

无论在中国历史还是世界历史上，毛泽东都是一个巨大的存在，他的分量是如此沉重，即使和人类历史上那少数几位最伟大的人物摆在一起，他也毫不逊色。而在中国，他的分量甚至超过了同时代其他杰出人物的总和。这也正是今天对簿公堂的有关各方——艺术家、商家、国家博物馆——都将那幅油画视为奇货可居的原因所在。

五

如果说有所谓人人生来平等的东西，那么孤独就是其中之一。对于每个人来说，孤独与喷嚏一样无法避免。

但孤独有真孤独，亦有假孤独；有大孤独，亦有小孤独。有些孤独只是个体孱弱的人在自然伟力面前的一丝颤动，或是人与人隔绝后的一种惶然，或许干脆只是"小园香径独徘徊"那样的闲适无聊。有的孤独则如陈子昂所体验的那样："前不见古人，后不见来者，念天地之悠悠，独怆然而涕下。"这是孤独的极致。

英雄人物的孤独是一种真正的大孤独；一种超越了闲适，超越了寂寞，也超越了蜗牛角上的较雌论雄的孤独；一种权力金字塔顶峰上统摄万物又四顾茫然的孤独；一种进入了未知和创造的高寒区欲行还休、欲休还行的孤独。他们是如此杰出，又是如此自命不凡，在自己的周围，没有任何人可以与之比较，他们不能同任何人真正地辩论，也不能向任何人证明，向任何人表白。高高在上的处境和恣意妄为的权力，使得他们一举手一投足都被赋予了某种超乎寻常的意义。有如金庸小说中那个叫"独孤求败"的寂寞高手，他们独立孤峰，环顾八荒，只能仰天长啸听取自己的回声。

这是一种怎样令人窒息的大痛苦！

但也不全是。

孤独，有时亦是刻意夸饰的结果。因为生命原本包含着世俗的人间烟火，放弃对意义的追求是平庸，而一举手一投足地追求意义则是不真实。承认和正视一个人的弱点和局限性，即是承认和正视一个人的生存方式的独特性。可惜天下苍生却不愿这样承认和正视。想当年，美国总统林肯在剧院看戏时遇刺身亡，曾引起了多少人的诟病："我们哀悼的总统竟倒在一家剧院中，真是令人遗憾！"哀悼在这里变成了檄文，而死者却是美利坚历史上最伟大的总统。林肯是一位平民化的总统，但"平民"们却偏偏固执地认为，总统应该处在更有"意义"的场所，即使是死。这是林肯的悲剧。"没有神秘就无威信可言。"这是戴高乐的名言。因此，人为设置"审美距离"便成了政治家们一种自我神化的狡黠。在他们那里，孤独成了一柄双刃剑，一方面承受着它那令人窒息的压迫，一方面却享受着那带着光环的神秘感。

六

历史上真正称得起大英雄的其实屈指可数，这些人又大都年寿不永，例如，亚历山大，三十三岁；恺撒，五十六岁；拿破仑，五十二岁；彼得大帝，五十三岁；林肯，五十六岁；列宁，五十四岁。斯巴达克思生辰不详，但恐怕也不会超过五十岁。粗略看去，这中间以五十来岁的居多。对于英雄们来说，这大致是一个比较合适的年龄段。

乍一听，这话似乎有点刻薄，其实不然。

五十来岁正值人生的壮年，也正值生命和事业的巅峰状态，这时候撒手人寰，后人往往为之扼腕叹息。其实，这样的结局实在是所有死亡类型中最壮美的一种，逝者死于生命的亢奋与张扬之中，不必为结局的幻灭而齿冷心寒；生者熟谙了他们最为生气勃勃的风采，也不必为老之将至的龙钟昏愦而忧伤。如此之美景，孰能过之？

早死，有时其实是一种幸运，英雄尤其如此。

最美丽的死亡，是在生命的巅峰状态。大山峻岭是在最巅峰状态时死去的，它们抖擞身姿，把自己最超越的瞬间定格下来，成为傲视平川的伟岸；雷鸣闪电是在最巅峰状态时死去的，在撕碎自己的同时，它们轰轰烈烈的巨响和刺破苍穹的辉煌也达到了极致，令天地万物为之惊心动魄；宇宙星辰是在最巅峰状态时死去的，在一次决定性的大爆炸中，它们把自己变成了能量，变成了穿越时空隧道的光，让人们千秋万代地遥望和探索。它们都懂得怎样死得壮美，死得永恒，死得适逢其时。

历史上的有些人本来也可以让后人仰视的，只是因为他们活得太长了。

汪精卫当年曾因谋刺摄政王，事败被囚，在狱中写下了"引刀成一快，不负少年头"这样慷慨壮烈的诗句。看来他确是决心赴死的。那时的汪氏才华倜傥，意气横陈，革命志士加东方美男子的风采令多少国人为之倾倒！如果这时候他被砍了脑袋，倒真是成全了他，在共和英烈的记功碑上自然少不了他的名字。只可惜清政府刀下留人，一定要让他活到几十年以后，以民族巨奸的臭名而著之青史。

这是该死而未死的悲剧。

中国封建帝王中最糟糕的是两类人，一类是老人，一类是小孩。其实在小孩背后的，还是老人（元老辅臣及太后之类）。中国封建社会中盛衰落差最大的又往往是这种时期：一个奋发有为的帝王，文治武功极一时之盛，但不幸的是他又活得太久，晚年的荒唐胡闹也足以让人们叹为观止。于是，在我们的史书中，年老昏聩成了史学家们形容君王晚年的常用语。年老昏愦，本不该受到苛责，正如年幼无知一样，这本是生命的法则。该诅咒的是他们偏偏"不服老"，贪恋权位，老夫聊发少年狂，结果搞得天怒人怨，一塌糊涂。

因此，古罗马人在把恺撒奉为终身独裁官后，又不失时机地把他杀死在宝座上。"我爱恺撒，可我更爱罗马。"凶手安东尼奥的这句话，不仅成为后来电影和戏剧中著名的台词，而且成为政治哲学中带有经典意义的格言。

英雄迟暮，这是一种人们不愿面对但又不得不面对的尴尬。迟暮意味着颓败和枯萎，他们确实老了，浑浊的目光中弥散着猜忌与孤独，龙钟的步履再也擂不起撼天动地的隆隆足音，迟钝而偏执的思维失却了嘹亮而炫目的智慧光彩。这就是当年那个叱咤风云、强健得有如雄狮一般的巨人么？他们唯一剩下的只有权力，但权力有时也是孱弱的。"英雄亦到分香处，能共常人较几多？"上苍造人，又何其吝啬，属于青葱饱满的生命年华只有那么一小段，其余都是冗长枯燥的陪衬。对生命力的衰竭，英雄与普通人一样无可奈何。而且，对于历史来说，衰老的英雄比衰老的普通人更具危险性，这不仅因为人们崇拜他们，把他们捧上了神坛；更因为面对衰老，英雄本身所体现的那种堂·吉诃德式的挑战精神。

这是一种多么残酷而悲壮的挑战！背景是血色残阳下的苍原和关山，在这座舞台上，他们曾导演过如日中天的辉煌，那赫赫扬扬的大场面似乎刚刚过去，余音不绝，那是渐去渐远的历史的涛声。可转眼间，却已经人去楼空，当年和他们一同站在舞台前沿的那些人都相继离开了这个世界，这中间包括他们的战友，也包括他们的对手。他们突然觉得那么冷寂，而衰老已悄悄地向他们逼近。老是一个可怕的词，任何别的词一旦和它沾边，便立即失去了生命的鲜活。憔悴是可以恢复的，衰老却无法恢复。有如一头好斗的西班牙公牛，他们不愿就此黯然退场，仍要保持一副王者之风和凛然傲气。因为，他们有着太多的留恋：留恋青春，留恋功名，留恋权势，留恋那壮岁旌旗、风云际会的历史场景。衰老，使他们体味到了一种前所未有的紧迫感，还有他们这类人与生俱来的不朽意识。好在他们有着挥霍不尽的权力，为了证明自己生命的雄健，他们无休止地折腾天下苍生，从中寻找那种心雄万夫、气吞万里的生命激情，这既是一种自慰，也是一种自欺。他们或许可以陶醉于自己的伪装之中，感觉自己已经超越了人生的大限。但在更多的时候却是无奈与悲凉。在时间面前，任何成功都是昙花一现的，一切的占有同时也意味着丧失，所谓英雄盖世，到头来只落得一副枯骨，几许骂声。人，实际上都是追日的夸父，都将渴死在中途。

丘吉尔一生所获得的荣誉几乎可以铸成一吨重的勋章，这中间，我觉得有三项荣誉最能体现他的分量：坦克之父、二战英雄、诺贝尔文学奖获得者。任何人只要获得其中一项，就可以称得上伟人了，丘吉尔不愧为20世纪的巨人。

这位巨人一生沉浮宦海，三起三落，最后活到了九十一岁。晚年的丘吉尔贪恋权力，又顽固地坚持冷战思维。1945年，他在大选中失败，1951年再度上台，直到三年后因中风辞职。这时的丘吉尔不仅耳聋眼花，说话也开始颠三倒四，外加半身瘫痪，昔日那生气勃勃、雄论滔滔的风采已荡然无存。这期间，除去因一本回忆录而荣获诺贝尔文学奖外，他基本上没有什么值得一提的作为。美国报纸就丘吉尔九十诞辰发表的文章指出："温斯顿爵士还是和从前一样，向时间和命运挑战，但他终究是老了。"

是的，巨人衰老了，他因"老不死"而从雄狮变成了一段风干的历史。

不仅是丘吉尔，二战中的几位巨头，到后来似乎无一例外地都有点老糊涂了。

因此，我要说，早夭的英雄是幸运的，英雄早夭的时代亦是幸运的。

七

孱弱的时代不可能造就叱咤风云的强者，太平盛世也不可能走出真正意义上的历史巨人。英雄的土壤是那种生气勃勃的乱世：在风起云涌的阔大背景下，充满了巨人之间炯炯有神的对视和辉煌壮丽的决战，那嘹亮的生命意志和历史诗情洋溢在舞台的每个角落，其中的任何一个情节都足以成为艺术家们世代关注的题材。只要稍稍回顾一下中外历史上的那几个时期——春秋战国、公元前夕的古罗马、18世纪的欧洲、第二次世界大战——我们就会知道什么叫风云际会，什么叫人类精神文化史上最激动人心的遇合。英雄都是在与大致相当的对手的较量中成为英雄的，因此，他们的出现往往带有群体性；也因此，他们的消失也是群体性的。在一段相差不多的时间内，他们相继退出了舞台。一时间，历史由于失重而变得轻飘起来，社会生活中那令人心旌摇荡的激情突然消失了，所有的人都笼罩在空虚之中，甚至连英雄们的宿敌也不能幸免，因为，再也没有人会激起他们那样强烈的恐惧和铭心刻骨的仇恨了。人类历史堕入了一个精神的巨大的真空——后英雄时代。

这是一个在历史惯性中安享升平的时代，一个只会模仿而缺少原创力的时代，一个面向既往淡淡伤感的时代。历史强者的伟岸，向大地投下了巨大的阴影，后英雄时代的人们就生活在这阴影下，他们因难以体验阳光而苍白羸弱。英雄们已经逝去，但他们并没有消失，他们走进了纪念碑和雕像，走进了音乐、美术和戏剧，走进了林林总总的怀念文章和教科书。

从某种意义上讲，英雄们有多么伟大，他的后人就有多么平庸。

平庸是因为他们本身没有底气，他们大多是伟人生前就圈定的接班人，一直是隐在伟人身后亦步亦趋的。如今伟人消失了，他们被推到了前台，但他们没有自己的姿态和声音，只能刻意模仿伟人的一招一式以自饰。为了故作"伟大"状，他们喜欢在公众场合挺胸凸肚地挥挥手，说几句大而无当的空话。或者堆出满脸笑容，对老人嘘寒问暖，亲吻和抚摸小孩的面孔，表示自己是多么"爱"他们。这种千篇一律的表演充满了舞台感，而老人和小孩则成了他们表演的道具。他们不知道，伟人们的一举一动都是自身性格和气质的流露，有如夏日里青草的香气和冬日里松柏的苍翠，有如向上举的杏花和向下垂的柳条，那叫自然天成。同样的举动，一经模仿便成了滑稽。大概是培根曾这样说过："猿猴由于太像人了而显得丑陋，迷信由于类似宗教而显得丑恶。"也可以说，后英雄时代的有些人由于太像英雄了而显得平庸。

在英雄们面前，他们都似乎太谦逊了。

只有乞丐才是谦逊的。这是歌德说的，他说得毫不谦逊。

唯大英雄能本色。普通人的本色也许并不太难，那只是一种生命力从容自信的笑容。但对于大人物来说，却需要自身具有足够的分量和高度。本色的反面是矫情和自饰，历史上真正能做到这一点的大英雄其实并不多，在我看来，拿破仑可以算一个，毛泽东也是。在他们身上，矫情和自饰的成分较少。

还有成吉思汗。

成吉思汗的本色，就是蒙古大草原的本色。

那是怎样一片神奇旷远而又奔腾着生命激情的大草原！中国历史上那几个素称强悍的民族：匈奴人、鲜卑人、突厥人、契丹人、女真人，当然还有蒙古人，都是从那个摇篮里长大的，又都是在那里度过了他们历史上的青春时期。对于整个民族来说，辽远而苍凉的牧歌只是他们忧郁的吟唱，长啸如风、马蹄如雨，才是他们创造史诗的光荣与骄傲。曾经的金戈铁马接天盖地而来，将亚欧大陆踢踏出蔽天的征尘。那张弓搭箭的雄姿，只有以整个天幕为背景才能恣肆伸展。那草原民族特有的眼神，有如鹰隼一般，穿透几个世纪没能锈蚀的时间孔道，向我们炯炯注视……

成吉思汗，西方史学界战战兢兢地称之为“上帝之鞭”，东方史学界不无荣耀地誉之为“天之骄子”。

但就是这样一位旷世英雄，死后却“不起坟垅”。现在人们看到的成吉思汗陵最多只是一座衣冠冢。

坟都没有，更谈不上墓碑什么的了，只是在茫茫草原中找一处地方将就埋葬。埋葬以后，又驱赶万匹战马来回践踏（多么浩大的仪仗），然后杀死一头小骆驼放在那里。第二年春草复生，远远望去，又是莽苍苍一片，大汗的埋葬地已无可寻觅。假如要举行祭祀仪式，就让那只小骆驼的妈妈——母骆驼做向导，母驼踯躅悲鸣的地方就是大汗的埋葬地。

铁血英雄的铁血葬礼，残酷而又奇特。

等到那只母骆驼死后，成吉思汗的埋葬地就无人知道了，一代天骄就这样悄悄隐身于草原深处，每天看日出日落，风起云涌。牧歌如云，那是草原民族生命的咏叹；铁骑如风，那是自强不息的意志和鼓点，大汗安息于此，自是无怨无憾。要什么翁仲明楼，翠华摇摇，那些都是后人的政治摆设，与自己何涉？

他不希望后人和后来的政治无休止地打扰自己。他一生的辉煌已经足够了，用不着后人再追加什么。

成吉思汗对自己的身后事处理得很明智，他的接班人不是事先指定好的，而是在征战中竞争挑选，让他们尽情地展示自己的勇武和谋略。这样，当大汗临死前指定一人时，其人早已众望所归。成吉思汗死后，他的后人并没有在大汗的阴影下碌碌守成，他们又扬鞭纵马，向西、向南，一直挺进。蹄声、鞭声、咆哮声，一直逼近底格里斯河和伏尔加河。其中亦走出了几位分量相当不轻的英才，例如统一中国的元世祖忽必烈。如果我们不是带着狭隘民族主义的情感来审视历史，那么就应该承认，比起南宋小朝廷的那班君臣，包括文天祥、陆秀夫那样的忠臣义士，忽必烈更有资格站在13世纪的峰峦上。

忽必烈的坟冢在哪里，至今也是一个谜。蒙古人是一种眼睛向着远方，对后事不那么看重的人。

八

当我们遥望历史上的英雄时，却不得不陷入深深的困惑：凡大英雄，往往都是从专制的阵营里走出来的，而民主的旗门下则显得颇为寥落。

也就是说，专制更适合造就英雄。

这没有什么难于理解的。翻开专制政治的词典，最醒目的是这样一些词条：权威、暴力、等级、统一、舆论一律、独断独行，等等，这些无疑都是英雄们最乐于笑纳的。专制政治把个人推向权力的顶峰，这时候，个人的品德和才能便成为国脉所宗，民生所系。其人若是雄才大略，自是苍生有幸；若摊上个流氓瘪三，也只能听任他胡闹。个人的作用无与伦比，一身而系天下兴亡，最后的归宿无非两种：要么成为恩泽四海的神祇，要么成为祸国殃民的恶魔。而民主体制强调的是一种管理体制，在这种体制下，似乎任何人——只要不是低能儿和精神病患者——都可以成为胜任的管理者，民众既不需要幻想神祇，也不必惧怕恶魔。从根本上说，期盼在民主的土壤里产生英雄不仅是一种奢侈，而且恰恰是必须永远加以提防的。道理很简单，民主的最高原则就在于：统治者和被统治者的差别最小，而且可以自由地互换。

于是，我们往往看到这样的尴尬现象：在同一历史事件中，面对面较劲的两个人一个成了英雄，而另一个则不是。例如前不久发生的科索沃危机，米洛舍维奇理所当然地成了民族英雄，而克林顿则绝对不是，他似乎只是例行公事地履行了自己应该履行的职责，如果其他人处在他的位置上，大抵也会这样干的。在履行自己的职责时，他并不需要超人的意志、胆略和智慧，也就是说，他并不是舍我其谁的唯一人选。再往前看去，则是海湾战争，那次以多国部队的完胜为结局的事件使萨达姆成了阿拉伯民族的英雄，而作为领衔主演的布什则在其后不久的大选中黯然下台。

这多少有点叫人没劲，是吧？

是的，在有些时候，民主这玩意确实很"没劲"。

第二次世界大战期间，坐在轮椅上的罗斯福为了把美国拉入反法西斯战争，曾煞费心机地和民主周旋。因为参战要国会授权，而国会的大多数议员却是一群慷慨激昂的孤立主义者，他们对那场正在进行的战争采取鸵鸟式的态度。辩论将会很激烈，而且肯定会没完没了地拖延下去，这当然不是罗斯福希望看到的。为了取得国会的授权，罗斯福施展了他全部的外交和政治手腕，其中的有些做法属于打擦边球，有些是先斩后奏，有些甚至可以和阴谋诡计挂上钩。例如，前些年有历史学家指出，震惊世界的珍珠港事件其实是在罗斯福一手纵容下酿成的。这自然很有点耸人听闻，但也并非没有道理：罗斯福早就掌握了日本人要偷袭珍珠港的意图，但为了激怒美国的国会和民众，他有意把情报束之高阁，让山本五十六的特混舰队用炸弹和鱼雷给美国人上了一课。珍珠港事件发生的第二天，身披蓝色海军斗篷的罗斯福在暴风雨般的欢呼中走上国会的讲坛，他终于说出了一段决定性的话："我要求国会宣布，自12月7日星期天无端发动这场卑鄙的进攻之日起，美国和日本帝国之间处于战争状态。"

当然，国会一致通过了总统的请求，美国终于摆脱了孤立主义，堂而皇之地加入了二战的决斗场。这无论是对世界反法西斯阵营还是美利坚的国家利益来说，都是至关重要的。罗斯福用自己的政治智慧摆平了美国式的民主，他当之无愧地走进了巨人的行列。而美国式的民主也差点扼杀了这位轮椅上的巨人。

同样是二战英雄，丘吉尔遭遇民主"扼杀"的情节要更复杂一些。

丘吉尔是在英国最困难的时候接过权杖的，那时他的个人威望堪称登峰造极。我至今忘不了电视片《二战警世录》中的那一幕情景：疮痍满目的伦敦平民住宅区，废墟上弥散着德军炸弹的硝烟，但每一堆瓦砾上都插着一面小小的英国国旗。丘吉尔来了，面对着从四面八方聚集过来的欢呼的人群，他流泪了。这时，人群中的一位老太婆说："你们看，首相在哭呢，他真的关心我们。"

丘吉尔说："我这不是悲哀的眼泪，而是赞叹和钦佩的眼泪。"当汽车开动时，一位女工追上来，把一盒雪茄烟扔进车里，她告诉丘吉尔："我这个星期因生产成绩最好，得了奖金，特地买了这件小小的礼物送给你。"丘吉尔下车亲吻了这位女工，当然，他又一次流泪了。

这样的场面，丘吉尔是应该流泪的；这样的眼泪，平生流一次也就该知足了。

这是 1940 年的秋天。但谁能想到，五年以后，在安排战后世界秩序的波茨坦"三巨头"会议期间，这位挽救了英国，也挽救了欧洲的丘吉尔却被英国的民主赶出了首相官邸。

丘吉尔是从波茨坦临时赶回国内等候大选揭晓的，当时，谁也不会怀疑他将以二战英雄的身份在大选中获胜。临行前，丘吉尔发表声明说，他相信自己会回来的，一副踌躇满志、顾盼自雄的姿态。丘吉尔的私人医生甚至把行李留在柏林，他也相信过一两天他就将和首相一起回来。

但几天以后，以首相身份出席波茨坦会议的，却是另一位叫艾德礼的英国人。

丘吉尔永远不能理解，也不能原谅英国人在胜利后对他的冷遇，他的这句看似令人费解的话也因此成为经典："只有伟大的民族才是忘恩负义的。"

丘吉尔的这句话无疑带着相当成分的牢骚，但仔细体味，他却不经意地道出了民主体制中某种精心而独制的构思，它以"忘恩负义"这一特有的方式"保护"了英雄，让他们功成身退，从而永远屹立在威望的制高点上。试想一下，历史上有多少英雄，如果也能遭遇这种"忘恩负义"，最后又何至于变得那样令人生厌？世无英雄，万民翘首；世有英雄，民无宁日。这是多么痛切的历史经验！为着救亡，我们期盼英雄，牺牲个性，维护权威，统一意志，暂缓民主，同心同德。但救亡总似乎没完没了，到后来，我们已搞不清究竟是因为我们这样，才总在危难之中，还是因为总在危难之中，我们才必须这样。在有的时候，我们是多么需要"忘恩负义"！对伟人的那份雨露天恩，我们又何必总那么耿耿于怀呢？如果那恩情在于他曾经拯救过我们，那么，我们早就已经用等量的拥戴和欢呼作了报答；如果那恩情在于他想继续照亮我们，那么，我们要说，我们需要的是温暖，而不是指引航程；如果那恩情最终损害了我们的幸福，那么，应该贬值的当然是恩情而不是幸福。为了报恩，我们已经牺牲了太多：太多的热情，太多的理性，太多的欢乐和温饱。一个总想着报恩的民族，终究是没有出息的，因为，只有老人和孩童才会斤斤计较于施恩和报恩之类的蝇头小事。

让我们平静地接受丘吉尔的这句话，并把它奉为经典："只有伟大的民族才是忘恩负义的。"

九

于是，我们将不得不面对这样的尴尬，既然英雄是专制政治的产物，那么，随着社会民主化的进程，英雄会不会像史前时代的恐龙那样趋于消亡？如果在若干个世纪以后，社会生活中从此失却了他们那轰轰烈烈的呼吸和长剑倚天般的身影，对于人类的精神史，那将是一种怎样的缺憾！

我们还将不得不面对这样的悖论：一方面，在社会走向民主化的同时，我们将告别英雄；一方面，我们又在庸常平淡中呼唤英雄，呼唤那长风豪雨般的生命伟力和史诗情怀。

也许我们可以这样说，艰危时势，我们呼唤英雄；承平岁月，我们让英雄走开。或者说，我们期盼的并不是现实生活中驱使我们的，长着茂密的胸毛或闪耀着睿智眼神的强者，我们只是呼唤他们身上那种素质性的，可以支撑我们灵魂的东西。

当然，我们还可以退求其次，既然这是一个不再产生英雄的时代，我们不妨在平淡中寻求感动，寻求生命的瞬间美丽。因为每个人都是自己这一幕中的辉煌。

当代哲学家马斯洛在阐述"高峰体验"这一著名哲学概念时，最喜欢举这样一个例子：

一位年轻的母亲在厨房里忙碌着，为丈夫和孩子准备早餐。这时，一束明媚的阳光洒进屋里，阳光下，孩子们穿戴得整整齐齐，边吃饭边叽叽喳喳地像一群小鸟般嚷个不停，她丈夫正和孩子们随意说笑着。这位年轻的母亲望着他们，顿时陶醉于这幅天伦亲情的美妙图画中。爱的波澜、甜蜜的情愫喷涌而来，在刹那间将这位母亲推向了幸福的顶峰。

这样的陶醉，这样的生活场景，当然是我们每个人都衷心向往的。寻常生活中，同样蕴含着生命原始的意义和心旌摇曳的感动，但愿那明媚的阳光天长地久地洒遍人类世界的每个角落。

但人类追求的毕竟不只是一顿其乐融融的甜腻的早餐，早餐复早餐，我们会不会又感到没劲？会不会又渴望一些可以称之为庄严或令人荡气回肠的大感情？

我们将永远背负着这样的尴尬……

于是，我们把目光转向远方，去寻找那大理石或者青铜质地的雕像……

战争赋

一

　　写下文章的标题，定一定思绪，却怎么也找不到自信。这题目太大、太沉重，又浸渍了太多的血腥味和英雄气，这一切都压迫着我，使我难以进。是的，进入，这是最痛苦的时刻，母亲分娩、枪炮发射，以至于火山爆发、地震施威其实都是一种进入：由某种生存状态"进入"另一种生存状态，因此，他们都要呼天抢地，挣扎出全部生命的能量，恨不得把自己撕扯成灼热的碎片，又恨不得把自己挤压成力量的造型。真佩服老托尔斯泰那样的大手笔，当《战争与和平》进入莫斯科保卫战时，笔下仍这般从容：于是战争开始了。

　　他一共只用了七个字，连感叹号也没有，从容得不动声色而又大气磅礴。

　　从容是一种底气，进入战争就得有这样的气度，这样的从容。

二

那么，就从那遥远的欢呼和旁白开始进入吧。

1805年12月2日早晨，拿破仑站在奥斯特里茨的前沿阵地上，在他的身后，大炮已经褪去了炮衣，露珠悬挂在炮口上，有如少女的项链一般富于质感；身着匈牙利式紧身短上衣的枪骑兵引缰待发，踢腾的马蹄迸出欲望的火花。这时候，普拉钦高地上的浓雾正在散去，俄奥联军的军旗和枪刺隐约可见，法兰西皇帝挺起他那1.67米的身躯，呻吟似的欢呼道："奥斯特里茨的太阳升起来了！"

这欢呼很轻，轻得几近自语，却透出一种峥嵘险峻的渴望，一种无法抗拒的诱惑，一种光芒逼人的人生成就感，而一场世界战争史上辉煌的杰作亦由此拉开了帷幕。

这就是战争——一位铁血统帅体验的战争。

在世界反法西斯战争胜利五十周年，电视台播放了英国摄制的纪录片《二战警世录》，总共有好几十集吧，其中有这样一个镜头：

德军开进了村庄（那富于俄罗斯风情的北方村庄，宁静得有如柴可夫斯基交响曲中忧郁的堆积），一个士兵颇像个顽童，用手榴弹砸碎一户农舍的玻璃窗扔进去，于是房子被炸塌，玻璃窗发出痛苦的破裂声……

旁白：战争的起因之一涉及人的破坏世界的本能，比如男孩总喜欢砸玻璃窗，那破碎的声响使他的破坏世界的心理得到满足。

相对于二战期间尸山血海的大场面，这样的细节是微不足道的，但它却相当真实地揭示了人的一种深层意识：战争的原始基因就潜藏在这些看似天真而琐碎的儿戏之中，得出这样的结论，确是有点令人颤悸的。

这也是战争——一位普通士兵体验的战争。

统帅的体验加上士兵的体验，于是战争开始了。

据外国学者统计，有史以来的人类战争共使36.4亿人丧生，由此造成的损失折合成黄金，可以铺成一条宽7.5万米，厚10米，环绕地球一周的金带。

把五千余年的血火与剧痛归结于地球老人的一条金腰带，这样的想象确是很有意思的。但我们不妨循着这条思路再想象一下，人类如果没有这些战争，而真的拥有这么多黄金，那又有什么用呢（恐怕只有像马克思所预言的，用黄金来修建公共厕所），或者说，人类为此将会失去什么呢？

世界战争史的一个谜：亚历山大在消灭了波斯帝国以后，为什么还要继续东征？

公元前330年，亚历山大以其所向无敌的重骑兵和马其顿式的斜线阵横扫两河平原，对于这位年轻的国王来说，爱琴海的威胁根源已经铲除，富饶的苏萨和巴比伦已经臣服在自己脚下，而放眼东望则是莽莽无涯的中亚不毛之地，继续东征既不是现实的政治需要，也不会给他带来财富和荣誉，只能意味着无谓而巨大的牺牲。

但亚历山大力排众议，决计挥戈东征，他的口号是："一直打到东海。"在当时，"东海"是一个出自上古哲人和神话的地理极限。

马其顿大军经过四年艰苦卓绝的远征，穿过漫无人烟的中亚荒漠，一直进抵印度河口，亚历山大终于看到了大海——那比地中海更浩瀚的印度洋。

最后的结局是：这位被称为"太阳神之子"的国王在三十二岁时客死他乡。

遥望马其顿军团苍茫的背影和悲壮的结局，后人久久地发问：亚历山大东征的动因究竟何在？难道仅仅是由于好大喜功？抑或是一时的心血来潮？

亚历山大的远征军中有一大批学者，其中包括以亚里士多德的侄子为首的一批当时一流的历史学家和哲学家，这个情节也许有助于我们寻找问题的答案。驱使这位国王不断东征的原因不在于当时的政治现实，而在于他对霍梅罗斯歌颂的万物开端——包围着陆地的大海——的憧憬和寻找，即他对未知世界和真理的热情。亚历山大的影响就其本质来说无疑是巨大的，在他那里，战争已超越了狭隘的政治、军事和经济目的，而体现为一种穷究世界的探索精神。如果我们顺着亚历山大的目光再向东望去，大体就在同一时期，华夏古国的嬴政大帝也组织了一次面向大海的东征，但他的目的只是为了寻找长生不死之药。嬴政当然也是一位世界性的历史巨人，他的生命也是多姿多彩的，但同样是对神话的追寻，秦始皇东征的帆影却显得那样愚昧而猥琐。

亚历山大的东征流溢着人类精神的底蕴，他升华了战争。

三

还在上中学的时候，就听历史老师讲过这样一段趣闻：18 世纪末期，法兰西舰队和英国皇家海军在特拉法加海域激战，为了让运送中国月季的商船通过英吉利海峡，交战双方特地商定停战六小时。

这是一个极富于哲理意味的情节，鲜花象征着美好，象征着幸福和温馨，这些都是人类永恒的希冀。战争为鲜花让路，或者说鲜花驱散了战争的阴云，这是人类理性和良知的胜利，虽然这次胜利只有六小时，但人们毕竟在战争的血雨中撕开了一小段明净的时空，它不是由于皇权的谕旨，也不是双方政治利益的交换，更不是战场谋略的一部分，而仅仅是为了迎送一位不同寻常的使者——若干盆高雅艳丽的月季花。人们常常并不屈服于暴力，却不得不屈服于美，这实在是一个很有意思的命题。这是一个美好的时刻，也是令人惊心动魄的时刻，交战双方的士兵都在甲板上列队遥望，有如仪仗队一般。商船从远方款款驶来，驶过巨舰大炮对峙的死亡峡谷，它不惊不乍、堂堂正正，劈开战云和杀气，俨然仪态万方的贵妇从容踱过自家的庭院。汽笛拉响了，在死亡峡谷上撞击重重的回声，于是所有的军舰都拉响了汽笛，这是致敬的笛声，只有在皇帝或统帅检阅舰队时才偶尔用上一次的。这时候，相信所有的人心底都会生出一种可以称之为美好或圣洁的情愫，都会真诚地为之祈祷：让这一刻长久些，再长久些，直至永恒……

我一直怀疑这种情节的真实性，但它确实是广为流传的，那么就让它流传吧，即使是杜撰，这也是至善至美的杜撰，因为在以鲜花和仪仗构架的场面背后，潜藏着对和平的呼唤——这是人类与生俱来的一种深层意识。

1982 年 6 月，英国特混舰队在马尔维纳斯群岛打败了阿根廷军队。阿根廷全国沉浸在悲痛和耻辱之中，加尔铁里总统宣布辞职。

四年以后，在第十三届世界杯足球赛上，阿根廷队打败了英格兰队，墨西哥城到处游荡着酗酒闹事的英国球迷。

十二年以后，马拉多纳在那次比赛中打入的第二粒进球被评为有史以来的最精彩进球。而组织评选的恰恰是英国的《足球》杂志。

把这几条新闻剪辑在一起很有点寓言的味道：人类不需要战争，但愿能把战争的心理能量释放到竞技场上去。英国和阿根廷关于马尔维纳斯群岛的争端远未了结，那么，就让阿根廷人在足球场上打败英国人，让战场上的复仇心理转化为球门前的狂轰滥炸吧。

寓言当然是理想化的，自古以来，人们发出过多少次铸剑为犁、化干戈为玉帛的呼吁，但战争并没有消失，反倒不断升级换代，变得更为精致，也更为残酷。某一天晚上，我曾为电视里的这样一条新闻而战栗：叶利钦总统在病床前签署了《关于俄联邦代总统的命令》，在他进行心脏外科手术期间，由联邦总理切尔诺·梅尔金代理总统职务，代总统拥有总统的一切权力，包括对战略核力量和战术核武器的控制权，为此，叶利钦向他移交了"核按钮"。

我相信，全世界为之战栗的人远不止我一个，也许正是在这个时刻，人们才又一次意识到了战争的巨大威胁——人类的命运，就掌握在某个人物随手携带的那只小小的密码箱里，只要他心血来潮，一个指令，人类创造的所有文明就将毁于一旦。

战争不会消失，尽管我们这个星球上有无数的足球场和拳击台。也正因为如此，才有了对和平生生不息的祈求。

是的，人类世世代代地祈求和平，从达官显贵们堂皇的施政演说到乡野村妇悠长苦涩的梦境，和平往往是一道最具煽情效应的承诺和天长地久的生命主题，连那位因发明雷管和无烟火药而使战争杀伤力大增的瑞典富豪，在遗嘱中也忘不了设立一项诺贝尔和平奖。但和平其实是相对于战争状态而言的，它们互为背景、互为前提，又互为因果。战争状态的残酷，才使得和平倍受珍惜；和平状态的庸常，又使得战争成为渴望。因此，没有战争就无所谓和平，就像没有争吵就无所谓爱情一样。人们常常把相敬如宾、齐眉举案作为爱的最高典范，这实在是一种误会，因为这种和睦中失却了期待的焦躁，失却了坦露和倾诉的欲求，也失却了因忌妒而造成的误解以及因误解而燃烧的妒火，一切都平静得不在乎。不在乎绝不是爱情。爱情是一种波澜，这时候真该来一场"推波助澜"的战争（如果连这一点渴望也没有，那么就拉倒吧），把关闭的心扉重新打开，让所有的怨愤、呼唤、关注，甚至还有熊熊燃烧的妒火都喧嚣而入，在心灵的纠葛中腾挪出一片融洽谐美的天地，于是，"战争"拯救（或催生、激发）了爱情。

人类社会也是在战争与和平的反复纠葛中蹒跚前行的，一种东西被人们世世代代地诅咒，又被人们世世代代地沿用，肯定有它自身的魅力。相对于和平状态的庸常，战争固然有着野蛮、残忍和窒息人性的一面，但同时又有着伟岸、质朴、粗犷、更接近生命原力的一面。面对着这柄古老而神秘的双刃剑，我们很难说清它从何处而来，又将向何处而去；我们只知道它常常和峻岭惊涛、旷野荒原、长风豪雨联系在一起，和生、死、爱、恨这些千古不朽的人生大命题联系在一起，和人们铭心刻骨的痛苦、欢乐、期待、创造联系在一起，这也就够了。就像中世纪的鼠疫常常是对纵情狂欢的罗马人的一种警告，艾滋病的蔓延是对现代人闲极无聊的一种惩罚一样，战争则是冥冥上苍对人类行为的一种训诫和调整。和平的天空无疑是明净而美好的，但这时候，一场偶然发生的打斗或火灾就会在周围吸引一大批亢奋的人们，从他们那眉飞色舞、兴高采烈的神态中，你会感到他们平日的生活是多么乏味。那么就来点刺激的吧，还记得海湾战争期间，每天晚上人们聚集在电视机前收看最新战况的情景，他们迫不及待地期盼着那些关于改革、物价、反腐倡廉之类的消息快一点过去（平日里，他们曾对这些表现出多么热切的关注），注视着战斧式导弹优美的飞行轨迹和巴格达夜空礼花似的弹雨，他们油然有一种仗剑把酒的豪迈感。在那些日子里，连街谈巷议也显得更有档次：萨达姆、施瓦茨科夫、安理会决议、旋风式轰炸机和飞毛腿导弹。议论战场当然比议论官场、商场、情场或舞场之类的话题更刺激，也更有质量。路透社记者曾在北京街头进行随机采访，拎着菜篮子或挤在公共汽车上的普通市民对战争进程的精确了解使他们感到惊讶。毋庸讳言，当布什总统宣布停火时，人们心底或多或少总有点遗憾，这种遗憾有点类似于奥运会或世界杯足球赛曲终人散时的感觉：怎么，一场轰轰烈烈的大战这么快就结束了？因为他们似乎还没有欣赏够哩——恕我冒昧，我只能用这个词：欣赏。

欣赏源于魅力，战争的魅力就在于人们对和平的无法忍受，在于战争的宣泄和释放功能，更在于战争本身所呈示的美景。

美景何在？还是翻用老托尔斯泰的一句名言：和平状态总是相似的，战争状态各有各的不同。

四

战争是一种美丽的错误，不是和平时期那种苍白的瘦骨嶙峋的错误。

战争的美景来自其过程的不确定性，越是在远古时代，这种不确定性越是有力地扭曲着战争方程，也越是富于惊心动魄的生命体验。原始战争是个体生命之间的搏击，即使是最高统帅，也无一例外地要在这种搏击中展示自己生命的质量。一切都是面对面的，你几乎可以感受到对方衣甲下肌肉的强度和血液的流速，看到对方的睾丸或畏怯或豪迈的晃动频率。那么就动手吧，这是真正意义上的肉搏，金属在碰撞中呻吟，热血在刀剑下喷射，每一声喘息和呐喊都凸现出意志的质感。这时候，一切崇高而庄严的命题都黯然失色，没有为人类盗火的普罗米修斯或为了造福民众而矢志填海的少女精卫，那些太理性，也太遥远；有的只是夸父追日式的生命本能——他要超越对方，他在疲惫中极度枯竭，最后他悲壮地倒下了，弃杖化为桃林。这里呼唤英雄、崇尚伟力，所谓的"两军相逢勇者胜""置之死地而后生"之类的战场定律，都赤裸裸地还原为一种生命定律。于是血流漂杵、尸横遍野，强者的马蹄撕碎了弱者的哀鸣，这是多么残酷而浩大的景观。人们常常哀叹无法体验两种重要的感觉：诞生和死亡，战争缔造的正是生与死融合的深刻的生命，蹚过绝望和死亡，便是生命的又一次诞生，而且比原先的生命更强硕百倍。就生命体验的方式而言，战争有点近似于赌博、探险或婚外恋，都属于奇险刺激一类，什么东西一旦稳操胜券，同时也就失去了诱惑力，唾手可得只能使人舒服而不能使人激动。即使同样是赌博，一个囊中羞涩的穷汉比之于腰缠万贯的富翁，前者肯定会更投入、更觉得刺激，因而也会从中得到更大的快感。正是在这一点上，战争契合了人类的天性，因此战争应被视为一种天赐或天谴。

蒙哥马利是著名的二战英雄，他一手导演的哈勒法山战役和阿拉曼战役被称为典型的"蒙哥马利战役"，即战前对战争的每个细节都构想得十分周到，战争完全按照预定的程序进行。在阿拉曼战役发起前，蒙氏曾断言："整个战役大约需要十二天。"果然，到了第十二天，隆美尔的坦克兵团溃退了。而当哈勒法山战役打响，参谋长把隆美尔开始进攻的消息告诉他时，他只是很淡漠地说了句："太好了，不能再好了"，说完便蒙头大睡。是的，还有什么值得他操心的呢？一切都在沙盘上反复演习过了，每一步相应的作战方案都装在参谋的皮包里，让他们按部就班地实施就是了，战争的胜负，实际上在第一枪打响之前就已经解决了，剩下的只是一个以鲜血和生命铺垫的仪式。这样的统帅真够潇洒的，但潇洒中是不是少了几分惊险和刺激呢？

高质量的战争都是反常规的，汉尼拔之翻越阿尔卑斯山进攻罗马，项羽之破釜沉舟、背水死战，山本五十六之长途奔袭珍珠港，无一不是反常规的杰作。请仔细体味这些词语的感情色彩：神出鬼没、不可思议、石破天惊、绝处逢生、冒天下之大不韪，这些都是属于反常规的。反常规体现着战争精神的底蕴：冒险、创新、拼搏、逆转、追求出众、混沌中开拓，等等。从本质上说，人类的生命个体也是这样在绝望中诞生的，因此，几乎所有的天才都是反常规的斗士，这是一种生命质量。

那么失误呢？战争史上那一页页黑色的记载难道还不够触目惊心吗？其实失误也是战争的一部分，最伟大的天才也难免失误，他们的英雄本色恰恰体现在敢于面对失误。军事辞典里所谓的战机是和失误相比邻的，追求万无一失往往会导致战机的丧失，当然，那种一边倒的战争不在此列，因为那里并不需要卓越。诺曼底战役是第二次世界大战的重要转折点，但有谁知道，就在战役发起前几分钟，盟军最高统帅艾森豪威尔因为英吉利海峡恶劣的天气还举棋不定，这时候，他的助手史密斯将军说了一句决定性的话："这是一场赌博，但这是一场最好的赌博。"艾森豪威尔神情为之一振："我们干吧。"他下达了出击的命令。在这一瞬间，战争中一切至关重要的因素——兵力和武器的对比、将士的斗志、敌情的变化、各兵种的协调和战术结合，等等——都不再重要。重要的是敢不敢面对可能发生的失误，而正是史密斯将军那句决定性的话，唤醒了艾森豪威尔向失误挑战的英雄本色。从欣赏角度看，失误不是科学，却常常是艺术，无论如何，各种成功之间的差别总是小于各种失误之间的差别，可以这样说，从失误比从成功更能认识战争，也更能窥视一个军事家的意志和人格力量，因为在他们那里，失误往往是追求杰出的散落物。从不失误的统帅只有一种：庸常之辈。

平心而论，蒙哥马利不是一个天才级的军事家，说得确切一点，只能算是一个会打仗的将领，他多的是匠心而少有出神入化的大手笔（美国的巴顿就不大看得起他），他的基本原则是"均衡"，这种指导思想可能延缓进程，却比较稳妥可靠。他很少冒险，也不敢反常规，总是以优势的兵力和火器为保证，在周密组织的前提下实施挤压式的攻击。这种英国式的绅士战术需要足够的本钱，虽然赢面较大，却缺少即兴张扬的激情和灵气，就当事人的生命体验而言，恐怕还抵不上一场赛马或橄榄球。失去了对过程的品味，所谓结局只是一颗风干的青果。这就像下棋一样，后面的每一步都已经了然于胸，再下还有什么趣味呢？因此，在战役打响时，蒙哥马利却要睡觉了。

蒙哥马利睡觉了，但真正的军事家们却在大喜大悲中体验战争的每一步进程。

五

蒙哥马利是幸运的，因为至少在他蒙头酣睡的北非战场上，他没有遭到"上帝之手"的惊扰。而谈论战争却常常躲不开那只神奇的"上帝之手"，那上面用令人战栗的深黑色书写着：偶然性。

注视偶然性是一件很有兴味的事，它会让人妄自多情地想到许多"如果"，遥望战争的烟云而唏嘘不已。唐代诗人杜牧在古战场遗址上拾到一支锈烂的戟矛，由此曾生发了一番关于历史的感慨，他说："东风不与周郎便，铜雀春深锁二乔"，如果赤壁之战那天不刮东风，周瑜的胜利就很成问题了，他认为是偶然性改变了战争的结局。偶然性是什么呢？它是一种转瞬即逝的意外，一种超越理性的逆变，一种充满魔幻色彩的情节组合，一种使历史进程骤然缩短或拉长，使人生的欢乐、悔悟、悲哀和惆怅一次性定格的瞬间机缘，或者干脆说是一种只能接受却无法理喻的恶作剧。有如一道猝然闯入的黑色闪电，它只可欣赏，却无从讨论。面对着这样的恶作剧，任何天才也只能仰望苍天，徒唤奈何。但任何一次偶然性事件都是独特的，独特本身就是一种美，偶然性的撞击使战争之美臻于奇诡。

　　在历届的世界杯足球赛中，球王贝利的预测总是被炒得沸沸扬扬。但绿茵场上的结局似乎有意要和这位球王过不去，他的预测几乎没有一次得到验证过，但贝利并不因此而沮丧。因为"这就是足球"！

　　"这就是足球"体现了人们在偶然性面前的惆怅和无奈，然而这也是足球的魅力所在，在所有的竞技体育中，足球无疑是最能令人沉醉、令人癫狂的。

　　同样，面对着战争史上的一次次偶然性事件，我们也只能说："这就是战争。"

　　第一次世界大战中的凡尔登战役被称为近代战争史上的"绞肉机"，在历时十个月的战役中，双方互有攻守，死伤逾百万之众，最后都已精疲力尽。但这时发生了一件事，一颗法国流弹无意中击中了隐蔽在斯潘库尔森林中的德军弹药库，而存放在那里的四十五万发大口径炮弹偏偏不小心装上了引信，因而引发了这次大战中最大的一次爆炸。战后，法国军事分析家和历史学家帕拉将军断言，正是这桩意外事件，在凡尔登起了决定性的作用，并最后导致了同盟国的失败。

　　这就是偶然性，在某个特定的瞬间，历史颤抖了一下，犹如巨人不经意的一个趔趄或喷嚏，然后庄严地定格。而在更多的时候，历史的细节就是伟人的细节，他们的胆略、意志、情感、人格亦在这一瞬间凸现无遗。

　　滑铁卢战役可以称得上是世界战争史上的经典战例，这场大战不仅使叱咤风云二十余年的拿破仑一蹶不振，而且在很大程度上决定了 19 世纪初叶欧洲乃至世界的历史进程。西方的军事史家在回顾这场大战时，发现有一连串偶然因素促成了拿破仑的失败，其中影响最大的是一场意外的大雨，这场大雨迫使法军发动进攻的时间推迟了半天，而这半天恰好足够驰援威灵顿公爵的普鲁士军队赶到滑铁卢，战争的天平由此发生了倾斜。于是人们设想：如果这一连串偶然中的某一件没有发生，那么 19 世纪欧洲的历史将如何书写？

　　人们有理由这样"如果"，它表达了一种超越时空的征服欲——对历史偶然性的征服，他们要穿透那瞬间的神秘和奇诡，去探究战争寓言的多种可能性，这就不仅使一部板板正正的战争史增添了几多趣味，更重要的是从中可以窥视人类精神的本质。

　　因此，我们不妨也"如果"一下：如果拿破仑最后不是在圣赫勒拿岛死于病榻，而是战死于滑铁卢……

那么，他不仅会得到自己将士泪雨滂沱的哀悼，而且会得到对手的尊重，当载着法兰西皇帝灵柩的炮车缓缓北归时，威灵顿公爵或许会命令所有的大炮对空轰鸣，向这位平生最伟大的对手致敬，因为，这时他感到的不是胜利者的喜悦，而是一种深沉的孤寂，如果他是一位真正的军人的话。

其实仪式并不重要，重要的是，以这种标准的军人姿势倒下，比后来在圣赫勒拿岛的结局更能显示出生命的质量。

拿破仑曾与同时代的那些杰出人物在一起，包括他那些杰出的对手，度过了许多辉煌壮丽的时光，但在放逐孤岛的最后几年里，他却被一群卑微宵小之辈所包围。英国士兵对他自由和威严的蔑视倒不去说了，最不能忍受的是他身边的随从，这些跟随他而来，原本是怀着各种蝇营狗苟的目的，他们日常的行为和话题处处显露着鄙琐，他们不会谈论史诗、谈论英雄、谈论高山大海、谈论壮丽和崇高，他们只能挤眉弄眼地谈论种种蝇头小利，例如餐桌上的一杯鸡尾酒或女人——不，连女人他们也不配谈，因为他们谈不出境界和趣味，他们的审美水平只勉强够得上谈论青楼娼妓或女人身上的某个器官。生活在这样一群驱之不散的声音和媚眼之中，拿破仑精神上的孤独无告是可以想见的，这位有如长风烈火一般的科西嘉人可以承受整个欧洲的憎恨，可以承受法兰西浅薄的遗忘，可以承受战争的惨败和皇冠的失落，却绝对不能承受被群宵小包围的精神困顿。对一个真正的男人来说，其生命力最蓬勃的释放无疑是面对一个同样强的对手或女人的柔情；而对其生命力的最大摧残则莫过于小人散发的腐浊之气。历史应该记住，拿破仑最后不是死于胃癌，也不是死于前些年传说得沸沸扬扬的砒霜中毒，而是死于由一群卑微小人合谋的精神窒息。一位曾经使整个欧洲为之颤抖的战争之神，竟罹难于这些下三烂的小角色之手，令后人在扼腕痛惜之余，不由得会想到：如果让他战死在滑铁卢该有多好！

这种"如果"探究的不是政治历史层面的另一种解读，而是对人格精神空间的深入体味。对于英雄盖世的拿破仑来说，他宁愿在滑铁卢留下自己卓越的遗骸，他那"法兰西……军队……冲锋"的遗言也正好切合那壮烈的场面。

哦，如果……

欣赏偶然是欣赏战争的一部分，战争因偶然而更具不确定性和神秘色彩，也因此有了朦胧诗的意蕴。我们当然可以反思，可以喟叹，可以沉醉于某种悲剧感悟，但更应该看到站在偶然背后的一种巨大的渴望，请想象一下古希腊雕塑和雄踞山顶摇摇欲坠的巨石——那是必然的力量。

六

现代战争的"兰切斯特方程"。

18 世纪以来，随着数学和力学的迅速发展，出现了被称为"计算派"的军事学派，英国军事学家劳埃德认为，只要熟悉地形，就可以像演算几何题那样计算出一切军事行动。第一次世界大战中，英国工程师兰切斯特主张系统地应用数学方式来研究战争，并描述了作战双方兵力变化的数学方程，这就是现代军事运筹学中有名的"兰切斯特方程"。在这位英格兰人的笔下，战场上的一切都可以量化：步枪的射程、炮弹的杀伤半径、人体肌肉的张力和爆发力、一门迫击炮的战场效率等同于一个步兵排，等等，都可以用方程上的一个符号来表示。西方人真有把什么都换算成数字的天才，例如他们曾用马的力量（马力）来量度人或蒸汽机之类的功效；在更早的时候，则在羊皮纸上计算过如何用杠杆来撬起自己脚下的地球。

现代战争已经比兰切斯特走得更远，作战双方几乎可以戴着白手套在计算机上进行较量。这种战争更接近于游戏，因为双方都是在屏幕上展示心智，这时候，你即使像项羽那样"力拔山兮气盖世"，像李元霸那样"恨天无柄、恨地无环"也压根儿不顶用，因为你面对的不再是具有意志和情感的生命个体，在爱国者和飞毛腿导弹的后面，你很难见到男性发达的肌肉和胸毛，因此，你无法因对方一丝畏怯的眼神而勇猛，或因对方拔山贯日的勇猛而疯狂。我们很难想象，一场听不见呐喊和呻吟，亦看不到鲜血和死亡的战争，一场没有极度的仇恨、愤怒、痛苦和疯狂的战争，一场无法体验惊心动魄的对手感的战争，怎能使生命之美进入巅峰？李广射石，箭没石棱，是因为夜里把草间的巨石误认为猛虎，与虎相搏的对手感使生命的力量发挥到了极致。这样的奇迹只能出现在特定情境的瞬间，他后来一再射石，却再也达不到这一水平。"林暗草惊风，将军夜引弓"，唐代诗人卢纶就把这种特定的情境渲染得很充分。真正的军人追求的是一种古典的阳刚之美——崇高、庄严、激情和永不枯竭的灵性。但令人沮丧的是，现代战争似乎正在悄悄地投入科学的怀抱，而离艺术越来越远，就像古典式的浪漫爱情正在被红灯区里掐着钟点计费的交易所取代一样。

科学是什么呢？科学是人类理智的结晶，它冷静、精辟，有着刀锋一般锐利的质感；而艺术则是生命灵性的笑容，有如晨雾中朦胧的远山，只能感觉却不能触摸。

战争当然也是一种艺术，但战争并不需要原本意义上的艺术天才，艺术天才大多狂放天真，蔑视理性，甚至表现为一种神经质。我们可以随口说出一串令人肃然起敬的名字：歌德、普希金、贝多芬、屈原、李白、苏东坡等等，他们无疑都是天才型的艺术大师，但如果把这些天才放到战场上，他们的光芒肯定会黯淡不少（大诗人拜伦最后的结局就属于这种尴尬）。问题在于，他们有的是才华，却缺少才能，战争需要那种把才华和才能结合得恰到好处的人（不光是战争，除艺术以外的行业大多如此），一般来说，军事家只需要艺术上的中才，他们有一点艺术感觉，但作为一个职业艺术家又远远不够，却刚好够得上当一名军事家。

这样的选择造就了希特勒。

第一次世界大战，西线索姆河战役。这次战役本身没有多少可说的，倒是其中的两段小插曲有点意思，很值得一提。一段是某天早晨英军使用了一种诨名叫"坦克"的秘密武器，这种"怪物"虽然给德军心理上造成很大压力，对英军在战术范围内的进攻起了重要作用，但战场上的双方当时都并未意识到，这种像运水车似的玩意儿将会引起军事领域一场深刻的变革，索姆河也因此成为军事史家们感兴趣的话题。另一段小插曲是，在索姆河对垒的堑壕里走出了一些后来有世界影响的大人物，协约国方面，他们是二战中鼎鼎大名的蒙哥马利元帅和韦维尔元帅，文学家布伦登（《战争基调》）、格雷夫斯（《向一切告别》）、梅斯菲尔德（《永恒的宽恕》）和萨松（《通向和平之路》）。从同盟国堑壕里走出来的大人物没有这么多，但有一个也就够了，他就是二十七岁的下士阿道夫·希特勒。

与其他人不同的是，希特勒身边带着一叠写生用的画布和一本叔本华的

《作为意志与表象的世界》，这时候，作为下士的希特勒并不向往当元帅，而是全身心地憧憬着神圣的艺术殿堂，特别是憧憬当一名画家，这是他从十一岁开始就魂牵梦萦的情结。但他没有能考取维也纳艺术学院，落榜的评语上写着："试画成绩不够满意。"这样的评价是恰当的，该生天赋和才华不够，虽然他相当刻苦，光是在维也纳的写生就有七百多幅，其中有一幅题为《维也纳的秋天》的水粉画，当时标价仅一克朗，但还是不能出手。维也纳人是一群艺术至上主义者，他们的审美目光是世界上最挑剔的，不能让他们的眼波顾盼生辉的作品，即使一个克朗他们也决不轻抛。顺便交代一下，八十多年以后，希特勒的这幅画被一个美国富婆买去，她付出的价钱是两千四百万美元，那当然是另一回事，与艺术无关。

既然这个档次的才华够不上当一名艺术家，那么就把它掷给战场，掷给军用地图上那些带箭头的红蓝线条吧，或许，当一名军事家倒恰到好处。

若撇开是非评价，单就战争艺术而言，希特勒无疑是一名天才，他那驰骋的奇想、惊人的判断力和出神入化的大手笔绝对称得上 20 世纪的美学骑士。这里仅举一例，第二次世界大战前夕，德军统帅部最初制定的西线战略基本上是一战期间"施里芬计划"的翻版。施里芬也是位卓越的军事天才，以他命名的这项计划属于那种典型的古典式坎尼会战（自汉尼拔以来，多少战略家曾为之梦寐以求），但是一个天才决不会重复另一个天才，希特勒挥手拂去前辈巨人的身影，以他泼辣而新颖的闪击战（俗称"斯坦泰因计划"）否定了施里芬的古典会战。你看他笔下的攻击图标是何等优美：让德军中精锐的坦克师团通过卢森堡和比利时南部的阿登森林，绕到法军马其诺防线延长线背后，直捣法国色当，把法兰西版图如同破棉絮一般撕开……

"斯坦泰因计划"的闪光点在阿登，那是一块军事盲区。山高林密，装甲部队很难通过；又缺乏铁路网和公路网，后勤保障非常困难，没有人——包括德军统帅部的高级将领——会想到德国的坦克群将在那里出现。

这时候，一种可以称之为艺术感觉的东西悄悄地渗透进来，地图上并不起眼的阿登被渲染、放大，变幻出令人战栗亦令人神往的多种可能，有如凡·高那里最初闯入的色块或罗丹那里隐约跃动的线条，阿登点燃了灵感，渲染为浓墨重彩的辉煌。

这是战争，也是艺术。

问题是：艺术如何渗入战争，战争又如何容纳和拒绝艺术。

在战争中，模糊的综合判断往往比追求精确更为重要。战争的动态决定了数字力的局限——你永远不可能真正走近精确，一切都是概率，都是大致如此，于是便有了直觉的介入。军事家的直觉有艺术想象的成分，但并不是异想天开的浪漫，它是一个军事家才华的瞬间爆发；它似乎并不在乎对细节的详尽准确，而注重对整体的理解和把握；它以轻盈灵动的跳跃压缩了思维的操作步骤；透过那难以言喻的神秘和朦胧，它闪耀着历练老到的智慧之光。

把直觉和智慧、艺术和才能结合得恰到好处的这种人，是大军事家。

历史造就了一大批这样的人物，他们既是雄才大略的军事巨匠，又并不缺乏艺术气质和才情。请体味下面这些名字中的金属质感和诗性：亚历山大、恺撒、腓特烈大帝、俾斯麦、汉武帝刘彻、魏武帝曹操，当然，还有毛泽东。

为什么没有拿破仑？对，这是一个不应该被遗忘的名字，他戎马一生，虽然没有那么多精力附庸风雅，但他天性中的狂放、热情和忧郁、羞怯，本身就是一种艺术气质。

七

我们就来说说拿破仑。

对伟人的评论往往是空乏苍白的，因为你自己的质量太轻，不是失之偏激就是流于套话。关于拿破仑，恐怕没有谁比雨果的评论更精彩，他是这样说的：拿破仑"当然有污点、有疏失，甚至有罪恶，就是说，他是一个人。但是他在疏失中仍是庄严的，在污点中仍是卓越的，在罪恶中也还是雄才大略的"。法国人对自己的民族英雄难免偏爱，雨果又是大文豪，臧否人物时亦难免带点感情色彩，但应该承认，这段评价大体上还是恰当的。

拿破仑一生中大约指挥过近六十次战役，我不经意地梳理了一下，却隐约发现了几条有意思的规律：其一，拿破仑最擅长于指挥五至十万人的中型战役，更大规模的战役似乎就不那么得心应手；其二，拿破仑最擅长进攻，不长于防守（特别是撤退）；其三，拿破仑最擅长于运动战，不长于阵地战。

这样的发现令我怦然心动，也为之陷入了思索，统帅的性格就是战争的性格，拿破仑的个性魅力是如此突兀峥嵘，在前沿指挥所里，他可以同时向几个秘书口述内容全然不同的文件，使秘书们手忙脚乱，而他自己则泰然自若，游刃有余。在攻打奥地利战役的隆隆炮声中，他仍然能写火热的情书，抒发渴望同情人幽会的相思之情。他不是故作深沉的高山峻岭，更像热烈奔放的长川激流。他导演的战争恣肆张扬、快如疾风，呈现出天马行空般的动感。他当然老谋深算，负载着巨大的历史使命感，但就生命本色而言，他又是一个争强好胜、辐射着勇气和热情的大孩子。我想，这中间肯定潜藏着一种更大的性格，它的名字叫——法兰西。

哦，法兰西，你就是阿尔卑斯山下那醉倒多少英雄和美人的红葡萄酒么？就是大仲马笔下充满浪漫情节的复仇故事么？就是巴黎大剧院里的音乐喜剧和凯旋门上线条嘹亮的浮雕么？就是香榭丽舍大街上标新立异的时装女郎和足球场上潇洒脱尘的普拉蒂尼么？

是的，这就是法兰西的民族性格。

战争，说到底是民族精神的聚合和较量，英国人稳重而保守的绅士战法，美国人的大手大脚和西部牛仔式的粗鲁勇敢，俄国人那种拖不垮打不烂的韧性，德国人的严整协调和钢铁般的意志，无不透析出本民族原始的血温和天性，甚至他们在战场上的最后一声呐喊也带着本民族歌谣的韵律。而拿破仑的伟大，就在于他把法兰西的民族性格恣肆张扬地发挥到了极致。

"新兵不需要在训练营里呆八天以上。"拿破仑所说虽然武断得近乎粗暴，却绝对符合他的性格。

"一个轻骑兵三十岁时还未死去，那必定是个装病的开小差者。"骑兵将领拉萨尔说道。这位拿破仑手下著名的骁将后来死于瓦格拉姆会战，时年三十四岁。

在这里，拿破仑和他手下的将领强调的都是一种战斗热情。

这种热情当然并不代表法兰西性格，因为任何一个民族的士兵都可能具有这种不怕死的热情。

但同样是不怕死，在拿破仑的军队里，战争是一座舞台，是让士兵们尽情地创造、尽情地挥洒生命能量的舞台；而在他的对手那里，战争则是一座祭坛，士兵们只能机械地、毫无主动精神地倒下，连他们的尸骸也如同检阅场上的队列一般规整。

我们先来欣赏一下旧式的欧洲陆军。那实在算得上是训练有素的"机械化"部队，冲锋时，战斗队形各部分的组成、行列和间隔距离，战斗中队形的变换、步法、步幅和行速，以及使用武器的动作都有严格的规定。这是一支在仪式和形式上尽善尽美的军队，他们在检阅场上确是威武雄壮、赏心悦目的，但到了战场上就是另一回事了，因为再威武雄壮的队列成了一堆肉时，都不再赏心悦目。

从表面上看，拿破仑似乎只是变化了一下作战队形，他摒弃了陈旧的线式战术，创建了一种更具有弹性和灵活性的散开式队形。但正是这一变化牵动了法兰西胴体上最亢奋的神经，为他们的士兵提供了即兴表演的阔大空间。是的，即兴表演，这是法兰西人热情的天性，他们不需要检阅场上那一套浮华而僵硬的仪式，他们注重的是战场上的自由发挥，潇洒、奔放、富于即兴创造和浪漫色彩。特别是法国军团中狂热的散兵群，一听到枪声便热血沸腾，他们快如疾风、灵如脱兔，一招一式都喷泻出炽热的才华，那简直就是生命的欢舞，简直就是一种审美旋律。拿破仑说："不想当元帅的士兵不是好兵。"不对！至少此刻不是这样。此刻他们只想当一名优秀的士兵或者伍长，因为他们从中享受着淋漓酣畅的快感，或者说进入了华彩段一般的生命境界。在这样的士兵面前，你英吉利的稳重也好，俄罗斯的坚韧也好，日耳曼战车的意志力也好，或者你们抱团堆结成这个同盟那个阵营也好，全都不在话下。并不是说民族性格有什么高下优劣之分，而是因为你们的统帅太操蛋，把你们的性格活力禁锢在一套僵硬死板的程式之中，那么，战场上高扬的便只有法兰西民族性格的旗帜。正是这面旗帜造就了拿破仑的作战风格，也造就了世界战争史上一系列辉煌的杰作。当然，我们亦不难解释，在伊比利亚半岛旷日持久的消耗战和俄罗斯漫无边际的原野上，所向披靡的法国军旗为什么会黯淡无光。

拿破仑死后以光荣的老兵身份长眠于塞纳河畔，统帅、士兵、民族魂最终定格于一座法兰西风格的圆顶大堂里，这样的归宿是很恰当的。在这里，他静静地注视着法兰西和他的儿女，因为战争远没有结束，炮声还会在某一个早晨响起的。

果然，差不多一百年以后，欧洲战场上又重现了当年反法同盟演出的那一幕愚蠢的惨剧，不过这次的主角变成了法国人。一位英国军官战后回忆道："法国军队以 19 世纪最好的队形出现在战场上，戴了白手套、修饰得漂漂亮亮的军官走在他们部队前面 60 米，部队则穿了暗蓝色短上衣和猩红色裤子，伴随他们的是团旗和军乐队……士兵们都很勇敢，但毫无用处，没有一个能在向他们集中射击的炮火中活下来。军官们都是杰出的，他们走在部队前面大约 20 码，就像阅兵那样安详，但到目前为止，我没有看见一个人能前进 50 码以上而不被打翻的。"

请注意，战争明明发生在 20 世纪初期的 1914 年，这位英国人却用了"19 世纪最好的队形"的说法，其中的讽刺意味是不难体会的。因此，当人们面对着这里"勇敢""杰出""安详"之类的褒扬用语时，心底真不知是一种什么滋味。

当时的法军统帅是约瑟夫·霞飞将军。令人发笑的是，早在拿破仑时代就已经成为战争主角的炮兵，却被这位将军视为多余的"拖油瓶的孩子"，他是一名堡垒主义者，也是一名常败将军。当然，由于他亵渎了法兰西的民族精神，法兰西也义无反顾地抛弃了他，凡尔登战役后，他被解职。

八

战争中有一个不可或缺的因素：对手。

这似乎是一句废话，因为没有对手当然无所谓战争。但这里所指的对手是就本原意义而言的，即质量上大致处于同一档次的双方，也就是俗话所说的棋逢对手，正是在这种碰撞中，战争精神才闪射出不世之光和极致之美。

我们来看看这些对手：恺撒和庞培、汉尼拔和西庇阿、拿破仑和库图佐夫、巴顿和隆美尔、朱可夫和曼施泰因，当然还有东方古国的黄帝和蚩尤、项羽和韩信、诸葛亮和司马懿、岳飞和金兀术、袁崇焕和皇太极等等，读着这些名字，你就会感到一种冷峻峥嵘的质感和倚天仗剑的豪迈情怀，这些都是高质量的对手，他们之间的碰撞不光是意志和智慧的角逐，也是个性和人格的对话。从某种意义上说，他们之间谁是胜利者谁是失败者并不太重要，重要的是他们有幸遭遇了，他们都在遭遇中付出了全部的心智和能量，并且体现了那个时代所能达到的极限。他们互相隔离又互相贴近，互相傲视又互相尊重，互相仇恨又互相渴求，互相摧残又互相呼唤，互相对峙又互相濡沫，因为对方的分量就是自己的标高，而自己的存在又恰恰体现了对方的价值。有如一经一纬两根力线，他们共同编织了人类的战争史，这中间任何一根力线的质量，都将决定战争的档次。

这两个名字上面没有提到：鲁登道夫和勒芒，就先从他们说起。

第二次世界大战前，作为中立国的比利时是不设防的，直到战争爆发前夕才匆匆组织了一支军队，默默无闻的勒芒将军奉命防守列日的十二座炮台，而站在他对面的则是赫赫有名的鲁登道夫。这是一场不对等的较量，德军的炮队里拥有当时世界上威力最大的420毫米攻城榴弹炮，这种绰号"大贝尔塔"的家伙十分了得，可以把一吨重的炮弹发射到9英里以外。他们原以为列日会像温驯的羊羔一样迎接德军的铁骑，但勒芒和他的士兵硬是坚守了一个星期，请注意，这一个星期对当时的欧洲战场至关重要，英国的军事史家在战后分析道："列日是丢失了，但由于拖延了德国的进军，它对比利时的协约国事业做出了卓越的贡献。"炮台失守时，勒芒将军被俘，德军破例没有取下他的军刀，这是对一个军人的赞赏，尽管他失败了。勒芒和鲁登道夫似乎不是一个级别上的对手，但由于其精神的强悍，他受到了对手的尊重，在这一点上，德国人做得比较大气。鲁登道夫曾参与修改通过比利时包抄法国的"施里芬计划"，一战后和希特勒一起组织纳粹党，政治上的名声很臭，但在作为军人这一点上，他起码是合格的。

但同样是败军之将，同样是在军刀这一体现了军人荣誉的细节上，奥地利的维尔姆泽元帅就比勒芒将军沮丧多了。维尔姆泽是19世纪初期欧洲享有盛名的元帅，当他率军在意大利北部的曼图亚要塞和法军对垒时，他七十二岁，而他的对手则是二十七岁的年轻将领拿破仑。结果，维尔姆泽战败投降。受降仪式是隆重而盛大的，当这位年迈的元帅走到胜利者面前，恭恭敬敬地缴出军刀时，却发现站在他面前的并不是拿破仑，而是一名级别较低的军官，这最后的一击使得老元帅目瞪口呆。其实，拿破仑并没有想得这么多，他只是以那惯有的风格马不停蹄地出击，当曼图亚要塞尘埃落定时，他已经闪电般地出现在博洛尼亚战场上。至于受降仪式，那没有多大意思，尽管让手下的人去张罗好了。但不管怎么说，年轻气盛的拿破仑在潜意识里可能并不怎么看重维尔姆泽，因为这位老朽实在不是他的对手。这是奥地利元帅的悲哀，他戎马一生，最大的遗憾并不在于最后吃了败仗，而在于没有得到对手的承认，特别是拿破仑这样有质量的对手。

真正有质量的对手是这么一种关系，他们并不因为对方的伟大而渺小，相反，他们会当之无愧地分享对方头顶的光环，连他们身后的青史上的书籍也不会轻易地遗忘对方。这实在是一种幸运的纠缠，既险象环生又缠绵悱恻。他们就这样在纠缠中共同创造和升华，并由此走出孤独，获得自由与快感。这一切都体现了生命存在的某种本质，甚至可以说是一种爱的方式，这样的对手难道不应该誉之为伟大、誉之为经典吗？

拿破仑一生中遭遇过无数的对手，但真正够格的只有一个，他就是俄罗斯的独眼将军库图佐夫。

他们的第一次遭遇在奥斯特里茨，库图佐夫惨败，并且差点当了法军的俘虏。但平心而论，库图佐夫不应该为失败负责，因为他只是名义上的总司令，一举一动都受到沙皇和奥皇的牵制，而拿破仑则拥有绝对的指挥权。但就是在这场不对等的较量中，他们认识了，如同大山和长河在某个切点上猝然相逢一样，他们匆匆对视又匆匆分离，却各自都在心底里欣赏对方：库图佐夫领教了拿破仑雷霆万钧般的迅猛和果决，而拿破仑则感到了库图佐夫的老谋深算和不可捉摸。于是他们都选择了对方，把对方摆到了值得一搏的对手的位置上，因为真正的较量迟早要到来的。

1812年秋天，拿破仑远征俄罗斯，沙皇亚历山大一世只得起用他并不喜欢的库图佐夫为总司令。

"这可是一只狡猾的北方老狐狸。"拿破仑在得知库图佐夫的任命时，意味深长地说。

"我将努力向这位伟大的统帅证明，他没有说错。"库图佐夫在得知拿破仑的反应后，同样意味深长地说。

你看，枪炮还没有对上话，两位巨人之间的格斗已经开始了。一个天才的质量，只有能与他匹敌的对手最有资格评价，当彼此对视的目光猝然相击时，那金属碰撞般的脆响和火花是何等嘹亮辉煌。

库图佐夫一路退却，他要用漫长的交通线来拖垮拿破仑。

拿破仑步步进逼，他渴望着在一次决定性的战役中摧垮对方。

终于到了莫斯科附近的博罗季诺，那么就摆开架势较量一下吧，当时的力量对比是：法军 13.5 万人，俄军 12 万人，双方势均力敌。拿破仑擅长进攻而不长于防守，库图佐夫则恰恰相反，很好，战场态势正好是法军进攻、俄军防守，让他们各自展其所长，这样既体现了公平竞争的原则，场面上也会更好看。

战斗是惨烈而悲壮的，但双方的战术组合似乎不那么精彩，整个过程如同一场简单的正面冲突。这就像两位超一流的棋手对弈，盘面看上去反倒平淡无奇，但这是种更高境界的平淡，一招一式都力重千钧、别无选择。对方都是天才的统帅，实力亦大致相当，任何一方都不可能把对方一口吞下，也不可能从正面抽出多大的兵力实施迂回机动或突击，因此，他们只能这样死死地撕咬在一起，在反复攻击和坚守中等待转机。高手之间的较量大致如此：有时表现为互相竞赛着发挥，双方奇招迭出、痛快淋漓、令人拍案叫绝；有时则表现为互相制约，不让对方有丝毫闪展腾挪的机会，场面亦朴素得近乎原始的角斗。在博罗季诺战场上呈现的就是后一种情况。

那么，此时此刻双方的统帅呢？

拿破仑坐在舍瓦尔季诺山下的指挥所里，无动于衷地听着战场上传来的轰响，他几乎从不过问战斗情况，似乎那一切离他十分遥远。

在战场的另一端，库图佐夫坐在他的指挥所里，如果不是他手里微微抖动的马鞭，周围的将军和副官还以为他睡着了。

这是两个巨人之间的抵牾，他们都在努力把自己强悍的精神发挥到最大值，努力承受对方山一般的重压而不断裂，于是他们被迫还原成生命的本原状态——沉寂。你不知道他们内心是从容还是颤悸，这状态似乎与叱咤风云、雄姿英发之类不沾边，但你必须承认，它更加惊心动魄。

多么残酷的巨人之战！到了这时候，决定胜负的恐怕只有冥冥上苍了，那么就听天由命吧。

战争的结局是：法军伤亡 4.7 万人，俄军损失 4.4 万人，双方打了个平手，但从战略上讲，库图佐夫胜利了。博罗季诺之战是拿破仑入侵俄国的第一次也是最后一次重大战役，此后便是拿破仑进入被焚毁一空的莫斯科而后又被迫退出，直到狼狈地逃回巴黎。

值得一提的是，当拿破仑和库图佐夫在俄罗斯原野上交手时，他们麾下各有一名高参：约米尼和克劳塞维茨，这两位后来都成为世界级的军事理论巨匠，他们的代表作分别是《战争艺术概论》和《战争论》，相信所有对战争稍有兴趣的人都会知道这两本书。统帅的质量是这般匹敌，手下的辅佐幕僚又恰巧是同一档次的精英，这样的对手真可谓天作之合。

拿破仑失败后，当俄军中的某个军官用轻薄的口气嘲笑拿破仑时，库图佐夫打断了他的话，严厉地说：“年轻人，是谁允许你这样评论伟大的统帅的？”请注意，库图佐夫从来都是这样称呼拿破仑的：伟大的统帅。

同样，拿破仑也忘记不了这位俄罗斯伟大的统帅，在流放圣赫勒拿岛的日子里，和库图佐夫之间的较量一直死死地纠缠着他，“真是天晓得，法军本来稳操胜券，但俄军却成了胜利者”。这位永不言败的科西嘉人是多么想和对手再来一次决斗！

这就是对手。

只有库图佐夫才够得上是拿破仑的对手。

那么威灵顿呢？难道……

很遗憾，这位都柏林的公爵够不上，尽管他最终战胜了拿破仑。滑铁卢是拿破仑戎马生涯的最后一战，任何天才都无法逃避最后那宿命似的终结：胜利或失败。如果我们的目光不那么势利，就应该承认这种终结并不体现一个人的全部分量，而且就生命体验而言，后一种结局似乎更为珍贵而结实，这就是英雄末路的悲剧美。威灵顿的目光倒不见得势利，但是他胆怯，滑铁卢战役之后，拿破仑退位，本拟流亡美国，但途中被英国军舰拦截，威灵顿一定要将他放逐到离陆地数千里之遥的孤岛，并且由英军看管。他害怕拿破仑东山再起，在这位失势的巨人面前，他也不敢挺起身躯与之堂堂正正地对视，他的灵魂在战栗。

威灵顿只是一个工于心计的政客，我们当然不能说他不懂战争，却可以说他更懂得在收拾战场时如何收拾对手。

九

战争结束了，但战争拒绝死去，于是把最精彩的段落定格为遗址。遗址不是遗骸，它仍然澎湃着生命的激情。因此在所有的遗址中，我最欣赏战争遗址。

战争遗址不是花前月下精巧的小摆设，也不是曲径回廊中的呢喃情话，这些都太逼仄、太小家子气。它恣肆慷慨地坦陈一派真山真水和荒原，连同那原始的野性和雄奇阔大的阳刚之美。且不说那俯仰万里的长城和崔嵬峥嵘的栈道，也不说那塞外的边关和风尘掩映的古堡，就在我周围这片柔婉清丽的江南山水中，也随处可见古战场雄硕的残骸。你看那江畔岩石上巨大的脚印和马蹄印，那是生命伟力的杰作，使人不由得联想到当初那凌波一跃的凛凛身姿。还有青石板上千年不朽的剑痕（几乎无一例外地叫"试剑石"），面对着它，所有关于剑的诗句都显得太苍白，什么"一剑曾当百万师"，什么"踏天磨刀割紫云"，都不足以形容。它就是一道剑痕，充满了质朴无华的力感。这些当然都是理想化的夸张，属于假托的鬼斧神工，但没有谁去推敲它是否真实，那并不重要。重要的是呼啸其中的威猛和强悍，这是一种人类精神的底蕴，它流淌在一切健康人的血脉里，令人产生一种挟泰山而超北海或倚天仗剑那样的豪迈情怀，这时候，即使是彬彬弱质的蒲柳之躯也会"好战"起来，"男儿何不带吴钩，收取关山五十州"，其实岂止是男儿？又岂止是为了收取边关的功名？

我早已步入中年，半辈人生中也曾经历过铭心刻骨的贫困、痛苦、屈辱和抗争，甚至经历过死亡阴影下的恐慌和等待，当然还有并非每个人都能经历的欲生欲死的爱情（那是一种怎样的轰轰烈烈的伟大啊）。每一次这样的经历都使我感到生命的张力到了极限，都犹如一次战争的洗礼。但我从未经历过一次真正意义上的战争，我至今不知道战场上的硝烟和节日弥散的火药味有什么不同。展望天下大势，我这辈子很可能将无缘战争，每每念及，总觉得是一种缺憾。滚滚红尘中，我并不眼热别人的玉堂金马和锦衣美食，一点都不眼热；但面对着别人身体上一块战争留下的疤痕，我常常会抑制止不住灵魂的颤动，我知道，这是一种羡慕。都说没有经历过战争的人生是幸运的，有谁知道这也是一种不幸呢？

　　既然无缘战争，那么就吟一阕《战争赋》吧，不光是为了祭奠和警喻，更是为了解读和欣赏，为了抖擞精神走出一路昂奋和阳刚。

小城故事

一

"白发才人鸠首杖，红牙女部柳枝词"，这是《桃花扇》的作者孔尚任写冒辟疆的两句诗，色调很艳丽，不大像是写一个古稀老人的。冒辟疆是明末四公子之一，他和秦淮名妓董小宛的婚恋又被渲染得那样风流旖旎。从诗中看，直到晚年，他的小日子似乎仍旧很滋润。孔尚任比冒辟疆大约小三十多岁，原先也没有交往，这次他奉旨到里下河治水，邀冒辟疆来聚会，很大程度上是为了创作《桃花扇》搜集南朝遗事。在他眼中，冒辟疆大概仍是那个潇洒脱尘的贵公子，安度着倚红偎翠的遗少生涯。其实冒当时已相当落魄，一个百无一用的文人，又抱着不仕新朝的气节，在那个时代不会很得意的。

冒辟疆是江苏如皋人，他和董小宛的香巢水绘园在如皋东门。今天，当我不经意地注视那里时，突然觉得通达其间的曲径回廊竟是那样熟悉。在这一瞬间，我感到一阵悚然。三十年了，为什么转来转去又回到了那里的朱门红楼？往事依稀，如烟如梦，是那片浸渍过我们泪水的雕栏粉墙吗？是那些抛掷得漫天飞落的扇面条幅吗？是那条在浮躁的脚步下颤抖的白石甬道吗？是那座湮没在如血残阳中的湖心小亭吗？久违了，水绘园，听说今天你游人如织，红男绿女络绎不绝，那是你的风采和韵致使然，可你为什么要用洗钵池边轻曳的柳枝来撩拨我这韶华不再的鬓角和已然苍老的情怀呢？

走进水绘园，是在三十年前秋天的下午。学校里组织参观阶级教育展览，那时候，这种活动正方兴未艾，七亿中国人在意气风发的同时又泪雨滂沱，构成了当时社会的一大景观。那是一个张扬激情，把悲痛、愤怒和喜悦都推向极致的时代；那是一个缅怀贫困，讴歌破衣烂衫的时代；那是一个面对过去，在苦难的坐标上体味幸福感的时代。正是在那个时代，我走进了水绘园。比起先前参观过的类似展览，这里当然要更加恢宏精致，也更具艺术色彩。半个多世纪的深仇剧痛被镶嵌在一座极尽工巧的古典园林里。深院静，小庭空，这里本来该是佳人移步、月华弄影的安恬所在，眼下却陈列着收租院里带血的镣铐和账册，这种反差本身就很有震慑力。印象最深的是，在一间帘栊深重的闺房里，展示着地主用烙铁拷掠农民的场景，制作者别出心裁地在火炉里使用了电光装置，造成炉火腾腾欲燃的感观效果，当时在我们看来，这无疑是相当先进的高科技了。站在那阴森森的泥塑前，我和不少同学都哭了，哭得很真诚——那时候，我们大抵还不懂得什么叫矫情。

走出展览馆时，一个如皋本地的同学突然轻声说："这里原先是冒辟疆的别墅，叫水绘园。刚才第二展厅那里，就是他和董小宛住的水明楼。"

冒辟疆和董小宛是何许人呢？我是从邻县一个偏僻的乡村走来的，刚刚考取这里的省立高中，诚惶诚恐地走进了这个末等都市。一个乡下的农家子弟，无论是对宏观意义上的中国文化史，还是对古城如皋的人杰地灵都知之甚少。在这以前，我并不知道这两个如皋人的名字，不仅是我，周围的绝大多数同学也都不知道。我们当然不难想象，那个曾经盘踞在水绘园里的冒辟疆，大抵就是展览中那种大腹便便、捧着紫铜水烟袋、戴着瓜皮小帽的土财主，或者干脆就是那个举着通红的烙铁逼向农夫胸脯的恶棍。而董小宛则是个妖里妖气的地主婆无疑。

　　那位同学望着洗钵池里楼台的阴影，又轻轻地念了两句古诗，那语调和神采，很投入的样子。现在想起来，大概是杜甫的"四更山吐月，残夜水明楼"吧。他是全校公认的才子，平时有点小布尔乔亚式的多愁善感，因此，他知道冒辟疆和董小宛，也能在那种情境下随口念出两句关于水明楼出典的杜诗。我当时没有想到，正是这种气质，酿成了他后来人生的大悲剧。

　　暮色已经很浓了，落叶萧萧，作弄出深秋的清冽。1965年的秋天似乎特别短暂，时令才是10月，不该这样肃杀的，难道它也有某种预感吗？不几天以后，上海的一家报纸就发表了姚文元评新编历史剧《海瑞罢官》的文章，中国大地上一个漫长的冬季就要降临了。

　　那一年，我十五岁，当青春的第一步刚刚迈出的时候，我走进了水绘园。命运似乎注定，我今后的人生道路将要和这座园林产生某种阴差阳错的牵系。

　　又是一年的深秋，我背着只挎包——是那个年代很流行的草绿色仿军用挎包——独自来到了水绘园前。洗钵池边万木萧疏，池水里漂浮着大字报的碎片。在那扇紧闭的大门前，我徘徊了许久，才找到了一处偏僻的小门。那么就走进去吧，在这堵灰褐色的旧墙背后，或许隐藏着一份与外面的狂躁悖然有别的宁静。

　　为什么要走到这里来呢？难道仅仅是为了寻找一个宁静的角落，寻访两个在这里深居简出的同学吗？我说不清。

　　那两位老兄在这里大抵也是很无聊的，见我来了，有如孤岛上的鲁滨逊遇上了未开化的土人"星期五"一般，津津乐道地向我展示着这里的"奢华"。确实，一座文化古城的物资，若稍加拾掇，装备一家星级宾馆再加一座博物馆是绝对不成问题的，足够二位受用的了。光是那床上，就叠着两张钢丝弹簧垫（现在叫席梦思的那种），又盖着不下七八条锦缎棉被，真有点暴殄天物。坐在那松软的钢丝床上，我突然感到一阵困惑，这么多棉被盖在身上，不会压迫得难受吗？两个世代赤贫的农家子弟整天泡在这里，伸手所及，说不定就是件价值连城的玩意，时间长了，这里的一切变成了寻常生态，他们还能走出这堵旧墙吗？这似乎是一个带着理性色彩的人生哲学问题，我不愿去多想。

　　当晚，我住在水绘园，躺在那由善本书和明清字画簇拥的雕花床上，心头却涌上一阵莫名的漂泊和幻灭感。窗外风声飒飒，远近楼台的阴影有如水墨画一般。无疑，这座深宅大院曾经是一个相当贵族化的生命空间，这里也一定发生过不少古典式的世俗故事。那么，是《西厢》式的才子佳人的缠绵，还是《聊斋》式的人鬼同台，亦或是《水浒》式的月黑杀人、风高放火呢？我不敢再想下去了。辗转反侧之际，随手抽出一本旧书，就着灯光胡乱翻了几页，却看不大懂，再看看封面，书名是《影梅庵忆语》，民国年间商务印书馆的版本，作者冒襄。

这个冒襄大概就是冒辟疆了。

<h1 style="text-align:center">二</h1>

在明末清初的历史舞台上，冒辟疆算不上叱咤风云的大人物。之所以不"大"，很大程度上是由于明亡以后他弃绝仕途，与一个大时代的政治风云若即若离。一座小城的故事，无非飘荡于坊巷街间之间的一地鸡毛，最后悄然湮没在岁月的风尘之中。即使是闹腾得沸沸扬扬的倾城大事，若站在一个更高的层面上审视，也不过杯水风波而已，绝不会有倾国之虞。但看到报纸上的一则花边新闻，由此却想到那个时代的很多大事。新闻说，在贵州一个叫马家寨的地方发现了陈圆圆的墓。陈圆圆是吴三桂的爱姬，吴三桂败亡后，清王朝下旨灭吴氏九族，陈圆圆携带儿女逃亡到这里，归隐于现在的马家寨。为了让后人不忘祖宗，又不至暴露真情，吴氏采取了秘传之术，每代只传一至二人，至今已传到第十二代。由于严守族规，竟一隐三百余年。

陈圆圆与吴三桂的故事无疑维系着一个天崩地坼的大时代，所谓"恸哭六军俱缟素，冲冠一怒为红颜"，说的就是这件事。其实，陈圆圆本来是不该出这么大风头，也不该担这么大责任的。她真正爱情意义上的恋人是冒辟疆，如果不是几桩阴差阳错的偶然事件，她已经被冒辟疆娶回如皋，藏娇于水绘园了。那样的话，后来也就不会有吴三桂的冲冠一怒，晚明的历史也极有可能是另外一种格局。

冒辟疆和陈圆圆相识于崇祯十四年（公元 1641 年）春天。当时冒父冒起宗任衡永兵备道，冒辟疆去衡阳省亲路过苏州，两人一见钟情。平心而论，不管用什么眼光看，这两个人的互相倾心都在情理之中。陈圆圆色艺双绝，名动江左，又兼蕙心纨质，淡秀天然，即使在秀色如云的南国佳丽中也被公认是最漂亮的一个。而冒家则是江淮巨族，世代簪缨，冒本人又风流俊秀。他十四岁时就有诗集《香俪园偶存》问世，时任南京礼部尚书的大学者董其昌看到后大为赏识，认为"才情笔力，已是名家上乘"。既然是才子佳人，天作之合，那么就抓紧进行吧。当年秋天，冒辟疆奉母回归，小憩苏州时，双方的恋情便进入了实质性的阶段。陈圆圆曾亲见冒母，表示了自己矢志不渝的情愫，对于一个风华绝代的少女来说，这是相当难得的了。冒母对陈亦很满意，表示一俟回到如皋，便来苏州议婚迎娶。至此，一对有情人的好事似乎万事俱备，没有什么问题了。花好月圆，只待佳期。

殊不料风波横生，佳期无望。

冒辟疆回到如皋，忽然接到父亲奉旨调赴襄阳，任左良玉大军监军的消息。从军分区司令员调任集团军政委，看起来是提升，其实这中间隐藏着政敌借刀杀人的阴谋。当时的情势是，张献忠刚刚在半年前攻占襄阳，杀了当今皇上的叔祖父朱翊铭，旋即主动撤出。李自成又从伏牛山南下，打算占领襄阳定都称王，两股农民军对襄阳形成南北夹击的态势。这时候"提升"到那种地方，无疑是去送死：不是被农民军杀死，就是被骄横跋扈的左良玉害死，更大的可能是因为守不住襄阳而被朝廷处死。在此之前，东阁大学士杨嗣昌就是因为襄阳失守而被迫自尽的。为了让父亲尽快调出襄阳，冒辟疆连忙北上京师，泣血上书。又四处奔走投诉，托人情通关节，前后经历了半年时间，花费的银子自然不用说了，冒起宗才得以挪了个位子易地当官。冒辟疆喘息未定，又赶到苏州去接心上人，可胥门外的横塘寓所已经人去楼空，陈圆圆恰恰在十天前被国丈田弘遇以势逼去。青溪桃叶人何在，月冷妆楼杨柳疏。冒辟疆只能站在空寂的小楼前怅惘无比。在这以前，这位贵公子或许没有真正认识到陈圆圆的价值，他太自信，太稳操胜券。如今一旦失去，才感到失去的是多么珍贵。那么就让他追悔吧，他的这次迟到，不仅酿成了个人感情史上永远的缺憾，而且铸就了晚明史上一件惊天动地的大事。

冒辟疆是应该追悔的。就在他为父亲的调动奔走期间，陈圆圆则在苏州一往情深地倚门相望，她曾数次去信催促，北雁南飞，秋去冬来，纵然是望穿清溪水，望断横塘月，冒辟疆竟无一字回音。作为一个青楼女子，她自然会想得很多，一腔炽热的情爱在寂寞的等待中渐至消磨，她极有可能是怀着对冒辟疆的怨恨和失恋后的绝望凄然北去的，在她眼里，冒辟疆无疑是一个始乱终弃、没有任何感情负担的轻薄纨绔。山盟犹在，锦书难觅，这世界上还有什么值得信任的呢？这种怨恨和绝望，在很大程度上影响了她后来的人生态度，从吴三桂对她那样如痴如醉的宠爱中，我们大约不难想象她对吴也是倾心逢迎的。一个纯真明丽的女人毁灭了，与其说毁灭在权贵的淫威之下，不如说毁灭在一次无可奈何的失约之后，毁灭在对情人爱极而恨的误解之中。一个女人的力量有时确能倾城倾国，作为明帝国北门锁钥的山海关正在这个女人的嫣然一笑中瑟瑟颤抖，一场天崩地坼的大悲剧已经逼近了。

吴三桂最初是打算归降李自成的，有关史料记载了他与父亲吴襄派来劝降的仆人的一段对话，虽寥寥数语，却透析出一个军阀兼政客复杂的内心世界，特别是人的情感因素对一个历史大事件的驱动力，确实相当传神。

吴三桂问父亲的情况，仆人答道："已被逮捕。"吴并不在乎："我到北京后，就会释放的。"

又问财产情况，仆人答道："已被没收。"吴仍不在乎："我到北京后，就会发还的。"

再问爱妾陈圆圆的情况，仆人答道："已被刘宗敏抢去。"

吴三桂不能再不在乎了，作为一个男人，还有什么比夺走自己心爱的女人更值得不共戴天的呢？吴三桂首先是一个男人，然后才是汉奸，他的冲冠一怒是可以理解的。

写到这里，我不由得要搁笔为之惊栗了，这种阴差阳错的偶然性事件，人们大抵都是不难遭遇的。在大多数人的经历中，它的出现有如朝露流霞，无声无息，其中的悲欢感触并不能激起多大的涟漪，更不能影响一个历史大时代的。但有时，它却能相当有力地扭曲所谓的历史必然性，使这种必然性演绎得更加回旋曲折，波诡云谲。设想一下，如果朝廷调动冒起宗赶赴襄阳的圣旨晚下一段时间；如果冒辟疆把银子花得更慷慨，其父能早一点调出襄阳；如果到江南强买歌儿舞女的那帮人在杭州多耽搁几天，甚至，如果冒辟疆母子当年秋天从衡阳回归路过苏州时就把陈圆圆带走……总而言之，如果冒辟疆赶在田弘遇之前把陈圆圆娶回了如皋，那么事情将如何呢？这些如果从严格意义上讲，并不违背历史的大逻辑，它或许只是源于当事人对着袅袅茶香的一缕思绪，或对着林间随意飘过的一片落叶心有所感。偶然为之的某一生活瞬间，就这样化为了惊心动魄的久远，定格在历史的峰峦上。当然，一个女人的归宿，并不能从根本上影响明王朝灭亡的结局，但其走向结局的过程将会展现出另外一些情节，这大概可以肯定。

陈圆圆没有走进如皋冒家的水绘园，走进水绘园的是董小宛。

在明末的江南名妓中，陈圆圆以姿制胜，柳如是以才情胜，李香君以品节胜，董小宛则以温柔贤淑见长。她对冒辟疆的追求远在陈圆圆之前，但冒辟疆一直对她若即若离，用现在的话说，就是找不到感觉。董小宛不像陈圆圆那样风情万种，当然也不能像陈圆圆那样急风暴雨式地征服男人。她的那种端庄淡雅是需要男人慢慢地品味的。那时候，冒辟疆大抵还没有品出味来。直到陈圆圆被掳北去，冒辟疆陷于极大痛苦中的时候，董小宛才走进了水绘园。他们的结合，董小宛执着的痴情起了决定性的作用，而冒辟疆则是不得已而求其次，这样的结合，注定了属于先结婚后恋爱的类型。婚后不久，适逢清兵南下，夫妇颠沛于骨林肉莽之中，几陷绝境。秋水寒山落日斜，江南江北总无家。在凄苦仓皇的奔波中，董小宛不仅给了冒辟疆一个女人深挚的情爱，而且以不同于一般女流之辈的气节影响了夫君。回如皋后，冒辟疆一直抱着不入仕、不应召、不做官的"三不主义"。水绘园里的生活是平静的，平静中蕴含着相濡以沫的温馨。"多少楼台人已散，偕归密坐更衔卮。"有这样的风尘知己相伴，从翩翩贵公子跌入生活底层的冒辟疆应该满足了。

但冒辟疆总是难以抹去陈圆圆的情影，那个女人现在正生活在另一个男人的世界里。她是那样迷人，倚罗香泽，秋水波回，婵娟双鬓，淡然远岫。她一定对自己是很怨恨的，因而把百倍的风情献给现在的男人，这是自己的过失，而且正由于自己的过失，引来了黄钟毁弃的大结局。这种忏悔和失落感一直苦苦地折磨着冒辟疆的后半生，即使在为董小宛早逝而写的《影梅庵忆语》中，仍时时飘逸出陈圆圆的风采。且看那笔下流露的情致：

> 其人淡而韵，盈盈冉冉，衣椒茧，时背顾细裙，真如孤鸾之在烟雾，令人欲仙欲死。

又如：

> 妇人以姿质为主，色次之，碌碌双鬟，难其选也。蕙心纨质，淡秀天然，平生所觏，则独有圆圆耳。

在一篇追悼亡妻的文章中出现对另一个女人这样倾慕的文字，似乎是不合适的。其实，冒大公子的怀念中包含着一种比儿女情长更为深广的内涵，这是对一段已经逝去的人生，特别是一段国破家亡的痛史的反思，因为那一段人生和历史都和那个女人联系在一起。因此，冒辟疆怀念的陈圆圆，更多的是一种美好的意象，一尊理想化的情感雕塑，一段凄婉而温丽的过去。"今宵又见桃花扇，引起扬州杜牧情"，一个家道中落的贵公子和不仕新朝的末代遗民，其心态大致如此。唯其如此，他的怀念才能那样"欲仙欲死"，他的失落也才能那样铭心刻骨。

三

"多少南朝事，楼头幕府山。"司马睿和陈霸先都是历史上有名的复国英雄，他们的功业也都和金陵和幕府山联系在一起。冒辟疆在诗中用这样的典故，反映了那种相当典型的遗民情绪。史可法督师扬州时，他曾前去帮助参赞军事，那可能是他一生中最为得意，也最为痛苦的日子。文人大抵都有虎帐谈兵的夙愿，认为那是一种人生的大放达，更何况一个壮怀激烈的文人，在那个国难深重的年代呢？也有人认为，史可法那封著名的《复多尔衮书》就是由他代笔的，这当然只是猜测，但后人为什么总喜欢在一封信的作者问题上制造秘闻，把一桩并不复杂的事情搞得扑朔迷离呢？这固然是因为那封信写得太漂亮了，另外也可以说明在那个民族危亡的年代，确实有一批文化精英簇拥在史可法麾下的。如果确实是冒辟疆所写，那么就太传奇，也太残酷了，因为这中间的另一个情节是，多尔衮的那封《致史可法书》，真正的作者也不是多尔衮，而是桐城才子李舒章。这个李舒章与冒辟疆曾是过从甚密的文友，当年在虎丘大会上，两人又同为复社领袖。而今历史偏偏又让他们面对面地站着，背景是血色残阳下的骠骑和城堞，让他们用各自的华章文采去揭开一场血雨腥风的序幕。但冒辟疆并不知道这些，他只是想着在扬州实现自己的人生价值。后来史可法发现势不可为，留在扬州也是送死，硬是要打发他远走。这位阁部大人很讲义气，他和冒起宗是同榜进士，他不能对不起自己的老朋友。当然冒辟疆当时也不想跟着史可法殉国。那么就回去吧，如皋好歹还有一份家业，虽历经劫难，大多被毁，但小日子还是过得下去。身边又有董小宛这样多才且贤淑的好女人相伴，红袖添香的雅趣可以想见。南明弘光政权垮台后，阮大铖的家乐班子逃来如皋，亦被冒家收留，其中有后来被曹寅称为"白头朱老"的著名乐师朱仙音。"念家山破定风波，郎按新词妾唱歌。"冒辟疆就这样一边在水绘园里悠游岁月，一边做着他的复国梦。

新王朝的官他是坚决不当的。为了明志，他自号"巢民"，话说得很决断：宁可在树上结巢而居，也不生活在异族统治的土地上，当然就更不用说当官了。像他这样的人，当时有一大批，但面对着新王朝的橄榄枝，冒辟疆的心情可能要更复杂些，除去"夷夏之辨"的民族气节外，他还多了一层所谓的恋人情结。自己心爱的女人被吴三桂夺去了，吴现在是清廷的平西王，和情敌无论如何是不共戴天的。再说，即使当了官，你还能像人家那样官居一品，炙手可热吗？人的感情有时真是奇怪得很，那个女人早已离他远去了，但当初的一颦一笑却仍然闪现在他的精神世界里，隐隐约约地支配着他的潜意识。好在清王朝倒也大度，你不愿出山，他也不过分勉强，让你在家喝酒赋诗发牢骚。不像明王朝的老祖宗朱元璋那样，带着镣铐来请你，若不赏脸，对不起，提头来见。

注视着故国的残山剩水，他不像阮步兵那样冷眼斜睨，而是流泻出热切的关注和期待。有几次，海外来人传递的消息甚至让他很振奋了一阵子。顺治十四年（公元 1657 年）夏秋，郑成功誓师入江时，冒辟疆看到那"击楫闽粤之陬，小视江东"的檄文，预先就等在南京丁氏河房，并召集了一批抗清志士的子弟谋为内应。但想不到郑成功的三万大军竟溃于一旦，让他空欢喜了一场。而且从此以后，连这样的空欢喜也不再有了。"白头庾信肠堪断，黄叶江南一片山。"海外的消息越来越少，也越来越令人无奈，冒辟疆只能做点救助抗清烈士遗属的工作。这中间有一件事最为时人称颂，如皋秀才许元博因抗清事泄，被逮送南京处死，其妻朱氏亦流放满洲配旗。冒辟疆和董小宛筹集了一笔重金送给解卒王熊，请他相机救助。王熊便私下用自己的妻子代替朱氏北去。这件事我看后深为感动，但感动之余又总觉得不是滋味，王熊身为解卒，他要救助朱氏，照理是有办法的，为什么一定要把自己的妻子推入苦难和屈辱的深渊呢？如果他确实没有别的办法，那么，用一个无辜的女人来替代另一个无辜的女人，这样的义举，老实说只能令人可叹而不可敬。

好在还有些朋友经常走动，使水绘园里不至于太寂寞。这一年，老朋友谭友夏的儿子谭篛北上路过如皋。谭友夏当年是抗清志士，最后贫病而死。如今，他的儿子却要去清廷做官了，这位世侄甚至劝冒辟疆也应征出山，在这样的情况下，冒辟疆心里大概是不大好受的。但他能说什么呢？"君言尽室必归吴，我意空拳定张楚。"唱几句南明小朝廷未必覆亡的高调，只是一种主观的内在挣扎而已，连他自己也未必相信的。他叮嘱谭篛，如果官场不得意，就及早回头，却没有反对他北上为官。复明是没有指望的了，应该允许年轻人走自己的路。

命途多舛又加上家难迭起，我们这位从来不知生计为何物的"巢民"先生，终于感到了这两个字的沉重与艰辛。康熙十五年（公元1676年），一个庶出的弟弟为了争夺家产，告发冒辟疆通海（和南明小朝廷暗通声息），这在当时是一顶相当吓人的政治帽子。冒辟疆只得忍辱退让，到江南的朋友家住了两年。回来以后，命运仍然死死纠缠着和他过不去，不久，一场大火烧光了他多年珍藏的鼎彝书画。跟着，一蒙面刺客闯进他的房间，多亏儿子和婢女拼死相救，才保住了一条老命。凶手供出，指使者就是冒辟疆那位庶出的弟弟。为了息事宁人，被害人反倒痛哭流涕地请求官府不要追究，自己又跑到泰州去避难。这样几经折腾，家产已荡然无存。这位才华旷代的大诗人，只得每夜在破屋残灯下写蝇头小楷，让家人第二天拿出去换几升米来度日。他是大书法家董其昌的关门弟子，字自然是写得极好的。但到了粮油市场上，人家习惯于用那油腻腥臭的手来掂斤播两摩挲质感，然后用浸透了利欲的目光论堆儿喝价钱，还有谁来体味一点一画中的奇险奔放和淡远古拙呢？你那苦心孤诣地追求了几十年的笔墨趣味，你那流泻于笔端燃烧于尺幅的强烈的生命意识，你那让圈子里的同人叹为观止的艺术感觉和精神气韵，这时候统统成了不切实际的奢侈。"闲时写长幅，不换一升粳"，艺术一旦沦为商品，艺术家一旦沦为商贾的婢女，其下场就是这般可悲。

到了晚年，冒辟疆对官场的心态比较微妙。康熙十八年（公元 1679 年），清廷第二次开设博学鸿词科，据说应试的人很多，考场的位子都挤满了，后去的被推到门外。有人吟诗挖苦道："失节夷齐下首阳，院门推出更凄凉。从今决计还山去，薇蕨那堪已吃光。"冒辟疆却没有去，"失节夷齐"他是不做的。但差不多就在同时，他又满怀期待地送两个儿子和长孙分赴南北乡试。角逐科场的目的当然是为了当官，这是不用说的。这么多年了，当初那种铭心刻骨的仇恨和失落感已渐渐湮没在世事代谢之中，南明政权早已销声匿迹，吴三桂大红大紫了一阵后也已败亡，陈圆圆亦不知所终。冒辟疆这时的不仕新朝，很大程度上是源于一种独善其身的惯性，因此，在自己坚持"三不主义"的同时，他又热切地希冀子孙能在仕途上有所作为。遗憾的是，几个子孙在科场上的表现都很平庸，只有一个叫冒浑的小孙子被人介绍到靖海侯施琅幕中，跟着施琅攻打台湾立了军功，正在"议叙官衔"。我们还记得，当初郑成功高举复明大旗从海路北上时，冒辟疆是何等的欢欣鼓舞。而今，当他的孙子因征讨郑成功的孙子而有可能捞个一官半职时，他又同样鼓舞欢欣。但冒浑的一官半职也不那么容易到手，当务之急是需要一笔钱取结，也就是上下打通，于是千里迢迢派人专程回家要钱。冒辟疆得到消息，真可谓喜忧交集，且看他给孙子的回信：

> 五千岭海，囊乏身孤，何日得竟怀抱……即刻求关帝签，以决尔之终身大事，仍是"苏秦三寸足平生"，则尔之必题，功名必显，万无一失矣，不胜欢喜。

> 我一夏脾病，秋来渐好，终年无戏做，遂无分文之入，苦不可言……金公五十，无人可寄一物，先书一绫……

老头子有什么办法呢？孙子能当官，自然是大喜事，可他实在拿不出钱来给他活动。本来，家中的戏班子供人宴乐可以收点小费，近来偏偏又接不到生意，"遂无分文之入"。金世荣是把冒浑介绍到施琅幕中的大恩人，可人家五十岁生日也送不出一件像样的礼物，秀才人情纸半张，只能送几个字意思意思。万般无奈，老人只能到关帝庙去替孙子求签，希祈关帝保佑。

远在"五千岭海"之中的冒浑接到这样的家书，当然能体谅祖父的苦衷。但他已经到了官场的门槛前，取结刻不容缓，这笔投资无论如何是少不得的，踌躇再三，又再次向家中求助。我们只得强抑住心头的酸楚，大略看看冒辟疆的第二封回信：

> 尔父奔走半月成病，毫无所得，我即亲到平日相关诸友家，每人十金，请十人一会，捱尽面皮，竟无一应。只得出门求边、崔二公，岂知边忽亡，崔又欠课，止得银十两。我吊边，又备祭路费，用去二十金。
>
> 昨十月初二，在通恐无银来，尔事不济，又求得"英雄豪杰本天下生"，知万万决不到失意田地……你见我字，应为我下泪也。

冒浑是应该为祖父的困窘而下泪的。一个年近八旬的老人，到处捱尽面皮仍求告无门，好容易借得了一个朋友的十两银子，偏又碰上另一个朋友亡故，吊丧用去二十两。走投无路之际，还是走进关帝庙去求关帝。

在这里，我真禁不住要问一声："巢民"先生，你这样栖栖惶惶是何苦呢？不就是为了小孙子的一顶乌纱帽吗？先前，你不是一直弃之如草芥，认为沾了那玩意儿便辱身降志吗？

可我又实在不忍心发出这样多少有点刻薄的议论。对传统的中国文人来说，当官毕竟是一条相当不错的人生道路。不当官，你纵然有盖世才华，满腹经纶，也不能像人家那样活得潇洒滋润。冒家已经三代未仕了，当然也就尝尽了三代穷困，三代寒碜，三代受别人白眼的卑贱。那么就当官吧，为了当官，暂且把人格和自尊放到一边，花几个钱是值得的。

两年以后，冒浑总算封了个从三品的游击将军。喜讯传来，一时冒家蓬荜生辉，水绘园内又是庆贺，又是唱和，热闹了一阵。

又过了两年，冒辟疆在贫病交加中逝去，撒手前"令诸童度曲，问窗前黄梅开否"，文人性情终是不改。而在冥冥黄泉中，早夭的董小宛已经苦苦等了他四十二个年头。

四

董小宛死于顺治八年（公元 1651 年），年仅二十八岁。

一个做妾的女人死了，周围的朋友照例写了几首悼亡诗，虽然都写得冷艳凄婉，却也是文人写惯了的陈词滥调，过几天送到坟头上烧掉，事情也就过去了。这中间，以吴梅村的几首写得较好，其中有一首是这样写的：

> 江城细雨碧桃村，寒食东风杜宇魂。
> 欲吊薛涛怜梦断，墓门深更阻侯门。

吴梅村是当时的诗坛领袖，江左三大家之一，因此，他的诗也就格外流传些。但想不到这一流传，后来却引出了一段关于董小宛结局的争论，且被列入清初三大史学疑案之一，这就很有点意思了。

这说法很离奇，说董小宛并非死于如皋水绘园，而是被掳入宫廷，成了顺治皇帝的董鄂妃；又说曹雪芹的《红楼梦》就是为清世祖与董鄂妃写的，也就是说，贾宝玉即顺治皇帝，林黛玉即董小宛。因此，吴梅村的诗中才有"墓门深更阻侯门"的叹息。

那么，何以解释冒辟疆在《影梅庵忆语》中白纸黑字的记载呢？答曰：这叫难言之隐。老婆被皇帝抢去了，他不敢说。而且张扬出去也有损书宦之家的名声，只能打落门牙朝肚里吞。但一点不说又不服气，那就用曲笔吧。所谓曲笔，就是我在前面说到的那段"不合适"的文字，既然是悼念董小宛，为什么要无端扯到陈圆圆呢？从文理上是说不通的，可见此中有隐情在焉。这是用陈圆圆被掳北上暗示董小宛的结局。

这场争讼从清末民初一直延续到现在。其中，像蔡元培、陈寅恪这样一批学富五车的大学者也都附和"入宫说"，可见不是信口开河。抗战时期的陪都重庆，曾上演过一出叫《董小宛》的话剧，当然是以"入宫说"为蓝本的。不入宫，就没有戏了。由此，报纸上又重提关于董小宛结局的公案，当时的《新民报》副刊上曾有人写诗感叹道："梅家诗案冒家冤，今日伤心水绘园。"他也认为冒家是"冤"了，因为董小宛并不曾入宫。

其实，冒辟疆冤就冤在不该在悼念董小宛时，说那些"不合适"的话，这怪得了谁呢？至于梅家诗案，那是专家学者们的事。但在我看来，这句"墓门深更阻侯门"并不是任人揉捏的朦胧诗，根本用不着那么烦冗的训诂考据。简单地说，就是死别甚于生离，人死了，比身入侯门相隔得更远。之所以有"侯门"一说，是因为当初田弘遇之流在江南寻访佳丽时，也曾打过董小宛的主意，董小宛历经风险，才侥幸脱逃。也就是说，董小宛差一点入了"侯门"，如此而已。

人死了，还留下了这么多说法，让后代这么多有头有脸的人争论得唇干舌燥，冒辟疆和董小宛真是不简单。

这一切，我是在回到农村很久以后才知道的。在那个秋天的早上，当我背着铺盖卷走向故乡的老屋时，背包里只夹着两本书，一本是姚文元的《论文学上的修正主义思潮》，一本就是《影梅庵忆语》。这两本色调形成强烈反差的书放在一起，恰恰折射出当时我们这一代人的文化心态是多么芜杂。在乡下的那几年，这两本书几乎成了我精神生活中的奢侈品。一天劳累过后钻在被窝里，一边抚着酸痛的肩膀，一边翻动书页，从中寻找一个心灵的世界。姚文元的那本书是我从学校图书馆偷来的，虽然是大批判文章，但其中涉及了相当多的作品，而且这些作品大多是我以前从未接触过的。拨开政治批判的烟瘴，我小心翼翼地走向一部部被肢解的文学名著，有时甚至还能有幸从引文中读到原汁原味的作品段落。例如，我翻阅了莎菲女士零零碎碎的日记，女主人公的精神苦闷和孤独感是那样令人战栗，这些无疑和我当时的心境取得了深层次的共鸣。一段时间以后，我几乎能把全书中带引号的段落倒背如流。这也算是那个时代一种畸形的文化现象吧。《影梅庵忆语》我是作为文言小说来读的。正因为是文言文，我才有了半懂不懂中的倾心揣摩，这时候，诗一般精炼的文本和读者的体味互为扩张，使这本薄薄的小册子幻化出无限的丰富性。很难想象，如果没有这两本书，我将如何打发小油灯下的每个夜晚，我的精神世界将怎样的荒匮贫瘠。

终于有一天，这本薄薄的小册子被陈先生看到了。我在前面已经说过，陈先生虽然是个地主分子，但他不是一般的土财主。他上过大学，在扬州开过商行，还参加过政治活动，与国共双方的关系都不错。人们都认为他是很有学问，也是很有见识的，因此并不把他当一般的四类分子看。就在那一次，他给我讲了以上一段关于董小宛结局的公案，并且发表了那一番"不简单"的感慨。

我也由衷地认为当一个文人不简单，能用自己的笔写出那么多人生的况味、命运的沉浮、心灵的悸动，让人们久久地掩卷难忘，唏嘘感慨，还有什么比这种劳动更令人神往的呢？那么，就学着当一个写书的文人吧。现在想起来，这实在是一场历史的误会。试想如果那次我不走进水绘园，也许现在正干着另外一份工作，而且肯定也津津有味，相当投入。这种人生偶然性的后果，该轮到我来咀嚼了。

前些时候，我回了一次母校，当然也去看了水绘园，却觉得很失望。湖心亭四周的水面似乎逼仄了许多，几乎可以一蹴而过。那曾经把一个年轻人引渡到生命的彼岸，簇拥着他走过那段漫长的心灵历程的沧浪之水，竟是这么一塘污垢吗？只有那湖心亭还是当年的格局，却也有些破败了。进入亭子的通道仍然锁着，人们大概早就忘记了这里的风景，也忘记了锁在这里的故事。

遥祭赵家城

一

　　明洪武十八年（公元 1385 年），福建漳州府受理了一桩诉讼案，原告和被告都姓黄，案由是同姓近族通婚。这是一件很普通的官司，照例只要大老爷惊堂木一拍，判它个劳燕分飞就是了，至多也不过把被告打几板子以示惩戒。但审理此案的御史朱鉴是个细心人，他查了一下被告黄文官的族谱，这一查却查出点名堂来了，原来这个黄文官并不姓黄，他身上带着赵宋皇族的血统，其曾祖父是南宋闽冲郡王赵若和。理宗景定年间（公元 1260—1264 年），因皇上赵昀无子，赵若和曾被作为"第三梯队"接进宫中，差一点以亲王身份继承大统。南宋灭亡后，赵若和一族即隐去赵氏宗族身份，改称黄姓，在漳州附近筑城堡以匿居。世事如棋，江山易代，算起来，这一脉天皇贵胄在斜阳草树中已整整隐居了一百一十个年头。

漳州附近这座神秘的城堡，后人称之为赵家城。

一个王朝走到了尽头，其收场的一幕总少不了一些可怜兮兮的悲剧情节。最常见的景观是血溅宫城、尸横御道。也有识时务的，赶紧献上一份降表，于是，接下来的场面是面缚舆榇、仓皇辞庙。虽然好歹保住了一条性命，但新王朝的主子终究是容不得这班凤子龙孙的，常常是，你这边在降王官邸里还没吟完"问君能有几多愁"，那边已经把牵机药送来了。用不了几个回合，前朝王族便被收拾得差不多了，只留下郊外的几方青冢，荒草萋萋，西风残照，那措辞暧昧的墓志铭亦在风雨中漫漶难辨，一个王朝的余脉到此终于了无痕迹。而像赵家城那样，灭国王族在某个小天地里悄然聚居、优游生息，且能传之百载的，委实相当罕见。罕见伴随着巨大的疏离感，那究竟是一个怎样的生存空间？植根其间的金枝玉叶又经历了一种怎样的心理历程呢？从一般意义上说，那里固然有亡国的剧痛和天上人间的失落感；但作为一个鲜活灵动的生命群体，那里也应有婚恋的花烛，有温暖的炊烟，有新生儿嘹亮的啼哭，有春种秋收和引车卖浆的艰辛生计。当然，作为封建宗法制度的一个缩影，在其繁衍过程中，大抵还少不了家庭内部乌眼鸡似的争斗。所有这些，都给那座孤独的小城堡笼罩着一层诡谲的灵光。

于是，我把目光投向了闽南漳州，投向了那座隐映在夕阳和山影下的赵家城，透过那倾颓的石楼和错落的庭院，去窥探一个王朝陨落的轨迹和悠远的残梦。

二

回顾宋代的历史总有一种压抑感，那是个委顿羸弱的时代。一般来说，一个王朝在其定鼎初期总是生龙活虎的，但宋王朝却是个例外，它几乎从一开始就病恹恹的打不起精神。小时候看演义小说，最让人掩卷垂泪的是《杨家将》和《岳飞传》，而最让人扬眉吐气的则是《水浒》和《七侠五义》。这几部小说的背景都是宋代，前者以民族纷争为背景，歌颂的是悲剧英雄；后者以社会世相为经纬，褒扬的是侠义英雄。遍地英雄下夕烟，虽然很热闹，却不是什么盛世气象。现在想起来，一个专门用悲剧英雄和侠义英雄来表现的时代，实在是因为本身没有喜剧，也没有正义的缘故。

在中国历史上，宋室是国祚较长的，前后凡三百一十九年，除去刘汉王朝，就数得上它了。但宋代其实从未有过大一统，而且老是受人家的欺负，忍气吞声地看人家的眼色。在强邻的虎视下，先是称弟，而后是称侄，最后干脆伏地称臣，卷起铺盖跟着元兵到大都去了。"乱点连声杀六更，荧荧庭燎待天明，侍臣已写归降表，臣妾签名谢道清。"这个最后在降表上签名的"臣妾"就是当时主持朝政的谢太后，她是六岁幼主赵㬎的祖母，全称应该是太皇太后。诗人汪元量是谢太后的旧臣，他显然亲历了宋王朝收场的最后一幕，诗写得很沉痛，也有点刻薄，特别是最后一句，不仅用了"臣妾"，还对太后直斥其名，这就很不恭敬了。后人对谢太后主降一直颇多非难，甚至说她北上后有失节之事。其实，当时的情况明摆在那里，面对元兵的汹汹进逼，一群孤儿寡妇有什么办法呢？德祐之降时，谢太后已是年近七十的老太婆，所谓和元主的"刘曜羊后之嫌"显然是无稽之谈。一个女人，不幸身逢末世，而且又过分珍惜自己的生存权利，自然就该多受一重糟践的。三百多年前的那个清晨，赵匡胤带着一干人马从陈桥南下京师，把周室的孤儿寡妇赶出了金銮殿；今天则是赵家的孤儿寡妇被人家解押着仓皇北去。古道透迤，衰草披离，在杂沓的马蹄和滞重的车轮声中，宋王朝尘埃落定。

漳州附近的那座赵家城，大抵就是这以后不久悄然崛起的。临安城头降幡出墙时，赵若和正在他的福建封地，他既不愿随谢太后一起北上，自古降王多无善果，这他是知道的；也不愿以王族身份揭竿而起、号令四方，那是提着脑袋的勾当，他没有那份胆量。那么就找一块僻静的地方筑城隐居、以待时日吧。

一座方圆二里许的城垣，圈出了赵宋王朝的最后一块领地。就军事功能而言，区区石城是微不足道的，在剽悍的蒙古骑兵面前，所谓坚城汤池只不过是矫饰的陈词豪语，整个欧亚大陆都在他们的铁蹄下颤抖，包括那遥远的伏尔加要塞和巴比伦古堡。因此，赵家城体现的主要是一种心理功能。一群羽仪世胄，若一下子沦入寻常巷陌之中，这种心理落差是无法承受的，他们需要一道屏障，把天下汹汹的世道和平民生态的庸常阻隔在墙外，也把惊惧和无奈阻隔在墙外。他们将在城内营造一方塌台贵族的精神领地，在这里，郡王仍旧是郡王，大宋的王法和家法也仍旧是至高无上的。这从赵家城的布局亦可以看出来。城内有大宅五座，各有其尊卑次序；大宅之东有一座巨型石楼，名完璧楼；另有佛塔、石枋、庭院、小河；河上有桥，曰汴泒桥。这究竟是一座微缩的闽冲郡王府，还是写意的北宋都城汴梁？都有点像。完璧楼寓归赵之意，这毋庸置疑；汴泒桥似乎也与汴梁有关。于是，寓居其中的这一脉赵家子孙便找到了繁华旧梦的某种感觉。

繁华旧梦毕竟只是梦，梦总是要醒来的，一旦出了城门，梦中的一切便不复存在了，他们不仅不再是徽猷华裔的金枝玉叶，而且连自己的老祖宗也不敢认。他们只是一群黄姓子民，瑟缩在腥膻的异族衣冠之下。外面的世界很无奈，蒙古人似乎并没有遇到太大的麻烦，在福州起兵抗元的亲王赵昰只知道抢在蒙古人前面往南跑，一直跑到中国大陆的最南端，又跑到海船上颠簸了一段日子，实在吃不消了，只得让大忠臣陆秀夫抱着跳海。这样的结局早在赵若和预料之中，他庆幸自己没有跟着去凑热闹。又过了两年，宋王朝的最后一位忠臣文天祥在大都殉国，他留下了几首正气磅礴的好诗，让后人千秋万代地传颂。但脑袋都没有了，气节还有什么用呢？赵若和觉得这也太奢侈了些。

那么就关上城门吧，躲进小楼成一统，至少还能寻求几分清静。日子长了，城里的一切成了寻常生态，悲剧意识也渐渐淡化。想想谢太后一行紫盖入洛、青衣行酒的屈辱；想想赵昰那帮人被元兵追杀葬身伶仃洋的结局，心理上便获得了某种平衡。连皇上和太后也是这般下场，自己还有什么委屈的呢？食有鱼，出有车，内有婢，外有仆，而且千秋名节也不曾玷污，这就很不错了。宋室倾覆，这是天命所归，作为赵家子孙，自己也算对得起列祖列宗了。

赵若和在精神上仍然是高贵的一族，这种优越感亦自有其道理，因为在这期间，新王朝的统治者已经擦去了刀刃上的血迹，向宋室遗民摇起了橄榄枝。而且居然有人耐不住寂寞，堂而皇之地出山做官去了，例如那个同为皇室成员的赵孟頫。

在中国文化史上，赵孟頫这个名字相当有分量，他是诗、书、画三绝的奇才，可以当之无愧地称得上大师级的人物。南宋灭亡时，他二十五岁，和赵若和一样，也在乡间隐居静观。但他做得比较大气，行不改名，坐不改姓。他是赵宋的宗室，又是名满江南的大才子，自然很招摇的。从隐居而不隐姓埋名来看，他是不是从一开始就有待价而沽的意思呢？我不敢妄加推断，但至少说明他对新王朝并不那么恐惧，甚至还存有某种希望。他比较自信，蒙古人来了，照样安车驷马，吟诗作画，很无所谓的。这样到了三十二岁，人家来动员他入朝时，他似乎没有经历太多的思想斗争，潇洒地拂拂衣袖便跟着去了。

去了，而且很快就进入了角色。他前后共侍候过五代君王，官运都相当不错，这种荣际五朝的恩宠有元一代绝无仅有。但他是聪明人，知道自己充其量只是个佐贰之臣，因此处处存着小心，得志的时候并不张狂，见好就收，仕而优则学，以一个文化人的疏淡鸿博来消解别人的猜忌。这样，和主子就取得了某种默契，彼此都很客气。作为臣子，他会不时提几条不痛不痒的意见，偶尔也显示一下自己的才干，但分寸掌握得极好。这些都是官场中的游戏规则。作为主子，人家也知道你只是这个舞台上的客串角色，翻不了天的，便乐得拿来装点门面。见面了，大老远地呼其字而不称其名，以示亲密，人前人后夸奖几句，有时还送几锭银子、赐几件衣服。于是这边赶紧谢主隆恩、三呼万岁。

万岁呼过了，掸去膝盖上的灰尘，阵阵隐痛却袭上心头。他是旷世奇才，诗文和书画都堪称大家。特别是书法，更是名冠有元一代。但想起来实在不是滋味，他那颜筋柳骨、铁划银钩的好字，除去书写歌功颂德的表章外，更多的却是奉旨抄写那些没完没了的经书。他是远追二王（王羲之、王献之）、崇尚魏晋风度的，但寄人篱下、有口难言的悲剧生涯，无论如何也表现不出真正的魏晋风度，他缺乏那种傲世的狂啸和人生的大放达。蒙元统治者来自北方的荒漠和草原，他们无疑是世界上最优秀的骑士和杀手，但文化修养实在不敢恭维。因此，赵孟頫在落笔时不得不考虑一下"接受美学"。他总是力求用笔的简洁，行笔和收笔明快流畅、干脆利落。特别是他的楷书，端庄而流走，沉稳而轻松。他实际上做了简化和通俗晋人笔法的工作，使高雅的书法大众化。平心而论，他的字是很漂亮的，但后人往往因为"薄其人，遂恶其书"，说他的字有甜媚之弊。这种以人格否定书法的观点固然不可取，但一个有着执着追求的艺术天才和生存智慧过分丰富的新朝显贵，这种复杂的生命状态亦不能不渗进他的笔底风光。

身后名就不去想了，身前的种种冷眼已难以卒读。"故乡兄弟应相忆，同看溪南柳外山。"身在北国的金丝笼中，故乡兄弟的亲情每每令他魂牵梦萦。

但一俟回到江南，他的从兄赵孟坚闭门拒绝他的探访，旧日的好友亦鄙薄他的行为（例如那个在江南名声很大的遗民郑思肖），这些都很让他伤心。南归期间，他看了不少地方，"新亭举目山河异，故国神伤梦寝俱"，他并没有忘记自己是赵家的子孙。当然，在杭州的岳飞墓前，他更加感慨万千：

……

英雄已死嗟何及，天下中分遂不支。
莫向西湖歌此曲，水光山色不胜悲。

后世有论者认为，岳王墓诗不下数十百篇，其脍炙人口者，莫过于赵子昂（赵孟𫖯字子昂）的这一首。这样的评价不是没有道理的，因为诸多诗人大抵不会有赵孟𫖯这样强烈的生命冲撞；而同是故国之思、黍离之痛，别人也大抵不会有赵孟𫖯这样铭心刻骨的悲剧感悟。

赵孟𫖯在岳飞墓前蹀躞徘徊时，福建漳州赵家城中的赵若和是不会知道的。但赵孟𫖯降志辱身、受宠于新朝，他应该早有所闻。面对着这位族侄的大红大紫，他都想了些什么，后人无法揣测。鄙薄当然会有的，但会不会有一点羡慕，有一点"悔不该"呢？难说。恢复宋室是没有指望的了，最初的惊惧和失落也渐渐消磨在寻常生活之中。暮云春树，逝者如斯，生命的适应性是势利而残酷的，高华雅逸的贵族气派已蜕变为平易而坚忍的世俗风度。往事已然苍老，只有在祭祖的纸船明烛中才会想起自己身上的高贵血统。城堡的大门悄悄打开了，农户的足音和樵者的歌声缓缓渗透进来，冲淡了地老天荒式的寂寞和哀愁。

赵若和到底活到什么时候，史无记载，但那出殡的灵幡上书写着一个黄姓草民的名字，这大概可以肯定。

三

在赵家城宅区的一间密室里，悬挂着有宋以来历代帝王的画像，作为灭国王族，这是情理中的事。但列祖列宗，一一看去，却单单少了度宗赵禥。此中隐情，史学家们一直视为疑案而颇多猜测。其实，只要稍稍探测一下赵若和心里底层的"储君情结"，所谓疑案便不难破译。赵若和一生中最为辉煌的时期在理宗景定年间，当时他被作为"第三梯队"养育宫中，预备着接班当皇上。正是基于这种"储君情结"，后来他缅怀故国时便多了一层滋味。理宗死后，在皇室内部复杂的权力纷争中，另一支宗室福王赵以芮占了上风，由他的儿子赵禥坐上了龙廷，而赵若和只得又回到福建的郡王府去坐冷板凳。对此，赵若和自然耿耿于怀，他有理由认为这个度宗皇帝是不合法的，当然也有理由不在密室里悬挂他的画像。这位郡王实在有点拎不清，到了理宗年间，南宋小朝廷已岌岌可危，亡国的气象遍于朝野，争这个皇位还有什么意思呢？果然，过了十几年，蒙古人来了，谢太后派能言善辩的文天祥去和元兵谈判，愿降为属国。元军主帅伯颜倨傲得很，他对这位南宋的大忠臣说："汝国得天下于小儿，亦失于小儿。其道如此，尚何多言？"话说得很刻薄，不仅刻薄了末代的孤儿寡妇，而且连整个赵宋王朝的列祖列宗都刻薄了。

更刻薄的还在后头。南宋投降后不久，元主派一个叫杨琏真伽的江南释教总统前来江南宣慰。这位"总统"实际上是个盗墓贼，在他的"宣慰"之下，南宋的所有皇陵被一一掘开，殉葬的金银珍宝亦被搜劫一空。但他仍不满足，当他掘开理宗赵昀的梓宫时，竟取出这位皇爷的骷髅，老实不客气地在其中撒了一泡尿，然后又把骷髅带回家中，用金银八宝镶嵌起来，当作自己的尿壶。

用人头骨制成的尿壶与其他尿壶在审美或应用功能上有什么更优越之处呢？大概没有。在这个细节的背后，大抵隐潜着一种征服狂的变态心理和巫师式的诅咒与作践，但不容忽略的是，在这里，蒙元统治者还不经意地显示了一种蔑视——对被征服的宋王朝，特别是对遗传基因中带着软骨病的赵家皇帝的极端蔑视。并不是所有的征服者在对手面前都会有这种蔑视的，有的失败者会给对手以悲壮的震慑和崇高的洗礼；有的会让对手产生一种苍凉的诀别和人生幻灭感；有的则能让对手在自己的遗骸面前惊惧、战栗，甚至肃然起敬。因为他们是真正的战士，他们那惨烈的搏杀和凄绝的长啸充满了生命的张力和质感，足以惊天地而泣鬼神。而这一切都与赵家皇帝无缘，他们的生命符号过于微弱，不值得让征服者回眸一顾，更不足以引起征服者心灵的悸动。因而，他们的骷骸只配给人家作尿壶。

也许因为他们过于"文化"了吧。

今天，当我把目光注视我们民族的那一段历史时，感情是颇为复杂的。那是一个文风腾蔚的时代，也是一个弱不禁风的时代；那是一个才华倜傥的时代，也是一个抱残守缺的时代；那是一个辉煌灿烂的时代，也是一个风雨飘摇的时代。在中国历史上，没有哪一个王朝对文化人像宋王朝那样优容宽厚的——包括人们一直津津乐道的李唐盛世——这种优容宽厚不仅铸就了中国文化史上一座巍峨壮丽的丰碑，也铸就了一种过于文质彬彬、阴柔萎弱的时代性格，这个庞大的王朝也就一直在文采风流中苟且偷安，步履蹒跚地走向它的末路。直到最后，还得由状元宰相文天祥用几句好诗来为它画上一个句号。

据说，宋太祖赵匡胤开国第三年，即"密镌一碑，立于太庙寝殿之夹室，谓之誓碑"，凡新天子即位，都得到碑前跪拜默诵。臣子们远远地站在阶下，自然不知道誓碑的内容，猜想不外是经邦济国的总路线吧。直到靖康之变（金兵攻陷开封），宫门大开，人们才有幸目睹了那座神秘的誓碑，原来所谓的总路线竟是："不得杀士大夫及上疏言事人。子孙有渝此誓者，天必殛之。"以誓碑这样绝对神圣而庄严的形式大书优容文士，且作为一个王朝的立国方针，这在中国历史上绝无仅有。从史实看，宋代三百多年的帝王大体上也是遵守的。今天，当我们在谈论宋代高度繁荣的文学艺术时，亦不得不向当初密室里的那座誓碑投以欣赏的一瞥。

有意思的是，既然誓碑上书写的是如此大得人心的好政策，为什么却要藏之密室、秘不示人呢？可见这中间还有一层更深的心机：政策尽管好，也只能让赵家的子孙自己掌握，不宜张扬。若张扬出去了，文化人都有恃无恐，一个个头翘尾翘的，轻狂得不知斤两，岂不是太"自由化"了？这样甚好，政策捏在我手里，我对你客气，是深仁厚泽，皇恩浩荡，你得对我五体投地、感激涕零才是。这样的用心，足够中国的文化人玩味好几个世纪的。

但尽管如此，宋代的文人还是相当"自由化"的。诗、酒、美人构成了他们生活的主体色调，一切与文化有关的职业都备受青睐。这在今天看来简直不可想象，在当时却演绎得相当自然。门阀世家的特权消失了，白衣卿相遍及宫廷。入仕自然要通过考试，科举这一文官考试制度产生于唐代，但到了宋代才具有了真正的开放性，唐王朝那种浪漫的充满戏剧性的场外交易渐渐绝迹。于是，大批寒门士子堂而皇之地进入了官场。当进士及第的高级知识分子结队朝见皇帝、通过街衢时，首都开封就像着了魔一般万人空巷。当时便有人感慨地说："纵使一位大将于万里之外，立功灭国、凯旋之时，所受的欢迎也不及此。"事实上，一个靠宫廷政变而上台的帝王，对武将理所当然地怀有一种本能的猜忌，特别是对功高威重的武将，那猜忌的目光会更加阴冷。因此，重文轻武便成为有宋一代三百余年的基本国策。

考中了固然风光，考不中也照样可以活得很潇洒。词人柳永是个风流浪子，整天出没于青楼妓馆，属于那种无行文人。但他的词写得好，知名度亦相当高。他也曾到汴京应试，有人在仁宗面前举荐他，仁宗自然早闻其名，知道他作风不怎么的，似不宜做官，还是做个专业作家的好，便批了四个字说："且去填词。"从此以后，柳永便自称"奉旨填词"，作风亦越发风流放荡。后人在评论这段轶事时，往往着眼于君王的偏颇专横及词人的命途多舛之类，但在我看来，这恰恰从一个侧面反映了当时的文化氛围相当宽松。柳永这个宣言式的"奉旨填词"完全是反唇相讥，带着相当大的牢骚。在一般的语言环境下，反唇相讥是可以的，发牢骚也是文人的一种天性，但如果对方的身份是皇帝那就很成问题了。幸运的是，柳永非但没有因大不敬而坐牢杀头，而且还能在花前月下把他的艳词继续填下去。在专制社会里，这一点很不容易。试问，同样是牢骚满腹，汉宫史官司马迁敢这样反唇相讥吗？彭泽县令陶渊明敢这样轻狂放肆吗？柳子厚、刘梦得敢这样嬉皮士地接过君王的话茬吗？他们都不敢。但生活在宋王朝的这个叫柳三变的词人就敢。不仅敢，而且这"奉旨填词"者竟名扬天下，据说凡有水井的地方就有他的词。汴梁的深宫里自然也有水井的，皇帝自然也会听到词人这调侃式的创作宣言，并毫不费力地体味出对自己的不恭敬。但他只是宽容地一笑，且相当欣赏地拿出柳永的一首新词让宫女们去排练。

这是宋代帝王的浪漫，也是宋代文人的浪漫。

面对着那一派镂金错彩的文化景观，真叫人不知说什么才好。在那个时代，无论边关武夫还是中枢宰辅，也不论是昏君乱臣还是国贼巨奸，其笔下往往都呈现出相当不俗的艺术品位。宋徽宗赵佶自不必说，就连那个口碑很坏的高宗赵构也大致可以归入书法家的行列，而蔡京和秦桧则当之无愧地算得上书坛高手。有一则流传颇广的说法是，柳永写过一首著名的《望海潮》，对杭州的繁华和承平香艳极尽铺陈，后来金主完颜亮因此"起投鞭渡江之志"。一首风华旖旎的好词引来了一场战争，这种说法虽不大可信，但其中的讽刺和象征意味却是相当深刻的。在新声巧笑、浅斟低唱的背后，刀剑的磕击声已隐约可闻。丧失了阳刚之气和尚武精神的宋帝国的版图，只是歌女的一块任人撕扯的衣袖，最多也只能为主人拭一拭感伤的泪水而已。

后来的结局大家都是知道的，赵佶父子被金兵俘虏北去（南宋的御用文人称之为徽钦北"狩"，又玩了一回堂皇的文字游戏），在五国城的土炕上，赵佶写了一百多首诗词。诗词不是赵佶的特长，他的特长是工笔画和瘦金体的书法。但金人不会给他那么好的创作条件，他只能赋诗填词。一个半跪着苟延残喘的羸弱之躯，其人格精神和审美光芒都相当黯淡，也失去了把悲剧体验上升为历史感悟和艺术至境的博大底蕴，于是，剩下的只有那一点充满了技巧感的哀叹和低泣。

赵佶在五国城活了八年。说来可怜，他死后，他的儿子赵构以称臣、岁贡，再加上抗金英雄岳飞的头颅为代价，换取了和敌人的一纸和议，金人方才同意归还死鬼赵佶的棺材。棺材运到临安时，赵构踊踊号哭，表演了一番。这副棺材后来当然也被盗墓的杨琏真伽撬开了，据说里面除去死者的尸骸，其他空无一物。金朝统治者不会给一个懦弱的囚徒什么殉葬物，这是不难想见的，盗墓者的发现并不令人意外。相比之下，古人笔记中的记载就有意思多了，说是赵佶死在远塞，骨骸早已散失，金人连另外找一副死人骨头来代替也懒得，只在里面胡乱地放了一架破灯擎。因此，当杨琏真伽打开梓宫时，不禁惊呼："南朝皇帝根底浅薄，尸骨全无，已化为一架灯擎，把金银珍宝都吞蚀了。"这个盗墓贼恼怒之下，一跺脚把灯擎踩得粉碎。

笔记中的这种说法过于离奇，自然是大可怀疑的，但我看后却感慨良多，觉得这样的结局对于死者倒是挺合适。金人当初单单选择了一架破灯擎而不拿别的什么作替代物，大概也受着某种潜意识的指使吧，作为一个马背上的军事帝国，可供选择的寻常器物很多，例如悬在每个人腰间和墙壁上的刀鞘，例如骑手们须臾不可或缺的鞍镫，在伸手可及的范围内，取得这些东西的概率都要比灯擎大得多。或许他们也认为死鬼根底浅薄，配不上这些吧。是的，刀鞘里挟的是强梁锐气，青锋出鞘，漫出一抹寒光、一股雄风、一缕金属的争鸣。用它裁剪出来的语境也不同寻常，例如，弹铗而歌、闻鸡起舞、剑拔弩张，以及路见不平，拔刀相助；怨去吹箫，狂来说剑等等，这些都是属于壮士的。而鞍镫则是骑士的爱侣，它伴着奔撒的马蹄追风掣电，随着骑手每一个英武的身姿欢呼跳跃；它从不畏惧杀戮、强悍、冒险和拼搏，它的属性中充满了征服欲和一往无前的动感。这些，可怜的赵佶显然都配不上。就生命质量而言，他只配一只破灯擎，上面是淋漓的烛泪——污浊而丑陋。

和赵佶一同被掳北去的钦宗赵桓却在金国活了三十年。在最后的几年里，他有幸和被俘的辽国皇帝耶律延禧囚禁于同一座寺庙里。这两位亡国之君最后又恰恰死于同一场面，但生命的造型却迥然不同。一天，金帝国的将领们比赛马球，骑射和征战是女真人的天性，在和平年代里，马球这样的竞技活动便成为这种天性的宣泄。金主完颜亮命这两位倒霉鬼也去凑热闹。赵桓文弱，不大会骑马，竟从马上跌下来，被飞奔的马蹄践踏而死。那位八十一岁的耶律延禧却体格十分健壮，他企图乘乱逃出重围，结果死于乱箭之下。

两个亡国之君，很难说谁比谁死得更有价值。但有一点却可以肯定，文化素养远远高于辽帝的赵桓，在生命强度上却远远逊于对方。他从马背上摔下来，轻飘得有如一片落叶，马蹄急雨般地捣碎了他的身躯，他连呼喊——不，连呻吟也没有，一个孱弱的生命就这样消失了，在游戏者飞扬的旌旗和雷动的欢呼中零落为泥，无声无息。而游戏者甚至还不知道发生在自己马蹄下的那一幕小小的悲剧，死者太窝囊，也太吝啬，他决不施舍一丝抵抗、一丝挣扎，或者一丝怨愤，以激励你的神经，让你稍稍感到一点杀戮的快感。这样的结局，于受难者和肇事者双方都是乏味至极的。

八十一岁的耶律延禧也是从奔驰的烈马上倒下的，但那是在一场围绕着他进行的追杀途中，在一场意志的较量之后，一个年迈的囚徒，却能以自己的奋力一搏调动起那么多威猛的将士，让他们为之惊诧、慌乱、愤怒，但绝对没有鄙夷，进而鸣鼓号呼、扬旗奔逐。他以抗拒死的姿态死去，那马背上的身影亦堪称一尊力的雕塑。同样是飞扬的旗帜和雷动的欢呼，这时候统统成了死者的浩浩仪仗。乱箭如蝗，热血如注，那遗骸也是相当卓越的。他或许要长啸一声，那声音也应该归入诗的范畴吧，在这样的诗句面前，他强悍的对手也禁不住要为之喝彩，而赵佶父子的那点才华便显得过分纤巧柔弱了。耶律延禧在当政时不是一个好皇帝，但作为一具生命个体，他却是健全而生气勃勃的，这是契丹民族之所以能在中国的北方称雄数百年的底蕴所在：征服的意志、搏杀的欲望、永不驯服的野性、冒天下之大不韪的胆略，即使是死，也要山一般地倒下。在这里，我想起了辽帝国覆亡后，皇族后裔耶律大石的壮举。耶律大石不仅是中国12世纪卓越的军事天才，而且是一具非凡意志的化身。辽亡后，他集结残部奔突西行，越过中亚细亚广袤的荒漠，沿途击败了众多部落的拼死反抗，一直抵达伊朗北部的起尔漫城，在漫天风沙和潇潇血雨中建立了新的辽帝国。这个西迁的辽帝国延续了将近一个世纪。可以想见，这需要怎样一种倚天仗剑的气魄和万丈锋刃般的峻厉。柏杨先生在《中国人史纲》中认为，耶律大石的辽帝国西迁后，其踪迹便杳然难寻，他那原本就很低的文化水准，经过天翻地覆般的转战逃亡，连他们自己的契丹文字恐怕记得的人都不多了，因此，他们对人类文化没有什么贡献。这样的结论实在有失偏颇，至少，在耶律大石仗剑西征的背影下，偏安江南的赵家小子们虽然活得相当惬意，亦相当风流儒雅，"吴山依旧酒旗风，两度江南梦"，但他们充其量只是一群"有文化"的阉物和侏儒而已。

是的，这是一群蝇营狗苟、毫无生命光彩的阉物和侏儒，而这样的王朝居然能偏安一百五十多年，简直是我们民族的羞耻。你还能指望他们伟岸雄起吗？还能指望他们在灭亡的瞬间爆发出悲壮的一搏吗？还能指望他们的后裔中走出耶律大石——哪怕是耶律大石那样的一道目光、一声呐喊、一串扣人心弦的马蹄吗？这些统统都是不切实际的奢望。因此，我怀疑赵若和之所以在赵家城内隐姓埋名，并不是为了躲避蒙古人——蒙古人对宋室后裔一般还比较客气，不会太难为他的——而是为了躲避那些心怀故国的宋室子民。作为赵家的近支宗室，又是曾被内定为"第三梯队"的龙种，一旦暴露了身份，其号召力是不言而喻的，极有可能成为遗民们的精神领袖。说不定哪一天早上，百姓们会扯出一块"宋"字大旗，将他拥戴而去，加上一副冠冕，让他带头造反。而这种勾当，赵若和是断然不干的。

那么，就让他隐姓埋名，对着密室里列祖列宗的画像做新王朝的顺民吧。

四

赵家城里是平静的，平静剥蚀了一切外在的活力，只留下悠远而畏怯的感怀，这里没有面对明天的憧憬，只有一遍遍地咀嚼昨天的体味。轻轻拭去列祖列宗画像上的尘埃，三百余年的青史在一页页地掀开，辉煌与衰落，令人唏嘘感喟。这时候，指点江山是没有多大意义的了，但不会没有对人物的臧否评判，特别是对那几位很大程度上影响过历史进程的大人物，这时候的评判会减少功利色彩。

常常会被某个问题纠缠不清，乃至困惑不解。例如，有宋一代，出过大文学家、大艺术家、大思想家、大教育家，他们在各自领域里的成就都足以影响以后的整整一代文化史；也出过中国历史上首屈一指的大汉奸，但偏偏没有出过大军事家。

杰出的军事人才是有的，但他们大多功名未显，壮志未酬，还没来得及把自己的名字写上那座风光无限的万仞奇峰，便过早地陨落了。例如岳飞。

本来，这是一个呼唤军事巨人，也应该产生军事巨人的时代。一名军事巨人的诞生，除去他自身的天赋才能而外，至少需要三个方面的条件：大动乱、大剧痛的时代，石破天惊的功业，以及能够在战场上与之对话的大体上处于同一层次的对手。与宋王朝先后"过招"的三个主要对手：辽、金、元，都是来自北方荒原上的天之骄子，这样强悍的对手使战争的品格相当不俗，在东起淮泗，西到大散关的千里战线上，双方数以百万计的大军互相对峙，这样壮阔的舞台亦堪称战争史上的奇观（顺便说一下，北宋帝国的人口是一亿，南渡以后，即使打一个对折也相当可观，兵源是不成问题的）。史学家们在总结前人的一场战争时，往往着眼于地图上几根纤细的线条，把胜负的因果关系演绎成一道无懈可击的方程式，这种学究气的研究与战场上的实际相距甚远。其实，一场大战的胜负往往系于纤毫，其间充满了各种偶然、逆转、失误、相持，以至于绝望。真正的军事家应是在绝望中诞生的强者，是善于扼住命运咽喉的伟丈夫。摧枯拉朽不是真正的战争，稳操胜券也不是真正的军事家。像周瑜那样，"羽扇纶巾，谈笑间樯橹灰飞烟灭"；像谢安那样，一边和友人对弈，一边轻描淡写地通报"小儿辈大破贼",这样的大手笔自然高妙得令人惊叹,但又总觉得过于轻巧流畅,如果不是后人的有意神化,就是他们的对手太软蛋。因为这里缺少了焦躁、痛苦、惊惧和疯狂,也缺少了瞬息万变的动感和审时度势的即兴创造,仿佛战争只是一尊任君摆布的雕塑,任何一笔微小的刻画都早已完成,只等着一个优哉游哉的揭幕仪式。战争是生命与生命最直接的搏击,亦是人类智慧最辉煌的闪光,特别是在冷兵器时代,这种搏击和闪光更为惊心动魄,马蹄击溅,金属碰撞,喷射的热血蔚成漫天虹彩,这是何等惨烈又是何等壮丽的景观!战争呼唤谋略,呼唤兵不血刃地战胜对手,但短兵相接作为战争最原始的形式,却集中体现了它的终结魅力——力和美毫不雕饰的呈示。请仔细体味这两个字的生命质感:肉搏。因此,现代战争那种在千里之外戴着白手套操纵计算机的作战方式便显得过于精致文弱了。战争鼓励杀戮,鼓励"在百万军中取上将之首如探囊取物"的超级杀手,在相当长的人类战争史上,斩获的首级常常被作为论功行赏的依据。但对方一旦放弃了抵抗,杀戮便成为野蛮和丑陋。正是在这种种悖论中,战争精神闪耀着不世之光。从根本上讲,战争精神就是民族精神,当边关将士们在腥风血雨中追求和捍卫战争精神时,他们也在重塑和弘扬自己的民族精神。也正是在这种种悖论中,一代又一代的战争之神纵横捭阖、脱颖而出,一步步登上那座风光无限的万仞奇峰。

岳飞本来是有希望登上这座奇峰的,他出身行伍,从前军小校、敢死队员开始打过不少仗(当然也有败仗),在刀锋箭矢间逐步成长为方面军的统帅。对于一位抱负宏远的铁血男儿来说,这样的经历至关重要。他的军事才能是没有问题的,站在他对面的完颜兀术也是完全可以与之匹敌的马上枭雄。请看看郾城之战中岳家军大破拐子马是何等精彩!完颜兀术的拐子马实际上是现代坦克的雏形,而岳家军的短刀手则是抱着集束手榴弹冲击坦克群的无畏勇士。再看看漫天风雪中的小商河之战是何等惨烈!岳家军五百壮士全部捐躯,杀敌三千余人,先锋杨再兴阵亡后,身上拔下的箭矢竟有两斗之多。毋庸置疑,这是一场真正的勇者之间的决斗。这样,当岳飞在朱仙镇附近大破金兵时,他离那座风光无限的奇峰实际上只有半步之遥了。但岳飞有一个致命的弱点,就是政治上过于天真。更确切地说,就是不善于揣摩君王的心理,特别是揣摩那种隐藏在堂而皇之背后的阴暗心理。他口口声声要"直捣黄龙,迎还二圣",殊不知这正是赵构最忌讳的，"二圣"回来了，他还能坐在龙庭上吗？这样，岳飞忠心耿耿的抗敌宣言，反倒是和皇上过不去了。金帝国正是抓住了这一点，暗示赵构如果不杀岳飞，他们就把赵桓放回来。在收复失地和保住皇位之间，赵构理所当然地选择了后者。一个军事天才陨落了，因为宋王朝不需要真正的军事家，他们需要的只是几百年以后一个叫马克思的外国人所痛斥的那种"奴"，而宋王朝本身便是一座不折不扣的"奴的政府"。

岳飞死了，和议成了，赵佶的棺材送回来了，很好！赵构涕泪滂沱地表演了一番，然后在绍兴选了一块风水宝地安葬。陵寝营造得比较简单，当然不是舍不得花钱，因为这只是"权殡"，也叫"攒宫"，北宋的皇陵在河南巩县（今巩义市），等日后收复了失地还要送回祖坟上去的。赵构这一个回合玩得很圆满，既张扬了自己的孝道，又表示了收复失地的决心，可以向天下人交代了。更重要的是保住了自己的皇位，很好，很好！

金人除去送还赵佶的棺柩外，还承诺继续囚禁赵桓和其他所有亲王，这对双方都是皆大欢喜的事。

就在赵佶的棺柩翠华摇摇地送往绍兴安葬时，岳飞的尸骸被一个部下从风波亭的冤狱里背出来，偷偷掩埋在临安附近的一处山旮旯里。愁云惨淡，祭烛飘零，在这里，一代军事英才静静地看着宋王朝蹒跚地走向末路。令人悲哀的是，在小朝廷剩下的一百多年中，将再也不会出现这样叱咤风云的统兵将帅了。

一个容不得奇男子、伟丈夫的时代，必然是一个小人泛滥、鼠窃狗偷盛行的时代。岳飞被杀后，有一个岳州知州为了拍秦桧的马屁，居然上奏朝廷称：臣所知之州耻与逆臣同姓，乞改岳州为纯州，使州为纯忠之州，臣为纯忠之臣。这个马屁拍得很及时，朝廷当然准奏，于是岳州改名为纯州，相应地岳州名胜岳阳楼也改名为纯阳楼。这个打小报告的知州本是个无耻之徒，就不需去说他，连他的名字我也懒得去查对。但作为江南三大名楼之一的岳阳楼却因此蒙受了奇耻大辱，实在令人愤慨。前些时看到一本关于岳阳楼的出版物，洋洋十万余言，详细论及岳阳楼的历代沧桑，却没有提到以上这一段秽闻。我想，这大概不是作者的疏漏，而是一种深挚执着的情感使然。是的，岳阳楼，这座风姿绰约的巴陵胜迹，这座凝聚着多少迁客骚人的足迹和多少文化大师辛酸缱绻的巍巍丰碑，这座以范仲淹的"忧乐"胸怀而名世，折射着浓烈的理性精神和人格光辉的文化瑰宝，怎么能容忍这样粗暴的玷污呢？那么就让笔下"疏漏"，永远永远地把这段耻辱埋在历史的底层吧。

宋王朝没有能走出一名真正的军事家，却走出了秦桧这样第一流的汉奸。

秦桧的罪恶不在于主和，主和者未必卖国，主战者也未必就名垂青史。事实上，对于绍兴年间的宋金和议，史学界是一直有争议的，肯定和议者也不乏其人，其中甚至有一些相当响亮的名字，例如朱熹、钱大昕、赵翼、胡适等。从浅层意义上说，战与和只是一个对敌策略问题，完全可以放到桌面上来辩论。倘若能这样做，那么秦桧也就不是中国历史上的秦桧了。敢不敢光明正大地把自己的观点写在旗帜上，是政治家和政客的分野所在。辩论是一种政治艺术（军事家在战场上用刀剑辩论），在这里，艺术水平的高低并不重要，重要的是敢不敢使用这种艺术，一切政客都是与艺术无缘的，他们只有伎俩，而且只算得上是袖珍伎俩。秦桧对中国文化的唯一贡献，在于他创造了一个奇特的新词：莫须有。这个词从文法上是解释不通的，若仔细体味，则不难感受到其中的那股含混、暧昧、诡谲、机巧，以及流里流气、挤眉弄眼的小人气息。最近又看到某学者的一篇文章，从宋代方言的角度考证出"莫须有"的意思是"一定有"。这样的结论自然很新鲜，但从秦桧这个斩钉截铁而又没有实际内容的"一定有"中，我们同样可以感受到那种市井无赖式的蛮横和凶残，完全是一种心地险恶而又不负责任的小人腔调，而所有这些，恰恰构成了一代巨奸的人格特征。他们擅长的是幕后的小动作，是躲在阴暗角落里的揣摩和窥测，在这方面，他们是当之无愧的行家。宋人笔记中记载了一段有关秦桧的故事，看后真令人不寒而栗：

秦桧的私人办事密室一德阁落成之日，广州守臣送来一卷地毯，大小尺寸竟分毫不差。这个地方官可算是马屁拍到家了，但后来的结果却不大妙。秦桧的思维逻辑是：他既然能如此精确地刺探到自己密室的尺寸，也就有本事刺探到自己的其他秘密，可见是个危险分子。没过多久，此人就被秦桧整掉了。

一个小政客的功夫毕竟还欠火候，在一个大政客面前触了霉头，当是咎由自取。但这些人的心机之阴暗幽深，相信不仅会让善良的人们惊栗，也不仅会受到政治学家和社会学家的关注，而且还会成为心理学家们感兴趣的材料。

秦桧弄权二十余年，死后赠申王，谥忠献，但这些大红大紫的荣誉称号后人记得的不多，因为赵构死后，很快就被追夺了。倒是一位秦氏后裔在岳坟前

题的一副对联相当流传,他是这样写的:

> 人从宋后羞言桧,我到坟前愧姓秦。

之所以"愧姓秦",大抵是一种道德自我谴责吧?这样的历史反思还是真诚的,但也不能排除株连的因素,由于秦桧作恶太多,名声太臭,致使后世诸多姓秦的读书人仕进无门。这样,终于有一位秦氏后裔站出来辩冤,这是在一次朝廷组织的殿试中,皇上问一个姓秦的进士道:"你是南秦还是北秦?"言下之意,北秦距秦桧的祖籍江宁较远,而南秦则必定是秦桧的后代,不可重用。那位姓秦的进士自然猜到了皇上的心思,当下答道:"别管南秦与北秦,一朝天子一朝臣。历代忠奸相应出,如今淮河也姓秦。"皇上听了,解颐一笑,遂开恩点了他一个状元郎。

这位进士的对答看似强词夺理,其实是对"秦桧现象"在更深层次上的反思。什么叫"相应出"?宋朝出了秦桧,自然有出秦桧的文化背景和社会基础,特别是赵构这样的"一朝天子"罪无可宥。如果这样看,那么这位秦某人就不仅是在为自己的姓氏辩解,而且是很有历史眼光了。

五

上面的故事发生在明代洪武年间(公元1368—1369年),因此,当这位进士在金殿上为秦氏辩解时,在福建漳州府,御史朱鉴大抵正在为审理那件同姓近族通婚案而查阅被告的家谱。这种巧合很有意思,宋王朝已经灭亡一百多年了,奸臣秦桧的阴影仍然死死笼罩着他的后辈子孙,而隐居在赵家城的赵氏传人却连自己的老祖宗都已淡忘了,因而闹出了近族通婚、对簿公堂的丑闻,到头来,还得要这个朱御史来为他们验明正身。一个多世纪的风雨漫漶了原先的血统意识,世道沧桑早已把他们推入了社会底层的生存竞争,市声攘攘、人海茫茫,谁能想象,那石板街上布衣草鞋的引车卖浆者,那屋檐下和顾客锱铢必较的小店掌柜,那织机旁茧花满手的白发老妪,竟是当初大宋王朝的金枝玉叶呢？生命的适应力真令人喟叹。

这一脉天皇贵胄就这样默默无闻地消融在寻常生活之中，他们中间似乎没有走出什么像样的人物。这是很正常的。同是王室后裔，他们中间不可能走出赵孟頫，因为赵若和没有那种清朗安闲的心境和气质。赵孟頫祖上世代赐第吴兴，作为外封的亲王，一般来说在政治上是无所谓沉浮的，他们既没有向上爬的野心，也不必担心官场的倾轧排挤，有如一泓安恬宁静的秋水，那色调有点凄清，也有点百无聊赖，是闲云野鹤的世界。在这里，他们只能寄情于文学艺术，这是一种闲适中的追求，更确切地说是一种"玩"。真正的大家并非产生于培养，而是"玩"出来的，例如曹雪芹，例如马拉多纳。培养只能收获技法和规则之类，这些东西的总和称之为匠气；而"玩"出来的则是个性和神韵。赵孟頫就是在这种环境中"玩"出来的大家。按理说，赵若和的身世本该和这差不多的，但他不幸多了一段作为"第三梯队"的历史。对于某些人来说，政治是一种相当危险的诱惑，一旦身入其中，便有如贞女之陷入娼门，明丽纯真既不可寻，只落得一股骚情和总想做阔太太的单相思。我这里所说的某些人，是指不具备政治素质和才能的人，至于政治家则是另一回事，他们会如鱼得水，从中获取癫狂的快感和美景。即使失败了，也能处之泰然，相当投入地玩点别的什么。例如英国前首相、保守党领袖希恩下台后，又操起了交响乐团的指挥棒，潇洒至极！某些人则不行，对政治，他们既拿不起，又放不下，留下的只有缠绵不绝的憧憬、躁动、失落和凄惶，再也找不到一块精神的栖息地。当然，赵孟頫后来也介入了政治，但那时他在艺术上已成大器，而且从他能够荣际五朝来看，他也确有政治才能。在这两方面，赵若和都缺乏底气。那么，他就只能待在漳州附近的那座小城堡里，庸庸碌碌地终了一生。

同是王室后裔，赵家城里也走不出朱耷，因为赵若和不具备那种超拔脱尘的孤傲。什么叫孤傲？孤傲不是自大，不是寂寞，更不是故作清高的矫情。孤傲是一种划破人类苍穹的思想闪电；一种有着金属般质感的坚挺品格；一种天马行空般的精神自由和义无反顾的理性力量；一种具有高贵排他性的、无法模仿的大家风度；一种一览众山小的自信和从容；一种对浮华虚荣的冷漠和对世俗人生的审视。孤傲是孤傲者的私有财产，它具有非常强烈的韧性和单向性，即使是超越，也只能由孤傲者自己才能完成。朱耷拥有孤傲，这种孤傲来源于巨大的悲剧感悟。朱耷是朱元璋第十七子宁王朱权的后裔，但早在永乐初年，朱权就因见忌于朱棣（永乐帝）而失势。他是聪明人，知道皇上注视自己的目光相当阴冷，便营造了一所孤独的精神小天地——精庐，鼓琴读书。正德年间（公元1506—1521年），又发生了宁王朱宸濠谋反的大事，此后的宁王府实际上成了秘密警察监管的目标，越发门庭冷落。但精庐仍在，那种孤独而执着的艺术氛围仍然飘逸其间。到了朱耷的时代，恰逢明王朝覆亡，天崩地坼的时代悲剧，把这位八大山人的精神世界冲撞成绝望的碎片，又重新组合成一尊孤傲的雕像，他在署名时常常写成哭之、笑之的字样，确实，如此深刻的家世变故和人生际遇真让他哭也不是，笑也不是，那么，就白眼向人，化作笔下的残山剩水和那些孤独的鸟、怪异的鱼吧。赵家城里的主人也是经历了大悲剧的，但在他那里，悲剧没有升华为孤傲，如果完成了这种升华，他就不会用那么森严的高墙把自己护卫起来，也不会用那么繁复的深宅大院和楼台亭阁把自己装点起来。需要护卫和装点，正说明了他灵魂的怯懦，缺乏直面现实的勇气。事实上，一个在官场里厮混了一阵的政客，亦不可能具有真正的悲剧感悟。即使是国破家亡，最多也只是悲天悯人、自暴自弃。至于指望他们把悲剧感悟蔚成一种艺术气象，那更是缘木求鱼了。

现在我们仍然回到福建漳州府。这位叫朱鉴的御史合上被告黄文官的家谱时，大概双手是有点发抖的，一脉前朝皇族的后裔，竟然在这里悠游了一百多年。他不敢怠慢，连忙派八百里快马把案卷呈送朝廷定夺。时在明洪武十八年（公元1385年），朱元璋正忙着杀人，上年杀曹国公李文忠，当年又杀魏国公徐达，酿成数万颗人头落地的空印案和郭桓案也发生在这一年。泱泱京都弥漫着一股血腥气。但朱元璋却并不看重这几颗黄姓草民的脑袋，他觉得南宋灭亡已一百多年，中间又隔了一个元代，这几个赵氏子孙已成不了什么气候，自己何妨做个顺水人情，也好向天下人昭示自己的仁德呢？不久，朝廷的批示下来了，赐赵家城里的黄氏复赵姓，并在其中封了几个荣誉性的官衔。圣旨宣罢，赵家城里一片喜气，朱鉴且赠诗祝贺，很风光了一番。

于是，埋没了一百余年的赵（黄）氏对着京都三呼万岁，收拾行装准备赴任。虽然那只是个装点门面的闲差，但有官当就不错，管它呢。

东林悲风

一

　　江南的仲秋还是丰腴健朗的，大略望去，草木仍旧苍郁葱茏，只是色泽不那么滋润饱满，有如晚间落尽铅华的少妇，稍稍显出疲惫和松弛，那当然需得细看。但茂林秋风的磅礴却是四时独有的，要说肃杀，那不光是山水的意味，更多的可能是一种由憔悴人生而触发的心境。

　　东林书院的名字会令人想到秋林古刹的气韵，只是眼下林木已不多见，而且那横贯在"东林旧迹"石牌坊后的大红会标也过分耀眼了，很有点艳帜高悬的做派。书院刚刚修葺一新，有一个揭幕仪式要等到下午。四周很静，只有飒飒的秋声，渲染出秋风入户、秋草绕篱的冷寂。正是上午巳牌时分，一个老人在书院内踽踽独行，枯瘦的身影映在铺地的方砖和嵌着联语的门柱上，庭院深深，廊庑曲折，老式的布底鞋缓缓地踱来又悄悄地逸去，有如微风中瑟瑟飘动的落叶。最后，他站在回廊上一块不大的碑刻前，指着上面的一个名字，说："这就是我。"

这是一块 1947 年募捐重修东林书院的纪事碑，密密麻麻地刻满了捐款者的名字和钱款数。老人指点的那个名字是这次活动的首倡者，叫"顾希炯"。博物馆的同志跑过来介绍道：这位顾老先生是顾宪成的第十四代孙，今年八十三岁。

我不禁肃然。顾宪成这个名字，是与一个天崩地坼的历史大时代，与一代文化精英的探求、呼喊、抗争和彪炳千古的气节，与一场冷风热血、洗涤乾坤的改革壮举和悲剧联系在一起的。这些年来，我因为留意于文化史方面的资料搜集，曾有幸见过不少历史名人的后裔，其中有几位的祖先甚至是中国历史上有相当影响的大人物。例如，就在离我住所不远的一个乡村里，两年前发现了苏东坡的家谱和后裔，我曾专程探访，在树影婆娑的农家小院里与一位苏姓乡民进行过相当愉悦的交谈。在南方某省，我也曾见过民族英雄岳飞的三十几代孙，那位文质彬彬的政协委员据说是岳钟琪一系的嫡亲传人。岳钟琪是清雍正年间的川陕总督、奋威将军，在平定青海时立过大功的。但说实话，那几次我的心灵都不曾像今天这样颤动过。那不仅因为过分遥远的血缘流泽多少冲淡了我的景仰，我无法把一个农家小院里的乡民和历史上铜琶铁板唱大江的文坛巨星联系在一起；也不仅因为岳钟琪曾协助雍正制造过那桩震惊朝野的文字大狱——曾静、吕留良案，那件事情的历史背景比较复杂，我们不能用僵化的民族意识来评判他的气节；更因为今天这种特殊的情境。我和他——顾宪成的十四代孙——面对面地站在东林书院的回廊里，握着老人枯骨棱棱的大手，我仿佛握住了一段冷峻的历史，在这一瞬间，自己也似乎和这座书院产生了某种庄严的联结。秋色满目、秋声盈耳，漫天的浮躁已经消退，化作了凝重的思索，眼前恰是那副脍炙人口的对联：

风声雨声读书声声声入耳，家事国事天下事事事关心。

古往今来的书院联或许成千上万，其中亦不乏大师名流们运思精巧的杰作，但我敢断言，没有哪一副比眼前这副对联更加深刻地楔入了我们民族的政治文化史。再看看落款："公元一九八二年廖沫沙书。"一般来说，落款是用不着这么冗繁的，他完全可以简略得很潇洒，例如，用"壬戌"或"壬戌年"便足矣。之所以这么不潇洒地写出"公元一九八二年"，其中的意味恐怕不难揣测。是的，在整个人类文明的大坐标上，"公元"比天干地支的"壬戌"更具有严格的确定性，在这里，"公元"体现的是一种恢宏而沉重的历史感，而刚刚从一场浩劫中苏醒过来的"公元一九八二年"是多么需要这种历史感的提示！众所周知，那场人类文明的浩劫恰恰是从这副对联开始发难的。对联的落款没有名章，也没有闲章，只有淋漓的墨迹。廖公显然不想让它太艺术化，太艺术化会排斥艺术以外的负载，因而显得太轻飘，不足以体现"尺牍书疏，千里面目"的情怀。

这副对联的作者就是顾宪成。当初，他把这两句大白话写在东林书院门前时，或许没有想到它会千古不朽，也没有想到日后它会惹出那么多的政治事端。

时在明万历三十二年（公元 1604 年）。

二

明史上的万历三十二年（公元 1604 年）并不十分引人注目，完全可以用上一句旧小说中的套话："当日四海升平，并无大事可叙。"几位曾播扬过轰轰烈烈的一代天骄都已匆匆离去。最先是张居正的病殁，皇帝本来就烦他那些改革，人一死，马上变脸，差点没把已故太师从棺材里拖出来枭首戮尸。接着是威风八面的戚继光在贫病交加中死去，这位有明一代的军事奇才逝去前，连结发妻子也遗弃了他，可见晚景之凄凉。将星西陨，也就没有人再磕磕碰碰地说剑谈兵了。孤傲狂悖的思想家李贽则在狱中用剃刀割断了自己的喉管，他那惊世骇俗的狂啸自然也就成了一个时代的绝响。改革夭折了，武事消弭了，思想自刎了，只剩下几个不识相的文臣在那里吵闹着"立国本"，结果一个个在庭前被打烂了屁股，又摘下乌纱帽发配得远远的。于是皇帝从万历十四年（公元 1586 年）就不上朝了。还有什么值得操心的呢？昌平的陵墓早已修好，内府的银子发霉了，自有人搬出来晒太阳，干脆躺在深宫里，让小老婆侍候着抽大烟得了。皇帝带头躺倒不干，几十年不上班，这样的现象在中国漫长的封建社会绝无仅有。一个庞大的王朝也就和他的主人一样，躺在松软的云锦卧榻上昏昏欲睡。

君王高卧，朝野噤声，大概只有读圣贤书才是不犯天条的。那么就读书吧。

万历三十二年（公元 1604 年）九月九日，无锡东门苏家巷，顾宪成领着一班文化人走进了东林书院。

这场面也许不很醒目，特别是和午朝门前那经邦济国的大场面相比，更谈不上壮观。但历史将会证明，正是这座并不宽敞的小小书院，这群彬彬弱质的文化人，给柔靡委顿的晚明史平添了几分峻拔之姿和阳刚之气。

顾宪成已经五十五岁了。一个经历了宦海风涛的老人归隐故里，走进书院讲学，这样的归宿在由文人出仕的官僚中并不鲜见。一般来说，到了这时候，当事人的火气已打磨得差不多了，讲学与其说是一种造福桑梓的善举，不如说是一种消遣，至多也不过是一种仕途不得意的解脱。但顾宪成还没有修炼到这般境界，他是个使命感很强的人。万历十五年（公元 1587 年），他因为上疏得罪了朝廷，被贬谪到湖广桂阳州。南国的蛮荒烟瘴之地，历来是朝廷安置逐臣的所在。说起来令人惊栗，这些逐臣中有些甚至是中国文化史上的第一流人才。桂阳附近的永州是柳宗元生活过的地方，而苏东坡的晚年差不多有十六个年头是在岭南度过的。如今，顾宪成也来了，追循着先贤们生命的轨迹，他的心情比较复杂。青衫飘然，孤愤满胸，他在历史的大坐标上寻找人生的定位。他把自己的书斋命名为"愧轩"，含有高山仰止的自愧之意。但敢于把自己与柳宗元和苏东坡一流人物放在一起，又不能说不是一种自负。在那个天崩地坼的时代里，这种自负往往体现为仗义执言和力挽狂澜。那么就让他自负吧，甚好，从广西回京后，他担任了吏部文选司郎中。文选司郎中品级不高，但肩负的却是考察和选拔官员的重任。明代的官场中有一句说法："堂官口，司官手。"可见司官的实权是很大的。这样一个权柄在握的文选司，主政的偏又是自负而使命感极强的顾宪成，其悲剧性的结局是可以想见的。万历二十二年（公元 1594 年），在会推阁臣中，他又得罪了朝廷，比他更自负的君王从烟榻上微微欠起身，御笔一点，顾宪成忤旨为民，回到了无锡张泾的老家。

张泾在无锡东北乡，如今，顾宪成故居的端居堂犹在，青石柱础上的楠木覆钟柱质和月梁间的飞云纹饰，都是典型的明代建筑风格，却不很高敞，可以想见当初那个卖豆腐起家的门庭并不十分富有。穿过门前的弄堂，步下石级码头就是泾水，这条宽不过数丈的小河是无锡到东北乡的主要通道。顾宪成中举入仕以后，停在这埠头的大小船只想必不会少，雕窗朱栏的画舫中夹着几条简陋的乌篷船，煞是闹猛。四面八方的官吏、文士、亲朋故旧在这里系好船缆，整一整衣冠拾级上岸。来客了，家人忙前忙后地一溜小跑，弄堂里的麻条石板上响得热烈而风雅。这响声一直在泾水上漂得很远，引得过往的艄公船娘倚舵停篙，向这座临河的宅院投以意味深长的一瞥，一边想象着当初这河房里的读书声和那副很有意思的对联。说是某个夜晚，有一艘官船经过这里，受阻于风雨靠岸停泊。主人推窗看景，但闻风吹梧桐，雨打新篁，映衬着临河茅屋里的琅琅书声，不由得触景生情，随口吟出一句："风声雨声读书声声声入耳。"不想茅屋里书声稍息，即飞出一句下联："家事国事天下事事事关心。"这茅屋里深夜苦读的少年即顾宪成，而关于官船的主人则说法颇多，有陈阁老、陈御史、陈布政史等，总之不是等闲人物。接下来自然是陈阁老（或陈御史、陈布政史）慧眼识英才，顾宪成腾达有期。这是中国俗文化中的一种思维定式，大凡一个布衣寒士出息了，总会连带着不少传奇性的说法，这些说法又不外乎寒窗苦读和得遇贵人之类，至于这中间的真实程度，也就不去追究了。波光桨声中，小船已悠然远去，连同那些意味深长的目光和想象，一并融入了如梦的烟水之中。

站在顾家门前的小石桥上，我很难想象，这条柔姿嫋嫋的泾水曾负载过那么多铁血男儿的聚会和气吞万里的抱负。当年顾宪成在东林书院讲学时，经常坐着小船回到张泾，就是从这条小河上来往的。这是一幅极富于软性美的水乡归舟图，小桥、流水、桂楫、晚钟，还有沿途那风情绰约的江南村镇，曾激发了多少文人学士的才思和遐想，多少华章文采从这里流进了中国文学的皇皇巨帙。但顾宪成倚在窗前，此刻想到的大约不是"急橹潮痕出，疏钟晚色生"那样的清词丽句，而是朝政、时事和民生疾苦，是经济天下的宏愿大志。四方学子慷慨纵横的议论犹在耳畔，忧时救世的紧迫感填满了胸襟，心情自不会那样恬淡闲适。张泾离无锡大约四十里，经常早出晚归，总有好一段时间要盘桓在这条水路上的。小船在一座座缺月弯弓的石桥和扑朔昏黄的渔火间行进，橹桨过处，搅起一道道轻波银涟，中国晚明史上的一系列大事就在这波涟中闪现出最初的光影。

现在，我们该随着顾宪成的小船驶进无锡东门水关，走进东林书院了。

中国的书院大致始于初唐而盛于南宋，像朱熹、张栻、吕祖谦、王阳明这样一些大学者都与书院有着终身性的联结。但在中国文化史上，无锡东门的这座书院却有着独特的光彩。东林书院与传统的聚徒式书院不同，它实际上是一个文人沙龙，这里的丽泽堂内有一幅"会约仪式"很有意思，好在行文并不古拗，且摘几章看看：

> 每会推一人为主，说"四书"一章。此外，有问则问，有商量则商量，凡在会中，各虚怀以听，即有所见，须俟两下讲论已毕，更端呈请，不必搀乱。

可见这沙龙里的学术气氛相当宽松，亦相当活跃。讲学、切磋、研讨、辩论，真正的群言堂。连首席讲师的交椅也是轮着坐的，并不定于一尊。

下面一章就更有意思了：

> 各郡同志临会，午饭四位一席，二荤二素。晚饭荤素共六色，酒数行。第三日之晚，每席加果四色、汤点一道。亦四位一席，酒不拘，意浃而止。

完全是工作餐的标准，即使第三天晚上的告别宴会（东林会讲每月一次，每次三日），也只是加几碟果品意思意思，并不铺张。酒可以喝一点，却不准闹，"意浃而止"，很实惠的。

一群文化人，在这种宽松活跃的氛围中，吃着工作餐，睡着硬板床，开始了他们悲壮的文化远征。这里不是遗老遗少们的诗酒文会，不是空谈心性的象牙之塔，也不是钻营苟且的名利之场。这里是一群血性男儿神圣的祭坛。在这里，他们讽议朝政，裁量人物，指陈时弊，在风雨飘摇中为一片明朗的天空而大声疾呼；他们躬行实践，高标独立，研究经世致用之学，于万马齐喑中开启了明清实学思潮的先河；他们还留心剖示地方事宜，以民生疾苦为忧，以乡井是非为念。万历三十六年（公元 1608 年），太湖流域遭遇特大水灾，洪涝被野，灾民流离，锦绣江南在淫雨中呻吟。东林学子忧心如焚，琅琅书声沉寂了，滂沱大波中流淌着一群文化人伤时忧世的泪水。顾宪成一面写信给巡抚江南的地方官周怀鲁，因周怀鲁比较体察民情，有"善政满江左"之誉，请他代呈灾情，上达朝廷，以便及时赈恤灾民。同时又致函同为东林党人的李三才，通报了"茫茫宇宙，已饥已溺"的灾情，信中说得很动情：

> 此非区区一人之意，实东南亿万生灵之所日夕嗷嗷，忍死而引颈者也，努力努力！此地财赋，当天下大半，干系甚大，救得此一方性命，茧丝保障，俱在其中，为国为民，一举而两得矣。

这封信几乎是蘸着泪水写成的。东林书院门前的那副对联或许已在漫天秋雨中凋零，但家国天下之事却时刻念念于怀，片纸尺牍背后凸现出的强烈的忧患意识，令人五内沸然。顾宪成已经罢官归里，既没有直接上书朝廷的资格，也没有部署赈灾的权势，君门万里，殿阙森严，一介寒儒，何以为力？他只能动用自己的人际关系来通融接济。他的声音或许很微弱，却贯注着巨大的人格力量。当京城的中枢大员们从奏章的附件中读到这些时，不知该做何感想。而那位在烟榻上已经躺了二十二年的皇帝是不是该欠起身，向江南大地看上几眼呢？

皇帝当然是要看的，而且那目光相当机警睿智，但关注的却不是那里疮痍满目、民不聊生的灾情，那没有什么了不起，中国这么大，每年总免不了有点水旱失调，区区小事，自有下人去处置，何用寡人劳神？他关注的是那里一座不大的书院，聚集着一群狂悖傲世的文化人。"当是时，士大夫抱道忤时者，率退居林野，闻风归附，学舍至不能容。"这么多文化人扎堆儿在一起干什么？很值得注意。更有甚者，一些学者竟从北京、湖广、云贵、闽浙等地千里趋附，他们乘着一叶扁舟，风餐露宿、颠沛荒野，历经一两个月赶到东林书院去赴会。似乎全中国的政治中心不是寡人的金銮宝殿，而是东林的熙熙学馆；似乎全中国都在倾听一个削职司官的声音，这如何了得？既为书院，你们读书便读书得了，研习八股，穷章究句，那都是正经学问，读读读，直读成十三点、二百五、神经病、痴呆症都无妨，竟敢讽议朝政，指陈时弊！朝政和时弊岂是由得你们指手画脚的？一定要指手画脚，那好，结党乱政、煽风点火、小集团俱乐部，这些现成的政治帽子随手就可以赏给你一顶。

皇帝的目光变得阴冷起来。

三

皇帝阴冷的目光，东林书院里的文化人并没有十分在意，他们太天真，也太自信。在他们看来，自己耿耿忠心可昭日月，之所以指手画脚，目的全在补天。即使有些话说得不怎么中听，也是为了让国家好起来。对于读书人来说，这是一种生命的自觉。况且，自唐宋以来，自由讲学的风气就一直很盛，当局一般也并不干预，有时还题词送匾以示褒奖。不客气的时候也有，例如南宋的庆元党案就是冲着岳麓书院和朱熹来的，但时间不长，很快就平反了，而且朱熹从此备受推崇，几乎到了和孔圣人比肩齐名的高度。又如元代，当局担心自由讲学会激发汉人的民族意识，对书院比较忌讳，但采取的手段也只是由官府委派山长，用"掺沙子"使书院官学化，并不曾横加禁毁。这些历朝历代的往事，东林同志记得很清，却偏偏忘记了自己生活在那个以严猛峻酷著称的朱明王朝。从朱元璋开始，历届圣主的目光从来就不曾慈祥过。书院是文化构建，毁书院，杀学人，终究不是什么圣德，因此这些事正史中不载。但翻开地方志，这座书院"毁于洪武某年"，那座书院"毁于永乐某年"，虽语焉不详，含糊其辞，却不难闻到那股浓烈的血腥气。就在万历七年（公元 1579 年），张居正还迫害过讲学的文化人。张居正是改革家，对历史有大贡献的，但中国历代的改革家似乎无一不是铁腕，同样容不得别人指手画脚。常州龙城书院的学子们对张居正父丧夺情提出批评，张居正身为宰相，但宰相肚里不一定都能撑船，他马上以朝廷名义下诏将龙城书院毁废，且进一步殃及天下书院六十四处。张居正指责书院"科敛民财"。他很聪明，整你是因为你有经济问题，并不是我张某人批评不得。顾宪成当时就是龙城书院的活跃分子，在那些关于张居正贪位揽权的议论中，想必他的声音也是不小的。

就在东林学子们天真而自信地讲学议政时，北京的宫廷里也好戏连台，明史上著名的三大案：梃击案、红丸案和移宫案，一幕比一幕热闹，皇帝已经换了好几个，年号亦由万历而泰昌而天启。但皇帝注视东林的目光却越来越阴冷了。

到了天启初年，皇帝决心要晓以颜色了。

事情的起因似乎是关于"外行能不能领导内行"。东林党人周宗建上疏究论权阉魏忠贤。魏忠贤这个人，只要对明史稍有涉猎的人都是不会忘记的，在中国这块土地上，以宦官而位极人臣者不少，但是像魏忠贤那样把权势玩得遮天盖地而又堂而皇之的，恐怕不多。东林党人既以天下兴亡为己任，自然不会坐视魏忠贤专权误国。周宗建这封长达千言的奏章的底稿，至今仍然完好地保存在东林博物馆里，透过陈列柜的玻璃，那淋漓的墨迹令人惊心动魄。特别是痛斥魏忠贤"千人所指，一丁不识"那八个字，更透出一股执着的阳刚之气。我相信，每一个对这段历史有所了解的后人站在这里，都会从那龙飞凤舞的章草中仔细找出这八个字，并对之久久端详，生出无限感慨的。中国历代的统治者都标榜以文化立国，一个不识字的太监，凭什么在那里左右朝政、操纵生杀，指挥满腹经纶的六部九卿？周宗建的这八个字实在够利害的，连魏忠贤本人看了也吓出了一身冷汗。但不久人们将会看到，为了这八个字，上书者将要付出怎样的代价。

皇帝现在面临着一项选择，是站在有文化的东林党人一边，还是支持听话的文盲魏忠贤。他并不急于表态（这是政治家们常用的技法），只是态度暧昧地皱了皱眉头，把上书人夺俸三个月，以示薄惩。他还要再看看事态的发展。

果然，另一个"有文化"的东林党人又跳了出来，他是左副都御史杨涟。这位监察部副部长在奏章中一口气列举了魏忠贤的二十四条罪状。在他的号召下，"一时东林势盛，众正盈朝"，讨伐魏忠贤的奏章争先恐后，数日之内，竟有一百余疏，大有京华纸贵的气氛。

魏忠贤毕竟是个小人，他沉不住气了，据说他曾暗中用重金收买敢死之士，伺机对杨涟下手。某日，杨涟发现有一不速之客从屋檐上飞蹿至堂前（果然身手不凡），准备行刺。他为之一颤，但马上镇静下来，说："我即杨涟，杀止杀我，毋伤吾母。"该刺客并非人们常说的那种冷面杀手，听了杨涟的话居然为之汗颜，嗫嚅应道："我实受人指派，感君忠义，何忍加害？"言罢即惶惶离去。这样的情节也许太富于传奇色彩，但对于魏忠贤那样的流氓无产者，他是绝对做得出的。

其实魏忠贤是过于紧张了，因为皇帝已经拿定了主意：这么多人抱成一团反对一个人，这很不正常。魏忠贤仅一家奴耳，且目不识丁，即使有点问题，谅与江山社稷无碍。可怕的倒是那些抱成一团的文化精英，你看他们振臂一呼，朝野倾动，招朋引类，议论汹汹，这帮人究竟意欲何为？难道寡人的宫阙也成了他们恣肆纵横的书院不成？得，我且小试刀锋，镇一镇他们的气焰。就是刀下有几个冤鬼，大不了过些年再平反昭雪，给他们立块忠义碑得了。到了那时，岂不又显出寡人的英明大度？

刀还没有砍下去就想到将来给人家平反，这是多么高瞻远瞩的预见！不要以为这是作者的主观揣测，古往今来，这样英明大度的政治家难道还少吗？仅凭这一点，一般的芸芸之辈就玩不成政治家，你缺乏那种超越性的思维，缺乏那种明知不该杀也要坚决杀的大无畏气概，也不可能那样永远占有真理：当初杀你是对的，现在平反也是对的，你还得对我感激涕零呢。

在一本叫《碧血录》的书中，我见到了一份《东林党人榜》。在当时，这是以朝廷名义向全国发布的通缉令，所列钦犯共三百余人，最后的判决是："以上诸人，生者削籍，死者追夺，已削夺者禁锢。"这中间没有说到"处决"，更没有"枭示""戮尸""凌迟"之类，这样的处理似乎还比较文明，"一个不杀，大部不抓"，只是给你一点名誉和人身自由的损失。其实刽子手们的险恶歹毒恰恰就在这里。

我们且来看看在这种文明的背后……

杨涟因上书列数魏忠贤二十四大罪状，被魏忠贤称为"天勇星"，列入东林"五虎将"，此番自然首当其冲。天启四年（公元1623年）十月，他和另一位东林主将左光斗被削职，敕令即刻离京。这算不了什么，一个文人，不当官了，正可以留连山水，笑傲烟霞，照样活得很潇洒。但魏忠贤的本意不是要让你潇洒，他有他的打算。你杨涟、左光斗身为朝廷二品大员，这几年的官俸财物一定相当可观，等你们车载船装，珠光宝气地出了京城，我这里令锦衣卫在半路上来个突然拦截，先把证据拿到手，再逮回来慢慢整治。但后来他从杨、左守门的差役那里得知，这二位书呆子堪称两袖清风，并没有什么积蓄。再看到二人出京时，仅青衣便帽，只携带很少几件衣物从容上道时，才感到好生没趣。

经济问题一时抓不到把柄，那就先逮起来再说。天启五年（公元1624年）春，已经罢斥归里的杨涟、左光斗等"东林六君子"被押解京师，入北镇抚司收审。

这个北镇抚司俗称诏狱，一听就令人毛骨悚然。说是收审，其实就是棍棒伺候，打你不是没有理由的，因为已认定你贪赃纳贿，要你交出赃款，而且都是天文数字。明知你没有钱，偏要你拿出几万两银子来。这样审下去，你必死无疑。

打！打你个傲骨嶙峋，打你个廉明清正，打你个忧时济世，打你个满腹经纶。

起初，"六君子"还抗辩、痛骂、呼天抢地。杨涟甚至在公堂上大声对家人说："汝辈归，吩咐各位相公，不要读书。"这显然说的是气话，意思是既然自己因读书得罪，那就叫子孙不要读书。这种气话简直天真得有如童话，他以为"不读书"是一种很有力量的反抗，其实那些人根本不稀罕你读书，人家只是轻蔑地一笑，喝令再打，直打得你哀号无声，欲辩不能。不久，"六君子"中的周朝瑞、袁化中、顾大章被活活打死。

到了这时，杨涟才意识到对手其实是要置他们于死地，他私下与左光斗、魏大中商量道："我们如不胡乱招供，必会被他们活活打死。不如暂且屈招，等案子移交法司定罪时，再行翻供，讲出前因后果，或许可以一见天日。"

按照一般的浅层逻辑，这不失为一种权宜之计。但事实上，杨涟又一次犯了天真的错误，其错误就在于自己是监察部副部长，他太相信法律程序，而不知道他的对手是全然不顾那一套程序的。还要移交法司做什么？既然你承认有纳贿行为，那么就追赃，把钱拿出来。拿不出，很好！知道你肯定"拿不出"，要的也就是你这个"拿不出"，来呀，往死里打！

打！天启五年（公元1624年）的夏天，整个中国都在呼啸的棍棒下呻吟。棍棒声中，华北和甘陕大地饿殍遍野，昏黄的天幕下，灾民们在拣拾树皮、草根、观音土甚至粪便填充饥肠。那个二十年后将要戴着一顶斗笠闯进京城的李自成，因为借了富绅的"驴打滚"无力偿还，此刻正被木枷铁镣绑在毒烈的太阳下示众。而山海关外，努尔哈赤正在调动他攻无不克的八旗子弟，向着宁远——这座明王朝在关外的最后一座据点——悄悄地完成了战略包围。

杨涟被打死时，"土壤压身，铁钉贯耳"，打手们又故意拖到几天以后才上报。当时正值盛夏溽暑，赤日炎炎，尸体全都溃烂，等到收殓时，仅得破碎血衣数片，残骨数根。"六君子"中的魏大中死后，魏忠贤拖了六天才准许从牢中抬出，尸体实际上已骨肉分离，沿途"臭遍街衢，尸虫沾沾坠地"。

写下这些惨不忍睹的情景，需要相当大的心理承受力。我实在找不出一个恰当的词句来形容中国文明史上曾经发生过的这一幕暴行，也弄不清这些迫害狂们究竟是什么心态。如果单单为了消灭政治上的对手，那么对一具没有任何意志能力，也构不成丝毫现实威胁的腐尸又何必这般糟践呢？

答案就潜藏在下面这一段更加残忍的情节中。杨涟等"六君子"被残害身死后，打手们遵命用利刀将他们的喉骨剔削出来，各自密封在一个小盒内，直接送给魏忠贤亲验示信。有关史料中没有记载魏忠贤验看六人喉骨时的音容神态，但那种小人得志的险隘和刻毒大约不难想见。《三国演义》中写孙权把关羽的头装在木匣子里送给曹操，曹操打开木匣子，对着关羽的头冷笑道："云长公别来无恙？"我一直认为，这是关于曹操性格描写中最精彩的一笔。但曹操这只是刻薄，还不是刻毒，魏忠贤是要远甚于此的，他竟然把"六君子"的喉骨烧化成灰，与太监们一齐争吞下酒。

为什么对几块喉骨如此深恶痛绝？就因为它生在仁人志士的身躯上，它能把思想变成声音，能提意见，发牢骚，有时还要骂人。喉骨可憎，它太意气用事，一张口便大声疾呼，危言耸听，散布不同政见；喉骨可恶，它太能言善辩，一出声便慷慨纵横，凿凿有据，不顾社会效果；喉骨亦可怕，它有时甚至会闹出伏阙槌鼓、宫门请愿那样的轩然大波，让当权者蹀躞内廷，握着钢刀咬碎了银牙。因此，在中国历史上，从屈原、司马迁到那个在宣武门外带头闹事、鼓动学潮的太学生陈东，酿成自己人生悲剧的不都是这块不安分的喉骨吗？禁锢、流放、鞭笞、宫刑，直到杀头，权势者的目的不都是为了最大限度地扼制你的喉骨，不让你讲真话吗？魏忠贤这个人不简单，他对政敌的认识真可谓深入到了骨髓：你们文人其实什么也没有，就有那么点骨气，这"骨气"之"骨"，最要紧的无非两处，一为脊梁骨，一为喉骨。如今，脊梁已被我的棍棒打断，对这块可憎可恶亦可怕的喉骨，我再用利刀剔削之，烈火烧化之，美酒吞食之，看你还有"骨气"不？

这是一群没有任何文化底蕴的政治流氓，一群挤眉弄眼、捏手捏脚的泼皮无赖，一群得志便猖狂、从报复中获取快感的刁奴恶棍。在种种丧尽天良的残暴背后，恰恰透析出他们极度的虚弱和低能。他们不讲人道，没有人格，更没有堂堂正正可言。当初听说杨涟究论他二十四大罪状时，拦在宫门外可怜巴巴地以头触地，哀哭求情的是魏忠贤；如今一旦得势，不惜对死尸大施淫威的也是这个魏忠贤。对于他来说，摇尾乞怜与耀武扬威都没有丝毫人格负担。前面提到的那个首先上疏弹劾魏忠贤的周宗建临死前，打手们一边施刑，一边刻毒地骂道：尚能谓魏公一丁不识否？鞭声血雨中飞扬着一群险隘小人的狞笑，这狞笑浸染了中华史册的每一页，使之变得暗晦而沉重……

这帮险隘小人当然忘不了江南的那座书院。

天启六年（公元 1625 年）四月，正是绿肥红瘦的暮春时节，圣旨由十万火急的快马送到江南："苏常等地书院尽行拆毁，刻期回奏。"昔日学人云集、文风腾蔚的东林书院被夷为一片废墟，不许存留寸椽片瓦，连院内的树木也被砍伐一空。令人深思的是，所拆毁的木料与田土变价作银六百两，被全部赏解苏州，为魏忠贤修建虎丘山塘的生祠去了。

此时顾宪成已死，主持讲会的是高攀龙，面对东林废院，他的愤慨是可以想见的。但信念之火并未熄灭，在《和叶参之过东林废院》一诗中，他的声音仍然朗朗庄严，他倔强而自信地宣告：

纵然伐尽林间木，一片平芜也号林。

是的，权势者只能废毁有形的构建，但东林的声音已经汇入了整个民族精神的浩浩长河，从这里走出去的一代文化精英将支撑起风雨飘摇的晚明江山，上演出一幕幕惊天地泣鬼神的活剧来。

四

后人一般把对东林党人的迫害归结为"阉党矫旨",似乎恨东林的不是皇帝,而是几个弄权的太监,这实在是对魏忠贤太抬举了。殊不知,有明一代,由于朱元璋的苦心经营,皇权已到了至高无上的地步,那一套铁桶似的专制模式是历朝天子所无法比拟的。臣子尽管有点权势,甚至可以胡作非为,但还是要看皇帝的脸色;皇帝尽管昏愦无能,躺在深宫里抽大烟、泡女人、玩方术,但哪怕无意打一个喷嚏,顷刻之间就是满天风雨。从个人品性上讲,天启皇帝确实懦弱,但在一种极端的独裁体制下,君主的懦弱,却无损于他对政治的影响力,而只会把事情干得更荒唐。毁几处书院,杀几个读书人,这便是小小地荒唐了一下。偏偏被杀的读书人却不认皇上这笔账,更谈不上怨恨。这就很值得深思了。

我们先来看看高攀龙临死前的那份遗书。

对于死,高攀龙是有思想准备的,风声越来越紧,校骑已经到了苏州,打探消息的家人回报说,老爷也在黑名单内,一时举家惊惶。高攀龙却与几个门生在后园里赏花谈笑,镇静如常。不久,又有人回报,说缇骑将至。高攀龙这才移身内室,与家人款语片刻,打发他们离去后,自己到后园投水自沉。投水前,用黄纸急草《遗表》一封,略云:

> 臣虽削夺,旧系大臣,大臣受辱则辱国,故北向叩头,从屈平之遗则,君恩未报,结愿来生。臣高攀龙垂绝书,乞使者执此报皇上。

外面大概已听到缇骑的哄闹了,只能打住。

如今,高攀龙投水的遗迹尚在无锡市第七中学内,近旁假山错落,林木依依,站在郭沫若所书的"高子止水"石匾前,我很难想象,那么从容的自沉竟发生在这块如此逼仄的小水潭里。一汪涸泉倒映着树影,清则清矣,毕竟不那么浩阔。在离这里不远的五里湖畔,高攀龙不是筑有一所水居吗?在那里,他曾取屈原《渔夫》中的"沧浪之水清兮可以濯吾缨；沧浪之水浊兮可以濯吾足"之意，吟过"马鞍巅上振衣，鼋头渚边濯足，一任闲来闲往，笑杀世人局促"的诗句，潇洒豁达中透出相当清醒的生死观。如果让他选择的话，他大概更愿意在那里完成自己悲壮的一跃，那里包孕吴越的湖光山色正可以接纳自己孤傲旷达的情怀，纵然是走向死亡，那也是一种人生的大手笔，可以毫无愧色地比之于汨罗江畔屈原的身影。但高攀龙却走向了这块"局促"的小水潭，我想很有可能是最后来不及选择了。在此之前，他或许并没有真正想到会死，皇上圣明，宸衷英断，会在最后一刻觉察阉党的阴谋的。但家人送来的消息终于粉碎了他虚幻的侥幸，皇上不会救他了，那么就以死相报吧。因此，当他站在这水潭边时，并不见得很从容，他会想得很多，而且肯定会遗憾地想到烟波浩瀚的五里湖。但这不是皇上的过错，"君恩未报，结愿来生"，到了这时候，想到的仍然是皇上的好处。读着这样的遗书，真令人不知说什么好，在景仰和痛惜之余总有一种深沉的困惑，因此，面对着那个跃向清潭的身影，我们只得悄悄地背过脸去。

其实又何必背过脸去呢？我们面对的就是这样一群历史人物，他们是道德理想主义的献身者，又是在改革社会的实践上建树碌碌的失败者；他们是壮怀激烈的奇男子，又是愚忠循礼的士大夫；他们是饮誉天下的饱学之士，又是疏于权谋的政治稚童。在他们身上，呈现出一种相当复杂的历史和道德评判的二重奏，17世纪的社会环境使他们走到了封建时代所能达到的最高点，他们却终于未能再跨越半步，只能以惨烈的冤狱和毁家亡身的悲剧震撼人心，激励后辈越出藩篱，迎来新世纪的曙光。

正是基于这样的认识，我们不得不又一次转过脸去，理性地审视如下一幕幕令人难堪的场景。

杨涟被捕时，当地民众数万人奋起援救，打得缇骑四处逃生，肩披钮锁的杨涟也跟着东躲西藏，不是为了逃避逮捕，而是逃避援救他的民众。他老泪纵横地向群众求情，要人们成全他的大节。在他看来，自己个人的生死荣辱无关紧要，万一激起民变，破坏了封建王朝的法统可是塌天大事。这位在金殿上浑身是胆、威武不屈的监察部副部长，这位在奏章中一次次为民请命，正气凛然的青天大老爷，此刻却在民众热切的拥戴中胆战心惊。他步履踉跄，狼狈不堪地到处乱跑，唯恐和逮捕他的缇骑走散，也唯恐失去自己身上的锁链。他以自己毫不矫情的眼泪消弭了民众的反抗，跟着缇骑从容就道，一步步走向京城的诏狱。在他的身后，是乡亲们纷飞的泪雨和悠长的叹息。

这种令人扼腕的情节还在不断发生。不少东林党人在被捕前以自尽维护自己的尊严，却留下遗嘱，要家人典当器物，给执行逮捕任务的缇骑作回京的路费，因为他们毕竟是代表朝廷来的，是皇差。更有甚者，抓人的皇差把朝廷开出的逮捕证搞丢了，被抓的人却自己穿好囚衣，对着京城叩头谢恩，乖乖地跟着他们上路。江南的民风并不算强悍，苏州人更以其吴侬软语般的清柔著称。但在逮捕东林党人周顺昌时，这里却爆发了撼天动地的"开读之变"，十数万民众自发行动起来，声援东林，抗议阉党的暴政。民情汹汹有如干柴烈火，若是东林中有人站出来振臂一呼，他肯定将是李自成、张献忠一流人物，晚明的政治史也极有可能是另外一种格局。但他们没有，当愤怒的民众号呼蜂拥，追打缇骑时，他们只是坐守庭院与亲朋垂泪话别，大谈其"死于王家，男儿常事"的气节。事后，带头闹事的颜佩韦等五人被残害身死，又砍下头颅悬挂在城墙上。这五位义士都是市井小民，并没有受过诗书礼乐的教育。小民的大义并不示于慷慨高谈，而是凝聚在危难之际的奋然一搏。他们死后，苏州民众花五十两银子把挂在城墙上的头颅买下来，与尸身合葬于虎丘山塘。复社魁首张溥为之写了墓志铭，这篇很有名的《五人墓碑记》至今依然出现在中学的语文课本里。复社是继东林之后而起的政治团体，其宗旨为"复东林也"，在明清之际的政治舞台上是很有过一番作为的。张溥的这篇墓志铭写得很动情，对五位义士的评价也相当高，但其中有这么一段却颇耐人寻味：

> 而五人亦得以加其土封，列其美名于大堤之上，凡四方之士无不过而拜且泣者，斯固百世之遇也。不然，令五人者保其首领以老于户牖之下，则尽其天年，人皆得以隶使之，安能屈豪杰之流，扼腕墓道，发其志士之悲哉！

给人家写墓志铭还忘不了显摆自己那种士大夫的优越感，似乎这五个人之所以有如此大红大紫的荣誉，是沾了东林党人的光，不然，像他们这样的引车卖浆者流，只能"老于户牖之下""人皆得以隶使之"。这样说就好没意思了。

真正有点意思的是，五位义士的墓是拆毁魏忠贤的生祠建造的，而魏忠贤的生祠又是当初用拆毁东林书院的钱建造的，在这繁复的拆建之间，不仅隐藏着一段不平常的政治史，而且昭示着一种相当深刻的历史必然性。东林党人不会揭竿而起，这毋庸苛求；颜佩韦等义士也不会成为李自成和张献忠，面对着一场大规模的血腥报复，他们选择了投案自首以消弭事端，而不是拉起杆子对着干，这也不能简单地归结于江南民风柔弱。李自成和张献忠只能出现在西北的黄土高坡，而东林党那样的文人士大夫，甚至颜佩韦那样的义士，则只能出现在江南的市井巷间。这是一块商风大渐，市民阶层开始显露头角的舞台。但刚刚萌芽的商品经济又深埋在封建经济的土壤之中，市民阶层的脚跟也相当软弱，他们只能附和在别人之中，隐隐约约地喊出自己的声音。对着皇权喊一声"反"，他们大概是想都不敢想的。他们只能枕着一块忠义石碑，在秀色可餐的江南大地上悄然安息。

东林党人和江南的市民阶层不敢想的事，西北黄土高坡的农民却轰轰烈烈地干起来了。就在张溥为五人书写墓碑时，陕西澄城县的农民高举着棍棒锄头冲进了县衙，揭开了明末农民战争的序幕。差不多也就在同时，努尔哈赤的儿子皇太极开始对宁远发动了第二次攻击，与明王朝的最后一位军事奇才袁崇焕激战于关外大地。兵连祸结，天崩地坼，距紫禁城不远的一棵老槐树上，已经为疲惫的朱家皇帝预备了上吊的环扣。

五

在顾宪成故居的纪念馆里，我还见到了一幅署名"后学韩国钧"的七绝。韩来自我的老家海安，民国年间当过江苏省省长兼督军。但其一生中最为辉煌的闪光却是垂暮之年不当汉奸，以及新四军东进以后与陈毅的合作。电影《东进序曲》和《黄桥决战》中都有他的艺术形象。这首七绝写得很平朴：

东林气节系兴亡，遗墨犹争日月光。

二月春风惠山麓，万梅花下拜泾阳。

"泾阳"是顾宪成的号。诗写得不算好，但这位紫石先生站在端居堂前时，鼓荡于心胸的正是东林党人那种高山景行的气节。韩国钧写这首诗时已经六十四岁，二十年后，当他严词拒绝日军的威逼时，不一定会想到这四句小诗，也不一定会很具象地以历史上的某位英烈作为楷模。但他那凛然正气中，确实贯注着东林先贤的流风。一个封建遗老，在那个民族垂危之秋闪现了自己生命的光华，他以八旬之躯为抗战奔走呼号，在病情弥笃时仍嘱咐家人："抗战胜利之日，始为予开吊，违者不孝。"陈毅将军曾赠他一联："杖国抗敌，古之遗直；乡间问政，华夏有人。"肯定的也正是他身上所体现的那种堪为民族脊梁的气节。韩国钧也是一个文人士大夫，文人自应有文人的一份真性情。魏忠贤说得不错，你们文人其实什么也没有，就有那么点骨气。但反过来说，若什么都有，就是没有骨气，那还不成了一堆行尸走肉？

由此我不禁想到，对于任何一个人物或群体来说，历史评价总是有时限的，而道德评价却有着相当久远的超越性。一座小小的东林书院算什么呢？它是那么脆弱，战乱和权谋可以让它凋零，皇上一个阴冷的眼色可以使它片瓦无存。书声琅琅，似乎很清雅，那只是出自读书人良好的自我感觉；评时议政，似乎很热闹，也只是书生意气，徒然遭人猜忌。但它又那么倔强地坚守在江南的那条小巷里，并在中国文化史上留下了一个相当醒目的坐标。它留给后人的不是当时当地的是非功过，而是为国为民的道义和良知，是中国知识分子那种积极入世、高标独立的人格力量。正是这种人格力量在铁血残阳中鞭霆掣电、拨山贯日，支撑起明末清初一大批雄姿英发的伟丈夫。我们只要随便说出几个，便足以令人肃然起敬。例如，左光斗的节操影响了他的学生史可法，而史可法在扬州殉国的壮举又极大地震撼了江东才俊，松江的陈子龙便是这中间的一个。陈是几社的领袖人物，他和柳如是的交往和热恋不仅是一段才子佳人的风流佳话，更使青楼女子柳如是得到了一次"天下兴亡，匹'妇'有责"的思想升华。陈子龙后来为抗清牺牲，柳如是又用这种思想影响了钱谦益。钱谦益这个人的口碑不怎么好，他身为后期的东林党魁、文坛宗主，却在清兵进入南京时带头迎降。柳如是劝他投水自尽，他说了一句很有意思的话："池水冰冷，投不得。"
他不想死，但降志辱身的秽行一直折磨着他的晚年。他和柳如是后来都为抗清
做了不少事情，钱谦益因此几乎丢了性命。郑成功从崇明誓师入江时，如是以
蒲柳之躯亲自到常熟白卯港迎候，站在冷风中苦苦地远眺故国旌旗。"还期共
复金山谱，枹鼓亲提慰我思。"这位原先的烟花女子热切地期盼着像当年梁红
玉那样枹鼓军前，报效于抗敌救国的战场。山河破碎，民族危亡，东林党人大
多死得很壮烈，受他们影响的后人也大多是爱国的，这是历史上的不争之论。

文章的开头曾提到一块 1947 年募捐重修东林书院的记事碑，我留意了一
下，在募捐者中，以杨、荣、薛三姓居多，数额也最大。这三个家族不仅是无
锡巨富，在中国近代民族工业的发展史上也是很值得一提的。我曾粗略地翻阅
过他们的家族史，发现其中有一条大致相同的发展轨迹：最初由读书入仕，而
后官商兼备成为儒商，到 21 世纪初叶开始弃绝官场兴办实业，成为中国民族
工业的巨子。也就是说，他们都有着相当深厚的文化底蕴。例如其中的薛家，
其父辈即清末著名外交家、思想家和文学家，被称为"曾门四弟子"之一的薛
福成，这种现象很值得我们玩味。一般的论者认为，明末东林党人的崛起标志
着旧时代的终结。这固然是不错的，但我认为这还不是新时代的起点。终结和
起点一步之遥，却不是一两代人所能完成的。今天，当我站在东林书院的回廊
里，仔细计算着无锡三大家族的捐款数时，突然产生了一种奇特的联想：中国
的民族资本主义为什么首先发端于江南，中国近代民族工业的巨子为什么出在
无锡，是不是与面前的这座书院有着某种割舍不开的渊源呢？或者说，这募捐
碑上的杨、荣、薛三姓"大款"是不是可以看作东林后学呢？

出东林书院的后门便是苏家巷。据无锡博物馆朱文杰先生考证，当年顾宪
成起居的小辨斋就在这里。有了这处小辨斋，顾宪成才省去了每天乘着小船来
回张泾的辛劳。但后来因家境不好，这所房子又以四百两银子典当出去了，可
见文人都是很清贫的。小辨斋与东林书院近在咫尺，顾宪成主持东林讲会期间
经常止息于此，与门人论学议政。如果说东林书院是 17 世纪初的江南政治学院，
那么这里便是政治学院的"教授楼"。可惜现在知道它的人已经不多了。

我一边徘徊在这条僻静的小巷里，一边想，忘记了小辨斋不要紧，忘记了
文人的清贫也不要紧，只要别忘记这里的东林书院就好。

走进后院

一

回顾明末清初的历史很难避开吴三桂这个人物，在中国历史上为数不多的几个特级汉奸中，他大概也是可以排在前几位的。其实，吴三桂的名声，很大程度上得之于他和陈圆圆的那段风流韵事。一个赳赳武夫，后来又当了汉奸，身边却伴着一个绝代佳人，这就很有点意思了，而这佳人又似乎并不讨厌他，甚至死心塌地追随他，终于演出了那场天崩地坼的大波澜，"恸哭六军俱缟素，冲冠一怒为红颜"，吴梅村的《圆圆曲》是写实的，有点怜香惜玉的味道，自然也揭了吴三桂的老底。吴三桂那时已经当了清朝的平西王，权势日隆，对文人的几句小诗却奈何不得，只好派人悄悄送一千两黄金过来，请求作者把这两句删去或改掉。一千两黄金买两句诗，可见当时的文化人创作还比较自由，在社会上也挺吃得开，以至于权势者也不得不有几分买账。但吴梅村并不缺钱花，他以那种典型的名士派头拒绝了馈赠（其实是贿赂），相当潇洒地维护了作者的正当权益，也维护了自己的文化人格。

吴梅村和陈圆圆都是江苏人，江苏出文士、出美女，这是水土使然。可直到最近我才听说，原来吴三桂也是江苏人，这使我很惊讶。当下查对资料，没错，果真是江苏人，祖籍高邮，这就更使我惊讶了。

他怎么会是高邮人呢？

高邮，就是那座隐映在运河烟柳和芙蓉帆影中的古驿站么？就是那首甜糯诙谐，听醉了南来北往的艄公船娘的《鸭蛋谣》么？就是那个站在文游台上低吟"山抹微云"的婉约派词人秦少游么？就是那群从大淖边走来，挑着紫红的荸荠、碧绿的菱角、雪白的连枝藕，风摆柳似的穿街过市的姑娘小媳妇么？那明明是一块女性的乡土、文化的渊薮，清纯得有如荷叶上的水珠一般，怎么会走出那个粗悍奸诈的吴三桂呢？如果把吴某人的籍贯再往北挪上几百里，说他来自那个曾产生过《大风歌》，走出过一个无赖皇帝和屠夫大将的丰沛之乡，那还勉强说得过去，他怎么会是高邮人呢？

单凭这一点，就应该到高邮走一趟。

城市的性格大抵都不在通衢大街上，那里往往被铝合金、霓虹灯、广告牌和玻璃幕墙包装得千篇一律。就有如晚会上的女人，一个个都脂香粉腻、彬彬有礼，而所谓的真性情只有在寻常居家的陋室里，在女人洗尽铅华、系上围裙走进厨房的一颦一笑中才能领略。城市的真性情则潜藏在小巷深处。高邮的小巷固然是古色古香的，一式的青灰瓦檐，门楣上嵌着老气横秋的牌匾，不时可以见到几个世纪以前的遗物，令人想起农耕时代一个小州府里那种自足平和的生活情调。徜徉其间，你几乎不敢把脚步放得很重，生怕惊醒了那个温馨的旧梦。但仅仅用古色古香来形容高邮的小巷又显得太宽泛、太缺少个性。比之于江南小巷的古色古香，这里多了几分朴实坦率、较少雕琢的典雅和小家子气。就有如里下河与江南同为水乡，也同样称得上风情绰约，但这里的水似乎更注重气势而疏于色调。即使同是一条古运河，在这里也是恣肆浩荡的，一俟过了长江，才变得纤巧柔媚起来，所谓"江枫渔火对愁眠"和"夜半钟声到客船"的意境，也只有在姑苏城外的古运河边才能领略，如果有了惊涛裂岸，诗人还能把渔火和钟声体味得那样冲淡空灵、富于烟水气么？不信你到高邮去看看，"望中灯火明还灭，天际星河淡欲无"，境界就开阔多了。切莫以为萨都剌不解婉约，人家也坐过江南的乌篷船，吟过"吴姬荡桨入城去，细雨小寒生绿纱"的。

那么，就走进这条叫西后街的小巷，去看看两个高邮人的故居吧。

二

这两个高邮人是王念孙、王引之父子。王氏父子都做过中央部长级的大官，因此，高邮人习惯上把他们的故居称为"王府"。新近开放的王氏纪念馆即是在"王府"的基础上兴建的。说是故居，其实仅存几间厢屋、一口古井而已。房子的进深很逼仄，用料也不大，可以想见当年的王府并不怎么富丽高敞。事实上，一个穷京官，又喜欢钻故纸堆，不懂得把精力用于钻营和聚敛，是很难发财的。好在旧式的官僚在乡下大都有一份田产，足以维持家用，每年收了租子，还可以折换出几百两银子送往京师，补贴老爷做学问及著书刊刻之用。因此，那京官便不至于囊中羞涩，可以心态平和地把学问做得很精深。

一门父子或兄弟，同领一代风骚，这种现象在中国文化史上并不多见。王氏父子在学术上的成就，历代的评价实在不少，其中最精当的无疑是章太炎的那几句大白话，他认为：古韵学到了王氏父子，已经基本上分析就绪了，后人可做的只不过是修补的工作。太炎先生也是国学大师，而且生性狂傲，但面对着王氏这样的学界巨人，他就像当年李白站在黄鹤楼下一样，有点"崔颢题诗在上头"的味道。他这么一总结，别人再跟着说什么大师、绝学、博大精深，就没有意思了，因此梁启超干脆把训诂学称为"王氏高邮学"，将整个一门学问都包给了王氏父子，这种推崇大概也是绝无仅有的了。

对于历史上的王氏父子来说，后人推崇与否并不重要，重要的是他们要对浩如烟海的中国文化负责，并在这种负责中把自己生命的意志力张扬到最大限度。王氏父子都不是职业学者，他们在公众前的身份是政府官员。我们很难想象，他们是如何一边应付枯燥冗繁的政务，一边潜游于浩浩学海之中的。这完全是两种世界：一边是繁文缛节，站班叩头，政潮起伏，祸福无常；一边却是朗月清风，曲径通幽，天马行空，神游八极。据纪念馆里的有关资料介绍，王念孙为《广雅》作注时，每日注三字，十年成书，嘉庆六年（公元 1801 年），著成《广雅疏证》二十三卷。每日注三字，看起来似乎下笔颇为矜持，但若把这三个字置于中国文化的特定情境之中，却每个字都支撑着万卷书的学养和异常坚挺的文化人格。这是怎样力重千钧的三个字啊，和他白天处理的那些官话连篇的公文相比，和朝廷发布的那些洋洋洒洒的诏书谕旨相比，和同僚之间那些辞藻华丽的应酬诗词相比，这所注的三个字的重量肯定远远超出了它们的总和。如果说白天的官场政务只是一种被动性的生存手段，那么，只有到了晚间，在摘去顶戴花翎，布衣便鞋地走进书房以后，他那潜心面壁的苦思和神采飞扬的吐纳才充满了人生的主动精神。这时候，一个个僵硬古板的文化符号，经过他小心翼翼的求证和梳理，渐次变得鲜活灵动起来，而博大古拗的经典史籍，也在他的笔下折射出云蒸霞蔚的万千气韵。

现在我们可以认定，对于官，王氏父子是看得很淡的。因为看得淡，他们才能超脱于逢迎巴结、标榜拉拢之上，超脱于派系倾轧、攻讦排挤之上，超脱于伴君如伴虎的惶然拘谨之上。这种超脱说到底是由于无所谓和不用心。有些把官场技巧玩得很圆熟的政客也可能表现得相当超脱，这和王氏父子绝对不是一回事。但"不是一回事"的初衷却可能有大致相同的结局，即他们的官运都比较畅达。平心而论，王氏父子在仕途上都没有经历多大的颠荡，王引之先后担任过工部、户部、吏部和礼部尚书。六部都堂，只有兵部和刑部没有坐过，大概那两个所在都带着点血腥气，文人不宜。这些职务大多是显赫而抢手的肥缺，可见他绝非那种不识时务的书呆子，朝野上下对他的印象也不错。超脱不等于无为，不等于阿弥陀佛的老好人。王念孙当给事中时，曾带头参倒了权倾一时的奸相和珅，他那道奏章写得相当精彩，一时天下争传，从中我们亦可以看出王氏为官的机敏练达。本来，嘉庆对和珅的讨厌是明摆着的，只是因为太上皇乾隆的庇护，和珅才有恃无恐。乾隆一死，和珅的倒台便只是时间问题了。但尽管如此，王念孙的一道奏章仍旧功不可没，因为他摸准了嘉庆的一块心病：先帝尸骨未寒，就迫不及待地杀他的宠臣，会给天下人落下不孝的名声，《论语》中不是有"三年无改"之意么？那么，就给皇上找一条理论根据好了。且看王念孙在弹劾和珅的奏章中是怎么说的：

臣闻帝尧之世，亦有共驩，及至虞舜在位，咸就诛殛。由此言之，大行太上皇帝在天之灵，固有待于皇上之睿断也。

这个王念孙不简单，他这么一比附，和珅就成了上古时代的奸臣共工和驩兜，而乾隆和嘉庆则无疑是帝尧和虞舜。打倒和珅，嘉庆只不过是按既定方针办，完成先帝的未竟之志而已，不这样干倒反而是大大的不孝了。这下和珅的脑袋还保得住么？

当官其实并没有太大的学问，无非是揣摩上司，投其所好。以王氏父子的智商，他们都可以在官场上玩得相当潇洒。但他们不愿把过多的精力泡在那里面，而要用于做学问。训诂也是一种揣摩，只不过这种揣摩需要学富五车和矢志不移，一般的官僚自然没有这样的根底；与之相伴的又往往是清贫和寂寞，这就更不是一般的官僚所能忍受得了。王氏父子的选择是基于一种睿智清醒的价值判断。历史也似乎感到官场上的芸芸之辈太拥挤了，有意要把两个完全可以有所作为的行政官员成就为学术界的一代宗师，让后代的文人学子在官僚面前也多了几分自信，不至于总是卑躬屈节看人家的脸色。

到王氏纪念馆参观的人不多，庭院里静得很，这没有什么不好。这里本来只是一处学者的憩息之地，本来就不是车马喧腾、前呼后拥的所在，应该这样静的。就这么一所庭院，曾经包容和消化过那么多古拗深僻的诗书典籍，让浩浩茫茫的中国远古文化在这里变得清澈流畅，变成既可以濯吾缨又可以濯吾足的沧浪之水，这就够了，用不着再有摩肩接踵的游人来捧场。如果也和别的旅游景点一样，一样的红男绿女、门庭若市，那就不是王氏纪念馆了。王氏父子生前向往的其实只是一处宁静的书斋。宁静不仅仅是一种外在的氛围，更是一种让千般意韵渗发其间的境界。最伟大的精神总是宁静的，宁静是一种积贮和酝发，一种默默的冶铸，一种与浮嚣波俏悖然有别的大家风度。同时，也只有虔诚地膜拜历史和自然，善于总体地把握人生的思想者，才能从容地进入这一境界。

京城毕竟不是做学问的好地方，那里太嘈杂，又太死寂，一个学者的情怀在那里很难自由地吐纳。那么就乘上官船，沿着大运河南下，回老家住几天吧。

中国的士大夫大抵都把衣锦还乡作为一种很风光的事，但王氏父子只不过是为了寻找一处宁静的后院。事实上，他们有相当一段人生是徜徉在这后院里的。在中国文化史上，高邮西后街的这座庭院其实比京师堂皇的王氏官邸更具光彩。今天我们漫步其间，仍能感到二百多年前那种流溢着书香的宁定和超逸。这中间，虽然世事沧桑，故居的大宅深院只留下了几处破壁苍苔，但那种气韵却一直深潜在庭院的每个角落。在这里，你会想到淡淡的月色，树影婆娑生姿，秋风轻轻拂动着主人背后的辫梢，他踏着沙沙的落叶向前走去。这是闲散的时刻，他把京城的呵斥和哄闹扔在一边，把那汗牛充栋的典籍扔在一边，独自享受着这片刻的悠游。于是他来到了这口古井旁，此地甚好！如果说后院是宁静的，那么这里则体现着宁静的深刻和理性。他或许要在井栏四周盘桓少顷，或许会留下一些关于人生的思考。是的，就这么一口古井，它深潜不显，平朴无争，自觉地收敛了突兀的外部张扬。它生命的价值在于地层的深处，在于深处那千年不枯的水脉和一方安闲静谧的小天地。那是一方深邃而充满活力的天地，但任何人也不会觉得它碍手碍脚，也不会招致那些猜忌和防范的目光；那又是一方同样可以领略天光云影的天地，但外界的凄风苦雨却离它很远，或者说，它相当乖巧地避开了凄风苦雨的侵凌。你看，这该多好。

这口古井，至今仍然悄悄地藏匿在故居的一角。王氏纪念馆本来就门庭冷落，到这里来的游人就更少了。虽然是早春的下午，斜阳也有了些许暖意，但景况却很萧索。我抚着井栏向下看去，冥冥深处的一汪清泉泠然无声，仿佛一只幽怨的眼睛正怅望苍天，那是一种压抑已久、喷薄欲出的幽怨，真令人不寒而栗。在这一瞬间，我突然想起了现代物理学中的一个名词：黑洞。黑洞不是空洞无物，那是一个超级星体在抵达演化末态时的畸形坍缩，坍缩的引力凝聚了巨大的物质和能量，甚至连光线也不能逃逸，那么，这口百年古井中究竟凝聚着什么呢？难道是那穿透世纪的幽怨么？

三

王氏父子的一生都在京城的官邸和高邮的故居之间奔波徘徊，往往是官运相当畅达时，却急流勇退，回到故居的书斋里做学问；学问做得很投入时，又不得不打点行装去京城做官。在有些人看来，这或许相当不错。但对于两个纯正的文人，这毋宁说是一种尴尬。不难想象，官场人格和文化人格的冲突，是如何铸就了他们终身性的困顿。正是在那悄然归来的帆影和匆匆赴任的车轮背后，隐潜着中国文人的大悲哀。

乾隆四十年（公元 1775 年），王念孙考中二甲七名进士，被选为翰林院庶吉士。"春风得意马蹄疾，一朝看遍长安花"，这种万人期羡的风光历来被渲染得十分张扬。这一年，王念孙才三十岁出头，在翰林院堂皇的仪门下出入时，他有理由自负而潇洒。然而几个月后，这位新科进士却突然乞假归里，回到了高邮西后街的这座庭院。

为了探究当事人的心灵历程，我们不妨先走出这座庭院，稍稍巡视一下那个云蒸霞蔚和昏天黑地的乾隆四十年（公元 1775 年）。

乾隆是中国历史上福气最好的太平天子，但太平天子当腻了便要寻开心。乾隆一生最起劲的是两件事：一是做文人，一是杀文人。做文人的是他自己。就数量而言，这位皇上无疑是中国历史上最了不起的诗人，以他名义写作的诗词总数超过四万二千首，这是个相当惊人的数字，就算他生下来一落地就会写诗，平均每年也有五百多首。这中间究竟有多少出自圣躬我们且不论，单就这一点，便足以证明他是很推崇文人的，不然自己何苦硬要往那里面挤呢？杀文人虽然是从顺治四年（公元 1647 年）的函可《变记》案便开始了，其后历经康熙、雍正两代雄主，文字狱愈演愈烈，但真正杀得深入持久、史无前例的还是乾隆。乾隆一朝，全国大小文字狱一百三十余起，真可谓砍头只当风吹帽，横扫千军如卷席。而从乾隆四十年（公元 1775 年）开始的那几年又恰逢杀得兴起，现在有案可查的文祸达五十余起。这是清代文字狱乃至中国古代文字狱的空前高峰，也是最后一个高峰。其中最具轰动效应的当数栟茶徐述夔《一柱楼诗集》案。

栟茶这个地名，人们肯定会相当陌生，但若是提起"清风不识字，何故乱翻书"，稍有历史知识的人立即会毛骨悚然地想到那场血雨腥风的文字狱。那场由微不足道的小事缘起，最后以一大堆人头和浩浩荡荡的流放者作结的文坛巨祸，就发生在这座小镇上。

栟茶和高邮同属扬州府，相去大致不远。案件发生时，王念孙已回到高邮，当他在书斋里疏证《广雅》时，外面的驿道上，成群结队的案犯正押解北去。冤鬼呼号，牵衣顿足，想来他是很难潜心入定的。

我们先来说说这个《一柱楼诗集》案。

事情的起因很简单，有一个姓蔡的无赖想讹诈徐家的田产，便以徐家曾私刻禁书相要挟，在当时的政治气候下，这种要挟是相当厉害的。徐家因确实藏有先祖徐述夔的《一柱楼诗集》，胆气便不足，只得赶紧把诗集包扎好送到东台县（今东台市）衙门，先占一个自缴的主动。又通过官府出面调停，让出有蔡氏墓地的十亩田产，以求息事宁人。徐氏本是官宦之家，又是栟茶首富，这样割地求和已经相当不容易了。岂知对方的目的原在于狠敲一把，哪里看得上区区十亩墓地？当下又跑到江宁布政使衙门投递控状。为了浑水摸鱼，他索性把东台县吏也作为徐家的庇护人一并写进去。这样，事情就闹大了。

这个徐述夔原是一方名士，乾隆初年中过举人，也当过七品知县。像好多读书人那样，官场不很得意，便将才气和情怀倾注于诗文。到了晚年，他把自己的苦吟所得编为《一柱楼诗集》雕版付印。一般来说，这是很风光的事。他根本不会想到，在他死后多年，这本诗集会惹出一场塌天大祸。

其实他应该想到的，早在康熙元年（公元1662年），因庄氏《明史》案而被问罪的钱塘才子陆圻就对子女说过：终身不必读书。这样的忠告既令人心碎，也足以令人警醒。但中国的文人都是天生的贱骨头，你叫他不读书、不吟诗，真比杀了他还难受。徐述夔大小也算是个官场人物，偏偏就一点不识时务。

事情闹大了，那就查办吧。

查办并不困难。其一，徐家缴书在前，蔡氏告发在后，根据乾隆三十九年（公元1774年）下达的查办禁书的谕旨，只要主动呈书到官，即可免予追究。其二，诗集中有没有"悖逆言词"，也就是有没有辫子可抓，这是关键。一个失意文人的情怀小唱，无非吟风弄月，感时伤事，有些则纯粹是无病呻吟，似乎找不出什么违碍之处。

以上是江苏巡抚的奏报，基本上是实事求是的。但皇上并不需要实事求是，他需要的是一颗具有轰动效应的"政治卫星"。自乾隆三十九年（公元1774年）他通谕全国查办禁书以来，人虽然杀得不少，但那些首级大都不够分量，不足以震慑士子人心。很好，来了个《一柱楼诗集》案，作者是个举人，又恰恰发生在人文荟萃的江苏，拿来开刀，且杀他个桃红柳绿、杏花春雨，给江南的才子们一点颜色看看。此案中又有官吏包庇的问题，这更合朕意，一并杀将过去，让封疆大吏们清醒清醒，看他们以后还敢空言塞责！

来人哪，刀斧伺候！

且慢，不是说徐家缴书在先，蔡氏告发在后吗？鸟用！谁先谁后，那只是枝节问题，无须纠缠。乾隆问道：为什么早不自首晚不自首，在知道人家要告发时才去自首？可见是存心匿书不报。于是，徐家自首无效。

不是说几首吟风弄月的情怀小唱，无关大碍吗？屁话！吟风弄月中难道没有政治？且看这两句："明朝期振翮，一举去清都。"这"明朝"就不消说了，自然是指朱明故国（果真不消说吗？），至于"去清都"，乾隆又问道：为什么用"去"，而不用"上"清都，"到"清都呢？"去"就是除去，就是反清复明，用心何其险恶！

还有，诗集的校对者叫徐首发、沈成濯。首发，头发也；成濯，语出《孟子》："牛山之木，若彼濯濯"，凋落也。首发，成濯，孤立地看并无深意。但若把两人的名字连起来，便成了"首发成濯"，自然是"诋毁本朝剃发之制"。乾隆再问道：为什么徐首发不同别人合校，偏偏要找这个"成濯"联手，这中间大有文章，两人显系逆党无疑。

这个乾隆，真不愧是诗词产量达洋洋四万余首的"文章巨擘"，能把中国的语言文字玩得这样随心所欲，造化无穷；也不愧是人海之中取书生首级如探囊取物的超级杀手，能问出这样具有政治杀伤力的"为什么"。毋庸置疑，在我们文明古国的历史上，能问出这样高水平"为什么"的，乾隆大帝即使不是千古一人，也是千古几人之一。

可以想见，在这一连串泰山压顶般的"为什么"之下，那些卑微羸弱的文人是何等诚惶诚恐、噤若寒蝉。要知道，当乾隆在问这些"为什么"时，也许那御案上还放着他墨迹未干的诗稿，一个自己也在苦吟"平平仄仄仄平平"，以至不惜遣人捉刀代笔往文学圈子里钻的人，怎么会这样恶作剧地作践文字、作践文人呢？若笼统归结于一种近乎神经质的政治敏感，这固然是不错的。但在我看来，深层次的心理动机恰恰是一种铭心刻骨的自卑，以及由这种自卑而生发的嫉妒，感到自己这方面不行，才猜忌和作践比自己行的人。试问，唐明皇会猜忌文人吗？他文采风流，诗书琴棋无所不通，和当时第一流的文学艺术大师们坐在一起，也照样可以进行层次不低的对话，他自信得很，用不着去暗算人家。正是在这种宽松的气氛下，李白才能笔下生辉，流出那样文采瑰丽的《清平调》。你看诗人在皇上面前何等放浪形骸，一会儿要这个脱靴，一会儿又要那个磨墨，架子搭得够可以的了。平心而论，那三首《清平调》在满目辉煌的《李太白全集》中，虽算不得上乘之作，但其中的"借问汉宫谁得似，可怜飞燕倚新装"，倒是很有点讽喻意味的。以玄宗的文学素养，不可能看不出。但他只是一笑置之，照样给他官做，给他酒喝，可见当时的文人不仅自由，甚至有点"自由化"了。应该感谢大唐天子那宽容而温煦的一笑，因为，正是那种相当"自由化"的宏观环境，孕育了恢宏瑰丽、气象万千的盛唐文化，让中华民族的子孙能够千秋万代地为之神采飞扬。

就文化心态而言，清初的爱新觉罗家族显然比不上李唐王朝那样洒脱放达。他们是从白山黑水的蛮荒之地走出来的，入关以后，虽然也把汉文化奉为正统，潜心研习，但正如胡适所说，那只是"一个征服民族迅速屈服于被征服民族的文化"。既然是"屈服"，便带有相当程度的不得已。例如，多尔衮一介武夫，又不通晓汉文，却和当时颇富文名的桐城派诗人李舒章过从甚密，因为李曾替他捉刀，写过著名的致史可法的劝降书（李舒章把那封劝降书玩得相当不错，几乎可以作为诡辩术的范本）。而多尔衮的侄子顺治刚开始执掌朝政时，竟看不懂向他呈递的汉文奏折，因此，他不得不以极大的毅力学习汉文化，这位少年天子后来甚至对中国的小说、戏剧和禅宗佛教文化也有相当的兴趣。这样，到他二十四岁病故时，居然留下了十五部以汉文撰写的著作。但"屈服"是一回事，真正做到同化却不那么简单。和从小就泡在章句小楷中的汉族士大夫相比，乾隆及其先人们终究只能算是半吊子。"皇帝挥毫不值钱，献诗杜诏赐绫笺。千家诗句从头起，云淡风轻近午天。"这是雍正初年文人汪景祺的几句诗，他显然很看不起这种"半吊子"。皇帝的诗文"不值钱"怎么办？杀人！你比我行，杀了你，我不就是天下第一吗？拿破仑的个子有点委屈，面对一位身材比自己高得多的将领，他说得很干脆："我和你的差距只有一个脑袋，但是你如果不服从我的指挥，我可以马上取消这种差距。"砍掉人家的脑袋，以求得平等，甚至让自己超出，就这么一种心态。

《一柱楼诗集》案的结局是可以想见的。徐家满门被祸，杀头的杀头，流放的流放，那年头此类事太多了，操作起来相当熟练。跟着倒霉的还有一大批官吏和与诗集有关的人。徐述夔及其儿子已死去多年，仍按大逆凌迟律，锉碎其尸，只留下首级挂在城门上示众。当年，那个讥讪皇上诗文"不值钱"的汪景祺被杀后，其头颅在北京宣武门外的菜市口整整挂了十年，直到雍正驾崩，才得以取下来归葬。徐述夔父子的头颅究竟挂到什么时候，史无记载，但大概总要有些时日的。两颗书生的骷髅就这样高悬在城门上，日日夜夜地昭示着圣明天子的文治和武功。

这是乾隆四十三年（公元 1778 年）的十一月，王念孙回到高邮已经三个年头了。高邮是古运河畔的重要驿站，由江南北上进京的必经之路。江南文风腾蔚，那里的文人也因此格外被皇上所猜忌。这几年，江南的文人犯了事，从这里押解北去的络绎不绝，王念孙实在看得太多了。时令已是深秋，芦荻萧萧，有如祭烛千丛；水天苍苍，恰似惨白的尸布。王念孙长叹一声，更加深深地埋进后院的书斋里。

四

遗憾的是，在关于《一柱楼诗集》案的材料中，我一直没有见到那两句人们广为流传的"清风不识字，何故乱翻书"，这大抵由于我无法看到全本的《一柱楼诗集》，全本早已被作为"防扩散材料"而付之一炬了。我只能从封疆大吏们小心翼翼的奏报和皇上雷霆震怒的朱批中有所窥测，而那些"违背"词句，无论是在奏报或朱批中都不可能透露得太多。当然，也可能根本就没有这两句诗，只是人们的一种误传。误传自有它深刻的历史必然性，当时的统治者对"清""明"这样的字眼，其敏感几乎到了神经质的程度，而文人又喜欢吟风弄月，一下笔，风则"清"风，月则"明"月，都是千百年来写熟了的套路，这样，在"清风明月"下无意丢了脑袋的文人自然不少。金圣叹临刑前感慨道："杀头，至痛也，而圣叹于无意中得之，亦奇。"那么，无意中因一句"清风明月"而得之，则大概可以说得上风雅了。

乾隆四十六年（公元 1781 年）发生的《忆鸣诗集》案，是"清风明月"的一种变奏。"忆鸣"不就是"忆明"吗？这还了得！光凭这两个字，就足够杀个落花流水的，何况诗集中还有"明汝得备始欣然"这样的句子。其实只要看看诗的题目：《题扇头美人》，便可以知道属于所谓的香奁诗，是文人的一种艳情趣味。但香奁艳情怎样写都可以，写得玉体横陈也无妨，像韩偓笔下那样"扑粉更添香体滑，解衣微见下裳红"，写出那种"滑"的抚摸感和"红"的色彩感都无妨，为什么偏偏要触犯那个"明"字呢？这种咎由自取也许太残酷了，本来只是有点小无聊，对着团扇上的美人怜香惜玉，结果却把自己的妻妾女儿都一并推进了火坑。那时候，一旦抄家问罪，男人们倒也罢了，无非是杀头流放，至多也不过凌迟。最痛苦的还是女人。顾炎武诗中的"北去三百舸，舸舸好红颜"，大概就是罪臣的妻女，通常的发落是"给披甲人为奴"，对于这些千娇百媚的大家闺秀来说，其屈辱和痛苦是可以想见的。在这里，我又得说到那个汪景祺了，汪被"立斩枭示"以后，其妻亦连坐发往黑龙江。这位贵妇人据说是大学士徐本的妹妹，"遣发时家人设危楼，欲其清波自尽，乃盘蹙匍匐而渡，见者份之"。凄惨之状令人目不忍睹。我们无须责怪家人的残忍，因为这种残忍实在浸渍了太多的无奈和悲怆，一个弱不禁风的名门淑女，与其让她远流朔北，去承受那永无尽头的蹂躏和凌辱，还不如让她一死了之，落得个干干净净的名媛之身。因此，清波一跃无疑是一种诗化的解脱。在这里，黑色的残忍演化为相当真诚的超度，而搭建在江边的那座危楼，倒反而辐射着人性和人情的温煦。我们也无须责怪女人的苟且偷生，她或许只是想在北去的途中，有机会再看一眼丈夫挂在京师的头颅，日丽风和，天阴雨湿，那头颅仍然是旧日容颜么？

写到这里，我不得不停下笔来，稍稍抚慰一下战栗的心灵。这就是文字狱，一种极富于中国情调的文化现象。当一个弱女子在江边的危楼上"盘蹙匍匐"，走向漫天风雪中的屈辱和苦难时，这是多么惊心动魄的悲哀。我至今不能理解"见者份之"的"份"该作何解释，查阅了《辞源》也仍然不得要领，只能想当然地理解为"忿"的通假字。如果容忍这样解释，那么，这些围观者是不是太残酷了一点呢？至少他们是应该有几分哀怜的。而且，在我看来，那些"见者"中，肯定会有相当一部分是文人，目睹了这样的场景，他们还能狂傲得"天子呼来不上船"吗？还能执着得"语不惊人死不休"吗？还能豪放得"淡妆浓抹总相宜"吗？还能婉约得"衣带渐宽终不悔"吗？还能闲适得"采菊东篱下，悠然见南山"吗？统统不能，他们只能战战兢兢地交出自己的文化人格，猪狗般蜷曲在专制罗网的一角。

做出这样的结论，绝不是我的主观臆断，而是对一代又一代文化菁萃和士人风骨无可奈何的祭奠。上面说到的那桩《忆鸣诗集》案，在一大堆杀头流放者后面，还跟着一个为诗集写序的查慎行，但案发时，其人已死去多年。说来可怜，查慎行后半生一直谨小慎微，但死后仍脱不了一个"倒霉鬼"的下场。想当初，这位宁海查家的贵公子何等风光，他受学于名满海内的大学者黄宗羲，诗文和人品都相当奇崛。康熙二十三年（公元1684年），当时还叫查嗣琏的他，便被钦赐进士，入南书房行走，相当于皇帝身边的机要秘书。南书房历来是个万人瞩目的干部学院，在这里韬晦几年便可以飞黄腾达的。却不料无意之中触了霉头，他的一位朋友为庆贺自己的生日在家里设宴，并演出自编的《长生殿》传奇。酒也喝了，戏也看了，这一班文人都有点头脑发热，没想到当时正值皇太后去世的国丧期间。结果，查嗣琏和在场的观剧好友全被革职拿问，担任编剧的主人和那一班演员的下场就更不消说了。

这是中国戏剧史上的一次大事件。那位做生日的主人，即清代剧坛上被称为"南洪北孔"之一的大戏剧家洪升。查嗣琏虽然是个配角，他的悔恨却是可想而知的。他从此退隐故里，并改名慎行，字悔余，寓有"痛悔之余，谨言慎行"的意思，有人写诗揶揄道：

竿木逢场一笑成，酒徒作计太憨生。
荆商市上重相见，摇手休问旧姓名。

仅仅是"摇手休问旧姓名"么？更重要的是，昔日那个傲骨棱棱、风采熠熠的传统士人的影子已荡然无存。这以后，作为过来人的查慎行便有如初进贾府的林黛玉一样，处处存着小心。但小心也没用，到了雍正四年（公元1726年），他弟弟查嗣庭典试江西，因试题涉嫌谤讪被拿问（这件事后来被人们演绎成相当离奇的维民所止案，与事实相去甚远）。慎行一支亦阖门被逮，锁押解京，后因得到鞫审大臣回护，才幸免于难。当时的人们深有感慨，认为查慎行之所以能脱身奇祸，皆因为能适时掉首于要津，但他们哪里会想到，若干年以后，冥冥黄泉之下的查慎行，却因为又一桩文字狱而成了名副其实的"倒霉鬼"呢？

我们无法知道查慎行在退隐期间是如何打发时日的，但肯定不会写诗著文（偶尔给人家的诗集写了一篇小序大概是例外），即使像别人揶揄他的那种打油诗也不会去凑热闹的。"避席畏闻文字狱，著书只为稻粱谋。"到了龚自珍那个时代，文字狱已经基本结束了，他的这两句诗应当带有痛定思痛的结论色彩。但是像查慎行这样的书香门第，似乎还用不着自己去作稻粱之谋。一个文人总期望能有所建树，在青史上留下点什么。经过短暂的消沉以后，所谓的文化意识便悄悄地苏醒过来，这种文化意识植根于读书人冥顽不化的优越感：我们在精神上是最高贵的一群，总不能就这样无所事事地混日子吧。既然不敢从事敏感的经世致用之学，不敢吟诗著文，甚至不敢研究历史，不敢读书，那就只有远离现实的文网，钻进泥古、考据的象牙之塔，用死人的磷火来照亮活人的精神世界。起初，这只是一种无可奈何的个体性追求，但几代人的无可奈何渐次演化为一种历史的自觉，络绎不绝的个体性追求，终于汇聚成一个时代的整体性功业。于是，万马齐喑中崛起了一座奇峰秀挺的文化景观，这就是中国文化史上的乾嘉之学。只要看看这一串熠熠生辉的名字，后代的任何一位文化人都会肃然起敬的：惠栋、戴震、段玉裁、龚自珍、魏源……

当然，还有高邮西后街的王氏父子。

五

面对着乾嘉大师们超拔卓绝的建树，后代的文化人心情比较复杂。

在高邮的王氏纪念馆里，陈列着诸家名流的题咏，其中有这样一首：

平生讲话喜夸张，到此锋芒尽收藏。
莫道如今拘促甚，此是乾嘉大师乡。

一位生性狂傲的老教授，到了这里居然连话也不敢讲了，那是怎样一种震慑心灵的崇拜！他是河南大学的于安澜教授，年过八旬，是由人搀扶着来到高邮瞻仰王氏故居的。从中州风尘仆仆地南下，对于老教授来说，这恐怕是他有生之年最后一次远足。他是用自己生命全部的意志力来朝圣的。

同样是朝圣，另一位老教授的题咏似乎更耐人寻味：

为仰大师行万里，白头俯作小门生。

这似乎是一幅古意翩然的水墨画，气韵相当不错。但真正有意思的是题咏上的一枚闲章，曰："我与阿Q同乡。"作为著名的园林建筑专家，陈从周教授的闲章大抵不会少，为什么单单选中了这一颗呢？难道仅仅为了标明自己的籍贯？或仅仅是一种幽默的噱头？恐怕不像。站在这里，他的心境可能比上面的那位要复杂一些。在仰慕和崇敬中是不是蕴含着某种苦涩和酸楚，我不敢妄加揣测。

这种苦涩和酸楚，至少我是体验过的。

那一年我在鲁迅文学院进修时，听北京大学吴小如先生的古典文学。吴是名教授，讲课如行云流水，毫无学究气，却于平白晓畅中见韵味，让在下等听得如痴如醉，可见真正有大学问的其实用不着卖弄辞色。在讲《战国策》中的《触龙说赵太后》时，顺便提及一桩文字公案，即清代乾嘉年间的大学者王念孙用大量确凿的证据考定，原文中的"左师触詟愿见太后"应为"左师触龙言愿见太后"，原因很简单，人们把"龙言二字误合为詟耳"。王念孙的考证纠正了沿袭两千多年的一个错误，但在当时由于缺少权威性的证据，只能作为一家之言。1973年，在马王堆三号汉墓出土的帛书中，人们发现果然是"触龙"不是"触詟"，这才想起两百多年前王念孙父子的考证。讲到这里，一向不假辞色的老教授突然做出了一个相当强烈的姿态，喟然感叹道："把学问做到这种地步，王念孙父子不简单！"

吴小如教授的感叹，我至今历历在目，那神色和语调中流溢着史诗般的激情和高山仰止的崇拜。这种崇拜不仅是面对着一种超拔卓绝的建树，更是面对着一种人生风范。恕我浅薄，在此以前，我还从未听说过王念孙和王引之这两个名字。但自那之后，尽管岁月蹉跎，风尘垢面，宠辱无常的人生际遇使人很容易健忘，这两个名字却很难从我的记忆中消失了。课后，同学中有人曾感慨地提到另外两个名字，这两个名字维系着一段全世界中学以上文化程度的人差不多都知道的科学史话。19世纪中期，法国的勒威耶和英国的亚当斯根据天体力学的理论进行推算，肯定了太阳系中另一个行星的存在。若干年以后，借助于望远镜的进步，人们果然在轨道上发现了那颗行星，它被命名为海王星。王氏父子和这两个外国人大体上生活于同一时代，他们的科学发现客观上似乎缺乏可比性，但是就其在各自的领域所达到的超越性高度，就治学的精深严谨而言，都同样令人叹为观止。然而悲哀的是，除去在中国，除去搞古典文学中训诂专业的少数人而外，还有多少人知道王念孙和王引之这两个名字呢？

这种同代人的类比随口还可以说出一些。例如，当乾隆大帝祭起一连串攻无不克的"为什么"，罗织《一柱楼诗集》案时，当一群书生的后代身受凌迟哀号震天时，在遥远的欧罗巴洲，一个叫瓦特的青年刚刚捣鼓出了一种叫蒸汽机的玩意，给这个世界带来了一种不同寻常的喧闹。例如，当王念孙钻进书斋，开始著述《广雅疏证》时，他绝对没有听到法兰西人攻占巴士底狱的欢呼和宣读《人权宣言》的朗朗之音。还有……

这样的类比给人太多的感慨，人们有理由提出这样的设想：以乾嘉学派中那一群文化精英的智商和治学精神，如果让他们去捣鼓蒸汽机和轮船，发明电灯，研究《人权宣言》，中国将会是什么样子呢？

在这里，我丝毫没有对乾嘉大师们不恭敬的意思，他们中的不少人，即使放在中国文化史的长轴画卷中，也堪称第一流人才；他们所达到的某些高度，后人几乎无法企及，因为从个体上讲，他们有着后人无法企及的学养和毅力，在这种学养和毅力面前，我们永远只能诚惶诚恐，顶礼膜拜。我只是觉得，从宏观上看，他们的色彩似乎过于单调，因为他们毕竟生活在那个色彩相当繁复亦相当辉煌的18和19世纪。这种单调当然不能由他们自己负责，更何况，他们中已经有人在大声疾呼了：

九州生气恃风雷，万马齐喑究可哀。

我劝天公重抖擞，不拘一格降人才。

龚自珍是很有历史眼光的，只可惜他死得太早了一点。在我看来，如果让他再活上二十年，中国近代的思想史和洋务运动史都不会是现在这个样子。

王引之卒于道光十四年（公元1834年），谥号文简。给谥号并不是因为他文化上的建树，而在于他当过几任中央的部长，是一种政治待遇。那时儒臣的谥号大都用这个"文"字，皇上只是信手拈来，并没有什么深意。

王氏生前交谊落落，相知多在文人的小圈子里。早在嘉庆二十三年（公元1808年），当时的浙江和云南乡试都以"清榜"而闻名全国。两位主考官亦声誉鹊起，他们一个是王引之，一个叫林则徐。两人同在翰林院任过事，又都是干练而清廉的文人，自然声息相通，算是比较谈得来的。

王引之死后不久，林则徐领钦差大臣衔去广东禁烟。这位以饱学睿智著称的清廷干员，此时对西方世界也几乎一无所知。为了通晓"夷情"，他到达广州越华书院钦差行辕的第一桩事，就是尽可能地搜集外国人用中文编的每一种出版物，摘录其中有关外国情况的点滴资料，然后整理成内参附在奏章中送给道光皇帝御览。这些鸡零狗碎的资料竟荣幸地成为中国人真正用功夫研究世界的最早文献。而就在道光皇帝一边呷着香茶，一边漫不经心地翻阅这些从传教小册子、商务指南和中文日报中摘录的内参时，大英帝国的三桅战舰正耀武扬威地鼓帆东来，鸦片战争的阴云已经笼罩在南中国海的上空……

时在1840年，距乾隆皇帝发问那些"为什么"大约七十年，距王引之去世才六年。

百年孤独

一

我现在寓居的这座小城历史上是隶属于常州府的。但说来可怜，常州于我的印象，似乎只有火车站周围那一圈逼仄的天地，以及从车窗里所能领略的远近参差的屋脊。那几年，我在南京进修，来去都在这里换车，火车和汽车交接的时间一般都衔接得很精确，上下匆匆，很少有驻足观光的闲暇。常常是星期天的晚上，我背着只马桶包，在苍茫的暮色中闪下公共汽车，又轧上开往南京的夜行列车，刚刚喘过气来，常州已成了灯火迷蒙的远景。有时遇到不巧的事，也会在车站上给常州的朋友打个电话什么的，却从未进入这座城市的深处探访过，更不会想到自己脚下的铁路和手中的电话曾经与一个常州人有过什么关系。

但近年来，这个常州人却总是来撩拨我。翻开中国近代史，他的名字一次又一次地在我的面前停留，渐次化为翩翩的形象，那大抵是拖着一条长辫子，在天津、上海和汉口的租界里和洋人彬彬有礼地握手寒暄；或顶戴花翎，朝仪整肃，袖子里藏着大宗的银票，在京城的官场中趋前避后地打躬作揖。在他的身后，出现了中国最早的铁路、轮船、矿山、电报、银行和大学，中国的近代史也因此增添了几分别样的喧闹和色彩。人们也许没有注意到，无论是在租界里和洋人讨价还价，还是在官场上钻门子通关节，他都操着一口浓重的常州方言。

这个常州人叫盛宣怀。

现在，我终于走进了常州城，来探访盛宣怀的遗迹。我觉得这应该不困难，特别是在当今这个"名人大战"、风起云涌的年代，这种探访简直无异于一趟如登春台的旅游，肯定会相当潇洒。更何况我还有好几个祖籍常州的作家朋友。

"叫盛什么？"

"盛宣怀，宣传的宣，关怀的怀。"作为常州人，而且是文化圈子里的。他居然不知道盛宣怀其人，这使我很惊讶。

"没听说过。"他摇摇头，仿佛面对着一个蓦然闯入而又神经兮兮的问路者。

也许是出于一种相当微妙的考虑吧，例如他也盯上了这个盛某人，想写本人物传记之类的畅销书，担心我捷足先登，在如堕烟海的茫然背后，其实隐潜着不便言说的封锁和垄断，这种心理在文人之间并不鲜见，也是完全可以理解的。我只得告诉他："我只是想写一篇小东西，其中涉及这个人物，并不想在他身上作什么大文章。"

"没听说过。"他又摇摇头，看得出，他的迷惑相当真诚。

他当然不能提供什么有价值的资料，只是帮我从新编地方志的人物卷中找出了这个名字，下面有几百字的生平简介，这种一般性的常识我肯定不需要。

对盛宣怀莫名陌生的人，我的这位作家朋友远不是最后一个。我步履艰难地穿行在常州的大街小巷中，那景况便如同走进了一座原始部落去探寻火星人的遗迹。面对我不屈不挠的打听，不同身份的人都表现了几乎同样的迷惑："叫盛什么——没听说过。"

没听说过。一个从常州走出去的，中国近代史上三井、三菱式的经济巨擘，常州人没听说过。

可能是因为常州出的名人太多了，光是清代以后，这里就走出了恽南田、赵翼、段玉裁、刘海粟、华罗庚等一代巨匠。历史上的常州学派、常州画派、常州词派和阳湖文派都曾经各领风骚数百年。这里的文章和书画档次相当高，无疑称得上是中华文化的瑰宝。"天下名士有部落，东南无与常匹俦"，龚自珍本身不是常州人，他对常州的这两句赞语应当是由衷的。但显而易见，这些人大都是文化圈子里的。吴地文风腾蔚，走出几个文化巨子并不奇怪，就连一个杂货店里的跛脚学徒也曾进行过名震世界的数学运算。像瞿秋白、恽代英这样以政治活动载入青史的常州人，也都带着很重的文人气质，他们逐历史大潮而出，挥手风雷，落笔华章，即使在中国现代文学史上，他们的名下也该有一段令人钦羡的书记。

常州大井头一带是繁华的闹市区，中联商厦、百货大楼、文化宫都集中在这里，近旁三十二层的购物中心正在打桩，彩色施工图上赫然画着海外某国的国旗，自然是中外合资的了。就在附近一条古朴的小巷里，我幸运地遇到了一位老人，他沉吟少顷，比画了个手势问道："盛家，是不是这个跛脚盛？"

我大喜过望，预感到曙光就在前头，连忙重复着他那个手势："正是这个跛脚盛，你记得在哪里？"

"在中联商厦的旁边，鲜鱼巷对过，原先是一座很深的院子，前后总共八进。大门前——就是周线巷头上那一片——旧时叫盛家场，拴马桩都是石头的。铺地的方砖哟，这么大。我领你去看看。"

我终于找到了盛宣怀的故居，但眼前只有一片废墟。幸运的是，那一圈围墙里，居然嵌砌着两块汉白玉石础。老人告诉我，这石础就是当年盛家门柱下的，而对面那片偌大的空地，就是称为盛家场了。

我用步子量了一下，两块柱础间的距离为九步，大约二丈有余。

"都没有了，早就拆光了。"老人连连摇头，唏嘘不已。

但有了这两块柱础，再加上一个盛家场的旧名，当年盛家的排场已经可以想见。那时候，盛宣怀还乡时，绿呢大轿就是从这里抬进去的，他掀起轿帘，望着老家残缺的照壁，该会想些什么呢？是衣锦还乡的荣耀、人事沧桑的感慨，还是旅途见闻的反思，或者干脆什么都不是，只是在心底里疲惫地叹息一声：唉，终于到家了！在那个时代，沪宁铁路还没有修，他从北京、天津或上海回来，大抵都是乘船的。官船沿着古运河迤逦而下，扬帆操棹，桨声欸乃，构成一幅中世纪相当典型的远行图。但船舱里的主人却并不悠闲，在浪拍船舷的絮响中，他踌躇满志地构想着关于铁路、轮船和电报的大事情。官船走走停停，终于拐进了常州的水巷。在盛家故居的对面，至今仍有一条叫老北岸的小街，想必当年是有河道的。官船靠岸了，盛宣怀沿着河埠头拾级而上，坐进绿呢大轿。官轿沿着小巷，在暮色中拐弯抹角地穿行，小巷的石板刚刚用水冲洗过，透出湿漉漉的冷色。今天我站在这里，似乎仍能听到一个多世纪以前，那轿夫的脚步敲在石板上的回响。

据说盛宣怀很少回常州老家，即使回来也来去匆匆，大概他觉得把那么多时间扔在官船里实在不值得。

该走进围墙去看看了。

其实真没有什么可看的，旧日的大宅深院早已荡然无存。一队建筑工人正在瓦砾堆中钻探地基，从已经挖开的几处缺口，可以看到地层深处老墙的基石，大块大块的条石垒得很深，石缝口悠悠地渗出三合土的灰浆，条条缕缕犹如化石一般，那是当初用桐油、糯米汁与洋灰搅拌的混合物。一般来说，旧式的庭院并没有什么高层建筑，这样坚固的地基足以承载大院内森严的高墙和精致的屋宇，承载如山的粮仓和充栋的诗书，承载一个大家族内每个成员的喜怒哀乐和生生死死，承载鲜花着锦般的兴盛和无可奈何的没落。令人惊异的是，在地层以下，条石的夹缝中，竟顽强地盘踞着一棵老树根，树干估计在建房以前就砍去了，但历经百年，地底下的根蔓却并未朽没，用指甲一掐，里层还露出生命的质感。

面对着这样深厚的墙基和盘根错节的老树根，我好一阵发呆。

二

19 世纪 60 年代末期，充斥于中国历史年表的不外乎两桩大事，一为洋务，一为教案。一方面是士大夫们痛感于中国积弱积贫，大声疾呼"师夷长技以自强"，连清政府也不得不放下"天朝上国"的架子，把对西方国家带有蔑视意味的"夷务"一词悄悄地改作"洋务"；一方面却是民众的排洋情绪日益高涨，烧教堂，杀洋人，此伏彼起，每一次清政府都得向列强赔礼、赔钱、赔人头，伤透了脑筋。请看：

　　1868 年 4 月，台湾教案；8 月，扬州教案。

　　1869 年 1 月，酉阳教案；6 月，遵义教案；11 月，安庆教案。

　　1870 年 6 月，天津教案。

　　单说最近的这次天津教案，事情也实在闹得太大了，一举打死了二十名外国人，烧了法、英、美等国的教堂和育婴堂，连法国领事馆也被付之一炬。事情发生后，列强以炮舰云集津门，向清政府提出最后通牒。清政府慌了手脚，急令在保定养病的直隶总督曾国藩赴津查办，旋又派李鸿章会同办理。这种"查办"的结局是可想而知的，天津知府、知县被莫名其妙地革职充军，又向洋人送上二十颗平民百姓的头颅，外加白银五十万两。曾国藩的这种处置引起了朝野不少人的非议，正巧这时南京发生了张文祥刺马事件，清廷便把曾国藩挪了个位子，到南京去当两江总督，让李鸿章接任直隶总督兼北洋大臣，驻节天津。

　　这本来只是清代官场中一次由一系列偶然因素促成的人事变动，但对于中国近代史上的许多大事和一些人物的命运来说，这次人事变动却至关重要。

　　李鸿章来到天津是同治九年（公元 1870 年）九月间，在这以后不久，一个常州人走进了天津直督衙署。他叫盛宣怀，这一年他二十六岁，来投奔中堂大人谋差事。

　　这情景会使人想起一些潦倒落魄的文士，为生计所迫，走投无路，便怀揣着什么人的荐举信来叩门子，期待着能在权贵帐下当个师爷什么的，好歹混碗饭吃。但眼下的这个常州人似乎不属于这种情况。

　　他本来可以走向科场，去博取鲜花着锦般的功名。虽然两年前乡试落第，但这不要紧，他才二十六岁，来日方长，十年寒窗，一朝显达，这是不屈不挠的生命搏击，因为一个没有科举功名的白衣秀才，在官场上大抵很难有所作为，特别是盛氏这样的官宦之家，总是把由科举进入仕途作为人生最高理想的。

　　他本来也可以走向文场，做一个潇洒自在的名士。延陵古邑，有的是文人学子，交几个文友，每日里诗酒往来，就像大观园里的太太小姐那样，今天做个菊花会，明天填首柳絮词，曲水流觞，把酒投壶，何等的风雅惬意。时间长了，把平日里唱和酬酢的诗文拢在一起，刻一本《诗钞》或《文集》，也不算辱没了先人。

他本来还可以走向妓院赌场，像好多世家子弟那样，领略人生的另一种风光。他有这样的条件，父亲做过多年的湖北督粮道，这是个肥得冒油的差事，这些年聚敛的财富实在可观，守着这么一份大家业，足够他挥霍的。"人间万事何须问，且向樽前听艳歌。"狎妓则倚红偎翠，豪赌则一掷千金，做一个及时行乐的大家阔少。

但这个常州人走进了直隶总督的衙署，他怀里揣着一份《上李中堂书》，洋洋洒洒地提出了关于兴办路矿、电线、轮船等应时问题。

这时候，大抵天津教案刚刚平息，事情虽然过去了，人杀了，银子也赔了，但作为会同办理的李鸿章，心头恐怕别有一番滋味。杀几个不明事理的小民百姓固然无所谓，但总是向洋人赔银子终究不是办法。十赔九不足，人家的胃口越来越大，长此以往，还不把大清国都赔光了？李鸿章的这种心态，在当时的士大夫中具有相当的代表性，连残暴昏聩的西太后也感觉到这一点。请听听她与曾纪泽（曾国藩之子）的一段对话。

曾纪泽："中国臣民恨洋人，不消说了。但须徐图自强，乃能为济，断非毁一教堂，杀一洋人，便算报仇雪恨。"

慈禧："可不是么！我们此仇何能一日忘记！但是要慢慢自强起来。你方才的话，说得很明白，断非杀一人烧一屋就算报了仇的。"

上上下下都在呼吁自强，作为中枢权臣的李鸿章更是忧危积心。但要自强就得办实业，而在当时的知识界中，真正热衷于实业的委实不多，他们热衷的仍旧是章句小楷，是做官。

这下好了，来了个叫盛宣怀的年轻人，又是自己的老朋友盛康的儿子。外间传说，李鸿章当年在南京参加乡试时考不出策论，是盛康抛了纸团给他才得以中举的。这虽然是无稽之谈，但通家之好却是事实。更重要的是，这个年轻人对办实业很热衷。

那就让他办实业吧，眼下就有一桩要紧的差事——创办轮船招商局。

若干年后，李鸿章曾用两句相当精当的话来评论盛宣怀，说他"欲办大事，兼作高官"，这确是触及了盛氏灵魂的底蕴。生活于那样的时代，那样的家庭，盛宣怀不可能挣脱儒家"治国平天下"的人生框范。而所谓"治国平天下"，不过是"作高官"的一种堂而皇之的说法。但他深知自己没有科举功名，不是正途出身，因此，沿着常规的官场升迁程序很难出头，便选择了先办"大事"，以"大事"谋"高官"的道路。现在看来，盛宣怀一生的全部悲喜剧，其根源盖出于此。

但不管怎么说，在盛宣怀出道之初，他是以一个办实业的商人，而不是旧式官僚的眼光来处事的。首先，他力主招商局商本商办，因为既为商人，便不能不注重经济规律，经济规律是一组咬搂得相当精密而残酷的齿轮，一旦运转，便绝对排斥封建腐朽的官僚意志；若两相冲突，其结局不是规律被废弃就是官僚被吞噬消化。在这一点上，作为会办的盛宣怀一开始便与督办朱其昂发生了冲突，盛宣怀在给李鸿章的信中说得很清楚："朱守意在领官项，而职道意在集商本，其稍有异同之处。"他是说得委婉了些，因为官本官办与商本商办绝不仅仅是稍有不同。

但朱其昂是他的顶头上司，他越级打小报告，措辞过分激烈就不聪明了，只能点到为止。反正他同时还附呈了一份清折，把集商本的见解阐述得很充分，这就够了。

果然，李鸿章毕竟是有头脑的，他肯定了盛宣怀的商本商办。不仅如此，在这以后不久，当一批湖南乡绅和旧式官僚弹劾盛宣怀时，李鸿章又用"不了了之"的官场故技保护了盛宣怀。而当时，李鸿章本人也正遭到来自各方面的非难，有一个叫梁鼎芬的翰林院编修奏他有"六可杀"之罪，指责李办洋务是劳民伤财，连带上对老母不孝也是弥天大罪之一。他请朝廷将李鸿章的罪状昭布中外，以明正典刑。这个梁鼎芬就是那个辛亥革命后为了剪辫子让黎元洪很费了一番脑筋的腐儒，但那是后话，且搁下不说。反正李鸿章眼下圣恩正隆，一个翰林还参不倒他。

官方代表朱其昂很快就从招商局消失了，换上了盛宣怀力荐的唐景星和徐润，这两位都是买办出身的粤籍商人，而且都在香港厮混过，喝过洋墨水。在这次人事变动的背后，盛宣怀的商业人格体现得相当充分。在当时的中国，有实力登上工商舞台的无非是三种人：大地主、老牌商人和正规官僚，但这些人大抵具有根深蒂固的重农轻商思想，他们的出发点和归宿都是乡村中的一处庄园。地主老财自不必说，即使是商人和官僚，其终极目标仍然是广置田产，而经商和做官只不过是一种敛财的手段，一种人生的阶段性过程，最多也不过是一种使自己的理想境界社会化的努力。这些人的眼界极其有限，很难超越封建庄园的高墙。而买办商人则不同，他们是中国殖民化过程中新崛起的特殊群体，也可以说是列强入侵中国的一个私生子。他们不但在资本积累方面比传统商人有办法，而且通晓洋情，富于开拓和冒险精神，这无疑都是他们得天独厚的优势。

轮船招商局一时如日中天，业务范围从国内各港口陆续延伸到横滨、神户、吕宋、新加坡等地，并且在与洋商争利时打了几次很漂亮的大仗。甚至在送往大不列颠的《商务报告》中，英国驻华领事也失去了传统的绅士风度，惊惶失措于轮船招商局成了他们贸易上的唯一劲敌。但盛宣怀的人格悲剧也由此初见端倪。因为从一开始进入天津，他的双脚就踩在两条船上，而这两条船实际上是向相反方向行驶的。在官僚面前，他是精明练达的商人；在商人面前，他又是手握权柄的官僚，这是盛宣怀自己设计的理想模式。显而易见，这种模式中融入了大量中国式的封建色彩，吹牛拍马、钱权交易、朝秦暮楚、以势凌人，凡此种种，都是健全的商业人格所绝对排斥的。他力荐唐景星和徐润，很大程度上是出于那种"第二梯队"的特殊心态，因为朱其昂毕竟是一个有背景的正牌官僚，而唐、徐二位只是纯粹的商人。除纯粹的政客外，干其他任何一行的"纯粹人"大都是不通权术的。果然，当中法战争爆发，招商局陷入困境时，盛宣怀从背后轻轻捅了一刀，唐景星和徐润便落荒而走，盛宣怀当上了总揽全局的督办。与此同时，他的官运也相当畅达，接连升任天津兵备道、山东登莱青兵备道兼东海关（芝罘税关）监督，后来又担任了天津海关道这一北洋关键性的职位，参与对外交涉和关税等重要政策的拟定与执行，离京师的殿阙只有一步之遥了。

离京师越来越近，但离中国最大的通商贸易都市上海却越来越远了，而轮船招商局的总部在上海。京师的官场喧闹而富于诱惑力，盛宣怀实在没有更多的精力去处理那些瞬息万变的商务行情。满腹的生意经在车轮和马蹄声中变得黯晦而疏淡。他把督理招商局的职责交由会办马建忠代行，自己则一门心思在天津当他的海关道，觊觎着京师的官场。停在天津北运河桃花口的盛记豪华官船，三天两头便解缆西去，驶向皇城东侧煤渣胡同的贤良寺，那是李鸿章经常下榻的地方，驶向一座座王公贵族的朱门。对于马建忠来说，这本来是千载难逢的绝好机会，独揽大权，更待何时？但他偏偏不领情。事实上，马建忠并不是单靠招商局会办的头衔而在中国近代史上留下印记的，作为一名改良派的经世思想家和语言学者，他的名字都相当响亮，他的著作《适可斋记言记行》一书，可以作为分析他思想的重要依据。但奇怪的是，在这部记述一生行迹的著作中，他竟然只字未提招商局的事，这是否可以理解为他对盛氏招商局的评价有什么保留，就不得而知了。我们知道的只是马建忠一次又一次地电催盛宣怀南下，口气中甚至透出某种不耐烦。在他看来，盛宣怀根本不应该待在北方做官，而应该到上海来主持商务，这才是真正有意义的大事业，也是他的生命价值所在。中国需要的不是官僚，而是叱咤风云的一代巨贾。

但盛宣怀自己也没有办法，既然脚下的两条船加快了航速，又是朝着不同方向的，他只得暂时把一只脚稍稍抬起来。

三

但盛宣怀终于到上海来了，时在光绪二十二年（公元 1896 年）五月。

甲午中日战争的烟云已经飘散，随着北洋海军的定远号铁甲舰在刘公岛附近的海面上缓缓沉没，李鸿章的政治光芒也逐渐黯淡，作为李鸿章一手提拔的淮系干员，盛宣怀理所当然地面临着一场政治危机。

但命运给了他一次机遇，他抓住了。他和张之洞做成了一笔交易。关于这次交易的详情，我们不妨听梁启超的介绍：

> 当时张所创湖北铁政局，经开销公项六百万两而无成效，部门切责。张正在无措之时，于是盛来见，张乃出两折以示盛，其一则劾之者，其一则保举之者。盛阅毕乃曰："大人意欲何为？"张曰："汝能为我接办铁政局，则保汝；否则劾汝！"盛不得已，乃诺之。

盛宣怀的这种"不得已"完全是故作姿态，既然官场这条船开始搁浅，甚至有倾覆的危险，那么，把脚重新踩到实业这条船上来，便成了他现实而明智的选择。张之洞让他接办汉阳铁厂，他何乐而不为呢？但半推半就的表演还是必要的，那是为了和对方讨价还价。果然，他来了：

> （盛）进而请曰："铁政局每岁既须垫赔巨款，而所出铁复无销处，则负担太难矣。若大人能保举盛宣怀办铁路，则此事尚可勉承也。"
> 张亦不得已而诺之。

这下也轮到张之洞"不得已"了。

梁任公真是大手笔，寥寥数句，便把两个官场人物的心态勾画得惟妙惟肖，我们甚至可以体味到细瓷盖碗里袅袅飘逸的茶香和当事人那勉为其难的叹息。但读过这段文字，我们似乎没有更多的心绪去欣赏文笔的精当，因为一种博大的历史感悟在召唤着你，中国近代实业史上一桩意义深远的大事，竟如此平淡地发端于北京一家旧式公馆茶香氤氲的客厅里，发端于由威逼和利诱促成的"不得已"之中，发端于两个旧式官僚的讨价还价、利益交换之后，这种发端毫无历史主动性可言，甚至缺少起码的神秘色彩。也许有好多在很大程度上影响历史进程的大举动，其发轫之初并不一定那样惊天动地，它也许只是一种由当事人的性格碰撞而偶然迸发的冲动，一种人生历程中的被动性退却，一种掺和着私利和卑劣的小小交易。该怎样评价1896年5月的这个日子呢？前些时看到一篇相当不错的文章，题目是《略论旧中国近代化过程中的三代核心人物》，其中的第一代即李鸿章和盛宣怀。青油轿车驶出了张之洞公馆前的深巷，轿帷挡住了燠热的夕阳，也挡住了京都的街谈巷议，中国近代民族工业蹒跚起步的最初情节，就隐藏在这辆渐去渐远的马车里。马蹄得得，车声辚辚，今天我们已经无法揣测盛宣怀当时的心态，但有一点是肯定的：李鸿章及其淮系集团的失势，无疑给盛宣怀的前程投上了浓重的阴影。中国的士大夫历来有一种规律性的心态，官场失势，或情场失意，或战场失败，都喜欢去做文章发牢骚，这时候的文章也往往写得格外出色。盛宣怀毕竟不是正途出身的官僚，他没有那么多的闲情逸致。官场失意，摘下顶戴花翎，掸一掸身上的晦气，跳槽到上海干别的去。历史将证明，常州城里的盛家阔少之所以成为中国近代史上的实业巨子，主要是在1896年以后，这是盛宣怀事业最为辉煌的时期，中国近代民族工业的奠基亦在这段时间，而这一切的直接起因，则是由于李鸿章的失势。对李鸿章这个人物的评价也许要复杂一些，他在19世纪末期的倒台，无论如何是晚清政治的悲剧。但如果不是这次政坛变故，盛宣怀大抵仍旧钻营于京师的官场之中，顺着官僚阶梯一级级爬上去。那么，中国只不过多了一个旧式官僚，却少了一个卓有建树的大实业家。祸兮福所倚，历史和人生的辩证法就是这样奇诡无常。

盛宣怀到上海来了。北京是一个闭塞的官场，虽说是冠盖如云，摩肩接踵，但一举一动都有规矩框范着，连李鸿章那样的一品大员，每次进京陛见前也要在家里练习跪拜叩头。上海却没有这许多规矩，上海只是个花哨而喧嚣的自由市场，这里有通宵不灭的洋灯和穿梭奔忙的蒸汽火轮；有西装革履的冒险家和长袍马褂的掮客；有医院、邮局、拍卖行、跑马厅、文明戏、新闻纸；有令外地人莫名费解的"康白度""拿摩温""咸水妹""水门汀"之类的洋泾浜英语。在这里，盛宣怀的商业人格得到了最充分的张扬，他创办和经营了中国规模最大的煤铁钢联合企业——汉冶萍煤铁厂矿公司；中国最大的纺织企业——华盛纺织厂；中国第一家自办的，也是唯一的电报局；中国第一家银行——通商银行和中国最主要的铁路干线。他还兴办了中国最早的天津北洋大学和上海南洋公学（这两所学校即后来闻名中外的天津大学和上海交通大学），再加上他先前经营的中国第一家自办的也是最大的近代航运公司轮船招商局，这些最早、最大和第一家，任何人只要能够沾上其中的一条，就宠誉非凡，足以称为奠基者或先驱了，而盛宣怀却当之无愧地统领风骚，这无疑是中国民族工业发展史上的一个奇迹。

坐落在跑马厅附近的盛氏寓所修葺一新，盛宣怀定一定心绪，在上海长住下来。北京的声音已经变得相当遥远，耳边只有喧嚣不息的生意行情。他很快就被十里洋场的景观同化了，怀里揣着瑞士钻石表，金丝眼镜是地道的法兰西产品，和洋人打交道时，也能用英语寒暄几句。当然，有时也免不了要到北京去走走，但他现在完全是站在商人的立场上讲话。有过官场经历的商人毕竟与纯粹的商人不同，他更善于利用权力的杠杆来达到自己的目的，更善于把经济活动融化于政治交易之中。在关于汉阳铁厂的体制问题上，他的商股商办又遭到张之洞的反对，他就把意见直接捅到庆亲王奕劻那里。奕劻本是个颟顸庸碌的老官僚，但他贪财好货，在北京有"庆纪公司"之称，盛宣怀有的是银票，这样话就好说了。他还怕奕劻也说不通张之洞，又从旁献上一计："可否求钧署（即奕劻把持的总理衙门）托为西洋熟习矿务者之言以讽之，或尚及挽回。"也就是借洋人的力量来改变张之洞的不合理的做法。后来的论者往往据此抨击盛宣怀的买办嘴脸，恐怕很难令人信服。

作为企业家的盛宣怀在京城长袖善舞，周旋得相当潇洒。为了争取卢汉铁路的修筑权，他特地从国外订购了一部发电机孝敬慈禧，为她在颐和园内安装电灯，全部费用是白银十四万两。昆明湖畔，身穿燕尾服的洋技师指挥着一群小太监装机架线，忙得颠儿颠儿的，这情景很使人想起一些往事：这座即将华灯大放的皇家园林，不正是李鸿章当年从北洋海军的经费中抽出六十万两银子修建的吗？如今，北洋海军早已销声匿迹，而湖光山色中的园林却更有一番风光。另一件人们知之不多的往事是，与北洋海军差不多同时建立的广东海军中有一艘广甲舰，在甲午战争前执行的是中堂大人亲自下达的公差：负责由南方向朝廷运送岁贡荔枝。历史上送荔枝的故事往往没有好结局，"一骑红尘"的尾声是魂断马嵬。这样的联想或许令人警醒，或许令人颓丧，但盛宣怀不在乎，中国的事情就吃这一套，要干成一桩事，不放血能行？反正羊毛出在羊身上，不送白不送。他频繁出没于王公贵族的朱门，手面之阔绰，大有海派风度。

但商业人格却不允许盛宣怀介入政治纷争，商人的本质是实用，不管你帝党也好，后党也好，我统统不介入。因此，当康有为等人一次又一次地上书清帝，鼓吹变法时；当光绪在西花厅召见维新派头面人物，并"诏定国是"时，当各地督抚闻风而动，"朝野之条陈新政者，日数十起"时，盛宣怀却高卧沪上，做着他自己设计的强国梦，始终未就政体问题公开表露过任何看法。在他的奏折、电稿、函牍中，所涉及的尽是些经济和技术方面的政策性问题。他虽然偶尔也提一提"立宪"这个字眼，但其所说的不过是"立宪最重理财"。他考察日本归来，总结明治以后日本成功的经验，认为关键"全在理财得其要领"。盛宣怀只是个企业家，他脑子里只有资本和利润之类，或许在他看来，那些激动人心的变法纲领只是书生之论，在中国根本行不通。与其空谈新政，还不如实实在在修几条铁路管用。或许由于他有过多年的官场经历，对政治的险恶有某种预感。

盛宣怀的预感果然不差，1898 年 7 月 20 日上午，光绪帝在勤政殿召见出访中国的日本前首相伊藤博文，这位连做梦也在想着康乾盛世的皇帝也太天真了，居然要这位刚刚在战场上打败了自己的日本人献策改革中国，使中国尽快自强（就在前一天，同样天真的康有为也曾走访这位日本人，恳请他出面帮助新政）。但伊藤一点也不天真，他并不认为一个患软骨病的中国有治愈的必要，对于变法图强，只是闪烁其词，顾左右而言他。就在这时，有太监闯进来传旨，说太后召皇上速去颐和园。这一去，光绪就没有能再回到勤政殿来，慈禧把他囚禁起来了，热闹了一百零三天的新政悄然收场。

热闹也好，收场也好，盛宣怀还是一门心思忙他的实业。就在帝党沸沸扬扬地变法，以及后来后党血雨腥风地杀人时，盛宣怀与比利时银行代表团在上海签订了《卢汉铁路借款合同》，借款总额为四百五十万英镑，以本铁路及其所属一切产业为担保。差不多在同一时期，他又着手筹建萍乡煤矿局，开采江西萍乡安源煤矿，产煤主要供应汉阳铁厂，而铁厂生产的钢轨则用于修筑铁路。北京的好戏紧锣密鼓，从西花厅、勤政殿出西直门到颐和园，最后在菜市口扔下几颗血淋淋的人头，画了一个沉重的句号。上海的盛氏公馆也并不冷落，雄心勃勃地筹划，如履薄冰地谈判，既浪漫又实在，商务电报日日夜夜地在长空徘徊，最后凝聚在数千里以外的铁路和矿山上。两台戏各唱各的，互不相干。盛宣怀庆幸自己没有搅进政治纷争中去，管他是这一帮人乘着火车宣扬变法，还是另一帮人利用电报追捕新党，干我鸟事！

四

在常州，我后来还打听到盛家的另一处故居，地址在老城区的大马园巷一带。从巷口望去，两旁尽是简陋的木板门，并未发现那张扬着富贵气的骑马墙及紫铜门钉雕花窗棂之类。有竹竿挑出小院的围墙，上面穿晒着小儿衣裤，一看便知是寻常居家。正值晌午，几个老人在小巷里悠闲地漫步，据说这一带原先是盛家的祖宅，到了盛宣怀的父亲中举显达以后，才搬到大井头去的，这里便成为义庄，用于安置盛氏旁系的贫家子弟读书和生活。推算下来，盛家迁居时，盛宣怀还很小，零落在这里的大抵只有童稚的足迹。

出马园巷口，眼前是常州市中级人民法院。我在那大门前徘徊了好一阵，不是为了怀古，也不是留恋景观，隐隐只觉得心头有一种压抑已久的呼吁：过去的盛家旧宅，如今的人民法院，很好！那么，就请你对这段百余年的历史，对从这里走出去的一个叫盛宣怀的人物，作一个庄严而公正的评判吧。

假如不是中国历史上那个光绪三十四年（公元1908年），这种评判或许会相对容易得多，但历史毕竟绕不开那个风雨飘摇的多事之秋。这一年的11月，北京的天气格外阴冷，而紫禁城内更是笼罩着一派黯郁不安的气氛，光绪和慈禧在两天之内先后死去，大清国的权力中枢顿时像失去了定海神针一般，政潮起伏，波诡云谲。

来自北京的邸报每天按时送进上海的盛氏公馆，送到盛宣怀的红木案桌上。盛宣怀随意翻看着，一边想象着京师的一幕幕连台好戏，嘴角上露出一丝隔岸观火的冷笑。他乐此不疲地仍然是向洋人借钱，兴办路矿。不料有一天，送进盛氏公馆的却是一道来自北京的上谕，朝廷任命他为邮传部右侍郎，并帮办度支部币制事宜，实际上就是给朝廷搞钱。不久，又擢升他为邮传部尚书，跻身内阁。

盛宣怀说不清是喜是忧，他只得打点行装，到北京去做官。

把一些"知识化"的专门人才选提为管家婆式的行政官僚，这是中国官场中的一个误区，其主观意图或许不坏，但结果却往往大打折扣。因为官场自有官场的一套思维模式和道德规范。苏东坡应该说是个正派人，也是做过大官的，自己深切地体味过被官场人格浸淫的痛苦，他甚至"惟愿吾儿愚且鲁，无灾无难到公卿"。这无疑说的是反话，因为呆子自不会有人格分离的痛苦，能够心安理得地遵循官场人格的一套去操作。即使是那些原先品格不错的人，一入其中也往往不由自主，逐渐沾染上做官特有的那种优越感，长此以往，自然是丢了专长，学了一套官腔、官调和官派。

盛宣怀是做过官的人，心底深处是很有几分官瘾的，因为做官有做官的权威。苏东坡那种人格分裂的痛苦他大抵不会有，而张之洞的官场遭遇更是记忆犹新，这个少年时代就被称为"司马相如"的才子，外任数十年却一直不能内召入阁。像他这样政绩昭著的主儿，当官不能入中枢，真不如回家种红薯了。为此，张之洞写过一首七绝：

　　南人不相宋家传，自诩津桥警杜鹃。

　　辛苦李虞文陆辈，追随寒目到虞渊。

　　宋代的君王不用南方人为相，但屈指数数，南宋的几个大忠臣李纲、虞允文、文天祥、陆秀夫不都是南方人吗？张之洞以宋代南北之别，喻清廷满汉畛域之分，其怨愤之情是显而易见的。如今盛宣怀轻飘飘地就进入了中枢，他着实应该庆幸。

　　但庆幸之余又多少有点遗憾。他是在十里洋场泡过的，那种潇洒和滋润也挺值得眷恋，因为干实业有干实业的实惠。当官的用钱得到别人的口袋里去掏，虽然掏起来不很费劲，而且一般都是送上门的，但终究不及办实业的那般流畅自然。因为那钱就在自己的口袋里，想怎样花就怎样花，兴之所至，破财只当风吹帽。况且还有个心态问题，你别看那些"冰敬""炭敬"来得容易，其实心里也不那么安分。朝廷又养了那么多风闻言事的御史，弄得不好，参你一本，把吃进去的吐出来不算，还得丢乌纱帽。

　　遗憾尽管遗憾，官还是要当的，因为盛宣怀找到了一个结合点："目下有此一官，内可以条陈时事，外可以维护实业。"说得很冠冕堂皇，实际上就是既当官又抓住实业不放，把权威和实惠集于一身。

　　盛宣怀在喜忧参半中完成了向官场人格的倾斜。他原先督办轮船招商局时，是极力抵制官办的，但自己一旦当了官，就立即下令把招商局收归邮传部管辖。他的汉冶萍公司开张以后，即奏请"不准另立煤矿公司"，企图利用官权独揽专利，这不是武大郎开店是什么？

　　但这样的评判又似乎有失偏颇，因为盛宣怀毕竟不是一般的庸常之辈，这些年来，他办了那么多的大事情，神州大地上那些傲然崛起的巍巍巨物和雷霆万钧的轰鸣声，唤醒了一个古老民族的梦魇，也为病恹恹的中华文明争得了几分自信。因此，即使如今身在魏阙，也不能不感到一种民族责任感和事业心的召唤，这种召唤无论是面对儒家传统的人生框范，还是面对当今最为紧迫的强国救亡之现实，都是那样悲壮而执着。然而悲剧也正是从这里开始的，一个旧式官僚，本钱既不足，又好大喜功，便只能冒天下之大不韪。于是，那场把盛宣怀钉在历史耻辱柱上的大革命终于发生了。

这是真正的悲剧。盛宣怀为中国的铁路事业真可谓夙兴夜寐，不论是经营汉阳铁厂或筹建通商银行，其出发点都是为了铁路，前者是为修筑铁路炼制钢轨，后者是为兴办铁路筹集资本。而创办大学则是为了培养铁路事业的专门人才。他是个地地道道的铁路至上主义者。然而，辛亥革命的发起恰恰是从声讨他的"铁路国有"开始的。先是武昌的革命党人握着汉阳铁厂生产的新式步枪呼啸而起，而后是八方的响应者电报串联，火车驰援。他苦心经营的那些近代化的玩意，恰恰为这场大革命准备了最为快捷也最具威慑力的物质力量。到了这种地步，盛宣怀别无选择，他只能到日本去避避风头。更加伤心的是，在逃亡日本神户途中，他乘的是德国人的一艘旧货轮，而自己一手创办并控制的招商局的那些艨艟巨轮已没有他的立足之地了。

从天津到神户的旅程是漫长而寂寞的，每天看日出日落，听潮涨潮息，正可以静静地反思人生的许多大问题。他或许有满腔的怨愤和不平。自强之道，首在铁路，中国这么大一块地方，单靠马车和驿道，富国强兵永远只能是痴人呓语。但筑铁路不是修长城或挖运河，靠皇上的一道谕旨和老百姓的血肉之躯就可以成就的。筑铁路得有钱，那玩意说穿了是银子铺出来的，而中国最缺的偏偏是银子。国人皆骂我"卖国"，可我盛某人从来可曾卖过铁路？我一向主张"宁借洋债，不卖洋股"，因为卖了洋股，铁路就不在中国人自己手里了。那么就只有借洋债了，但借债得有东西抵押，把原先允归商办的铁路收归国有，作为借洋债的抵押，实在是一种没有办法的办法，其目的还不是为中国多造几条铁路吗？借鸡生蛋，这是连目不识丁的乡下老妪也懂得的资本积累模式，国人为什么偏偏不理解呢？

盛宣怀无法理解国人对他的不理解，他只有怨愤和不平。

就在盛宣怀钻进德国货轮前往日本时，孙中山恰恰由日本启程回国。云水苍茫，海阔天空，两人的航向正好相反，这是不是浓缩着某种政治和时代的含义，我们不必过多地去牵强。而就在盛宣怀到达日本的当晚，他从当地的华文报纸上看到了孙中山在南京就任中华民国临时大总统的新闻，在该报一个不显眼的角落里，还刊登着民国政府宣布没收盛宣怀财产的消息。盛宣怀放下报纸，颓然倒在卧榻上。他太疲惫了。

耐人寻味的是，一年以后，两人又在同一条航线上擦肩而过。由于"二次革命"失败，孙中山再一次亡命日本，在这以前，他的身份恰恰是盛宣怀曾经担任过的全国铁路总监。而盛宣怀则踌躇满志地启程回国。中国早期的两位铁路总监，都不约而同地把一段宝贵的时间抛滞在海轮上，不是为了出洋考察，而是由于政治的趋避，这就够有意思的了。民国初期中国政治舞台上那一段你方唱罢我登场的好戏，最后就归结在西太平洋这条航线上几声呜咽的汽笛声中，给人们留下了无尽的思索。

五

盛宣怀的晚年大都盘桓在上海的公馆里，有时也到汉口去走走。因为他仍然是汉冶萍公司的董事长和轮船招商局的副董事长。那几年，中国的政坛上朝云暮雨，他既没有资格，也实在懒得去掺和什么。一个经历过宦海风涛的人，会从中悟出不少东西的，他已经垂垂老矣，先前的意气所剩无多，冒天下之大不韪的事更不会干了。临死前一年，日本政府在向袁世凯提出的二十一条中，曾要求把汉冶萍公司改为中日合办。当时，日本方面已派人来到上海，但遭到了盛宣怀的婉拒。他并不糊涂。

1916年，盛宣怀死于上海。大概因为平生听腻了官场的喧闹和钢铁的轰鸣声，死后想找一个清静的所在，于是他把墓地选择在苏州。

人死了，也就没有什么可说的了。盖棺论定是政治家和学者们的事，我们不去管它。但有一段尾声却颇有意思，说说无妨。

盛宣怀死后不久，一个在美国哥伦比亚大学获得博士学位学成归来的青年来到汉口，担任了汉冶萍公司的英文秘书，他叫宋子文。

宋子文风华正茂，很为当局器重。因为汉冶萍公司为盛宣怀所创办，宋子文亦得以和盛家有所往来，不久便认识了盛宣怀的第七女公子，双方郎才女貌，很快罗曼蒂克起来。

这似乎是一则才子佳人的旧式爱情故事。

当时，盛家的一切均由盛宣怀的大太太庄氏主持，但庄老太太偏偏反对这桩婚事，理由很简单："别的不讲，太保的女儿，嫁给吹鼓手的儿子，才叫人笑话呢。"所谓吹鼓手，是指宋子文的父亲宋耀如当过传教士，以前在盛宣怀的老家常州、无锡一带传教，背着手风琴边走边拉，吸引听众。

这位庄老太太也真是顽固得可以，其实，即使从门阀观点来看，她的女儿嫁给宋子文也算不上委屈。当时宋家的大女儿已经嫁给了孔祥熙博士，二女儿更是大名鼎鼎的孙中山夫人。但老太太不理会这些，她眼里只有一尊前清太保的灵牌。

一个没落的封建公爵，看不起生气勃勃的资产阶级新贵，根深蒂固的偏见扼杀了一对年轻人的情爱，这使人想起狄更斯和莎士比亚作品中的某些情节。

但坠入情网中的年轻人并不死心。当时，宋子文已接到孙中山从广州发来的电邀，便和七小姐策划了一同私奔的计划：晚上由宋子文驾小船停泊在盛家后门附近，看见后门边有一盏红灯笼出现，就把船靠上去，把七小姐接走。

宋子文在小船上整整等了三夜，那盏幸福的红灯笼始终没有出现。带着失恋的痛苦，宋子文只身往广州去了。

盛家失去了最后一次在中国历史上显姓扬名的机遇。至此，关于盛宣怀的故事也可以画上句号了。

后来的情节大家都是熟知的。几年以后，北伐成功时，当年小小的英文秘书已是国民政府的财政部长了。宋氏家族的显赫更不是盛家所能望其项背的。盛七小姐追悔莫及，曾企图再续前情，但理所当然地遭到了宋子文的拒绝。

这似乎又不是一则简单俗套的爱情故事。

一篇题为《略论旧中国近代化过程中三代核心人物》的文章，其中第三代核心人物即为蒋介石和宋子文。对于宋子文与盛七小姐的爱情悲剧，我是由衷惋惜的，如果不是因为庄老太太的势利眼，人们在回顾中国近代实业史时，将可以发现一条相当醒目的家族关系线索，从19世纪70年代到20世纪三四十年代，从封建官僚中的有识之士到新兴资产阶级中的自觉人物，承接在一个家族的链环上，这将是相当有意思的。可惜盛家后门口的那盏红灯笼始终没有点燃，盛宣怀也始终没有能走出那个旧式的营垒。从这个意义上说，盛七小姐天生就没有成为宋家贵妇的缘分。

于是，我又想起了常州盛家故宅下面那深厚的墙基和盘根错节的老树根。据说，规划在那一带的新建筑相当堂皇，但在我看来，光是那地基，就足够清理一阵子的。

文章西汉两司马

　　长安西北的茂陵原先只是一片荒原，自建元二年（公元前 139 年）开工修建皇陵以后，这里就日新月异地繁荣起来。陵墓的主人是当今皇上刘彻，也就是后来被人们称之为千古一帝的汉武帝，他登基时才十七岁，但从十八岁就开始为自己修建陵墓，一直修了五十二年才派上用场。后来的历史证明，他的这项记录几千年一直无人打破，可见千古一帝并非浪得虚名。和平年代，皇陵是天底下最浩大的工程，据说开支为国家财政的三分之一。把全国三分之一的钱都砸在这里，还能不砸出点声响来？皇上是个喜欢轰轰烈烈地闹腾大事的人，大概害怕自己死后太清冷，又下令官员、富豪还有文艺界的明星大腕们迁居于此。由是新城人气飙升，灯红酒绿，很快就成了长安附近著名的富人区。

　　元狩五年（公元前 118 年），也就是汉武帝登基的第二十三年，茂陵发生了一件不大不小的事，一位名满天下的大作家死于糖尿病，临死前还留下了一篇《封禅书》，为皇上后来兴师动众地封禅泰山、访求长生不老之术提供了理论根据，这当然让皇上很高兴。而就在这期间，当时还默默无闻，但后来同样名满天下的另一位大作家正好风尘仆仆地采风归来，正准备开始他的写作生涯。历史似乎有意在茂陵安排了这两位文章高手的交接。这两个人一个叫司马相如，一个叫司马迁。

司马相如名气很大，这固然由于他与卓文君惊世骇俗的爱情，更重要的却是由于他汪洋恣肆的才华。他的文章写得好，特别善写辞赋。赋是当时最风行的文体，一篇赋的影响力，往往可以让作者声名鹊起甚至上达天听，此前贾谊的"宣室夜对"和此后左思的"洛阳纸贵"都是由于赋写得好。而当今皇上又特别好这一口，在杀人和玩女人的间隙里，他喜欢摇头晃脑地吟诵辞赋作为激情过后的消遣和自娱，以寻求快感的延时效应。赋者，敷也，就是铺陈，满篇尽是华丽生僻的辞藻，洋洋洒洒地铺陈开去，对偶、排比、连句层层渲染，让你目不暇接。这种文体多用于描写都城、宫宇、园苑和帝王穷奢极欲的生活，说到底是给权势者歌功颂德、捧臭脚的东西。睽诸文学史，为权势者歌功颂德，这类作品中"伟大"的比例实在太少，因为伟大的作品多是面向民众且具有悲悯情怀的。但权势者喜欢有人向他献媚，为他歌功颂德。献媚是献媚者的通行证，写那样的作品，作家往往名利双收。司马相如就凭几篇大赋当上了皇帝的文学侍从，并且住进了茂陵的富人区。毋庸置疑，该同志是个文学天才。但天才的第一声啼哭也绝不会就是一首好诗，比他年轻三十多岁的司马迁后来给他作传时，说他"口吃而善著书"。也就是说，他口才不行，但能写。这样的大作家倒也不少，例如现代文学史上的曹禺和沈从文。说起来很有意思，司马相如原来的名字叫司马犬子，这说明他并非出身于书香门第，不然不会取"犬子"这样土得掉渣的名字。他最早的文学自觉是给自己改名为"相如"，这名字不错，不光文气，还有几分软软的奶油味——他本来就是个吃软饭的嘛，甚好！

但软饭也不是好吃的，你不仅要仰承鼻息，善于揣摩皇上的喜好，还要在艺术上有两把刷子。赋那种东西尽管华而不实、虚张声势，但要做到妙笔生花，在题材、立意和文笔上让人眼睛一亮也不容易，那是需要有几分才情的，至少也要有几分聪明气。司马相如当然不缺少才情和聪明气，要不然皇帝手下有那么多文学侍从，衮衮诸公，竞相献媚，为什么只有他独领风骚呢？还不是因为人家活儿干得好？你看他的《上林赋》《大人赋》和《子虚赋》，那真是翠华摇摇、仪态万方啊！平心而论，司马相如还说不上厚颜无耻，司马迁在《史记》中说他"与卓氏婚，饶于财，其进仕宦，未尝肯与公卿国家之事，称病闲居，不慕官爵"。因为他老丈人给了他一大笔财富，小日子过得很滋润。再加上糖尿病缠身，对升官发财就看得比较淡，有时甚至还敢说几句别人不敢说的话，例如劝皇上打猎要适可而止之类。在御用文人中，他还是有底线的。

司马迁也住在茂陵，他父亲是朝廷的太史令，这是个小官，俸禄很少，在茂陵那种地方，他们家只能算是穷人。对于一个天资聪颖且志存高远的少年来说，这种生存境遇只会是一种激励。父亲是史官，他从小就受到很好的史学熏陶。二十岁后他又花了整整七年时间游历四方，一步一个脚印地阅读广袤的帝国版图，全方位地感知这片土地上的历史积淀和风俗人情。人们常说，机会总是青睐有准备的人，现在，司马迁已经为写作一部旷代史书做好了准备。而且就在他游历归来不久，他又接替了父亲的职务。这个太史令闲曹冷灶、清汤寡水，唯一的好处就是可以自由地进入皇家图书馆，想看什么书就看什么书，想查什么档案就查什么档案。对于一个有志于史学的写作者和思想者来说，有了这个"唯一"就足够了。

一切都为一部史学巨著的诞生做好了铺垫。

但如果不是后来发生的一件事，这部被称为《史记》的巨著也许不会完全是现在我们看到的样子，它当然会很丰厚，有文采，体例也别出心裁，古今中外，包罗万象，究天人之际，通古今之变，总体品格远远高出历代的那些史书，这些都没有问题。但很可能不会有现在那种长风烈火般的激情和精神高度。

就差那么一点，或者一点点。

上苍似乎很在意这一点点，一定要用作者个人惨痛的悲剧来成全一部巨著的完美。

天汉年间，司马迁因李陵冤案被祸，在死刑与宫刑之间，他选择了后者。这是一种比死刑更加惨痛也更为耻辱的刑罚。司马迁不是怕死，而是由于心系《史记》，这部书是属于他的，但又远远大于他个人的生命、痛苦和屈辱。正是这种对史学的苦恋情怀，让他活了下来。但刑余之人，活着比死去需要更大的勇气。在《报任安书》中，他用了一个不大多见很可能是自己生造的词——狂惑，内心的痛苦和矛盾足以让人疯狂。然而痛苦恰恰又是一种更深刻的生命，在痛苦的重压下，他完成了一次悲壮的涅槃，这个世界上少了一个男性，却多了一个男人。知耻而后勇，他连死都不怕，还怕什么呢？下笔时，他用不着再看皇帝的脸色。他不是在历史的大地上亦步亦趋地爬行，而是出神入化，雄视千古，天马行空，快意恩仇。在他的笔下，除去对历史真相的深度揭示，对历史细节的精微把握，对历史人物的冷峻逼视，以及那种百科全书式的繁复丰茂，还有一种精神性的光芒，给人以灵魂的震撼与战栗。那是对专制王权的鞭挞，对正义和良知的呼唤，对自由意志和尊严的渴求。不懂得屈辱就无法理解自由，谁说他大势已去？一颗苦难的灵魂，当他因屈辱而雄起时是多么强健阳刚！一部被誉为"史家之绝唱，无韵之离骚"的巨著诞生了。

司马迁是皇家的太史令，这是一个体制内的职务。严格地说，他和司马相如一样，也是文学侍臣。但他一点也没有那种职业性的奴颜和婢膝，他对皇权有一种宁静的藐视，他的心灵是自由的，煌煌五十二万字的《史记》就源于那颗自由的心灵。仅仅这一点，就让他超越了那个时代所有的文人而崭露峥嵘。如果说司马相如只是一只撅起屁股、卖弄唯美的孔雀，那么司马迁就是一只傲视苍穹、自由飞翔的雄鹰。司马相如也许可以称得上优秀，但司马迁却是当之无愧的伟大。无论在什么时代、什么领域，优秀者可以有很多，伟大者却总是凤毛麟角。

20世纪初，中国政坛上有一个叫吴佩孚的军阀，因为是秀才出身，又写得几首歪诗，便处处以儒将自诩。他的孚威上将军行辕有一副自撰联，曰："文章西汉两司马，经济南阳一卧龙。"这当然是借古人上位，自吹自擂，没有什么说头。但有一点我们却又不得不说，即，同样是以文章名世，"两司马"的分量是不可相提并论的。

沧海月

从码头河上的前进桥折向东南，穿过朝阳园艺场果林间的便道，就看到了右前方的李白塑像。正是油桃和大白杏成熟的时候，空气中弥漫着一股带着清甜气息的果香，不由人不心生旁骛、想入非非。到太白涧来，这是最好的季节。

太白涧是连云港花果山附近的一处名胜风景，景区内不仅沟壑纵横，曲径通幽，自然风景美不胜收，而且还因大诗人李白在这里的遗迹而彰显着浓厚的文化气韵。太白涧的标志就是眼前的这尊李白石像。李白是诗仙，也是酒仙。诗是形而上的才华和气质，造型师不大好拿捏，与之相比，酒则是形而下的世俗生活。《易经》中说："形而上者谓之道，形而下者谓之器。"对于酒来说，这个形而下的器就是酒杯。我在全国各地见过的他老人家的塑像，大抵总是青衫飘然——那是行吟诗人的风神，而手中又总要举着一杯酒的。太白涧的这尊塑像大体也是这般造作，只是不见了往常的飘逸。他双手捧杯，目光凝重，似乎在默祷什么，其神态既无放达之色，衣带亦无飞扬之姿。如果不是手中的酒杯，说他是那个忧国忧民的杜甫，大概不会有人怀疑的。

这是一个心事萦怀、满面戚容的李白。

唐天宝十二年（公元 753 年）秋天，李白再度南游。他早就听说东海之中有一神山，名郁州，相传此山由苍梧飞来，又名苍梧山。李白是向往神仙的，现在既然南行，不远处又有神山，岂有不游之理。秋天的苍梧让诗人兴致益然，这里有看不尽的飞瀑流泉、绿树红花，听不尽的猿啸虫鸣、莺歌燕语。洞中有一岩洞，可容十余人，曾是僧道修炼之所。李白和几个朋友在洞中小憩，把酒高谈，其间忽然有人说及一桩传闻，说日本遣唐使回国的帆船在海上遭遇风暴，随船的使节全部遇难，其中也有李白的好朋友晁衡。李白是性情中人，从来就把朋友情谊视为自己生命的一部分。听到这样的消息，他禁不住仰天长叹，大放悲声。诗人的悼亡当然离不开诗，友情越深，诗也写得越好，这首悼亡诗就是后来被人们传颂千古的七绝《哭晁卿衡》：

> 日本晁卿辞帝都，征帆一片绕蓬壶。
> 明月不归沉碧海，白云愁色满苍梧。

在古今中外的诗人中，李白的咏月诗篇无与伦比，不知这与他名白字太白有没有关系。他对月亮寄托了那么多的理想与深情，每一轮月亮都辉映着中国文学史的册页。如果说酒是他的世俗依存，他陶醉于斯亦沉浮于斯。有了酒，他可以"长安醉花柳"，也可以"五岳倒为轻"，甚至可以"天子呼来不上船"。那么月亮就是他的精神寄托，他的诗中有多少月亮啊！床前月、天山月、夜郎月、长安月，连儿子也取名为明月奴。这个"奴"字的意思很贱，放在名字中，解释来解释去意思都不大好，只有一种解释可以说得过去，即表达了对月亮最虔诚的臣服与崇拜。李白太喜欢月亮了，以至到了 20 世纪，他的这种痴情感动了联合国的有关官员，他们以李白的名字命名了月球上最醒目的一座环形山。

在李白吟咏的那么多月亮中，哀悼晁衡这首沧海月别有情味。"明月不归沉碧海，白云愁色满苍梧"，悲凉之雾，遍布沧溟，这恐怕不仅是对亡友的悲悼，也是预先为大唐王朝所作的一首盛世挽歌。伟大的天才总是具有某种神性的，何况这些年的身世际遇给他的启示足以铭心刻骨。

十二年前的那个秋天是属于李白的，至少诗人自己这样认为。天宝元年（公元742年），唐玄宗连下三道诏书，召李白进京。"仰天大笑出门去，我辈岂是蓬蒿人。"那种一步登天的翻身感简直让他得意忘形了。大明宫召见时，皇上降辇步迎，还拉他坐到七宝龙床上，这是何等的恩宠！足以让满朝文武忌妒得眼睛滴血的。李白被封为供奉翰林。翰林院设在宫禁内，在此供奉的文士们有公家配给的厩马。这只是在宫内代步的工具，但到了宫外，可就威风八面了。有事没事，他就骑着厩马在长安的大街上晃来晃去，自我感觉好极了。李白以为供奉翰林是什么了不得的高官，其实也就是个弄臣而已。他整天忙于应酬各种饭局，诗也不大写了。皇宫里盛大的歌舞和达官贵人的奢侈豪华让他眼界大开，长了不少见识，但等他见识得差不多了，皇上也腻烦他了，便赐金还山，打发他走人。长安三年，李白只留下了三首《清平调》，都是恭维大美人杨玉环的。虽然杨玉环"笑领歌词，意甚厚"，但对于一个诗人来说，却不能不说是歉收的三年。

当官的梦破灭了，还是做他的行吟诗人去。回到山东后，李白又踏上了大江南北的漫游之路。这时候他才四十四岁，正是一个诗人最成熟的年龄，长安三年的大起大落，孕育着不朽的诗篇，他诗情勃发，有如长风豪雨，在这种情况下，不想写出好诗都难。还是杜甫说得好啊，"文章憎命达"，真正的诗人，天生就应该与玉堂金马无缘，这是一种宿命，还是趁早别做富贵梦吧。

现在是天宝十二年（公元753年）秋天，当李白在苍梧山上痛悼晁衡时，在都城长安，年迈的玄宗皇帝正陶醉在华清池的温泉和华丽的宫廷歌舞中，他虽然能够吹笛击鼓，亲自为杨玉环领衔演出的霓裳羽衣舞伴奏，但帝国的根基已经朽烂。在河北范阳，大腹便便的安禄山虎视鹰扬，厉兵秣马，山雨欲来风满楼，动乱的阴云正在聚合。而在离长安不远的一处叫马嵬驿的地方，可能已经为杨玉环挖好了一方墓穴。"尘土已残香粉艳，荔枝犹到马嵬坡。"后人张祜的诗虽然有点刻薄，但当初"一骑红尘"进献荔枝的奢侈和最后缢死马嵬坡的结局难道不是因果相连的吗？

九年以后，李白在安徽当涂的江中捉月而死，这是最浪漫而富于诗意的死亡。当时安史之乱尚未最后平息，唐王朝从此盛世不再。

九品县尉

　　人们往往以为旧时的文人考取进士就一步登天了，其实不是，那只是取得了做官的资格，起步官阶并不高，一般的是在中央机关当办事员，也有的被派到基层去当县尉。古代的"尉"多是武职或司法官，县尉专管衙役、捕快之类抓人放人的工作，大致相当于现在的县公安局长，官阶九品。

　　文人的官场梦古已有之，诗人杜甫在科场上的运气总是不好，考了几次都名落孙山，却并不曾因此改变"官"念，起初是为了治国平天下，到了后来则是为了养家糊口。天宝十二年（公元 753 年）左右，杜甫潦倒长安，诗写得好，但换不回银子，只能卖草药补贴家用，那就和乞讨差不多了。为了生计，他辗转朱门，到处投递求职信，当时称之为干谒，现在叫跑官。跑官也不容易啊，"朝叩富儿门，暮随肥马尘"，其间的屈辱和辛酸可以想见。也许是跑得多了，天道酬勤，终于跑来了朝廷的一纸任命，派他到河西县担任县尉。这是进士的起步官阶，作为杜陵布衣，他能得到这样的安排算不错了。而且县尉有实权，抓人放人都在他手里，上下其"手"，可以权力寻租，搞点钱如探囊取物，不要说养家糊口，发点小财也并不困难。

那就赶紧走马上任吧。

但杜甫没有去，因为他的好朋友高适几年前曾当过封丘县尉，不久就辞职了。辞职不是嫌官小，而是因为心情不好。在题为《封丘县》的诗中，高适袒露了自己的矛盾和痛苦，其中最锥心的是这么两句：

拜迎长官心欲碎，鞭挞黎庶令人悲！

在上司面前卑躬屈膝，是俯首帖耳的哈巴狗；在百姓面前凶神恶煞，是张牙舞爪的疯狗恶狗。这种"两面狗"的差事，高适干不下去。

也许有人会说，这位姓高的诗人也太清高了。既入官场，这种"两面狗"的生涯便是一种常态，不要说你只是区区县尉，就是县令、知府，以至于督抚高官，不都是这样的吗？因为你的乌纱帽是长官给的，在他们面前，你只能低声下气做孙子。同样，作为朝廷命官，你牧民有责，催逼赋税，要粮要钱，甚至还要维稳，你能不"鞭挞黎庶"吗？你既不肯做孙子，又不忍做打手，那就只有卷铺盖走人了。

但诗人毕竟是诗人，所谓良知和人文关怀从来就是他们心头最柔软的那一块。他们的目光总能穿越利益集团的藩篱，投射到幽暗的底层，犹如穿透乌云的阳光，传递着人性的温煦和亮色，这是大诗人之所以"大"的一种精神特质。相反，如果只知道为权势者捧场凑趣，再华美的辞章也只是随风而逝的马屁而已。

杜甫没有去上任，他走向民众，也走向中国诗歌的圣坛，不久，被誉为史诗的《自京赴奉先县咏怀五百字》问世。"穷年忧黎元，叹息肠内热""朱门酒肉臭，路有冻死骨"，这种散发着大地的苦难气息的诗句，让千秋万代的读者泪流满面。

但同样是大诗人，同样面对着这份九品县尉的差事，也有周旋得差强人意的，例如白居易。

白居易是正牌的进士出身，而且名列第四，差一点就是探花。唐代的官制，进士及第后还要参加一次吏部组织的选拔考试，及格后才授予官职。人们把这种考试叫作释褐试，释褐就是脱去老百姓的粗麻布衣服。白居易又很顺利地通过了释褐试。脱去了麻布衣衫，接下来就准备穿官服了。

老规矩，他的第一份差遣是到长安附近的周至当县尉。

到了周至，正值麦收。"田家少闲月，五月人倍忙。"新任县尉下乡调研，也收获了一首《观刈麦》。看到农人的辛苦，想想自己的不劳而获，诗人心生愧疚，他也是一个有良知的文人。

麦子收上来了，县令就叫他下去催逼赋税，没有钱粮就抓人，下到牢房里鞭打，直到打出一个"有"来。所谓横征暴敛，这几个字县尉全占了。白居易不忍心向那些可怜的农夫挥鞭子，但又不能公然抗命，就想出了一个消极怠工的办法：装病，不上班。

县令是个官油子，按理说这种小伎俩是瞒不过去的，但这厮却不敢拿他怎样，因为他上头有背景。

背景就是在朝廷里担任左拾遗的元稹。元白是至交，这人们都知道。元稹的才华虽不及白居易，但科场上的运气好，他与白居易同科登第，他中的是状元。再加上人长得帅，金榜题名紧接着就是洞房花烛，娶的是京兆尹的女儿。京兆尹者，首都市长也。周至是京兆府辖下的郊县，元稹的老丈人就是县令的顶头上司，这种关系县令能拎不清吗？他当然不敢得罪白居易。白居易装病怠工，县令不但不揭穿，反而上门慰问，叫他安心休养，不要挂念公务，说那边的工作有人顶着。这当然也是实话，抓人放人、鞭打农夫的事，想干的人多的是，因为那中间有油水。有油水的事，悍吏们总是争先恐后，那些人其实巴不得你一直生病才好。

由于有了京城的背景，白居易的这个九品县尉当得还不算太憋屈，他大致既用不着在上司面前装孙子，也用不着对老百姓挥鞭子。而且就在这期间，他还写出了流芳千古的《长恨歌》。可诗人的心情终究不好，他在诗中相当刻薄地把自己称之为"趋走吏"，认为：

　　一为趋走吏，尘土不开颜。

可见对这份差事深恶痛绝。

虹桥回首

　　我现在居住的地方叫虹桥新村，每天上班跨越护城河时，那骨架伟岸的水泥构建即虹桥所在。办公室前面的旧城中心也叫虹桥，只是冠以一个"老"字，当然现在已没有桥，只有摩肩接踵的高层建筑，玻璃幕墙在天光云影下很炫耀。据说当年这里确是小桥流水，很有一番景致的。

　　在我们共和国的版图上，究竟有多少座虹桥呢？我没有统计过，反正我走过的几座城市差不多都有。最近收到家乡寄来的一本镇志，旧日的小镇"十景"中，居然也有一处虹桥残雪，略云：

　　　　虹桥位于上官运盐河南支流端（现耐火器材厂东侧）。桥身长6
　　米，宽1.5米，春暖花香之时，桃花夹岸、杨柳低垂，然而桥北坡冬
　　天留下的残雪犹熠熠发光。日光倒影，景色诱人。

细细想来，小时候确实走过那座桥，却记不起有什么景色诱人之处。鲁迅说过，只要翻开任何一部县志，总能找到该县的八景或十景，实在没有景致了，也可想出远村明月、萧寺清钟、古池好水之类名目。在这里，先生大概还应加上虹桥残雪或虹桥日影吧。

这些名目自然都是文人调理出来的，一旦有了名目，后代的文人便有了附庸风雅的由头。这中间，我觉得吴江的垂虹桥被调理得不错，因为调理的文人知名度比较高，他们站在桥头的身影也就格外引人注目。

先是苏东坡、张子野和米芾来了，光是这几个名字便足以令人肃然起敬。而且是联袂而来，而且又闹得轰轰烈烈，他们在这里置酒论诗，三日不绝。三天时间要喝多少酒，写多少诗呢？没有记载，但留下了米芾的一句"垂虹秋色满江南"。米芾最拿手的是书法和水墨画，写诗是"反串"，这次却在苏东坡面前夺了头牌，可能有点偶然。但仅就这一句"垂虹秋色"而言，他的诗是写得不错的。

这是北宋的事，当时国力还相对强盛，文化人也活得相当潇洒，不然不会有这样一连三天的文酒之会。

又过了些年头，大词人姜夔经过这里，那是一个下雪天的晚上，身边伴着一个叫小红的歌女，这自然是很有情调的。他刚从石湖的范成大寓所过来，范成大是当时的词坛高手，又是做过大官的，眼下正退休在家，日子过得很惬意。前些时，姜夔为范成大创作了两首新曲，名曰"暗香""疏影"，范成大让两位艳婢练习，竟一唱而红。这次姜夔路过石湖，范成大为了酬谢他，便以歌女小红相赠。姜夔和小红其实早有意思，见范成大成全，当即连夜辞去，手挽手地踏雪而行，然后登上了古运河边的夜航船。船过垂虹桥时，姜夔赋诗道：

> 自琢新词韵最娇，小红低唱我吹箫。
> 曲终过尽松陵路，回首烟波十四桥。

松陵是吴江的古称。外面下着大雪，夜色空蒙，万籁俱寂，天地间只有诗人低回的箫声和小红清婉的吟唱。这是宋代文人的浪漫，诗写得艳而不昵，可以看出当事人的心态放达而健康。

　　扬州瘦西湖也有一座虹桥，它的名声很大程度上与一个叫卢雅雨的人有关。清乾隆年间，卢雅雨出任两淮盐运使，发起虹桥修禊，这实际上是一次诗歌征文活动。盐政是国家财政收入的大宗，两淮盐运使有的是钱，因此，这次活动搞得很热闹。卢某人写诗本是个半吊子，却偏要附庸风雅，自己先凑了四首七律为倡，而后"和韵者七千余人，编次得三百余卷"，这样的排场真是少见。但七千余人，三百多卷诗，翻来覆去说的都是那座虹桥，又有多大意思呢？

　　我翻阅了李斗的《扬州画舫录》，心头不由得有点发冷，参与这次活动的文人中，很多是清初文坛上鼎鼎大名的人物，这中间，我看到了袁枚、郑燮、冒襄、戴震、惠栋、陈维崧、吴伟业等名字，我真不愿把这些一代名流和一个满身咸味和铜臭的盐运使联系在一起。再看看唱和的那些诗，大多词气安闲，雍容典雅，除去粉饰太平，无病呻吟，实在没有几首拿得出手的。可以毫不夸张地说，洋洋三百余卷的《虹桥修禊录》，加起来抵不上姜夔的一首"小红低唱我吹箫"，也抵不上并非诗坛高手的米芾的一句"垂虹秋色满江南"。这实在是一种莫大的悲哀。

　　这是整个时代的悲哀。乾隆年代是一段以空前惨烈的文字狱而令人惊栗的历史，乾隆一朝，全国罗织的大小文祸达一百三十余起。当成千上万的书生因舞文弄墨而被枭首或凌迟时，当浩浩荡荡的流放者哀哭着走向荒寒的极边时，面对着虹桥风物的那一群文化人还敢自由地倾吐他们心灵的声音吗？他们只能战战兢兢地拿起笔，涂抹几句假大空的应景词句交差了事。瘦西湖上的虹桥是风姿绰约的，诗酒文会也相当热闹，但徜徉其间的文化人已经失却了先前的浪漫。"九州生气恃风雷，万马齐喑究可哀"，龚自珍虽然说得很深刻，但只有等到若干年以后他才敢这样深刻。

　　虹桥在一代又一代文人的咏叹中容光焕发，毁圮湮没；虹桥也目睹了一代又一代中国人文化精神的委顿和失落。如今，我也有幸傍上了虹桥，在看到老家镇志上有关虹桥的记载后，我一阵颤动：怎么，我从虹桥走来，走了几十年，转来转去又回到了虹桥？现在我也算是一个文化人吧，每天极目虹桥，我却没有浪漫也没有悲愁，心头一片空白，似乎无话可说。

　　经过虹桥，总是在佟偬的奔忙之中，生命的无奈，在永无休止的上下班路上体味得格外深切，渐渐地对色彩的感觉也变得迟钝。一次下班时，在虹桥桥头的十字路口，我的自行车冲出了停车线，被交警逮住了。见我是苏北口音，又骑着一辆破车，对方便认定我是外地民工，而说不定连自行车也来路不正。解释了半天也没用，情急之下，我只得耍了一点小小的机智，最终交警挥手放行。

我猛踏几步，自行车从虹桥冲驰而下，直奔农贸市场，想回首看看那位雄姿飒爽的交警，却顾不上了。上学的儿子该回来吃饭了吧？青菜猪肉有没有涨价呢？都说个体户的豆腐里掺了玉米粉，但价钱倒吃得来……生活日复一日，总是顾不上回首，也不愿去回首。故乡的虹桥现在已不接纳我了，认为我是一个外地人；可现今的虹桥也不承认我，甚至认为我来路不正。有时想起姜夔的那两句诗："曲终过尽松陵路，回首烟波十四桥。"这里的"十四桥"大抵只是一种泛指，但诗人回首之际，那意态肯定是相当安闲的吧。

贺知章的悲剧

唐代的文坛真是灿若繁星，像贺知章那样的人物，在那个时代也只能算个二三流的角色。他虽然作品不多，但后世的知名度却颇高，这恐怕主要得益于那两首《回乡偶记》，该诗曾入选《千家诗》和小学课本，因此，往往黄口稚儿在牙牙学语时就会背诵"少小离家老大回"。贺是江南会稽人，从小就以文辞知名，中举亦很早，后来便一直在京城做官，这两首七绝大概就是他晚年致仕回乡时写的吧？诗确实不错，于平白晓畅中写尽了那种久客他乡的游子情怀和沧桑感喟。

贺知章最后官至秘书监，这个职务大约相当于今天的中央办公厅主任或书记处书记吧，算是高级干部了，手中自然很有一点权的。人事问题历来为权中之重，《新唐书》《旧唐书》都说他用人时取舍不公，这是一个比较含混的评价，取舍不公有可能是眼力问题；也有可能是感情用事，属于文人的天真；还有可能是卖官鬻爵，中饱私囊。这些，《唐书》中都没有说。但宋人笔记中却有一段关于他用人的记载，情节性很强，也颇有意思，且姑妄听之。

　　事情是这样的，贺知章任礼部侍郎时，恰逢祁王去世，朝廷追认其惠昭太子的荣誉，需增补一批挽郎办理丧事。这属于礼部的职权范围，贺便利用这机会大收贿赂，被豪门子弟成群结队前来叫骂，一时群情汹汹，吓得小吏赶紧关上大门。为了平息风波，贺只得登上梯子，探身对墙外的众人许愿。他许的这个愿很有意思："诸君且散，见说宁王亦甚惨澹矣。"翻译成现代汉语就是：你们先回去吧，听说宁王也不大行了。言下之意，等宁王死了，一定优先安排你们。

　　这是一则贪官发死人财的故事，有点类似于笑话，既然连一个小小挽郎的职务都可以卖得热火朝天，平时的作为也就可想而知了。但贺知章毕竟还玩得不够老练，官职又不是萝卜青菜，可以摆在大街上公开出卖的，何至于闹得这样沸沸扬扬？其实也难怪，在升迁礼部之前，贺一直担任太常博士、丽正殿修书使、太常少卿之类的冷官，转来转去都是清水衙门。如今好不容易有了一点权力，岂可不狠捞一把？却不知这中间也有一套游戏规则，例如堂而皇之的高调和官腔，以及犹抱琵琶半遮面、不见兔子不撒鹰之类，当然还要善于梳理各种关系，并不是对什么人都能狮子大开口的，要看背景。这些贺知章都拎不清，他只知道急吼吼地直奔主题，卖完为止，结果闹得狼狈不堪，只得期盼另一位亲王也早点死掉，再添几个职务摆平关系。说到底，他还是个老实人，一般来说，老实人往往容易触霉头。

　　但出了这点小乱子并不要紧，贺知章在仕途上一直还比较顺畅，因为老实人也会变得老练起来的。他渐渐尝到了当官的甜头，觉得不一样就是不一样。到后来，官做得大了，便越发贪恋官位，一直到七十多岁才退休。退休前，他还想为子孙捞点好处，在向皇帝辞行时，提出要玄宗为他的小儿子赐名。这确是一个很不错的主意，你想，一旦皇帝赐了名，这位贺公子将来的前程还用愁吗？玄宗听了，随口便扔过来一个："为人之道，信义最为紧要，孚，就是信的意思，就取名为'孚'吧。"按理说，皇上如此爽快，老臣该受宠若惊了。但当事人的贺知章却别有一番滋味在心头。后来他对人说："皇上怎么这样取笑我，'孚'字是爪下一个子，不是把儿子叫作爪子吗？"

　　不知这个名字以后有没有用，想想老先生也实在难处理：用吧，意思不好，堂堂贺家公子，叫什么"爪子"，让人耻笑；不用吧，皇上是口含天宪的，臣下岂能抗旨？最后到底用没用，不得而知。《新唐书·贺知章传》载贺子名曾，幼子未具名。这位"贺孚"遂就成为一桩小小的历史疑案。

最后一根稻草没有捞到，贺知章就这样回到了江南老家。他已经老了，官场已成过眼烟云，出外这么多年，连家乡的儿童都不认识他了，"惟有门前镜湖水，春风不改旧时波"，很令人伤感的。于是写了这两首《回乡偶记》。诗确实不错，后人知道的贺知章大抵只是这八句诗的作者，至于他曾当过礼部侍郎和秘书监之类的大官，知道的人不多。

冷官

唐代的作家协会叫广文馆,始设于天宝九年(公元750年)。其实,当时很大程度上是因人设事,有一个叫郑虔的人贬官多年奉诏回京,唐玄宗觉得他很有点文才,不愿让他外放(历来做皇帝的都有这种癖好,喜欢把天下的好东西都留在自己身边),但中央各部委一时又没有合适的安排,就特地增设了这样一个机构让他去负责。组织部门的人向他介绍情况时说得很动听:"新设立的广文馆是用来管理文士的,因为你名声久著才任命你去,而且让后代人称你是第一代广文博士,你看,这不是美事吗?"郑虔听了当然很高兴,乐颠颠地过他的官瘾去了。

其实这个广文博士是个冷官,一般人都不愿去做的。不信,有杜甫的《醉时歌》为证:

诸公衮衮登台省,广文先生官独冷。

甲第纷纷厌粱肉，广文先生饭不足。

诗人笔下可能有点夸张，但广文先生的清冷却是毋庸置疑的。并不是说他们的工资特别低，像广文馆这样的机构，至少也算个副部级，工资待遇并不比六部侍郎少。"冷"是因为清水衙门没有什么权，人家不买你的账，用不着来趋附逢迎，也就没有那些各种名目的孝敬。一般来说，当官的若光凭那点死工资，要维持日常的油盐柴米和交际排场肯定吃不消，即使是一品大员那点工资也吃不消。所谓"三年清知府，十万雪花银"，主要是指工资以外的隐形收入。因此，"广文先生官独冷"也就不足为怪了。当然，清水衙门中也有不甘清冷的，看到别人发财，心理便不平衡，想方设法也要捞点小钱，例如那个写《三国志》的陈寿，他的官职是著作郎，也就是专业作家，没有什么花头经的。但他脑子比较活络，当时的人都称赞他有良史之才，其实这个人的品行并不好。丁仪、丁廙哥俩在魏国影响很大，青史留名应是不成问题的。陈寿就对他们的儿子示意："可拿千斛米给我，我定为令尊大人作佳传。"偏偏丁氏兄弟自恃名高，不肯出钱，陈寿竟不为他们作传。可以想见，像丁氏兄弟这样死心眼的并不多，陈寿利用这种有偿服务，大概是捞了一点好处的。

但尽管如此，冷官毕竟是冷官，捏捏掐掐地弄点小钱也毕竟不容易，人们一般还是不愿到这样的衙门去；即使去了，也要钻天打洞往外调，有时甚至为此丢了乌纱帽。明代设南北两京制，南京称留都，也设了一套内阁班子，级别和待遇都是享受的，其实没有什么事干，没有事干也就没有油水。嘉靖年间，有一个叫吴廷举的人，从巡抚都衙史调任南京工部尚书，这算是提升了，但吴某人嫌那个冷官，先是不接受任命，接着又称病请求退休，实际上是想挪个好一点的位子。皇帝随口说了几句冠冕堂皇的好话慰留，他便以为是迁就他，又上表请假，索性把话挑明了。他在奏章中用了白居易和张咏的几句诗："月俸百千官二品，朝廷顾我作闲人""幸得太平无事日，江南闲煞老尚书"，都是挑肥拣瘦发牢骚的句子。这一下把皇帝惹火了，一纸诏书勒令他回苍梧老家去了。有关史料中评价这位吴某人"躁动好名"，其实在"好名"背后恰恰潜藏着一种利益驱动，他的信条大概是：做官不能捞外快，不如回家种白菜。

这么说，清水衙门的冷官就没有人做了？非也！不仅有人做，而且还有人做得有滋有味。在他们看来，冷官也有冷官的好处，其最大的好处恰恰就在这个"冷"字，清静、淡泊，没有那么多应酬和干扰，也少了官场上的争斗和倾轧，可以平心静气地做自己想做的事，这些人大多是学者型的，他们有一种文化使命感。翻开一部中国文化史，不少有大成就者生前都是冷官，或者说，他们的成就主要是在做冷官期间奠基的，这时候他们的文章往往写得特别好。而一旦宸恩垂顾，被提拔到一个炙手可热的位子上，整天忙于那些没完没了的官场争斗和应酬，文章和人格也就渐趋平庸。清代朱彝尊原在皇家史馆当值，这本来是个冷官，但他却甘之如饴。为了充分利用那里的图书资料，他不惜违反纪律，私下里将抄手带进史馆，专门抄写各地进呈的宫禁要籍，后来终于被同僚弹劾而丢官。朱为此在他的书匣子上作铭曰："夺侬七品官，写我万卷书，或默或语，孰智孰愚。"他当然认为是值得的，因为他的人生目标并不在于七品乌纱，而在于"万卷书"的学养和建树，这是一种超越了官场人格，也超越了世俗价值观的文化品格。

挂 剑

　　这是一座滨江小城，很不显眼的。小城的文化人谈起本地的文化史，有两句很引为自豪的说法："春申旧封""季子采邑"。前一句说的是楚公子黄歇。春申君黄歇与信陵君、孟尝君、平原君并称"战国四君子"，他的封地范围很广，大致包括今天的上海、苏南及安徽的一部分。一座区区小城，冠以"春申旧封"当然也说得过去，但总有点拉大旗作虎皮或给自己戴高帽子的味道。后一句中的季子即吴公子季札，他是吴王寿梦的儿子，这位公子哥很有意思，他不想继承王位，宁愿跑到这里来种田。他是王室贵胄，本不该上山下乡的，所以叫逊耕，带点屈尊的意思，这一举动很为后人称道，他因此博得了"延陵君子"的青史美名。

　　延陵君子的封号最早出自司马迁的《史记》。太史公著书可谓惜墨如金，一篇《吴太伯世家》，历数太伯以降吴国二十四任君主，盛衰兴亡七百余年，总共只用了不到五千字，而其中有关季札的篇幅就占了三分之一，可见对他的推崇。这种推崇不是没有根据的，季札这个人不仅品德好，而且很有才华，所谓"闳览博物""见微而知清浊"的评价确实很到位。那么问题就来了，既然是这样一个德才兼备的人物，又有很好的民众基础和社会关系，为什么要躲着那万人企慕的王位呢？此中心曲，难道仅仅是用一句"仁心慕义"所能解释的吗？

季札的逊耕前后达四次，都是发生在王位更替的关键时刻，为了逃避当国君的命运，他几次三番地跑到乡下来种田。其实季札这个人的才华很大程度上体现为一种政治敏感。司马迁所说的"见微而知清浊"大抵也是这个意思。春秋是个礼崩乐坏、天下大乱的时刻，不光是诸侯国之间"天讨"不断，各诸侯国内部，围绕着王权的更迭亦是刀光剑影，至亲骨肉动辄五步喋血，真可谓砍头只当风吹帽。这样的事情季札看得多了，自然很寒心，他知道国君的位子不好坐，头顶上的那把达摩克利斯之剑说不准什么时候就会要了自己的脑袋。事实上，就在季札第三次逊耕，把王位让给侄子王僚之后不久，王僚就被季札的另一个侄子公子光派人刺杀了。刺客是把匕首藏在烤鱼里，在宴席上下手的，这就是历史上有名的"专诸刺王僚"的故事，公子光即后来很有过一番作为的吴王阖闾。阖闾这个人很会玩政治，王僚陈尸后庭，他又假惺惺地要把王位让给季札，季札很识相，也很懂得这中间的游戏规则，他说了几句相当得体的话：我没有任何怨言，只有哀悼死者，事奉生者，以顺应天命。谁即位为君，我就听谁的。他自然又跑到乡下种田去了。

季札的逊耕其实只是一种政治姿态，表示自己无意角逐王权，并不真的就去当农民。在相当长的一段时间内，他都是代表吴国在外面当巡回大使的。这样，长时期游离于权力中心和政治旋涡之外，也就省得当权者的猜忌和防范，自己也落得潇洒自在。这位公子哥儿佩着美玉，戴着峨冠，在各诸侯国之间穿梭往来，斡旋争端。寂寞的时候，便解下腰间那柄吴地出产的青锋宝剑弹铗而歌，他的乐感是很好的，自然也就不在乎伴奏的乐器。跑的地方多了，一路观风俗、论兴亡，对政治这东西看得越发透了，人也变得更加超脱。在齐国，他劝告当时正得宠的晏平仲说："你太走红了，赶快把封邑和权力交还给国君，不然就要大祸临头。"晏子是聪明人，马上照办了，没有了封地，不参与国政，他果然逃过了后来的政治倾轧。季札的这种政治敏感有时甚至到了神经质的地步。在卫国，他住在招待所里，听到不远处孙文子鼓钟作乐的声音，不禁叹息道："这样下去，孙文子要倒霉了。"因为做臣子的正常心态应该是心怀畏惧犹恐不及，怎么能够这样放肆地鼓钟作乐呢？若恃才傲物、得意忘形，那么离倒霉还会远吗？有人把这话告诉了孙文子，这位孙某人当下吓出了一身冷汗，从此以后竟连琴瑟的声音也不敢听了。

季札就这样潇潇洒洒地一路走过来，终于到了他挂剑的徐国了。"挂剑墓树"这件事很为时人和后世称颂，几乎成了一种交友的最高风范，也成了延陵君子一个归结性的造型，不妨多说几句。

延陵季子兮不忘故，
脱千金之剑兮带丘墓。

这是当时流传在徐国的一首《季子歌》，一个人能被民众用歌曲来传唱，确是很不容易的。歌中的本事是，季札出使中原路过徐国，发现徐君很喜欢他的宝剑，但当时自己因有外交任务，佩剑是一种关系到国格的礼仪，不能送人的。待他结束中原诸国之行，归途中再过徐国时，徐君已经死了，季札便把那宝剑挂在徐君墓前的树上，算是送给故人了。

对于这件事，后人一般都着眼于季札的君子之德而大加赞扬。司马迁亦发出了"又何其君子也"的评价。但我总觉得，这似乎更像一次顺水人情，因为当时季札是在回国的路上，这一路他的心情肯定会很复杂。在出使中原诸国期间，他是很放达的，将在外，君命有所不受，他可以自由地指点江山，朗歌纵笑，充分展示自己健全的生命本体，而不必像在国内那样谨小慎微。那时候，佩剑是他风神的外化，象征着他的男儿本色。可现在他要回国了，回国了，带着这种劳什子还有什么用呢？既不能仗剑自卫（君王若要杀你，仗剑何用）；也不能说剑谈兵，那样更会招致猜忌；甚至连寂寞时弹着它唱几段曲子也不能——人家知道了，还以为你在发泄怨气呢，为什么不弹别的什么，单单要弹宝剑呢，可见心怀杀机。既然这也不能，那也不能，那么就挂之墓树，好歹做个人情吧。因此，季札的挂剑实际上是在归国途中的一次心理调整，一种悲怆而无奈的情绪定格：告别巡回大使的宽松和放达，收敛起生命本体的自由张扬，重新回到旧日那种有如精神囚笼的游戏规则中去。

季札的墓现今仍在离小城不远的申港，墓前有篆书的"十字弹"一块，"呜呼有吴延陵君子之墓"，传说是孔子所写，这种传说很符合民众心理，既然大家都说季札是位了不起的君子，那么由孔夫子来认定当然是最权威的了。但孔子周游列国有没有到过吴国呢？我说不准，也不想去考究。只有一点人们不该忽略：长眠于此的这位延陵君子生前其实并不怎么潇洒，他是活得很累的。

题匾说趣

旧时的建筑讲究一块匾额，其重要性就有如一件艺术品最后的点睛之笔，少了这一笔就没有精气神。题匾的当然必须是名流政要，字要好，有时还要连带着给楼堂馆斋之类的取名字。对于有资格题匾的腕儿们来说，这是既风雅又实惠的美差，酒酣饭饱，大笔一挥，何其潇洒豁达！红包自然是当仁不让的，因为这是一种身价。而主人这边亦觉得门面上很风光，足可蓬荜生辉，双方皆大欢喜。清人笔记中有这样两则关于题匾的轶事，很有点意思。

一则出自《履园丛话》，主人公是清初江左三大家之一的吴梅村。吴是太仓人，太仓东门有一王某，以皮工起家，累至巨富，于是建了一座楼房，为了装点门面，一定要吴梅村为他题匾。吴倒也没有摆大名士的架子，为之题了"阆玻楼"三字。人们都不明其意，以为一定有什么古奥的出典，问吴，吴笑道："没有什么其他意思，不过是大实话——东门王皮匠罢了。"人们听了，皆捧腹大笑。

　　吴梅村只是开了一个玩笑，并没有多大的恶意。但另一则故事中的主人公就有点刻薄了。说的是松江有一个叫郭福衡的文人，知名度颇高，同乡有一以武弁起家的暴发户，性喜奢华，但目不识丁。一次新居落成，求郭为其书一匾额。郭提笔写了"竹苞堂"三字。主人很高兴，拿回去挂了起来，且四处夸耀。有人对他说："这里面隐含了'个个草包'四个字呀！"但那人却认为堂名取得好，字也漂亮，始终不肯取下来。

　　从阆玻楼到竹苞堂，两块匾额中折射出的某种社会心理是很值得玩味的，文人看不起那些皮匠武弁者流，这是一种传统的思维定式。但此刻面对着没有文化的暴发户，他们的心态又颇为复杂，既要矫情镇物，显出自己的清高；又不能端足架子，拂袖而去。这一则固然是为了那可观的润笔，再则也因为到了明末清初那个时候，江南地区商风大渐，商人阶层已成为一支不可小视的社会力量，不大好得罪的，于是玩点文字游戏的恶作剧，算是对暴发户的一种反击，以求得心理平衡。对于这种扭扭捏捏的反击，倒是暴发户们玩得比较大气，特别是那位竹苞堂主人，明知文人在挖苦他，偏是不肯把匾额拿下来，他大概对文人这种咬文嚼字的把戏很不屑，红包你已拿了，字也写了，银货两讫，"草包"便又怎样？我"草包"照样活得很滋润。这样一来，倒显出文人的酸腐和小家子气了。

　　当然，不为区区润笔所动的文人也是有的，例如清代的大书法家傅青主。京师打钟庵的寺僧想请他题写庵额，傅因厌恶那和尚品行不端，推辞不允。此僧知道某公与傅友善，就转用重金贿请他代办此事，某公知道傅的为人，就想出一个办法：一日买了好酒，请傅来痛饮，又预先写好五言绝句一首，将"打钟庵"三字嵌在其中，乘傅微有醉意时，便拿出此诗，以"家里有块屏风，要将此诗刻在上面，自己又写不好"为由，请傅代写。傅自然乐意，大笔一挥，字写得尤胜于平时。事后，某公将诗中"打钟庵"三字剜出，给寺僧题在门上。这种事情当然瞒不长久的。当傅青主知道自己被朋友出卖后，遂愤然与某公绝交。

　　这是一则文化掮客智赚书呆子的故事，故事中的某公也算是一个文人吧？但其人格却极为卑俗。以他的诡诈，要一个天真的文人自然游刃有余。这种人有相当的社会交往，圈子里外都兜得转，但眼光所及，无非孔方兄耳。利益驱使之下，坑吓诈骗都来得。君不见当今那些上蹿下跳、春风得意的穴头吗？但在傅青主那个时代，某公干得还算风雅，因为傅青主是风雅中人，他只能以诗酒为媒，在一片氤氲的文化氛围中完成自己的诈骗。眼下的腕儿们当然没有这等档次，穴头和他们也就无须"文化"和风雅，只需赤裸裸的金钱交易。至于个中龃龉，大抵属于黑吃黑而已，被穴头坑了也是活该。他们一般也不敢与穴头绝交，因为以后还用得着这些人，只能玩假唱、偷税，临开场了赖在后台讨价还价之类的把戏，拿观众杀气。

同样是为寺庙题写匾额，明末的周顺昌则又是另一种情怀。周顺昌是东林党的后七君子之一，因反对阉党专权，魏忠贤派人到苏州逮捕他。启程前，周神色自若地对家人说："前些日子有个和尚要我为他题庵匾，现在该把这事了却了。"便命家人拿来纸笔，题了"小云楼"三个大字。写完后，把笔一扔，笑着说："此外再没有什么事要我牵挂了。"周顺昌冤死北京后，他的朋友在悼诗中因此有"锒铛犹勒小云楼"的句子。

周顺昌与那位和尚似乎没有多深的交往，在请他题匾这件事上，也不存在金钱交易。在这里，他体现的是一种从容赴死的凛然正气，一种中国知识分子的人格风范。缇骑呼喝，大限临头，到了这时候，名利之类已没有什么意义，只有人格力量凸现得如此亮丽峥嵘。"锒铛犹勒小云楼"，难得！

老　街

　　老街坐落在镇江西北隅的云台山麓。镇江有名的是金山焦山北固山，云台山名气不大。但这不要紧，老街就那么不卑不亢地坦然于南山北水之间，有如一个历尽沧桑的老人。看的事多了，也就把一切看得很淡。"唐宋元明清，从古看到今。"前几年，一位很有点名气的文化人来这里走了一遭，说了这么两句话。他究竟说的是人看街，还是街看人呢？搞不大清楚，大概都有那么点意思吧，因为老街确实是很老了。

　　老街的名字叫西津渡街。西津渡自然是江边的渡口，又叫金陵津渡，和扬州的瓜洲渡隔江相望。这一说人们便不由得肃然起敬了，因为就在这隔江相望中，曾"望"出了不少传之千古的好诗。例如唐代诗人张祜的这一首《金陵渡》：

　　　　金陵津渡小山楼，一宿行人自可愁。

潮落夜江斜月里，两三星火是瓜洲。

张祜是很有才气的，他写得最漂亮的几首诗似乎都与镇江有关。在附近不远的金山寺，他曾吟出了"树色中流见，钟声两岸闻"的名句。这首《金陵渡》写得凄清冷丽，几乎无可匹敌。当时他住在渡口一个叫小山楼的旅馆里，遥望江北，牵挂着明天能不能过江，或许还想到了其他一些不开心的事，不然愁从何来呢？

张祜住过的小山楼现在已无可寻觅，但古渡口的石阶犹在，只是上面已不见水渍和苔痕。岁月早已把大江的风涛留在深深的淤泥下，留在唐诗宋词的幽怨和叹息中。一个石阶上没有水渍和苔痕的所在还能叫渡口吗？它只能叫遗址——一个定格在地方志上和老人们传说深处的褪色的遗址。沿着石阶一级级走上去，脚步的回声凝重而悠远，如同踩着一段依稀的残梦。好在上面还有一座待渡亭，那么就小憩片刻吧。

走进待渡亭，摩挲着清代画家周镐的汉白玉石刻《西津古渡图》，我突然有一种朦朦胧胧的亲切感，仿佛故地重游，一切都似曾相识。难道说，我上辈子曾来过这里，对这里早已熟门熟路？或者说，在我们每个人的心底，其实都潜藏着一份待渡情结？

我想到了中国古典诗词和传统戏曲中的长亭，想到了朔风羌笛中的阳关和长安郊外的灞桥。但与之相比，这里的待渡亭似乎有着更为峻厉的生命体验和更为舒展的审美空间。因为前者只是单向的送别，执手相看泪眼，竟无语凝咽，该说的话已经说过了，于是劝君更进一杯酒，挥挥手飘然上路。而后者就不那么简单了，旅人面对的是滔滔大江。在那个时代，旅人能不能上路，什么时候上路都是不确定因素，因此便有了待渡的焦虑、期盼、惆怅和想象。这时候，天空中的一缕浮云，江面上的一片白帆，或何处飞来的几许笛声，都会触动他们敏感的诗心。心旌摇动，览物伤情，一出口便是好诗。相反，若一切都那么顺畅舒坦，没有了人与自然的对峙和望穿秋水的等待，生命体验难免浮乏，诗也随之走向平庸。当然，这时候的诗大抵不会有什么惊天豪语，却一句句都是从心灵深处流出来的。且看王昌龄的这一首：

寒雨连江夜入吴，平明送客楚山孤。

洛阳亲友如相问，一片冰心在玉壶。

　　写得何等真挚朴实。大概渡船已经泊在岸边，艄公正在解缆催促，只能这样叮嘱几句了。但就是这洗尽铅华的寥寥数句，却胜过了多少浮皮潦草的应景之作！

　　这是送行者的心情。

　　那么旅人呢？他上了船，却把心思留在岸边。风涛一路，青衫飘然，那沾衣欲湿的也不知是浪沫还是泪水。到了对岸，仍禁不住要回望江南。江南，却只有青山满目，那座他和友人盘桓待渡的小亭子已看不到了，旷达中便有了几分惆怅："春风又绿江南岸，明月何时照我还。"（王安石《泊船瓜洲》）那种一步三回头的依恋可以想见。

　　西津古渡见惯了太多的送往迎来，也收拾了卷册琳琅的绝妙好词。渡口的石阶上熙来攘往，李白、张祜、杜牧、刘禹锡、骆宾王走过去了；苏东坡、王安石、辛弃疾、陆游、米芾走过去了……

　　公元13世纪末期，一个意大利人踏着这里的石阶走上来，他叫马可·波罗。

　　马可·波罗已经在中国游历了不少地方，甚至还做过一段时间的地方官，算得上是中国通了。后来他在震惊世界的《马可·波罗游记》中这样介绍镇江："他们靠经营工商业谋生，广有财富……"

　　这位洋人来自地中海畔的水城威尼斯，那里是欧洲商业文化的摇篮，他是以一个商人的目光来审视镇江的，话也说得不错。当然，这中间似乎少了点历史的诗情。

　　走出待渡亭，踏着青石板向老街的深处走去，两旁多半是雕花窗栏的两层楼房，很有些古意。当年的那些茶楼酒肆、店铺行栈犹依稀在目。这里地处大江南北的交通要津，近靠闻名遐迩的金山古寺，商旅繁荣带来了百业兴旺，这是历史上镇江经济的底气所在。若踅进两旁的小巷，那吉安里、吉瑞里、长安里、南星巷的名称就刻在里弄口古老的砖石上，也不知是哪朝哪代的遗物。里弄两边延伸着民宅，有两进式、三进式，宁静而雅致。里弄间的寻常生态往往是一座城市的精神栖息地，这里横可通四邻，竖可通街面，前可登云台山，后可达长江边，一如镇江人的性格那般畅达平稳。多数里弄都有一方深井，几个老人坐在石井栏上，对着收音机听扬州评话，那种自足平和的生活情调实在令人心折。是的，镇江西邻南京，北望扬州，但它既没有南京那样的金陵王气、六朝金粉，也没有扬州那样歌吹人云的浮华和喧嚣。镇江是平朴而本分的，这里的人们长于经商，却又从不把金钱看得很重，每天有的是听书喝茶的时间。过年时，他们则成群结队地骑着毛驴去金山寺烧香，那与其说是对命运的祈盼，还不如说是一种休闲娱乐。当然，战争来了，他们也会义无反顾地走上城堞，弄出惊天动地的声响。至于平时爬上北固山，对着大江发忧国忧民牢骚的，那大都是些外地的游客。

但老街终于终结了，终结于那座东印度式的建筑群，那是当年的英国领事馆。1857 年第二次鸦片战争后，开镇江为商埠，老街一带沦为英租界，遂建领事馆于云台山麓。我想，英国人这样的选址大概也不会是随意所为。如果说，西津古渡是一部自足而滋润的镇江史话，那么，西方列强的坚船利炮恰恰最后终结了这部史话。

走下英国领事馆的台阶，我突然想起元代诗人萨都剌在这里写的两句诗：

客去客来天地老，潮生潮落古今愁。

萨都剌属于雄浑一派，诗的气象很大。西津渡街确实是"老"了，但诗人"愁"什么呢？我一时说不清楚。

起风了，远处的江涛声隐约可闻。老街在涛声中坦然静谧着，有如一个历尽沧桑的老人……

飞 天

　　恕我浅薄，我是在很晚的时候才知道飞天的。大约在 20 世纪 70 年代末期，一家刊物发表了一篇反响很大的小说，一时天下争传，真有点洛阳纸贵的味道。小说的题目就叫《飞天》，讲的是一对青年男女的爱情故事，背景是 20世纪 60 年代的敦煌莫高窟。男的是个很有才情的画师，女的干什么我记不清了，反正很清纯也很美丽，后来被一个到地方支左的将军占了身子。结局是悲剧性的，不是那种梁祝式的悲壮，而是淡淡的忧伤。那篇小说在当时引起了很大的争议。大致也就在那期间，诗人叶文福因一首《将军，你不能这样做》而受到了责难。那是个对意识形态话语权视若神灵的时代，似乎作家们真的可以一言兴邦，亦可以一言丧邦，那种全社会对文学的推崇，现在想起来还令人受宠若惊。

　　这次到了西北，从柳园一下火车，形形色色的飞天就翩翩而来。从街头雕塑到宾馆的壁画，乃至商品的标志，那美丽的天使几乎随处可见。飞天，已成了敦煌文化一个永恒的符号。

在莫高窟壁画中，飞天是自由飞翔的神、载歌载舞的神、香艳美丽的神、风情万种的神。

看飞天，当然要看唐代的。

大唐帝国的盛世风华，无论给人间还是天国都带来了前所未有的生命自由，当然也给人们理想中的乐舞之神展开了更加广阔的飞翔空间。"霓为衣兮风为马，云之君兮纷纷而来下。"你看她们有时结队而来，亦歌亦舞；有时鱼贯而去，信手散花；有时成双飞舞，相呼相应；有时单身遨游，随心所欲。唐人的艺术气度是何等开阔！华夏天空上自在徜徉的羽人，印度河流域飞来的天人，爱琴海边飞来的天使，在他们的笔下兼容并蓄，成就了唐代飞天的绝代风华。他们在隋代飞天的基础上，着力于飘带与流云的无穷变化，不仅用随风飘动的长带来表达飞天的轻盈，还用流动的云彩衬托飞天的动势，有时一条悠长的云彩便表现了长长一段飞行的过程。这一切都使得天空更加辽阔、神奇、祥瑞、自由，也更富于艺术想象力和美的风姿。

很显然，在这里现实已被理想化，而理想也被现实化。

画工的伟大，就在于他们把生命的感觉注入了画面。

因此，他们笔下的飞天，不再是印度佛经中所说的一男一女，而是一律改成了艳丽的天女。这几乎是佛教史上最大胆的叛逆，也是最美丽的叛逆。画工们都是男人，年复一年、日复一日地在洞窟里工作，陪伴他们的只有戈壁、风沙、贫困和孤寂，他们需要一种寄托与宣泄。于是，他们把现实世界中难以满足的那一部分愿望，凝聚为美和自由的精灵，倾诉在画面上。那些飘逸轻盈的飞天形象，全是画工们身在枯索寂寞的茫茫大漠中，一任情怀和天真烂漫的痴想。

莫高窟北边是画工们住的洞窟。那些洞窟十分狭小低矮，矮得几乎只能藏身罢了。外面是荒无人迹的戈壁滩，只有风沙和飞雪经常闯进洞窟来串门。他们孤独难耐，饥寒交迫，如身陷绝境。一个洞窟的壁画，往往需要几代画工才能完成。他们几乎是一群囚徒——艺术的囚徒，永无温饱之时，永无出头之日，永无显姓扬名之机。

人们不禁要问：如果他们仅仅是为了生计才到这里来作画，他们的笔下又怎么会如此热情饱满，浪漫多姿，光华灿烂？

答案只有一个，他们是一群困厄和苦难中的艺术天才。天才从来不嫌弃困厄与苦难。相反，他们往往结伴同行。一部中外艺术史，有多少巨匠是从困厄和苦难的漫漫长途上走来的！

遗憾的是，敦煌的这批艺术巨匠，却连自己的名字也没有留下。

人生不曾厚待他们，但历史毕竟是多情的，那些被遗忘的艺术家其实就站在每一幅佚名的杰作后边。

请记住他们吧，他们的名字就叫无名。

离开敦煌后，壁画中那些连篇累牍的宗教故事早已淡若云烟，留下印象的只有那些"天衣飞扬，满壁生风"的飞天。

人类的文明历劫不坏，其中当有美的力量。只要有人类存在，人们对美的憧憬和追求就会生生不息。

因为，从根本上讲，人类文明的最终目标乃是一种美的生存。

当然，还有自由。

萧瑟南朝

　　几年前，在图书馆偶尔翻过一本《丹阳志》，是清朝康熙年间编撰的吧。其中说到大诗人陆游路过丹阳陵口时，看到齐梁陵墓前的大石兽凋零偃仆于荒野之中，十分伤感。宋代离南朝大约五百多年，还不算很远。诗人肯定会想到那个风华旖旎的南朝，沧桑之叹，兴亡之慨，他不会没有诗的。只是《剑南诗稿》中没有收录，或许是散佚了吧。

　　触摸历史上的南朝确是很伤感的，它会令人想到一种有如烟雨凄迷般的时代氛围。天空似乎总没有多少亮色，后宫里浮艳的歌舞带着湿漉漉的苔藓味。乡野间酒旗在望，吴歌相闻，寺庙的楼台在萧疏的雨雾中若隐若现。那是一个靡废羸弱的时代，又是一个文采风流的时代。其中齐梁两代帝王的故里都在丹阳，死后也大都归葬于此。现在我们所能看到的文化遗存，除去几本写得很讲究也很漂亮的山水诗和宫体诗外，就是那些陵墓前的石刻了。

　　那么，就到丹阳去看看吧。

从陵口沿萧梁河北去，一路上不时可以见到那些雄硕而精致的石刻散落在旷野中，让人心头一惊一乍的，也无端地生出许多感慨。在齐梁那个时代，王子公卿们来丹阳谒陵，大致也是从这条路线走的。他们自都城建康沿秦淮河上溯，经陵口转棹萧梁河，再乘车到所去的陵冢，那种翠华摇摇的排场和威仪自然可以想见，但历史已经过去了差不多一千五百年。

有什么生命能延续一千五百年而风采依然呢？大概只有艺术。

终于到了三城巷。在丹阳境内，现今发现的齐梁帝陵有十二座，而三城巷一处就有四座。这里是荒村僻壤，除去偶尔光顾的几个文化人和学者，到这里来的人不多。这很好，真正有价值的东西大抵总是不喜欢抛头露面的，它高贵而矜持地等待着人们来朝圣，绝不肯做出姿态来媚俗。

久仰了，南朝石刻。现在，我终于走近了你。如果不是因为你守护的那几具与蛇虫为伍的腐骨，我真想向你顶礼膜拜。因为，你是如此精美又如此残破，如此高贵又如此荒凉，如此威猛又如此天真，如此古典又如此与我们灵犀相通。

我曾经游览过国内一些颇具盛名的帝王陵墓，它们大都修葺得很好，络绎不绝的游人也很热闹。但必须承认，我的心灵从来没有像今天这样被深深地震撼过。虽然这里早已落尽铅华，只有旷野里几只遍体鳞伤的石兽，但正是这种萧瑟和荒僻，令每一个目击者惊心动魄。试想，如果把这些石兽放到博物馆里，配上现代的灯光和伶牙俐齿的解说，我们会产生这样的震撼吗？这是一种苍凉和残缺之美，它指向一种超越时空的艺术至境。这里有诀别，有固执，有从容和宁静，有岁月的残梦和历史的泪痕。真应该感谢这一千五百多年的雪雨风霜，它们让该朽的与草木同朽，不朽的与岁月共存。

走近石兽，轻轻地抚一把六代风华，我生怕惊扰了它那优雅的沉思。

这里没有重复。虽然大略望去，它们都一样的雄硕端庄，但仔细看看却各有各的神貌。工匠们的慧心灵性和独特的艺术趣味喷薄跃动，酣畅淋漓地释放为造型和线条，每一尊石兽都是一阕生命的欢舞。它们或憨态可掬有如顽童；或在前足下攫一小兽以示勇猛；或长尾垂地，向内收进再外旋，既增加了整座石雕的支撑，又巧妙地填补了两足交错形成的空间，在视觉上给人以稳定感。今天，我们已无从考证这些工匠的姓名，即使是如此雄迈精美的大制作，也没有留下一点关于作者的蛛丝马迹。他们或许来自北方的苍原，随着晋室南迁辗转江南。起初，他们的刀斧下还不经意地流泻出北方的雄浑和粗犷，但渐渐地，变得优雅流丽了，秀骨清相了，丰腴圆润了，有如江南的丝竹和吴歌。他们有自己的悲欢，自己的爱情，自己的成就感吗？我们不知道。我们只知道，当时北方的工匠正在敦煌和云冈的岩壁上雕凿佛像，用自己超迈的才华演绎那些因果报应的佛教故事。那是一个神的世界，当然，那是人格化的神。而南方的他们则在用自己同样超迈的才华制作陵墓前的石兽。这里没有故事，没有道德说教，没有苦难和慈悲，只有造型的风骨和神韵。这是一个兽的世界，当然，这也是人格化的兽。麒麟、天禄和辟邪都是世界上莫须有的巨兽，但它们身上却包含着人类生生不息的欲求，折射出世俗的理想之光。它们有足、有翅、有角，有足可以奔驰，有翅可以腾飞，有角可以决斗。它们是强健和自由的生命，是中国南方的飞天。

离开三城巷时，我在照相机里定格了一个镜头：一个老农荷锄倚在石兽边，神态悠闲地点燃了一袋烟。烟雾在斗笠上袅袅升腾，老农眯着眼睛，极惬意地望着远方。远方，是一轮又大又红的夕阳。

我一时想不出该给这幅照片取什么名字。回望夕阳下雄峻的石兽，我只是在心底里呼喊：请不要用粗陋的钢筋水泥修复它们，现代人的仿真技法无法支撑那古典的精致和神韵；请不要把它们搬进博物馆，在那里平头整脸地接受人们的观赏；请不要让这里游人如织，红男绿女摩肩接踵。就让它们孤寂地遗落在这里，遗落在这荒草萋萋的夕阳下。

因为，这才是历史。

这才是历史上的南朝。

白居易做过的几道模拟题

我曾在前面一篇文章中说到白居易当年在进士科考试中名列第四，接着又信口开河，说差一点就是探花，这就说错了。所谓状元、榜眼、探花是宋代实行殿试制度以后才有的，唐代没有探花一说，因此，即使白居易的名次再进一位，也只是第三，而不是探花。

白居易进士及第以后，又参加了由吏部组织的释褐试。释褐就是脱去平民穿的粗麻衣衫，也就是说，只有通过了这轮考试，你才能脱去麻衣而穿上官服，而且考试的名次越高，所授的官职也相对较好，可见兹事体大，虽不能说一考定终身，却能决定你会不会输在起跑线上。如果说进士科考量的主要是文才，那么释褐试侧重的则是吏才，一般是拿两个案例让你分析，要你写出判决词，除去要求文理通达、有辞采，更重要的是看你处理政务的实际能力。为了应对考试，考生们往往要做大量这方面的练习，即使像白居易这样天资聪颖的人，也不敢偷懒或耍大牌。他和好友元稹躲在长安郊外的华阳观，几个月足不出户，作了许多模拟考试的策文。后来他自己回忆，在那段时间里，他几乎"不遑寝息"，以至"口舌生疮，手肘成胝"，可见拼得很苦。今天我们看惯了高考指挥棒下的莘莘学子沉沦题海的疲惫身影，对当年白居易们备考的情状应该不难想见。正所谓人生能有几回搏，前贤未必让后生，据说白居易做过的模拟题竟有上百道之多。好在《白居易集》中收录有部分题目，我们不妨挑几道出来看看：

其一，甲的妻子在甲母前骂狗，甲非常生气，要把妻子休掉。甲妻来控诉，自称没有违反"七出"条例。甲说，妻子犯了不敬的罪过。

其二，甲准备把女儿嫁给乙，乙送了彩礼，而后甲又反悔。乙控诉甲不守婚约，甲说没有立结婚的契约，不算数。

其三，甲的牛把乙的马抵死了，乙要求赔偿。甲说牛马是在放牧的时候相抵的，请求赔半价，乙不同意。

有意思吧？全是家长里短、鸡毛蒜皮，但要判得合情合理，还真不容易。都说科举制度害死人，其实那是到了明清以后。在唐朝那个时候，这一套文官选拔制度还是很有道理的。仅就上面的几道模拟题而言，我倒觉得对来自底层的草根考生相对有利。也不是说这类题目就能考出多大的真才实学，但你至少对社会生活要有所了解，而且还要通达人情事理，用现在流行的说法，叫接地气。什么人不接地气呢？一种是两耳不闻窗外事的书呆子，一种是来自豪门世族的纨绔子弟。面对这种充满了人间烟火气的题目，他们大抵只能像盲人分大饼一样，瞎掰。

更可笑的是，有些人甚至连瞎掰也不会。

唐代张鷟的《朝野金载》里记录了一个这样的故事，有个叫沈文荣的人，考前足足背下了二百篇判词，可到了考试时，却连一个字也写不出，交了白卷。别人问他怎么回事。他苦着脸说，试题中的案情与我背的都不同，有一个挺相似，可人的名字又不一样。还有一个关于水磨案的，我背的案子发生在蓝田，可试题中的案子却发生在富田。你看，就这种猪脑子，日后怎么能当官理政呢？名落孙山，活该！

这位沈某人是一个死记硬背的典型，另有一个官二代——御史中丞张倚的儿子张爽——参加考试，主考官见他老子很得皇帝的宠幸，想借机巴结，就让人替张爽作了判词，并取为优等。这事后来被人揭发出来，告到范阳节度使那里，该节度使就是那个后来把唐王朝搅得天翻地覆的安禄山，安禄山立即向唐玄宗报告。玄宗很生气，下令重考。这下张爽就出丑了，他也和那位沈某人一样，一个字也写不出，交了白卷。最后的结果可想而知，所有的涉事者大概都不会有好果子吃的。

白居易是从底层走出来的，他从小就跟随母亲远走江南，寄居在亲戚家，后来又辗转河北、山西，在漫长的颠沛流离中，他对社会生活应该有更多的关注。再加上那段时间在华阳观的精心准备，他考得不错，顺利通过了释褐试，不久就被派到长安附近的周至县当县尉去了。

我一直觉得白居易做过的那几道模拟题挺有意思，曾试图用文言文写一份判词，终因国学根底太浅，只得作罢。

高尔基不喜欢的房子

高尔基故居博物馆的不远处是一座教堂，那华丽的尖顶在午后的阳光下折射出一派温煦宁静的铁锈红，让人们不由得会想到管风琴伴奏的唱诗班，还有列宾的油画和柴可夫斯基的一段大提琴协奏曲，心灵隐隐地为之感动。博物馆的主人站在门前的草坪上，开场白便是从那里开始的："马路对面是莫斯科最著名的教堂，当年普希金和冈察洛娃的婚礼就是在那里举行的。那是一座典型的古典风格的建筑，而我们面前的这座小楼则是现代风格的，它出自一位著名的建筑师的设计。但高尔基不喜欢这座房子。"

主人就这样结束了开场白，然后双手一摊，把我们领进了那座三层小楼。他最后的那句话似乎带着总结的意味，又仿佛是故意留给我们的一个悬念。于是，走在小楼的每个房间里，我耳边似乎总是回响着主人的声音："但高尔基不喜欢这座房子。"

高尔基为什么不喜欢这座房子呢？

这是一座很有来头的房子，它原先的主人是俄国最大的富豪，经营了很多工厂、矿山，还有铁路。十月革命后，这里成了布尔什维克新贵们的子弟幼儿园，包括斯大林和伏龙芝的儿子都曾在这里接受过启蒙教育。和它毗邻的则是小托尔斯泰的故居。后来，这里又成了苏联文化部门的外联部。再后来，是斯大林亲自决定，让作家高尔基住进了这里。当时高尔基的声望很高，几乎可以说是大红大紫（他的名字曾命名了一座城市和莫斯科的一条主要街道）。高尔基是一个可以在心灵深处自我灌溉，进而获得丰收的作家。在一楼的写作间里，我们似乎开始触及了他的内心世界，那里陈列着大量东方的工艺品，主要来自中国，也有来自日本的。于是有人认为，高尔基不喜欢这座房子是因为不喜欢现代建筑风格的浮华，他喜欢古典，崇尚那种质朴自然的东方神韵。对于作家来说，那是一种清凉的注视和天机浅显的提醒：最单纯朴素的东西，往往是最前卫最富于艺术魅力的东西。这种现代人刚刚开始意识到的思想，高尔基当时就有了。

若果真如此，那我们真应该为作家的晚年庆幸，因为这种"不喜欢"仅仅限于审美层面，还不至于酿成痛苦，至少不会酿成大痛苦。

但后来罗曼·罗兰走进了这座小楼，并且在这里住了一个月。罗曼·罗兰是西方世界中对十月革命怀有好感的作家，他对斯大林的评价也颇高，不然斯大林不会同意他进入苏联，更不会同意他进入高尔基居住的这座小楼。但一个伟大的作家首先是一个诚实的人，罗曼·罗兰回国后在一篇文章中写道：高尔基是被装在一只金丝笼子里的熊，在他住所的每一扇大门背后都有窃听的耳朵。

现在我们知道了，高尔基的秘书是一名克格勃（但此人后来在肃反中又被作为人民公敌而镇压了）。当时，任何人要会见高尔基，都必须得到他的同意。走进大门一侧那间小小的秘书办公室时，我下意识地往大门背后看了看，似乎仍能感到从那里射出的一瞥阴冷的目光。要知道，高尔基的孙女是贝利亚的儿媳妇，而贝利亚又是克格勃的总头目。秘书这样干，显然是得到斯大林授意的，不然他没有这样的胆子。斯大林在十月革命后把高尔基迎回苏联，给他很高的待遇，是为了让他写《斯大林传》。高尔基似乎答应了，但又一直没有写，是虚以周旋的意思。于是，他就只能一直生活在金丝笼子里。

高尔基为什么一直没有写《斯大林传》呢？博物馆的主人认为有这样几个

方面的原因：一、精力和身体问题；二、才气衰退；三、怕写得不合适，斯大林不高兴；四、从心底里反感斯大林，不愿意为他歌功颂德。至于这四个原因孰轻孰重，主人没有讲，但他接着又讲了这样一个情节，似乎有注释的意思：前些时在档案中发现了一封当年高尔基写给斯大林的信，内容不详，但大致可以肯定是向斯大林表达不同意见的。因为高尔基的声望那么高，如果是一封拥护斯大林的信，早就该公之于众了。以此推之，那里面的内容大概是持不同政见的。

　　一个表面上大红大紫的作家，却原来生活在这样阴冷的囚笼里，他内心的那种大痛苦谁能理解呢？高尔基不喜欢这座房子，他当然不会喜欢。如同一片树叶可以证明一个季节一样，有时候，一个人就是对一个时代的证明。高尔基和这座他不喜欢的房子，证明了苏联历史上那个独特的时代。